휴가지에서 생긴 일

휴가지에서 생긴 일

마거릿 케네디 장편소설

박경희 옮김

복복서가

마고 스트리트에게

차례

프롤로그

장례식 설교

1947년 9월에 록스턴 세인트프라이즈와이드의 제럴드 세던 신부는 매년 그래왔듯 콘월 북부 세인트소디의 새뮤얼 봇 신부를 방문했다.

오랜 벗인 그들은 둘이 함께 보내는 이 휴가보다 더 큰 즐거움을 알지 못한다. 봇은 어딘가로 떠날 형편이 못 되지만, 세던이 찾아와 머무는 동안엔 긴장을 풀고 제법 휴가 기분을 내기 때문이다. 그는 평소에 입는 수단 대신 해묵은 플란넬 바지와 스웨터로 갈아입고 절벽을 따라 조류 관찰 탐험에 나선다. 저녁에는 체스를 둔다. 둘 다 오십대 후반으로 앵글로가톨릭주의자*에 독신이고,

---

* 성공회 복음주의가 18세기 이래 개인의 구원을 일방적으로 강조하고 자유주의사상의 영향을 받게 됨으로써 19세기 초의 영국국교회에서는 교회 관념이 희박해지고 교회를 경시하는 경향이 생겨났다. 이에 대항해 고교회측의 반동으로

당혹스러울 만큼 진지하다. 그들은 여전히 교구민에게 '신부님'이라고 불리는 것을 좋아하지만, 개신교도와의 충돌을 젊었을 때만큼 즐기지는 않는다. 봇 신부는 다부진 체격에 머리가 희끗희끗하고 털이 많다. 스코티시테리어와 닮은 데가 있고, 세인트소디 교구에서 인기가 없다. 세던 신부는 목살이 처진 음울한 블러드하운드를 연상시킨다. 그의 삶은 한층 힘겹고 더 팍팍하지만, 교구민의 인정을 받고 있다.

세던 신부는 저녁 시간에 맞춰 도착하고, 식사기 끝나지미지 바로 체스판을 꺼낸다. 런던에서는 저녁이면 사교클럽과 선교관을 전전하기 일쑤이므로, 그는 매번 이 느긋한 휴식을 손꼽아 기다린다. 그러므로 1947년, 도착한 당일 저녁에 친구가 체스판을 치우라고 하자 그는 다소 기분이 상할 수밖에 없었다.

"오늘 저녁엔 체스를 둘 수 없어." 봇이 말했다. "정말 미안하네. 설교문을 써야 해서 말이야."

세던은 눈썹을 치켜올렸다. 설교문은 미리 다 써놓아야 하는 게 그들 휴가의 규칙이었다.

"예정에 없던 설교라네. 나도 오늘 오후까지 마쳐보려고 애썼어. 하지만 아무 말도 떠오르지 않더라고."

"별일이네." 세던이 퉁명스레 대답했다.

일어난 것이 옥스퍼드 운동(1833년)이며, 그 신학적 입장을 앵글로가톨릭주의(Anglo-Catholicism)라 부른다. 신적 권위에 대한 개인의 순종을 강조하고, 예배에서 의식적(儀式的) 요소와 고대의 것을 존중하는 경향이 있어 의식주의(儀式主義)라는 비판을 받기도 한다.

"음…… 장례식 설교인데……"

봇은 책상 앞으로 가서 타자기 뚜껑을 열었다.

"평범한 장례식이 아니야." 그가 불평했다. "사실 딱히 장례식이라고 볼 수도 없지. 고인들을 묻어줄 수가 없으니까. 이미 묻혔거든, 절벽 아래……"

"오, 펜디잭만灣 말인가?"

세던 신부는 평소 신문을 읽을 여유가 없었지만, 친구의 교구에서 일어난 일이니만큼 그 사건은 기억했다. 8월에 갑자기 절벽 한쪽이 크게 무너져내린 일이 있었다. 붕괴한 절벽이 세인트소디에서 몇 마일 떨어진 작은 만을 덮쳐 동쪽 곶에 세워져 있던 저택이 흔적 없이 사라졌다. 집안에 있던 사람들은 모두 목숨을 잃었다.

"기뢰 때문이었다지?" 세던이 물었다. "기뢰가 파도에 휩쓸려 저택 뒤편의 동굴 안으로 들어갔다고?"

"부분적으로는. 하지만 몇 달 전의 일이었네, 기뢰는." 봇이 말했다. "지난겨울이었지. 동굴 내부에서 터졌고 피해도 없는 걸로 보였어. 다들 그 집 큰일날 뻔했다고 그랬지. 거기가 호텔이었거든. 개인 소유 저택을 게스트하우스로 바꿔 운영하고 있었다네. 절벽 바로 아래 동굴이 있었지. 기뢰가 폭발할 때 동굴 안쪽 암석이 산산조각나면서 단애면의 상당 부분이 느슨해진 것 같더군. 나중에 절벽 꼭대기에서 내륙 쪽으로 100야드 정도의 균열이 발견됐어. 험프리 베빈이라고 저 너머 팰머스 근방에 사는 측량 전문가가 있는데, 소식을 듣고 다녀갔어. 그의 의견은 두 가지였어. 무너질 거였으면 벌써 무너졌을 것이다. 하지만 균열이 커지면 저택의 안전을 장담할 수 없으니 이사를 하는 게 낫겠다. 그렇게 시달에게 편지를 썼다네. 시달은 호텔의 소유주였어. 그는 답장을 보내지 않지. 그 일과 관련해 아무런 조치도 취하지 않았고. 그리고 이제는 절벽 아래 누워 있다네."

"자네 말은 피해자 모두가 아직 거기 묻혀 있다는 건가?"

"끌어낼 방법이 없어. 자네가 현장을 봐야 해. 못 알아볼 거야. 이제 만은 존재하지 않아. 아무도 거기에 저택과 정원과 마구간이 있었다고 생각하지 못할 거야. 그래서 이제 우리가 이런 끔찍한 의식을 치러야…… 일단 교회에서 미사를 드리고 나서 최대한 사망자들 가까이…… 험한 절벽을 타고 올라가야 하지. 내키지는 않지만 거절할 수도 없어. 우리한테는 최대한 고인들에게 기독교식 장례를 치러줄 의무가 있으니까. 사망자들을 밖으로 끄집어내자는 생각을 하느라 시간을 끌지 않았더라면 장례식은 벌써 끝났을 텐데. 내일이네. 내가 자네라면 얼른 자리를 피할 걸세. 사방에서 기자들이 몰려오고, 구경꾼들이 타고 온 자동차로 발 디딜 틈이 없을 텐데…… 나더러 거기서 설교하라니!"

봇은 타자기 앞에 앉았다. 본인도 알아보지 못할 만큼 악필인 그는 언제나 타자기로 설교문을 작성했다. 하지만 타자기로 썼다고 해서 꼭 잘 이해되는 것도 아니었다. 타자 실력이 너무 형편없었으니까. 그는 페이지 상단에 q를 타이핑하려다 실수로 1을 누른 후, 다시 주의를 집중해 윗글자 걸쇠와 1을 동시에 눌러 q를 타이핑했다. 그런 다음 대문자키를 누르고 제목을 썼다.

그리고 이십 분이 흘렀다. 세던은 본격적으로 체스 문제에 집중하기 시작했다. 벽난로 위 선반의 싸구려 자명종 시계가 분주히 째깍거렸다.

붓은 압지를 대고 그림을 그렸다. 먼저 돌고래를 그렸다. 다음에는 휘어진 기둥머리를 그렸다. 그러고 나서 바다 쪽으로 돌출된 펜디잭곶을 그렸다. 그것은 아직 그대로 남아 있었다. 만에서먼 쪽에. 수백 수천 년 동안 그래왔을 것이다. 그러나 어지러이 굴러다니는 바위와 암반, 새로운 단애면이 동쪽 해변에 나타난 것은겨우 한 달 전이었다. 그는 그것을 그릴 수 없었다. 어떤 형태로도그것을 받아들일 수 없었다.

몇 주 동안 무슨 생각을 하든 결국에는 어지러운 돌소리와 몸서리치는 공포가 그의 사고를 가로막았다. 그날 밤에 무슨 일인지 보러 달려내려갔을 때 길이 막혀 있었던 것처럼. 마을 사람 모두와 마찬가지로 그도 무너지는 절벽의 포효와 굉음을 들었다. 들판을 달려가며 펜디잭 호텔이 '사라졌다'고 외치는 사람들을 만났다. 폐허, 소음, 혼란, 비명, 시체 같은 것을 발견하리라 예상했다─그가 본 것이 아닌 다른 종류의 공포를.

그들이 언덕을 내려가 절벽으로 갔을 때 숨막히는 먼지구름이눈앞을 가렸다. 호텔 진입로는 작은 계곡 옆의 나무와 덤불 사이로 곤두박질치듯 지그재그로 깊숙이 갈라져 있었다. 두번째 모퉁이를 돌아 바윗더미와 마주치기 전부터 이미 절벽 아래의 고요가 그의 간담을 서늘하게 했다. 눈앞에 언덕이 솟아 있었다. 더는 길이 없었다.

처음에 그는 무너진 바윗돌 때문에 길이 막혔다고 생각해 훌쩍 넘어가려 했다. 그러나 결국 발길을 되돌려 바위를 쓰러뜨리고 피하며 진입로로 다시 올라갔고, 철쭉으로 둘러싸인 작은 샛길을 통해 탁 트인 절벽 위에 도달했다. 거기서, 아직 먼지가 자욱한 달빛 속에서 그는 무슨 일이 일어났는지 볼 수 있었다. 무너진 절벽이만 전체를 메우고 있었다. 호텔도, 건물이 서 있던 곳도, 그곳에 있던 어떤 것도 흔적조차 남아 있지 않았다.

언제나 그래왔다는 듯 조수가 벌써 새로 떨어진 바위 주변을 부드럽게 핥았다. 해안선은 새로운 형태를 받아들이고, 절벽은 태곳적의 고요한 단단함을 되찾았다.

붓은 한숨을 내쉬며 줄을 그어 제목을 지우고 새로운 문구를 써넣었다.

너희는 가만 히있어 내가 하니님 되 ㅁ을 알짜어다.

"잘 안 써지나보군." 세던이 바라보며 말했다.
"무서웠네." 붓이 중얼거렸다.
그가 썼다. 갑작스러운 죽음. 그리고 덧붙였다.
"지금도 공포스러워."
"그래도 1941년의 런던 대공습만 할까." 세던이 말했다.
"알지."

봇이 일어나 창가로 갔다. 밤바람이 선선했다. 그는 교회 첨탑을 둘러싼 나무가 흔들리는 것을 보았다. 별이 없는 어두운 하늘에서 움직이는 검은 덩어리. 머지않아 나뭇잎은 떨어져 무덤 위로 흩어질 것이고, 시들어 흙으로 돌아갈 것이다. 그리고 앙상한 가지는 강한 겨울바람에 교회 벽을 때리며 새잎이 돋을 때를 기다릴 것이다. 한 주, 한 달, 시간이 흐르고 그 여름밤의 기억은 점점 먼 과거가 되어갈 것이다. 미래를 생각하며 봇은 마음이 안정되는 것을 느꼈다. 확실한 것은 아무것도 없어, 그는 생각했다. 봄이 온다는 것 말고는.

"생존자들이 이곳에 왔었네. 사고가 난 첫날밤에 와서 재워달라고 하더군." 봇이 말했다.

"생존자가 있었나?"

"아, 그렇다네. 그들이 이리로 와서 이야기했지. 여기 앉아서 밤새 이야기를 하더군. 충격받은 사람들이 어떤 식으로 말하는지 자네도 알지 않나. 평소라면 입에 올리지 않을 말이 새어나오지. 그들은 믿기 힘든 이야기를 했어. 어떻게 모면했는지 말해줬고…… 내게 너무 많은 것을 알려주었지. 듣지 않는 게 나았을 거야."

"그들은 어떻게 무사할 수 있었는데?"

"정말 무슨 말을 해야 할지 모르겠네." 봇이 창가에서 돌아서며 말했다. "내 생각이 맞는지 확신할 수 없거든. 그들은 많은 이야기를 했지만, 전부는 아니었어. 완벽한 진실은 영영 아무도 알 수 없겠지. 하지만 그들이 나에게 한 이야기는……"

그는 벽난로로 다가와 세던을 마주보고 의자에 앉았다.

"들어보게나." 봇이 말했다. "그리고 자네 생각도 한번 정리를⋯⋯"

토요일

1. 레이디 기퍼드가 시달 부인에게 쓴 편지

1947년 8월 13일

첼시 퀸스 워크,

올드 하우스

친애하는 시달 부인,

우리가 펜디잭에서 보낼 휴가를 얼마나 기대하고 있는지 진즉에 편지로 알려드렸어야 하는데 이렇게 인사가 늦어졌군요. 하지만 남편이 방을 예약했던 봄에는 저의 몸 상태가 좋지 않아 편지를 쓸 수 없었답니다. 지금은 훨씬 좋아졌고요. 의사가 가을에는 맹세코 제 몸을 완벽히 낫게 해주겠노라 약속했습니다.

우리는 16일 토요일에 도착할 예정입니다. 아이들은 기차로 갈 터라 차로 마중나와줄 사람이 필요합니다. 이와 관련해 열차와 도착역 등을 남편의 비서가 알려드릴 겁니다. 저는 남편과 승용차로 내려가려 하는데, 가능하면 티타임과 저녁식사 사이에 도착하려고 해요. 하지만 우리가 늦어질 경우, 죄송하지만 아이들을 일찍 잠자리에 들게 해주시겠어요? 아이들은 여행 끝에 지치고 들떠 있을 거예요.

부인과 저의 지인인 시빌 에이버리에게서 펜디잭에 관한 얘기를 많이 들었습니다. 분위기가 너무 좋다고요. 일반 호텔보다 훨씬 훌륭하다죠, 특히 아이들에게. 시빌 말로는 댁에도 사내아이들이 있다던데, 나이는 기억하지 못하더군요. 아직 취학 전 연령이라면, 마이클과 루크는 식당에서 소란을 피울 수도 있으니 그 아이들과 함께 밥을 먹는 게 좋을 듯하네요. 저는 아무래도 위층에서 따로 식사를 해야 할 테니 아이들을 감독하지 못할 거예요. 너무 번거로운 부탁일까요? 물론 제 식사는 남편이 직접 가져다줄 겁니다. 제가 폐 끼치는 것을 싫어해서요. 하지만 제 주치의가 식사 중에 안정을 취하라고 너무 강조하고―저는 끔찍한 소화불량을 앓고 있는데 의사의 소견으로는 생각이 너무 많아서라네요―먹는 동안 생각도 말도 너무 많으니까 정말 혼자 먹는 게 낫죠.

시빌이 제게 전하길 개인 소유의 농장이 있으시다고요. 그럼 저의 식이요법에 따른 식단을 준비하기가 훨씬 수월하시겠네요. 일반 호텔에서는 어려움이 있지요. 그 사람들은 환자를 고려하지 않으니까. 정말 별것 아니지만, A. 의사가 먹어도 좋다고 한 것과 B. 먹으면 안 된다고 한 것을 여기 적어두겠습니다.

A. 가금류, 야생 고기, 신선한 정육, 간, 콩팥, 송아지 췌장 등, 베이컨, 혀, 햄, 생채소, 채소 샐러드, 신선한 달걀, 우유, 버터 등. 보다시피 선택의 폭이 넓습니다.

B. 가공육, 두 번 가열한 고기, 마가린, 통조림류, 분말계란, 분유 등과 절인 쇠고기.

귀찮은 세부사항은 생략하겠습니다. 다만, 이건 캐럴라인이 태어난 이후로 저의 신진대사가 제대로 이뤄진 적이 없는데다 런던의 할리 스트리트를 통틀어 제 병의 원인을 밝혀낼 수 있는 의사가 단 한 사람도 없기 때문이랍니다. 이렇게 귀찮은 일만 아니라면 저는 크게 신경쓰지 않아요. 성가시게 구는 건 질색이지만, 환자이다보니 폐를 끼치지 않을 수가 없네요. 하지만 이해해주리라 생각해요. 시빌한테서 부인이 얼마나 좋은 분인지, 그리고 손님을 얼마나 잘 보살펴주는지 들었습니다. 펜디잭에서 일주일을 보내고 나면 새로 태어날 거라고 장담하더군요. 그리고 위층에서의 식사에 관해서입니다. 당연히 이 어려운 시기에 모든 손님에게 저와 같은 음식을 제공할 수는 없을 터이니 제 식사가 다른 손님 눈에 띄지 않는 편이 호텔 입장에서도 나을 듯싶네요. 사람들은 이따금 무척 이기적이고 배려심이 부족하니까요.

오래 살아온 아름다운 저택을 지키기 위해 이런 생각을 해내신 것이 너무도 존경스럽습니다. 우리는 서쪽에 있는 시골 별장을 포기해야만 했답니다. 하인이 없어요! 편안하고 좋은 것은 모두 사라진 세상이 아닌가요?

아, 그리고 고양이 괜찮으세요? 히비가 키우는 고양이를 데려가겠다는데 제가 마음이 약해서 말리지 못하겠어요. 제가 아이들 버릇을 망치는 건지도 모르겠지만, 시빌이 저의 기막히고 슬픈 사연을 들려드렸겠지요! 원래 저는 아이를 열두 명은 낳고 싶었는데 캐럴라인을 낳고서 더는 갖지 못했어요! 하지만 캐럴라인이 외동으로 크는 걸 두고 볼 수 없어 여동생 하나와 남동생 둘을 입양하게 되었죠. 원치 않게 세상에 태어난 불쌍한 아이들 가운데서요. 저는 항상 아이들에게 어머니 그 이상이 되어야 한다고 느낍니다. 그애들이 태어나 맨 처음 겪은 그 끔찍한 불운을 보상해주기 위해서라도 말이죠. 히비는 열 살, 쌍둥이 사내아이들은 여덟 실입니다.

생각해보니 생선을 깜빡했네요. 훈제 청어 말고는 다 먹어도 돼요. 하지만 가자미랑 해덕은 그리 잘 맞지 않는 것 같아요. 버터를 듬뿍 넣은 경우가 아니라면. 게와 바닷가재도 금기가 아니니 편하실 줄 압니다. 항상 넉넉히 구할 수 있는데다 못 먹는 사람도 많으니까요.

뵙게 될 날이 기다려지네요. 온종일 호텔 관리만 하지 않고 저와 종종 수다를 떨 정도의 여유는 있으리라 믿습니다. 제가 보기에 부인과 제 친구가 많이 겹치는 듯하거든요.

그래컨소프 집안을 아실 테지요. 저는 베로니카를 너무 좋아하는데, 건지섬으로 이사를 가서 너무 서운해요. 하지만 조만간 소득세가 내리지 않는다면 우리 모두 거기서 살게 되겠죠.

진심을 담아

감사의 안부를 전하며,

에이린 기퍼드 드림

추신―제 남편이 골프를 칠 만한 곳이 있을까요?

2. 거트루드 힐에게 보내는
도러시 엘리스의 쓰다 만 편지

1947년 8월 16일 토요일

포스메린,

펜디잭 매너 호텔

보고 싶은 거티,

어제저녁에 너의 엽서를 받았어. 네 편지도 잘 받았는데, 여태 답장을 안 썼다고 화내지 않으면 좋겠어. 여기 온 후로는 말 그대로 발바닥이 부르트도록 바빴으니까. 네가 편지로 했던 질문에 대해서라면, 여기 오는 건 추천하고 싶지 않아. 변변치 못한 나와 달리 다른 일자리를 구할 수 있다면 말이야—요리사는 어디서나 구하잖아. 주방의 열기를 감내할 수만 있다면 나도 이곳에 있지 않을 거야—여긴 사람들도 별로인데다 지저분하고 내가 본 중 최악이야. 나도 다른 일자리를 찾는 대로—구인광고를 보고 여러 곳에 지원했어—그만둘 생각이야. 물론 여기로 오는 바람에 이번 시즌 최고의 일자리들은 놓치고 말았지—주인 여자가 그럴듯하게 나를 속여서 여기 붙들어뒀다는 생각이 들어. 그녀가 필요한 건 객실 책임자가 아니라 만능 하녀거든—정신 똑바로 차리지 않으면 혼자 일을 도맡게 될 판이라니까.

여긴 정식 호텔도 아니고 그냥 게스트하우스에 불과해—무너지기 직전에다 지붕까지 새는 걸 보면 수년 동안 손보지 않은 게 분명하고 욕실도 하나뿐이야. 재산을 다 잃은 여주인이 꿈도 야무지게 이 집을 게스트하우스로 만들겠다는 생각을 한 거지. 여하튼 사랑하는 아드님들이 그 상류층 학교를 계속 다녀야 하니까. 호텔 경영에 대해 눈곱만큼도 아는 게 없는 여주인이 이 거대한 저택 살림을 꾸려가는 모양새를 보면 내가 미칠 지경이야—여건만 되면 나도 찻집 정도는 차릴 수 있을 텐데.

주인 남자는 내가 보기에 엄마 뱃속에서 나올 때 말고는 평생 손가락 한번 까딱 안 해본 사람이야—잠은 하인이 쓰던 골방에서 자고, 집에 없는 사람 취급을 당해. 지난주에는 한 가족이 이곳에 머물렀어. 버그먼이라고 '최상류층'은 아니고 그냥 아주 평범한 사람들. 버그먼 씨가 물이 뜨겁지 않다고 불평하니까—사실이 그래—여주인이 와서 휙 둘러보고는 제리—이 집 첫째 아들—가 들어오면 보일러를 수리하도록 시키겠다고 했어. 아니 이런, 지금 당장 직접 해주시죠, 시달 부인. 누가 보일러를 고치든 그건 내 알 바 아니니, 버그먼 씨가 말했어. 난 일주일에 6기니를 내고 있소, 당신이 아니라 내가 쉬려고 말이오. 그때 여주인의 얼굴을 네가 봤어야 하는데! 난 잘 웃는 편이 아닌데도—웃을 일이 별로 없기도 하고—어찌나 웃음이 나던지 그냥 복도에 비켜서 있었어. 사회주의 정부가, 약속한 것처럼 가난한 사람들을 도와주지는 못해도 아쉬운 대로 부자들을 끌어내리기는 한 거지.

　호텔이 포스메린 시내와 상점가에서 수 마일 떨어져 있으니 당연히 일할 사람도 구할 수 없어. 소위 파출부와 좀 덜떨어진 젊은 남자를 웨이터랍시고 고용한 게 다야. 요리사를 구할 때까지는 여주인이 직접 요리를 해야 해. 지금 당장은 손님이 없어, 페일리라는 지루한 노부부 말고는―오늘 저녁에 두 가족이 새로 온다고는 하지만.

　거티, 여덟시가 다 되어가니 편지는 나중에 마무리해야겠어. 창밖에 파출부 낸시벨이 모래사장을 가로질러 오는 게 보여서 나가봐야 할 것 같아. 가만두면 아무것도 안 하거든. 자고로 악인에게는 평강이 없다 했으니!……

3. 페일리 씨의 일기장에서 발췌

나는 오전 다섯시부터 내 방 창가에 앉아 바닷물이 빠지는 모습을 바라보고 있다. 어리고 예쁜 객실 종업원이…… 그녀의 이름은 잊었다…… 펜디잭곶의 절벽 오솔길을 따라 내려온다. 그녀는 매일 아침 썰물 때 모래사장을 가로질러 같은 길을 걸어온다. 벌써 내 생각보다 시간이 많이 지났나보다.

아내는 자고 있다. 그녀는 저 종업원이 우리가 마실 찻잎과 뜨거운 물을 가져온 다음에야 일어난다. 그러면 새로운 하루가 시작된다. 그리고 이 짧은 휴식은 곧 끝난다. 아내가 일어나면 난 혼자가 아니니까.

아내는 내가 왜 밤의 절반을 여기 앉아서 지새웠는지 묻지 않을 것이다. 그녀는 내게 더는 질문하지 않는다. 내가 어떻게 지내든 이제 관심이 없다. 내 곁에서 침묵 속에 삶을 흘려보내고 있다.

의심할 바 없이 끔찍한 삶이겠지만, 나는 그녀를 도울 수 없다. 적어도 그녀는 잠은 잘 수 있다. 나는 아니다. 종업원은 이제 모래사장에 닿았지만 매우 느리게 걷는다. 젊고 우아한 아가씨다. 걸음걸이가 보기 좋다. 아내는 저 종업원을 꽤 좋아하는 듯하다. 하긴 아내는 항상 젊은 아가씨에 대해 감상적이 되는 경향이 있다. 죽은 우리 딸이 떠오르기 때문이다. 모성 본능이란 순전히 동물적이다. 새끼를 잃은 고양이에게 강아지를 데려다 젖을 물리면 상당히 흡족해한다고 들은 적이 있다.

어제 나는 호텔 주인인 시달과 얘기를 나눴다. 그는 예전에 펜디잭만이 헬스 키친Hell's Kitchen이라고 불려서 아들들이 이 저택을 지옥 호텔로 부른다고 했다. 나는 농담으로 여기고 웃어넘겼을 뿐 메피스토펠레스의 말은 언급하지 않았다. 이것이야말로 지옥이다! 내가 벗어날 수도 없는. 하지만 이 문장, 이 문장이 나를 놓아주지 않는다, 내가 어디에 있든. 나는 결코 그것에서 벗어날 수 없다.

가능하다면 다른 생각을 하고 싶다. 무슨 생각을 해야 할까? 내가 생각이라는 걸 할 수 있나? 이따금 나에게 그럴 힘이 없는 것처럼 보인다. 생각은 여행한다. 나는 머문 채로…… 내가 있는 곳으로.

시달에 대해 생각해보자. 그는 별난 사람이다. 다른 피조물에 대한 감정이 내게 남아 있다면 그를 매우 동정할 것이다. 그는 한 번도 제 손으로 밥벌이를 해본 적이 없는 사람으로 보이기 때문이다. 게다가 이제 가진 돈을 모두 날려 아내에게 기대어 살아야만 한다―아내가 손에 쥔 빵을 얻어먹으며. 그는 여기서 맡은 역할이 없다. 아무도 그를 존중하지 않는다. 듣자 하니 그는 과거에 하인이 기거했던 주방 뒤 골방에서 지낸다고 한다. 이 저택의 제일 좋은 방들은 물론 손님을 받기 위해 비워두었다. 시달 부인은 어디 다락방 같은 데서, 그리고 시달의 아들들은 마구간 위층에서 잔다고 한다.

시달은 어떻게 그런 삶을 견디는 걸까? 하인용 골방에서 잠을 자야 한다면 어째서 아내도 그곳에서 그와 함께 자라고 말하지 못할까? 나라면 어쨌든 그럴 것이다. 아니, 나라면 애초에 내 집이 이런 용도로 쓰이는 것을 허락하지 않았을 것이다. 부부는 두 아들의 학비를 대기 위해서라고 한다. 자식 교육을 위해 이런 대가를 치러야 한다면, 그건 너무 비싼 값이 아닌가. 게다가 아들들은 명백히 아버지를 무시하고 경멸한다.

머리가 나쁜 것도 아니다. 내가 알기로 그는 젊은 시절엔 수재였던 것 같다. 변호사로 일했으니까. 그가 왜 실패했는지 나는 모른다. 재산이 있었다는데, 야망의 결핍과 더불어 그것이 그를 나락의 길로 이끌었을 수도 있다.

나는 재산이 한푼도 없고 타인에게 어떤 도움이나 지원도 받지 않은 것을 감사해야 할지도 모르겠다. 내가 의지할 수 있는 건 나 자신뿐이었다.

그를 만나면 나는 얼굴이 붉어진다. 그는 대개 보이지 않는 편이다. 그러나 가끔 테라스나 라운지에 나타난다. 자기 말을 들어줄 사람과 대화를 나눌 만반의 준비를 한 채 수염도 제대로 깎지 않고

후줄근한 모습으로. 그에게는 그를 경멸하는 세 아들이 있다. 나
는 자식이 없다. 하지만 시달과 내 처지를 바꿀 마음은 없다……

4. 일손

낸시벨 토머스는 출근이 조금 늦었지만, 페일리 씨가 본 대로 한없이 느린 걸음으로 모래사장을 가로질렀다. 아침마다 똑같았다. 마지막 발걸음을 서두를 수가 없었다. 호텔이 보이자마자 기분이 가라앉았다. 한 걸음 뗄 때마다 불행과 좌절의 안개 속으로 걸어들어가는 것 같았다. 날이 갈수록 거부감이 더 심해졌다.

왜 그런지는 설명할 수 없었다. 펜디잭 호텔의 일이 그렇게 힘들거나 싫은 것도 아니었고 모두가 그녀를 잘 대해주었다. 그녀는 미스 엘리스를 좋아하지 않았다. 하지만 군대 생활은 싫은 사람을 포함해 온갖 부류의 사람과 어울려 사는 방법을 그녀에게 가르쳐주었다. 호텔이 가까워질 때면 그녀를 엄습해오는 거부감, 뭔가 두렵고 형언할 수 없을 만큼 슬픈 일이 그곳에서 일어나고 있다는 그 느낌을 미스 엘리스의 탓으로 돌리기는 힘들었다.

이따금 그녀는 그 감정이 자신이 가지고 돌아온 슬픔인지도 모른다고 생각했다. 한때 행복했던 어린 시절에 펜디잭과 절벽 위의 오두막집 사이를 뛰어다니며 심부름을 했던 이곳으로. 마음의 상처를 안고 집으로 돌아왔기에 지난겨울은 힘겨웠다. 하지만 나 때문이라면 나아지겠지, 느리게 모래사장을 걸으며 그녀는 생각했다. 난 나아지고 있으니까. 극복해가고 있어. 이제 일주일에 두세 번 이상은 생각나지 않는걸. 하지만 저 저택은 점점 싫어져.

그러나 그날 아침 호텔의 외관은 순결하고 무심해 보였다. 방마다 커튼이 드리워져 있고, 울긋불긋한 수영복이 내걸린 창문은 보이지 않았다. 버그먼 가족이 떠난 뒤로는 해수욕을 하는 사람이 없었으니까. 언젠가 모래사장을 가로질러 오다 바위 근처에서 버그먼 씨를 만난 기억이 났다. 그는 수영하러 가는 중이었다. 그녀를 빤히 바라보며 수작을 걸까 망설이는 것 같았으나 그러지 않았다. 꽤 정중히 아침 인사를 건네고 나서 그냥 바위 사이로 걸어내려갔다. 이제 아무도 그녀에게 수작을 걸지 않는다. 그녀의 상처와 그것을 견디게 한 용기가 그녀를 다른 사람으로 만들었다. 눈치 없는 버그먼 씨마저도 그녀가 그저 그런, 평범하고 예쁘장한 검은 머리의 젊은 아가씨가 아니라는 것을 알아차렸다. 심지어 어머니의 눈에도 그랬는지 낸시벨에게 더는 조언을 하지 않을 뿐 아니라 가끔은 역으로 조언을 구할 때도 있었다.

호텔 앞에 도착해보니 커튼이 걷힌 방도 있었다. 가엾은 페일리 씨가 여느 때처럼 2층의 커다란 퇴창 앞에 앉아 있었다. 바다를 응시하는 그는 동상처럼 보였다. 그리고 가마우지가 일렬로 앉아 있는 처마 밑의 다락방 여닫이창에서 뭔가 획 스쳐갔다. 미스 엘리스가 안에서 훔쳐보다가 재빨리 몸을 피한 것이다.

낸시벨은 걸음을 재촉해 바위를 깎아 만든 계단을 뛰어올라갔다. 계단 끝의 정문으로 들어가면 정원 테라스가 나오고, 그곳에서 뒤뜰로 이어지는 좁은 길이 있었다. 주방 바깥벽 고리에 그녀의 흰 앞치마가 걸려 있고 그 아래 바닥에 작업화가 놓여 있었다. 그녀는 서둘러 앞치마와 작업화를 착용하고 주방으로 들어갔다. 스토브 위의 주전자에서 벌써 물이 끓고 있있다. 웨이터인 프레느가 아니라 제리 시달에게 고마워해야 할 일이라는 걸 그녀는 알았다. 방학이 되어 제리가 집에 머무는 동안이면 펜디잭 호텔의 일이 한결 수월했다. 그는 스스로 일을 많이 할 뿐 아니라 마구간에서 함께 지내는 프레드가 아침에 제시간에 일어나는지 눈여겨보았다. 집안을 둘러보는데 박자를 맞춘 듯 삐걱거리는 소리가 들려왔다. 프레드가 카펫 청소기로 식당 바닥을 이리저리 밀고 있다는 의미였다.

낸시벨이 위층에 찻잎과 뜨거운 물을 가져다주고 라운지를 정리하는 동안 프레드는 복도와 계단을 청소하고 시달 부인은 아침 식사를 준비했다. 다음에는 설거지, 객실과 층계참과 욕실 청소가 뒤따른다. 그러다보면 그냥저냥 프레드와 낸시벨은 점심 전에 일을 모두 마친다.

하지만 오늘 오후에 정말 새로운 손님이 열 명이나 더 온다면 그러지 못하겠지, 그녀는 페일리 부부의 차를 가지고 올라가며 생각했다. 그 많은 객실을 더는 혼자 치울 수 없어. 미스 엘리스도 일손을 거들어야지.

그저 그런 평범한 아가씨였던 일 년 전이라면 차분히 이런 생각을 하지 못했을 것이다. 과도한 업무량에 관한 호소문을 작성해 따로 연습했을 것이고, 시달 부인 앞에서 문제점을 말할 때 허둥댔을 것이다. 이제 그녀는 불화를 일으키지 않고 자신을 보살피는 법을 알았다.

그녀가 페일리 부부의 방문을 두드리자 들어오라는 소리가 들렸다. 커튼이 걷힌 창으로 아침햇살이 쏟아져들어왔다. 페일리 씨는 여전히 창가에 앉아 노트에 뭔가를 적고 있었다. 페일리 부인은 단정한 잿빛 머리에 분홍색 그물 모양 나이트캡을 쓰고 침대의 자기 자리에 누워 있었다. 싸움을 벌이다가 낸시벨의 노크 소리에 갑자기 멈춘 듯 방안은 굳은 분위기였다. 페일리 부부는 언제나 그런 분위기를 풍겼다. 마치 낮 동안 기울여야 할 엄청난 노력에 대비하듯 매일 우울하고 팽팽한 침묵 속에 아침을 먹었다. 식사가 끝나고 조금 지나면 책과 방석과 피크닉 바구니를 들고 모래사장을 지나가는 그들의 모습이 보이곤 했다. 페일리 씨가 앞서고 아내는 그의 뒤를 따라 걸었다. 절벽 오솔길로 올라가 곶에 닿으면 그들은 시야에서 사라졌다. 그리고 네시에, 더프 시달의 빈정거림대로 사체라도 처리하고 온 것처럼 같은 길을 되돌아와 테라스에서 차를 마셨다. 온종일 책을 읽고 샌드위치를 먹는 것 말고는 아무 일도 하지 않다니 믿기 힘들었다.

낸시벨은 뜨거운 물주전자를 세면대에 올려놓고 찻잔이 놓인 쟁반을 침대 옆으로 가져갔다. 페일리 부인은 자고 있지 않았다.

눈을 꼭 감은 채 긴장한 상태로 누워 있을 뿐이었다. 페일리 씨도 아무 말이 없었다. 문이 닫히기 무섭게 분명 싸움이 다시 시작될 터였다.

다음은 미스 엘리스에게 차를 가져갈 차례였다. 노크하면 그녀는 절대 들어오라고 하지 않았다. 항상 이렇게 외쳤다.

"누구세요?"

언젠가는, 낸시벨은 맹세했다. 윈저 공작이라고 응답할 테야.

"차 가져왔어요, 미스 엘리스."

"아! 들어와."

퀴퀴한 방안에 마분지 상자가 흩어져 있었다. 미스 엘리스가 들어오기 전에는 화사한 색감의 사라사 천과 좋은 가구로 꾸며진 아담하고 예쁜 방이었다. 하지만 무슨 수를 썼는지 그녀는 방에 가난으로 찌든 분위기를 덧씌우는 데 성공했다. 그녀는 방 정리를 전혀 하지 않았다. 모든 물건이 방안에 널려 있어 누구든 그 볼품없고 지저분하고 망가진 물건들을 볼 수 있었다. 화장대 위의 지저분한 솔빗과 얼레빗 옆에 그녀의 의치가 부끄러운 줄 모르고 미소 짓고 있었다. 그러나 무엇보다 불결한 것은 해진 진흙색 잠옷을 걸치고 떡진 검은 머리가 눈을 덮은 미스 엘리스 자신이었다.

"라운지 청소는 했어?"

"아뇨, 미스 엘리스."

(라운지를 다 치우고 차를 가져왔다면 난리를 쳤을 거면서!)

"그럼 당장 가서 거기부터 치우는 게 좋겠어, 낸시벨."

"네, 미스 엘리스."

"프레드는 일어났고?"

"네, 미스 엘리스."

"식당은 다 치웠나?"

"치우는 중이에요, 미스 엘리스."

"좋아. 라운지 청소가 끝나면 주방 일을 돕도록 해. 나도 금방 내려갈 테니."

이 의례적인 대화는 매일 아침 반복되었고, 그 무례함은 의도적이었다. 이는 낸시벨이 일과를 기억할 지능이 없을뿐더러 매일 일러주지 않으면 그것을 따를 양심도 없다는 암시였다. 시시콜콜 지시하는 것, 미스 엘리스의 주장으로는 그것이 자신의 주요 임무였다. 일주일에 4파운드 미만을 받고는 수행할 수 없는 임무.

낸시벨이 아래층으로 내려왔을 때 프레드는 여전히 청소기를 밀고 있었다. 그녀는 그에게서 청소기를 빼앗으며 가서 계단의 먼지를 털라고 말했다. 그가 숨을 헐떡이며 대꾸했다.

"낸시벨, 넌 정리해고야. 그러니까, 정리하라고."

이 역시 매일 반복되는 의례였다. 프레드의 유일한 위트로, 그는 그 표현을 자랑스럽게 여겼다. 그러나 그는 유순한 청년으로 낸시벨의 말을 잘 따랐다.

라운지 청소를 끝낸 후 낸시벨은 잠시 짬을 내 차를 마시러 갔다. 시달 부인이 주방에 있었고, 커피와 토스트, 지글거리는 베이컨 냄새가 풍겨왔다. 그녀는 낸시벨이 찻주전자를 들 수 있도록 스토브 옆으로 비켜서며 마구간에 있는 유아용 침대를 큰 다락방에 가져다두라고 말했다.

"오늘 오후에 도착하는 코브 부인이 자녀 셋과 한방을 쓰고 싶어해. 저녁을 먹지 않는다는 걸 보니 아이들이 아직 많이 어린 모양이야."

"그 방에 침대를 하나 더 들이기는 힘들 텐데요." 낸시벨이 차를 홀짝이며 말했다.

"그러게. 그리고 다른 방도 세 개 준비해야 해. 레이디 기퍼드와 남편이 쓸 바다 전망 방하고 그 위층에 자녀들이 쓸 방 두 개. 미스 엘리스에게 시트를 부탁하도록 해. 그리고……"

그녀의 말은 프레드가 복도에서 울려대는 요란한 징소리에 묻혔다. 그녀는 즉시 귀리죽 냄비를 테이블로 옮겨놓고 매일 아침 징소리가 울리기도 전에 나타나는 페일리 부부의 그릇에 덜었다. 냄비는 무거웠고, 그녀를 지켜보던 낸시벨은 귀부인이 주방에서 일하는 모습이 얼마나 어색한지 생각했다. 시달 부인은 그런대로 괜찮은 요리사였지만 집안일을 너무 늦게 배워 힘도 요령도 없었다. 어설프고 미숙해 불필요한 동작이 너무 많았다. 아름다운 머리카락이 흘러내려 눈을 덮고, 일을 시작한 지 삼십 분만 지나면 옷은 이미 구김살투성이였다. 낸시벨의 어머니라면 절반의 시간 동안 두 배의 일을 해냈을 것이다.

가엾은 분! 낸시벨은 생각했다. 어서 제대로 된 요리사를 구해야 할 텐데. 어쩌면 그게 이 집의 문제일 수도 있어. 요리사가 있다면 이렇게 우울하지 않을지도 몰라.

5. 주방에서의 아침식사

더프와 로빈 시달은 수영하러 갔다가 젖은 수건을 목에 두른 채 돌아왔다. 그들이 다시 뜰로 나가 빨랫줄에 수건을 너는 동안 시달 부인은 아들들이 먹을 귀리죽을 떠서 창가의 작은 테이블에 올려두었다. 호텔을 열었을 때 그녀는 가족을 주방에서 식사하게 만들 의도는 전혀 없었다. 식당에 가족 전용 테이블을 두고 프레드에게 시중을 들게 할 작정이었다. 그러나 그들은 식당에선 이야기를 나눌 수 없다는 걸 알았다. 손님들 때문에 영 어색했다.

"제리는 어디 있니?" 더프와 로빈이 돌아오자 그녀가 물었다. "너희랑 수영하러 간 거 아니었어?"

"아닌데요." 더프가 말했다. "발전기 손보고 있어요."

"귀리죽이 식겠네."

그녀는 제리의 귀리죽 그릇을 식지 않도록 오븐에 넣어두었다.

제리가 없었다면 누가 전기를 살폈으려나. 그는 세 아들 중 가장 도움이 되었으나 가장 적게 사랑받았다. 왜냐하면 결혼할 만큼 그녀를 홀린 딕 시달의 매력을 전혀 물려받지 못했으므로. 땅딸막한 체구와 들창코, 불같은 성격을 어디서 물려받았는지는 하늘만 알 것이다. 심지어 아기였을 때도 제리는 누구보다 말썽을 덜 피웠지만 정이 가지 않았다. 제리는 다정한 추억 하나 남기지 않고 감수성이 떨어지지만 착하고 책임감 있는 사람으로 성장했다. 심지어 전쟁터(그는 아른헌에서 싸웠다)에서 보낸 편지마저도 지루해서 하품이 나왔다.

시달 부인은 그런 사실이 부끄러웠지만, 나머지 두 아들이 실망스러운 그녀의 마음을 오롯이 채워주었다. 로빈은 그녀의 친정 트리헌가 사람들을 닮았다. 1918년에 세상을 떠난 그녀의 오빠와 판박이였다. 혈색 좋고, 잘생기고, 쾌활했던. 그리고 더프는 꿈의 아들이었다. 딕의 매력, 딕의 수려한 외모, 실패에 가려지기 전 딕의 총명함을 물려받았다. 더프는 흠잡을 데가 없었다. 하지만 그런 더프가 귀리죽에 크림을 넣어달라고 했을 때 힘없이 거절해야 했다.

"오늘부터는 안 돼." 시달 부인이 말했다. "레이디 기퍼드를 위해 크림을 남겨둬야 하거든. 그녀의 식사 준비가 아주 까다로울 거야. 하지만 시빌 에이버리가 소개한 사람이니 최선을 다해야지."

"어디가 아픈데요?" 더프가 물었다. "되게 좋은 병처럼 들리는데, 저도 옮으면 좋겠어요."

주방 복도에서 신발 끄는 소리가 들려왔다. 옛 하인의 골방에 기거하는 주인장이 바깥 행차를 나온 것이다. 시달 씨는 낡은 가운을 여미며 문가에 잠시 서서 들어가도 될지 눈치를 살피는 듯했다. 더프와 로빈이 의자를 옆으로 움직여 자리를 내주고 아내가 귀리죽 그릇을 내밀자 그는 지나치게 겸손한 태도로 받아들었다. 아들들에게 귀찮게 자리를 옮기게 만들어 미안하다고 사과하며. 오늘은 불쌍한 컨셉으로 밀고 나갈 모양이었다.

짧고 어색한 침묵 후에 더프가 이야기를 계속 이어갔다.

"두 가족이 더 온다니, 할일이 엄청나게 많아지겠어요."

"그렇지." 시달 부인이 말했다. "낸시벨 혼자 다 할 수는 없어. 미스 엘리스가 객실을 맡아줘야지. 내가 어젯밤에 말해두었어."

"엄마!" 로빈이 외쳤다. "정말 용감하시네요! 그랬더니 뭐래요?"

"놀라서 말을 못하더구나. 하지만 조금 있더니 객실 변기통을 치워야 하느냐고 묻더라. 그래서 그래야 한다고 했지."

"이제 사표 던지겠네요." 더프가 예언했다.

"아닐 거야." 시달 부인이 말했다. "다른 일자리를 구할 수 없을 테니."

날카롭게 말하는 그녀의 입가에 단단한 주름이 잡혔다. 날카로움과 완고함은 시달 부인의 본성이 아니었다. 그녀는 일하는 거나 여가, 휴식, 안락함을 희생하는 것은 개의치 않았다. 그러나 사람들이 못되게 굴 때 자신을 위해 싸우는 건 싫었다. 그리고 차츰 무자비한 괴롭힘만이 미스 엘리스를 다루는 유일한 방법임을 깨닫기 시작했다. 시달 부인은 더프를 위해 자기 것을 지키는 방법을 배워야 했다. 호텔이 이득을 내지 못한다면 더프는 절대 베일리얼 칼리지에서 공부할 수 없을 테니까.

"내가 직접 해도 되지만, 아침부터 주인이 객실에 나타나는 건 좀 그렇잖아." 그녀가 말했다.

시달 씨는 귀리죽을 먹고 나서 소심한 눈빛으로 아내와 아들들을 훑어보았다. 그는 말없이 주변 사람들을 불편하게 만드는 탁월한 재주가 있었다. 그는 소외되고자 애썼다. 그들이 그를 대화에 끼워주려 한다면 아무것도 이해 못하는 척할 것이 뻔했다. 호텔 업무는 그처럼 지능이 떨어지는 사람에겐 너무 힘든 일이라고 은근히 말할 터였다.

그런데도 더프는 과감히 아버지에게 말을 붙였다.

"그래도 엘리스에게 오물을 버리라고 하는 건 좀 별로 아니에요? 실수로 자기를 버리는 건 아닌지 모르겠네요. 자기가 오물이나 마찬가지니까—인간 오물."

시달은 변기통의 본질과 그것이 사물의 영역에서 차지하는 위치에 대해 잘 모르겠다는 태도를 보였다. 그러나 곧 서광이 비쳤다.

"이제 이해되기 시작하는구나." 그가 더프에게 말했다. "그건 사회주의의 근본적인 문제가 아니겠니? 평등한 사회의 아름다움을 설명한 프랑스 사람의 말이 있잖아. 누가 요강을 비울 것인가?"

시달 부인이 얼굴을 붉히며 대꾸했다. "그건, 문명인이라면 누구든 각자 알아서 할 일이에요. 하지만 집에 욕실이 더 있으면 좋겠어요."

"아, 알아요." 시달이 말했다. "나도 그러길 바라요. 톨스토이도 그랬지. 적어도 그가 그 주제에 대해 열정적으로 글을 썼다는 건 기억나는 것 같군. 그렇지, 더프?"

"모르겠는데요." 더프가 퉁명스레 대답했다.

"아…… 너희 세대가 톨스토이를 읽지 않는다는 사실을 깜빡했구나. 미안하다. 촌스러운 영감이 유행 지난 책을 곱씹으면 안 되는데 말이야. 그리고 여하튼 우리 손님들은 문명인처럼 보이지도 않아. 다들 자본주의 정신에 입각해 귀찮은 일은 다 낸시벨에게 떠넘기더군. 프롤레타리아가 되기 전에 우리가 그랬던 것처럼. 낸시벨은 예쁘고 착하고 굉장히 총명한데다 우리 모두를 다 합친 것보다 가치 있는 사람인데 이 집에서 유일하게 사회적 격변의 혜택도 받지 못한 채 그런 일을 떠맡아야 하지. 단지 농장 노동자의 딸이라는 이유만으로."

"저 톨스토이 읽었는데요." 더프가 말했다. "다만……"

"여기 당신 베이컨요." 시달 부인이 남편의 코밑에 접시를 들이밀며 말했다.

"고마워요. 이거 정말 내 거 맞나? 이게 전부? 너무 인심 쓰는 거 아니오? 그러니까, 진짜 공평한 사회에서는(그리고 그거야말로 우리가 이뤄내고자 하는 것이겠지, 더프?) 그런 일이 가장 낮고 천한…… 가장 쓸모없고 가장 비생산적인 시민에게 주어지겠지. 탄복할 만한 원칙이야. 난 전적으로 찬성이다. 이 집에서 누가 적합할지 생각해봐야겠다. 누가 제일 할일이 없나? 지금보다 좀 덜 중요한 업무를 맡아도 될 사람이 누구지?"

그는 식구들을 둘러보며 의견을 기다렸다.

"미스 엘리스요." 로빈이 말했다.

"네 생각은 그러냐? 본인 생각은 다를 거다. 봐라, 내가 훨씬 보잘것없잖아. 지금 난 먹고살기 위해 하는 일도 없고. 네 엄마는 믿지 않을지 몰라도, 난 그게 적잖이 마음에 걸리는구나. 하지만 내가 할 만한 일이 너무 없어. 어쨌든 이 일은 내 능력을 넘어서는 일은 아니고, 나는 만반의 준비가……"

"헛소리 말아요, 여보." 시달 부인이 말했다.

"헛소리? 내가 히튼소리를 한다는 말이오? 미안해요. 그럴 의도는 아니었는데. 나도 한 번쯤은 도움이 되고 싶었어요."

"하지만 당신은 할 수 없는 게……"

"어째서 안 되지? 그게 그렇게 어려운 일인가?"

"손님들이 불편해할 거예요."

"당신 말은 페일리, 기퍼드, 코브 마나님께서 내가 그들의 방으로 쳐들어가 침대 밑으로 기어들어가는 걸……"

로빈이 웃음을 터뜨렸고 시달 부인이 외쳤다.

"딕! 정말이지! 그만해요."

시달 씨는 잠시 의기소침한 침묵에 잠겼고, 더프는 화제를 바꿔 낸시벨을 얼마나 더 데리고 있을 수 있는지 물었다.

"아쉽지만 이번 시즌뿐이야." 그의 어머니가 한숨을 쉬었다. "낸시벨이라면 당연히 훨씬 더 좋은 일자리를 찾을 수 있지. 하지만 군대에 다녀온 후로 한동안 집에 머물 모양인가보더라. 그애 어머니가 그러는데…… 세척실에 프레드가 있니?"

"아직요." 열린 문 사이로 세척실을 살펴본 후 로빈이 말했다.

"토머스 부인 말로는 실연당한 후로 회복하는 데 꽤 시간이 걸렸다더라. 어떤 젊은이와 약혼하고 혼수까지 다 준비했는데 남자가 마지막 순간에 그녀를 차버렸대. 남자 눈에 여자 쪽이 너무 기울어 보였나봐. 중부지방의 경매인 집안이라는데, 부모가 신붓감을 탐탁잖게 여겨서 파혼하라고 아들을 설득했다더라. 아까울 것도 없는 남자지만 낸시벨은 좋아했던 거야. 가여운 것. 이렇게 기막힌 일이 어딨겠니. 대체 어느 집안에서 낸시벨을 제 아들보다 못하다고 할 수 있느냔 말이야!"

시달이 다시 대화에 끼어들며 말했다. "아마 당신도, 제리가 그녀와 결혼하려 하면 어마어마하게 화낼걸."

그러자 시달 부인은 나머지 세 식구가 웃음을 터뜨릴 만큼 놀란 표정을 지었다.

"걱정하지 말아요." 시달이 아내를 안심시켰다. "제리는 그럴 리 없으니. 당신이 그러라고 하기 전에는 말이오."

"더 못난 여자를 데려올 수도 있겠죠." 안심한 시달 부인이 말했다. "낸시벨보다 괜찮은 아이는 본 적이 없어요."

"그럼 왜 그렇게 무서운 표정이었어요?" 더프가 물었다.

"네 엄마는 낸시벨 때문에 그런 게 아니야." 아버지가 말했다. "제리가 언젠가 누군가와 결혼하리라는 생각 자체가 두려운 거지. 제리는 결혼 못한다. 널 옥스퍼드에 보내려면 돈을 벌 사람이 있어야 하니까. 제리는 앞으로 칠 년은 여자에게 눈길도 줘서는 안 돼. 네가 변호사 자격증을 취득하는 날까지. 그래서 네 엄마가 제리의 여드름을 낮게 할 방도를 찾지 않는 거야. 젊은 의사를 따라다니는 존스의 어린 간호사들을 항상 경계하거든. 너희 엄마는 여드름이 아가씨들을 쫓아주길 바라고 있어."

너무나 진실에 가까운 그의 말에 누구도 차마 반박하지 못했다.

6. 헨리 기퍼드 경의 상념

경찰이 부인을 만나고 싶어합니다. 더는 참을 수 없다. 이 문제에 대해 더 생각하다가는 차로 나무를 들이받을 지경이다. 나는 기다릴 수밖에 없다. 그녀에게 물어봐도 소용이 없다. 여보, 난 흥분하면 안 돼요. 내 심장 전문의에게 절대 흥분하지 않겠다고 다짐했어요. 그리고 아내는 슬그머니 방을 나갔다. 오늘 안으로 펜디잭에 도착하려면 서둘러야 한다. 단지 아내가 콘월식 클로티드 크림과 바닷가재를 파는 곳에 대해 들었다는 이유만으로 50마일을 돌아갈 시간은 없다. 작고 멋진 동네. 멋지기는 개뿔. 절대 멋질 리 없다. 아내는 그 터무니없는 광고 전단을 읽는다. 덕분에 어제 쓸데없이 주행거리가 늘었다. 경찰이라…… 나는 건지섬에서 살지 않을 것이다. 갈림길을 무시하고 직진할 것이다. 미안해서 어쩌지, 아무래도 지나간 것 같아. 차를 돌리기엔 너무 늦었어. 오늘밤 안으로 펜디잭에 도착하려면 계속 가야 해. 아내는 뒷좌석에서 지도를 들고 바스락거린다. 교차로를 놓치지 않겠다는 일념으로. 그녀는 지도를 읽을 줄 모른다. 너무 멍청하니까. 그러나 일단 뭔가 하기로 작정하면 멍청하지 않다. 그 작은 식당을 정말 찾아가고 싶다면 지도를 읽어내고야 말 것이다. 정말 원한다면…… 그러나 건지섬은 아니다. 나는 건지섬에서 살지 않을 것이다. 아내는 이해하고 싶은 것만 이해한다. 오늘 안으로 도착하려면 오크햄프턴에서 점심을 먹어야 한다. 아마도 허술한 식사겠지만 어쩔 수 없다. 서둘러야 하니까. 아이들에 이어 우리도 곧 도착해야 한다. 아이들만 그곳에 도착하도록 할 수는…… 여하튼 모두 무사히 출발하기는 했다. 경찰이…… 나는 전화를 했다. 오 매더스! 아이들은 오늘 아침 패딩턴에서 잘 출발했나? 예, 헨리 경. 그리고 경찰이 전화를 걸어 부인을 뵙고 싶다고 했습니다. 아니요, 용건은 말하지 않았습니다. 시골로 여행을 떠나셔서 안 계신다고 하고 주소를 주었습니다. 여보…… 경찰이 당신을 찾는 전화를 했다는군요. 경찰이요? 어머, 이상한 일이네요. 아뇨, 난 짐작 가는 일이 전혀 없는데. 무슨 일로요? 만약 그랬다면 겁먹은 얼굴을 했겠지…… 아니! 저 사람은 겁낼 줄 모르는 사람이야. 흥분하지 않기로 다짐했고, 정말로 그걸 지키고 있어. 게다가 자신에게 불미스러운 일이 일어날 수 있다는 사실을 믿지 않지. 어쩌면 아무 일 아닐 수도…… 75파운드. 그녀가 정말 허용된 비용만으로 버텼을까? 하지만 내가 이미 백 번은 계산해봤잖아. 그녀가 정말 바렝가에 머물렀다면…… 난 당신이 왜 그들을 부역자라고 부르는지 모르겠어요, 여보! 루이즈 말처럼 우리는 짐승 사이에서 문명인이어야 했어요. 하지만 그들은 그렇게 고생한 것처럼 보이지도 않는다. 전쟁 내내 편하게 눌러앉아 있었고, 지금도 여전히 그렇다. 전형적인 프랑스인…… 그렇다면 우리는 무슨 고생을 했나? 아내와 나는? 아내와 아이들도 매사추세츠에 편히 눌러앉아 있지 않았나? 그리고 이제 아내는 건지섬에 눌러앉겠다는 건데, 나 말고는 아무도 말리는 사람이 없다. 가난한 사람들이 이 전쟁에 나가 싸웠고 지금도 가난한 사람들이 대가를 치르고 있다…… 그녀가 바렝가에 머물며 호텔비를 지출하지 않았다면 75파운드로 지낼 수 있었을 것이다. 그녀는 그러겠다고 약속했다. 떠나기 전에 내가 그렇게 다짐을 받아두었다. 나는 통화 규정에 관해 설명했다. 법을 어긴 것이 밝혀지면 내가 사임해야 한다고 말했다. 판사가 해서는 안 되는…… 분명 아내는 이해했을 테지? 하지만 그녀는 이해하고 싶은 것만 이해한다.

오 맙소사! 양떼! 이 속도로 저 양떼의 뒤를 쫓아간다면 뒷걸음치는 꼴인데. 저 사람에게 시간을 벌어주는 거고…… 아, 안 돼! 양떼가 문을 통과하는군. 다행이야. 아내가 건지섬에 집을 산 건 내 책임이 아니다. 막을 수 없었다. 자기 돈으로 자기가 하고 싶은 일을 한 것이니. 난 그곳에 살 마음이 없지만, 내가 아니면 아내는 소득세를 피할 수 없다. 내 일은 어쩌란 말인가? 하지만 여보, 왜 일을 하려는 거죠? 건지섬에 살면 소득세를 낼 필요도 없고 당신은 부자가 될 텐데요. 그녀는 이해하지 못한다. 그녀는 미국에 있었다. 대공습을 경험하지 않았다. 나는 경험했다. 그 모든 고통, 그 모든 희생자, 그 모든 영웅주의를…… 나는 목격했다. 나는 건지섬으로 가지 않을 것이다. 아내가 저렇게 아프지만 않다면. 대체 뭐가 문제인지 의사가 찾아내주기를 바랄 뿐이다. 불쌍한 사람이니 아량을 베풀어야 하는데. 여기가 교차로인 듯하다. 뒷좌석의 그녀는 무척 조용하다. 잠들었나? 어젯밤에 그녀는 잠을 설쳤다. 이제 교차로를 지났다. 맞다, 그녀는 신경통을 앓았다. 나는 참을성 있게 그녀를 대해야 한다. 그녀는 이겨내야 할 것이 많으니까. 하지만 건지섬에 대해서는 내 입장을 고수해야 한다. 그리고 오늘밤 인에 거기 도착하려면 서둘러야 한다. 오크햄프틴에서 점심. 경찰이……

7. 뜻밖의 횡재

집에 머무는 동안 제리 시달의 여드름은 점점 악화되었다. 그것은 마치 욥을 괴롭히듯 그를 괴롭혔다. 최대치에 도달한 인내의 성흔이었다.

그는 정이 많은 사람이었다. 어머니를 사랑했고, 얼마 전까지만 해도 아버지 역시 사랑했다. 형제를 아꼈고. 그러나 펜디잭의 상황은 이제 어떤 지점에 이르렀고, 식사 때면 그는 식구들을 피하고자 무슨 일이든 찾아내려 했다. 그들 각자와는 잘 지냈지만, 다 함께 하는 자리는 더이상 견딜 수 없었다.

그렇게 그는 아침식사 시간이 무사히 지나가고 아버지가 골방으로 돌아갔다는 확신이 들 때까지 발전기를 붙들고 시간을 끌었다. 그리고 마침내 주방으로 가서 어머니가 페일리 부부를 위해 샌드위치를 만드는 동안 불은 귀리죽을 먹었다. 놀랍게도 어머니는 레이디 기퍼드를 위해 남겨두었던 크림을 모두 그에게 주었다. 그녀는 이따금 발작적으로 찾아오는 양심의 가책 때문에 애를 먹었다.

"너는 지방을 좀더 섭취해야 해." 그녀가 말했다. "분명 그래서 여드름이 나는 걸 거야. 아무래도 무슨 대책을 세워야겠다. 얘야…… 오늘 아침에 포스메린에 갈 거니?"

"시키실 일이 있으면 갈 수도 있고요."

"장 볼 목록을 적어놨는데…… 내가 갈 시간이 있을지 모르겠구나…… 그런데 가기 전에 낸시벨을 도와 코브 부인의 방에 침대를 하나 더 가져다놓아주겠니?"

"코브 부인에게 확실하게 하시기를 바라요." 제리가 말했다. "편지를 보니까 한방에서 다 같이 자는 대신 값을 깎아주길 기대하는 것 같던데요."

"음…… 애들이 아직 어리다면……"

"어차피 깎아주실 거네요, 뭐. 더 깎아달라고 하면 해주지 마세요."

"너무 가난한 것 같더라. 차를 요청하지 않고 역에서 버스를 타고 오겠다잖니."

"우리도 끔찍하게 가난해요. 형편이 안 되면 여기 오지를 말아야죠."

"나는 그녀가 오는 게 기쁘구나. 달리 손님이 없잖아."

"알아요. 하지만 늘 뜻밖의 횡재라는 게 있잖아요. 포스메린의 호텔이 저렇게 붐비니까, 거기서 방을 얻지 못한 사람들이……"

"그 사람들은 내가 원하는 사람들이 아니야. 그 끔찍한 버그먼 가족처럼. 난 예의바르고 조용한 사람들을 원해."

그녀는 샌드위치를 포장하고, 제리는 낸시벨의 일을 덜어주기 위해 그릇을 들고 세척실로 갔다. 거기서 설거지를 하고 있던 낸시벨이 특유의 따뜻하고 상냥한 미소를 지으며 그에게 고맙다고 말했다. 그는 따뜻함과 상냥함을 갈구했지만, 그것을 어머니의 세척실에서 찾을 수 있으리라는 생각은 꿈에도 해보지 않았기에 그에게 아무것도 주지 않는 세상으로 통하는 고통스러운 길을 계속해서 터벅터벅 걸어갔다. 그는 큰 다락방에 침대를 밀어넣은 다음, 포스메린에서 구매할 물품 목록을 들고 가파른 진입로를 오르기 시작했다.

지그재그로 이어지는 길의 두번째 길목에서 그는 키가 크고 마른 여자를 만났다. 그녀는 여기가 호텔로 가는 길이냐고 수줍게 물었다.

"펜디잭 매너 말씀인가요?" 그가 말했다. "맞아요. 뭘 도와드릴까요? 저희 어머니가 운영하는 호텔입니다."

그녀는 머뭇거리며 중얼거렸다.

"아, 저…… 그러니까…… 저는 그냥…… 확실치는 않지만…… 사람들이 거기 가면 방이 있다고……"

"방을 원하세요?"

"아 네, 그…… 그게 아니라…… 한번 내려가볼까 생각했는데…… 하지만 물론……"

"방 몇 개요?"

그녀는 질문에 대답할 수 없는 듯했다. 사실 단도직입적인 질문은 어떤 것이든 그녀를 공포에 빠뜨리는 듯 보였다. 제리는 그녀가 제정신이 아닐지도 모른다고 생각하기 시작했다. 말하면서 떨기도 하고 그와 눈도 마주치지 못했으니까. 그녀는 정신 나간 사람이 보통 그렇듯 눈을 내리뜨고 고개를 옆으로 살짝 떨구었다.

"제가 길을 알려드리죠." 마침내 그가 제안했다.

그러자 그녀는 안도하듯 그를 바라보았다. 눈이 무척 아름다웠지만 약간 광기가 있었다.

"아…… 고맙습니다." 그녀가 말했다.

진입로로 되돌아가며 제리는 은근슬쩍 대답을 유도했다.

"지금 1층에 더블룸이 하나, 2층에 작은 싱글룸 두 개가 비어 있어요."

"싱글룸 둘요? 아, 고맙습니다."

"그러니까 싱글룸 두 개를 원하시는군요. 금방 준비해드릴 수 있습니다."

"아, 네. 아, 고맙습니다."

"우린 주당 6기니를 받아요."

"아, 고맙습니다."

잠시 정적이 흘렀다. 자세히 보니 그녀는 꽤 앳되어 보였다. 하지만 어찌나 깡마르고 지쳐 있는지 첫눈에는 젊음을 감지할 수 없을 정도였다. 걸음걸이며 목소리, 떨리는 동작까지 늙어가는 노처녀 같았다.

"친구는 포스메린에 두고 왔나봐요." 그가 물었다.

그 말에 그녀는 화들짝 놀랐다. 그녀는 겁에 질린 듯 그를 바라보며 대답했다.

"저…… 저는 친구가 없는데요."

"하지만 방이 두 개 필요하다면서요."

"네…… 하나는 제 거고…… 그러니까 제…… 제 아버지…… 아버지가 방을 하나 원하시고…… 저도 하나 필요하고요."

"아? 아버지요. 방이 두 개 필요하군요. 하나는 당신을 위해, 하나는 아버지를 위해."

"아, 네. 감사합니다."

"그럼 아버지가 포스메린에 계시는군요."

"아, 아뇨. 아버지는…… 아버지는 여기 계세요."

"여기요?"

"저기…… 저 위…… 저 위에…… 계세요. 차 안에요."

"차를 가져오셨어요?"

"아, 네. 제 말은…… 아버지 차요."

"그럼 주차장이 필요하겠군요."

"아, 네. 고맙습니다."

어느덧 그들은 호텔에 도착했고, 제리는 그녀를 사무실로 안내했다. 그의 어머니와 대화를 나눌 때 그녀는 조금 더 분별 있고 차분해 보였다. 그녀는 성이 랙스턴이라고 했다. 아버지 랙스턴 씨는 성당 참사위원*이고, 원래 포스메린의 벨뷰 호텔에 묵었는데,

---

* 주교에 의해 임명된 의전 사제단 또는 참의회에 속하는 성직자단을 가리킨다.

마음에 들지 않아 오늘 아침에 호텔을 나왔다고 했다. 그들은 일주일 동안 머물 방 두 개가 필요했다. 그녀가 여기서 방을 보는 동안 아버지는 언덕 위의 자동차 안에서 기다리기로 했다.

"제가 올라가서 아버님께 저희 호텔에 빈방이 있다고 말씀드리죠." 제리가 제안했다. 그 불쌍한 아가씨에게 또다시 언덕을 오를 힘이 없어 보였기 때문이다.

그러나 그녀가 지나치게 혼란스러운 표정으로 자기가 직접, 그것도 혼자 가야 한다고 고집을 부리는 바람에 그러라고 할 수밖에 없었다.

"벨뷰가 마음에 들지 않았다니 놀랐는걸." 시달 부인이 말했다. "아주 좋은 호텔인데. 이상한 사람들은 아닌지 모르겠네."

"그 사람들이 오기 전에 전화해서 물어보세요." 제리가 제안했다.

"그래야겠다. 파킨스 부인에게 조용히 물어봐야지…… 뜻밖의 횡재이긴 해도……"

그녀가 벨뷰에 전화를 걸어 랙스턴이라는 이름을 대자마자 수화기 저편에서 성난 고함이 터져나왔다. 파킨스 부인은 랙스턴 부녀에 대해 할말이 산더미였다.

"뭐래요?" 통화가 끝난 후 제리가 물었다.

"돈은 문제가 아니었다는구나. 일주일 치 방값을 선불로 내고 이틀밖에 묵지 않았대. 하지만 그 아버지의 성격이 보통이 아니라더라. 마주치는 사람마다 다투고, 라운지에서 카드놀이와 댄스파티를 열지 말라고 했대. 직원에게도 아주 무례하고 굴고 말이야."

"아, 어머니…… 안 되겠네요."

"참사위원이면 존경받는 사람일 텐데. 그렇다고 우리가 방을 비워둘 형편도 못 되고……"

"하지만 그런 사람이라면……"

"우리 호텔은 카드놀이를 하거나 춤을 추는 사람이 없잖니…… 역정낼 만한 직원도 별로 없고. 게다가 겨우 일주일인걸."

"뜻밖의 횡재는 별로라면서요."

"돈이 12기니야."

밖에서 자동차 바퀴가 자갈 위를 구르는 소리가 들려왔다. 창밖을 내다보니 큰 승용차가 철쭉 덤불 사이로 마지막 모퉁이를 조심스레 돌고 있었다. 차는 정문 앞에서 멈춰 섰다.

딸이 운전하고 참사위원은 뒷좌석에 앉아 있었다. 그의 모습이 두 사람의 상상과 너무도 들어맞아 시달 부인과 제리는 깜짝 놀랐다. 주먹코, 짙은 눈썹, 작고 붉은 기가 도는 눈, 자줏빛 얼굴색이며 튀어나온 아랫입술. 누가 봐도 시비 걸기 좋아하는 사람의 얼굴이 거기 있었다. 게다가 입고 있는 사제복이 그를 한층 완고해 보이게 했다. 그에게 복종하지 않는 사람은 누구든 영원히 벌을 받을 듯 위협적이었기 때문이다.

"오, 맙소사……" 시달 부인이 속삭였다. "오, 맙소사. 이를 어째……"

그녀는 제리를 앞세우고 정문으로 갔다. 방이 없다고 말할 작정이었다.

그러나 그사이 차에서 내려 포치에 올라선 참사위원은 더없이 정중하고 친절했다. 그가 자신에게 화내는 기색이 아니자 시달 부인은 큰 은혜라도 입은 듯 고마워하며 당장 그를 방으로 안내했다. 그녀는 그가 그토록 싹싹하게 구는 것을 엄청난 호의로 받아들였다. 그의 신경을 거스르는 것은 없는 듯했다. 호텔에 아이들이 몇 명 있을 거라는 말에 반색했고, 작은 방을 거부하지도 않은데다 일주일 치 방값을 선물로 내겠다고 제안했다. 협상은 순조로이 끝났다. 유일하게 구름이 낀 순간은 짐을 어떻게 할지 묻는 제리에게 어수룩한 딸이 제대로 대답하지 못했을 때였다. 그녀의 아버지는 딸이 입술에 경련을 일으키며 말을 더듬고 눈을 깜빡이는 것을 알아차렸다. 그가 지독히 혐오스러운 눈빛을 던지며 말했다.

"내 딸이 팔푼이처럼 굴고 있으니 내가 직접 답할 수밖에 없군요, 미스터 시달. 그 작은 파란색 트렁크는 이 아이 것이오. 나머지 짐은 모두 내 것이고."

그리고 이렇게 덧붙이며 딸이 더는 아무 말도 하지 못하도록 막았다.

"됐다, 이밴절린. 제대로 말하지 못하겠으면 아예 말을 하지 마라."

여하튼 그를 화나게 하는 일은 전혀 없었다. 그날의 소풍을 위해 막 길을 나서던 페일리 부부와 우연히 복도에서 마주쳤을 때 그가 느낀 사소한 불쾌감 외에는. 시달 부인이 양쪽을 소개하자 참사위원은 유쾌하게 손을 내밀었다. 그러나 부부는 고개만 조금 숙여 보이고 문을 빠져나갔다. 시달 부인은 그들의 습관적인 거만함과 인색한 미소에 익숙해진 터라 참사위원이 어떤 인상을 받을

지 짐작하지 못했다. 그는 말문이 막힌 채 자리에 서서 부부의 뒷모습을 빤히 바라보았다.

잠시 후 그가 말했다. "저렇게 무례한 사람들이 있나. 누굽니까, 저 페일리라는 사람은?"

"건축가예요. 이름은 들어보셨을 거예요. 웨섹스대학을 설계했죠."

"아? 그 사람이군요! 네. 들어봤습니다. 저 사람은 항상 이런 식으로 불쾌하게 행동합니까?"

"그게…… 저분들이 워낙 내성적이라서요." 시달 부인이 떨리는 목소리로 말했다. "일부러 무례하게 군 건 아닐 거예요."

"아, 그래요? 내가 보기엔 아닌데. 이런 푸대접은 태어나서 처음입니다."

시달 부인이 2층으로 안내해 방을 보여주는 동안 그는 페일리 씨의 무례함에 대한 연설을 계속했다. 그리고 창밖으로 모래사장을 가로질러 걷는 부부의 모습이 보이자 한동안 창가에 서서 유리를 두드리며 중얼거렸다.

"태도를 고치지 않는다면 페일리 씨에게 한두 마디 해야 할 것 같군요."

시달 부인이 아래층으로 내려가자 제리가 비난하는 표정을 지었다.

"무슨 일이에요?" 제리가 물었다. "왜 그러신 건데요?"

"아, 나도 모르겠구나. 무서웠어. 방이 있냐고 물을 때는 너무 친절하길래. 그런데 화나면 감당할 수 없을 것 같기도 하고."

"뭐 유난히 친절하지도 않던걸요." 제리가 말했다. "그냥 보통 수준으로 정중했을 뿐이죠. 뭘 기대하셨던 거예요? 가구를 다 때려 부술 줄 아셨어요?"

"분명 전에 어디서 그 사람을 본 적이 있는데 왜 이리 기억이 안 날까. 이름도 귀에 익은데……"

제리는 먼저 참사위원의 짐을 올려다놓고 그 딸의 작은 파란색 트렁크를 들고 방으로 갔다. 그가 들어갔을 때 그녀는 안정을 되찾고 침대에 앉아 조용히 정면을 바라보고 있었다. 그가 트렁크를 내려놓는데도 그녀는 전혀 움직이지 않았고 감사하다는 말도 없었다. 그러나 그가 방을 나갈 때는 미소를 지었다. 그를 향해서가 아니라 그의 등뒤 어딘가를 향해. 그것이 너무도 기이해 제리는 등골이 오싹했다.

아래층으로 내려오며 그는 생각했다. 저 여자 까딱하면 미치겠어.

8. 파티와 절제

패딩턴에서 출발한 기차는 만원이었고, 많은 사람이 펜잰스까지 줄곧 서서 가야 했다. 그러나 기퍼드가의 네 아이는 좌석이 있었다. 아이들은 가드레일 밖에 줄을 서서 기다리거나 승강장의 인파를 뚫고 지나갈 필요가 없었다. 미리 두둑한 뒷돈을 받아둔 짐꾼 두 명이 기퍼드가의 비서와 집사의 지휘하에 뇌물을 잔뜩 받은 다른 짐꾼들과의 경쟁이 비교적 덜한 삼등칸에 그들의 좌석을 확보해두었다. 어떤 과부가 어린 딸 셋을 데리고 우선권을 주장하다 복도로 밀려났다. 기퍼드가의 자녀들이 자리에 앉자 점심 식권과 달콤한 간식과 잡지 등이 제공되었고, 원하는 것이 있으면 안내원에게 말하라는 설명이 뒤따랐다.

승객들의 감정은 과부 편으로 기울었고, 그 무엇도 기퍼드가 아이들에 대한 인상을 바꿀 수 없을 듯했다. 아이들은 유달리 영양 상태가 좋아 보였고, 합법적인 의류 배급권으로 그토록 단정하게 차려입을 수 있는 가족은 없었다. 누가 봐도 그들은 암시장에서 흘러나온 음식을 배불리 먹고 밀수한 나일론 스타킹을 신으며 이렇게 궁핍한 시절에 배급량보다 많은 것을 취하면서도 부끄러운 줄 모르는 사람들의 자식이었다.

그러나 이상하게도 사람들은 아이들에게는 유난히 너그러운 법이어서, 그들이 마치 기차가 저희 것인 양 굴지만 않았다면 부모의 죄를 아이들에게 덧씌우지는 않았을 것이다. 여행 초반에 그들은 매우 시끄럽게 애니멀그랩 카드놀이를 했고, 히비는 자기 고양이를 바구니에서 꺼내겠다고 고집을 부렸다. 이런 안하무인격의 태도와 거만함이 히비와 캐럴라인, 루크와 마이클에게 보복을 불러왔다. 아이들이 식당칸으로 가기 위해 자리를 뜨자마자 과부와 그녀의 아이들이 좌석을 차지했고 누구도 그들을 막지 않았다.

좌석의 새 주인들은 암시장의 기미도, 가난한 청소부에게서 산 의류 배급권의 기미도 풍기지 않았다. 그보다 그들은 〈유럽을 구하자〉 팸플릿의 실례처럼 보였다. 그들이 가진 것은 모두 초라했다. 세 여자아이는 키가 껑충하고 암실에서 자란 식물처럼 창백했다. 치아가 튀어나왔지만 교정기를 하지 않았고, 창백한 푸른 눈동자는 근시였지만 안경을 끼지 않았다. 푸딩 그릇 같은 단발머리는 집에서 자른 듯하고 낡은 면 원피스는 앙상한 무릎을 채 덮지 못했다.

과부는 깡마른 체구에 음침하고 자신만만했다. 기퍼드가의 마지막 아이가 통로를 따라 사라지자마자 그녀는 온순한 아이들을 한 명씩 좌석에 앉히고는 기퍼드가의 짐을 선반에서 몽땅 끌어내린 다음 그들의 짐을 올렸다. 간혹 동승객 중에 항의하려는 사람이 있어도 끽소리 못하도록 말없이 신속하게 일을 처리했다.

자리에 앉은 그녀는 그물 가방에서 딱딱해 보이는 청어리 샌드위치를 꺼내 아이들에게 하나씩 나눠주었다. 그리고 에나멜 머그잔에 물을 가득 따라 돌아가며 마시게 했다. 이 스파르타식 식사가 끝나자 그녀는 아이들에게 회색 뜨개질감을 주었다. 그러는 동안 그들은 서로 한마디도 주고받지 않았다.

객실에 싸한 분위기가 흐르며 승객들의 동정의 추가 잘생기고 시끄러운 기퍼드가 아이들 쪽으로 약간 기울었다. 여자의 얼굴이 낯익었다. 다들 그녀를 어디선가 마주쳤다고 느꼈다. 저런 속도와 능숙함으로 그들을 제치고 지나간 여자. 버스 대기 줄에서 그들 앞으로 새치기를 한 여자. 그들의 코앞에서 가판대에 남은 마지막 생선을 낚아챈 여자. 생기 없이 뜨개질하는 아이들이 그녀의 무기였다.

그러나 음식을 잔뜩 먹은 기퍼드가 아이들이 고함을 치며 통로에 서 있는 승객들을 밀치고 발을 밟고 지나가자 동정의 추는 다시 휙 제자리로 돌아갔다. 저런 어린 불한당이라면 저희 앞가림은 알아서 하겠지.

통로에서 자신들의 짐을 발견한 기퍼드가 아이들은 얼이 빠진 듯 조용해지며 객실 유리창 너머로 침입자를 확인했다.

"고아들이야." 히비가 말했다. "쟤들이 우리 좌석을 가로챘어."

히비는 통로에서 이미 말라깽이 소녀들을 알아보았고, 보모와

토요일 63

여행중인 고아라고 생각했다. 그리고 레이디 기퍼드가 자신을 캐럴라인의 자매로 입양하지 않았다면 자신도 저렇게 끔찍해 보였을까 생각했다.

"너무 뻔뻔해." 루크가 말했다.

캐럴라인은 열차 안내원을 부르자고 했다. 그러나 히비는 이미 문을 열고 싸울 기세로 객실 안으로 들어섰다.

"실례지만," 히비가 보모에게 말했다. "여긴 우리 자리인데요."

보모가 눈을 치떴다. 그녀는 히비의 황갈색 고수머리부터 매끈한 다리까지 훑어보더니 뜨개질을 계속했다.

"우리가 여기 앉아 있었다고요." 히비가 말했다. "점심을 먹으러 갔지만 짐은 여기 두었어요. 당신은 우리 짐을 통로에 내놓을 권리가 없어요."

히비는 자신이 하는 일은 무엇이든 옳다고 믿는 어린아이처럼 지원을 바라듯 객실 안을 둘러보았다. 그러나 무관심하거나 흥미로운 듯 바라볼 뿐 공감하는 눈빛은 없었다.

"못하게 말렸어야죠." 히비가 화를 내며 말했다.

그 말에 구석에 있던 여자가 대꾸했다.

"그 사람들도 너희처럼 좌석값을 냈어."

"우리가 먼저 맡았어요." 히비가 말했다.

히비가 갑자기 가장 어린 고아를 발로 차서 일으켜세운 다음 자리에 앉으려 하자 보모가 제지했다. 그녀는 차분하게 히비의 팔을 움켜잡고 통로로 내보냈다. 그녀의 손은 강철로 만들어진 것 같았다. 마치 살이 전혀 없는 것처럼 느껴졌다. 히비를 놓아주기 직전에 그녀는 팔을 사납게 꼬집었다. 그러고는 객실 문을 닫고 다시 자리에 앉아 뜨개질을 계속했다.

"내가 안내원을 데려올게." 캐럴라인이 말했다.

"아니." 히비가 말하며 꼬집힌 팔을 문질렀다. "저 사람들은 안내원 없이 들어왔어. 우리 힘으로 요새를 탈환해야 해. 전쟁 규칙을 지켜야지."

"하지만 매더스가 안내원에게 팁으로 10실링을 줬잖아."

"알아. 하지만 스파르타인이라면 절대 안내원을 부르지 않을 거야."

"난 물총을 가지고 있어." 마이클이 말하며 자신의 아타셰 케이스를 열려고 했다. "화장실에 가서 물 채워 올게."

"아니. 현지인의 분위기가 비우호적이야. 우리가 대포를 쏴선 안 돼. 매복하고 기다리자. 조만간 누구든 통로로 나오겠지. 그때 뛰어들어가서 자리를 되찾는 거야."

"저 여자가 쫓아낼 텐데."

"미리 대비하면 그렇게 못해. 갑자기 나를 덮쳤잖아. 저 여자가 꼬집으면 우리도 꼬집어주자."

기다린 지 얼마 지나지 않아 고아 중 한 명이 보모와 속삭이듯 대화를 나누더니 자리에서 일어나 통로로 나왔다. 히비는 번개같이 뛰어들어가 빈 좌석을 차지했다. 자리를 비웠던 아이가 돌아와 수줍게 문간에 서 있을 때까지 아무런 기척도 어떤 말도 없었다. 마침내 보모가 상체를 기울이며 히비에게 말했다.

"부탁인데 내 딸 자리에서 비켜줄래?"

딸이라고? 히비는 생각했다. 그럼 고아가 아니네. "싫은데요." 히비가 대꾸했다. "비켜주지 않을 거예요. 내가 먼저 앉았으니까 내 자리예요. 저를 다시 여기서 쫓아내려 하면 폭행죄로 당신을 신고하겠어요. 우리 아빠는 판사이고 난 법에 대해 다 알아요. 당신은 이미 내게 타박상을 입혔으니 법정에서 이걸 보여줄 수도 있어요."

히비는 팔을 걷고 꼬집힌 자국을 보여주었다.

잠시 침묵이 흐른 뒤 히비의 적이 돌아앉으며 말했다.

"아무래도 네가 좀 서 있어야겠구나, 블란치. 이 아이가 예의범절을 모르니 말이다. 통로의 트렁크에 앉으렴. 아픈 등이 가능한 한 편하도록.

"예, 엄마." 블란치가 대답했다.

아픈 등이 뜻밖에 허를 찌르며 히비의 타박상이 불러일으킨 인상을 지웠다.

"아이가 아팠어요?" 구석에 있던 여자가 물었다.

"네." 적이 대답했다. "몹쓸 병에 걸렸다 나은 지 얼마 안 됐어요."

객실 곳곳에서 동정의 웅성거림이 들려왔다. 히비는 얼굴이 달아올랐지만 퉁명스레 물었다. 그러면 당신 아이들 모두가 등이 아픈 거냐고. 주변 승객들의 반감이 더욱 심해졌다.

"불쌍한 아이들." 구석의 여자가 말했다. "아버지가 판사라고 세상이 저희 것인 줄 아네. 노동자의 자녀라면 저런 행동을 부끄러워할 텐데."

블란치는 객실 밖의 트렁크에 앉은 채 캐럴라인, 루크, 마이클과 마주보았다. 그들도 블란치의 아픈 등이 신경쓰였다. 캐럴라인이 달콤한 간식을 주었지만 블란치는 거절했다. 마음은 그렇지 않은 것이 분명한데도.

"받아." 루크가 말했다. "우린 아직 많아. 마롱 글라세야. 배급품은 아니고."

아이는 여전히 고개를 저었다.

"마롱 글라세 안 좋아해?" 캐럴라인이 물었다.

"먹어본 적 없어." 블란치가 속삭였다.

"그러니까…… 하나 먹어봐."

"아, 아니, 괜찮아."

"너희도 휴가 가는 거야?" 마이클이 궁금한 듯 물었다.

"으응." 블란치가 약간 혀 짧은 소리로 대답했다.

"어디로?"

"펜디잭 매너 호텔."

"어!" 기퍼드가의 세 아이가 외쳤다.

루크와 마이클이 창 너머로 히비에게 새로운 정보를 전달하려 하자 히비는 듣지 않고 비난하듯 노려보았다. 블란치의 자매 가운데 한 명이 막 통로로 나가려 했고, 히비는 두번째 자리를 확보해 힘을 보태줄 동맹군이 필요했다. 그러나 히비의 형제자매는 협력할 뜻이 없었다. 통로가 더 화기애애했다. 그들은 미소 지으며 고개를 저을 뿐이었다. 히비의 눈에 섬광이 비쳤다. 다른 아이들이 손을 흔들어 보였지만 그녀는 자리에서 꼼짝하지 않았다.

"우리도 거기로 가는 중이야." 캐럴라인이 블란치에게 말했다.

"너희 아빠는 어디 계셔?" 마이클이 물었다.

"돌아가셨어." 블란치가 슬픔에 잠겨 말했다.

"아, 미안해."

아버지가 돌아가시고 등이 아프다는 말에 아이들은 모두 블란치가 너무 불쌍하다고 느끼기 시작했다. 캐럴라인은 다시 마롱 글라세를 먹어보라고 권했다. 하지만 블란치는 받아도 돌려줄 것이 없다고 설명했다.

"아, 그건 상관없어." 캐럴라인이 말했다. "우린 많아. 미국에서 항상 소포가 오거든."

블란지는 쭈뼛쭈뼛 마롱 글라세를 받았다.

"너희도 미국에서 소포를 받아?" 마이클이 물었다.

"으응."

"뭐가 들어 있어?"

"몰라. 엄마가 보관하셔."

"우린 우리가 받은 걸로 파티를 여는데." 루크가 말했다.

블란치의 눈이 동그래졌다. 블란치는 흥분한 듯 루크를 바라보았다.

그때 블란치의 여동생이 왔고 아이들이 그애에게도 마롱 글라세를 권했다. 그애도 블란치처럼 머뭇거리며 같은 설명을 한 후에 간식을 받아들었다. 그들은 선물이란 받은 만큼 상대에게 돌려주는 거라고 여기는 듯했다. 새로 온 아이가 자신은 비어트릭스이며, 셋째의 이름은 모드라고 말했다. 그들의 성은 코브였다.

"너 객실로 돌아가서 등이 편하게 앉는 게 어때?" 캐럴라인이 블란치에게 말했다. "비어트릭스는 여기 우리랑 같이 있고."

"난 여기가 좋아." 블란치가 급히 대꾸했다.

블란치는 동생에게 돌아앉으며 중얼거렸다.

"얘네는 파티를 연대."

"오-오-오!" 비어트릭스가 숨을 몰아쉬었다.

두 자매는 마롱 글라세를 입에 넣고 신기한 듯 기퍼드가 아이들을 빤히 바라보며 몽상에 빠져들었다.

코브 자매에게 파티라는 단어는 마법 같은 의미를 띠었다. 파티에 가본 적은 없지만 책에서 읽은 적이 있었다. 그들이 가진 『성 모니카 학교의 무모한 여학생들』이라는 책에 한밤중 기숙사 방에서 파티를 여는 내용이 나왔다. 그 단어가 전하는 환대와 함께 어울리는 즐거움을 그들은 알지 못했다. 그러나 그들이 가장 즐기는 놀이는 언젠가 부자가 된다면 개최할 파티 계획을 세우는 것이었다. 손님을 모으는 문제(그들은 아는 사람이 거의 없었기 때문에)는 비어트릭스의 제안으로 해결되었는데, 이런 안내문을 문 앞에 내걸자는 것이었다. **이곳에서 성대한 파티가 열릴 예정입니다. 모두 초대합니다.** 그러면 누구든 올 것이었다.

세상에 대한 그들의 무지는 경이로웠다. 왜냐하면 그들의 어머니는 그들이 원하는 것을 하거나 갖게 해줄 형편이 되지 않았으므로. 그러나 백일몽은 돈이 들지 않았기에 그들은 꿈속에서 살았고, 찾아낼 수 있는 모든 정보를 모아 갈망을 키워갔다. 동화에서 툭 튀어나온 듯하고 무모한 기퍼드가 아이들은 그들에게 파티 그 자체였다.

"너희 조랑말 있어?" 블란치가 마침내 물었다.

그랬다. 기퍼드가 아이들에게는 각자 조랑말이 있었다. 그러나 시골 별장을 포기할 때 사촌들에게 빌려주었다. 마이클과 루크가 한껏 들떠 그 별장을 찬양하자 캐럴라인은 과장이 심하다고 느꼈지만, 그토록 기쁨을 주는 장황한 이야기를 끊을 수는 없었다. 그 새 모드도 통로로 나와 달콤한 간식을 얻어먹고 청중이 되었다. 기퍼드가 아이들이 이야기하고 코브가 아이들은 귀 기울여 들었다. 앙심이나 부러움 없이, 그런 모험담을 통해 자신들이 부자가 된 듯 느끼며. 그토록 많은 것을 경험해보고 소유한 기퍼드가 아이들 앞에 무릎을 꿇고 경배하고 싶을 정도였다.

"그리고 우리는 비밀결사의 회원이야." 루크가 말했다. "히비가 결성했어. 스파르타 귀족 연맹이라고 불러. 펜디잭에 도착하면 히비가 너희도 들어오게 해줄 거야."

불쌍한 히비. 그 아이는 어렵게 차지한 좌석을 떠나기에는 너무나 자존심이 강해 홀로 객실에 앉아 어른들이 던지는 비난의 과녁이 된 채 통로의 화기애애한 분위기를 보며 괴로워했다. 모두에게 심한 배신을 당한 기분이었다. 그리고 지도자라면 어쩔 수 없이 경험하는 쓸쓸함을 맛보았다. 히비는 객실로 뛰어들어왔고, 용감했으며, 꼬집혔고, 목표를 달성했다—그러나 그로 인해 지지자들이 달아났다는 사실을 알게 되었을 뿐이다.

히비는 가방에서 작은 공책과 연필을 꺼냈다. 공책에는 스파르타 귀족 연맹의 규칙이 적혀 있었다. 당장 새로운 조항을 덧붙이기로 했다. 다른 회원들의 동의를 얻을 때까지는 법적 효력이 없을 테지만. 히비는 연필 끝을 깨물다가 이렇게 썼다.

13항. 스파르타 귀족 연맹의 일원이 회원 전체의 이익을 위해 위험을 감수하는 경우, 그가 그 주간의 지도자가 아니라 해도 나머지 회원들은 그를 지원해야 한다.

9. 특별한 사람이 된다는 것의 중요성

　토머스 부인은 저녁 설거지를 하고 있었다. 낸시벨이 흰 원피스에 빨간 벨트, 빨간 샌들과 빨간 머리망 차림으로 아래층에 내려왔다. 그녀는 거기다 빨간 핸드백까지 사려고 돈을 모으는 중이었다.

　"외출하니?" 어머니가 돌아서며 물었다.

　"예. 앨리스와 산책하려고요. 하지만 나가기 전에 도와드릴게요. 급하지 않아요."

　"옷 버리지 마라. 예쁘구나. 하지만 나일론 스타킹을 신지 그러니."

　"아, 엄마! 이 여름에 누가 스타킹을 신어요. 댄스파티 갈 때 신으려고 아껴두었어요. 행주 주세요. 제가 닦을게요."

　"다리가 멍투성이인데."

"스타킹 신어도 보여요. 그놈의 석탄 삽이 맨날 정강이를 때리잖아요."

"그건 그렇고, 언제 봐도 샐쭉한 그 여자, 미스 엘리스인가 하는 여자가 오늘 꿀을 가지러 왔단다. 아주 여기에 뿌리를 내릴 것처럼 수다가 끝이 없더구나. 세상에, 네가 어떻게 그 여자랑 참고 지내는지 모르겠다."

낸시벨이 소리 내어 웃었다.

"요즘 종일 고양이를 품고 있어요. 시달 부인이 그녀에게 객실 변기통을 비우라고 했거든요."

"고양이를 품다니? 그게 무슨 말이니?"

"아, 뭐냐면요…… 유행어요! 전쟁 때 쓰던 말이에요. 영국 공군이 실제로 쓰던 은어인데, 속상하다는 뜻이에요."

"난 또 뭐라고. 요즘 너희 또래가 쓰는 말은 반도 못 알아듣겠더라. 하지만 그 미스 엘리스던가? 호기심이 여간 많아 보이지 않던데."

"맞아요." 낸시벨이 동의했다. "펜디잭 손님에 대해 모르는 게 없어요. 오늘 도착한 참사위원과 딸, 왜 제가 말씀드렸죠, 저녁에…… 그 아가씨가 온종일 방안에 틀어박혀 손톱줄로 깨진 유릿조각을 갈고 있다는 거예요. 유릿가루를 만들어서 약상자에 넣어둔대요. 미스 엘리스 말로는 누구를 살해할 계획이라나요. 그러니까…… 그걸 먹여서."

"맙소사! 너에 대해서도 낱낱이 캐물었어. 너 때문에 걱정 아니냐고. 요즘 아가씨들은 행실이 제멋대로인지라 자기는 딸이 없는 게 다행이라면서. 남자들이 어떤지 우리는 알잖아요, 그러는 거야. 우리 불쌍한 여자한테 그들이 원하는 건 딱 하나뿐이죠, 헛소리! 우리 여자들이 남자한테 원하는 게 하나뿐이지, 라고 받아칠 뻔했단다. 자기가 뭘 안다고. 그 여자 여태 쫓아다니는 사내 하나 없었을 거라고 장담한다."

"아, 엄마 생각보다는 아는 게 많아요." 낸시벨이 행주를 걸어 두며 말했다. "가끔 내가 일하는 걸 옆에서 지켜보며 살아온 이야기를 들려주곤 해요. 그런데 한 가지만 빼고는 맨날 말이 달라요. 모든 사람이 자기를 부당하게 취급했다는 얘기요. 그건 매번 같죠."

"내 말은 그럼 그 어자한테 남자가……"

"있었어요! 뭐 그 여자 말로는 그래요. 처음 자기 이야기를 들려주었을 때는 불쌍했어요. 남자가 자기를 버리고 달아났다고 해서. 하지만 알고 보니 자기 여동생의 남자친구를 뺏었던 거지 뭐예요. 정말이지 엄마, 못되게 굴고 싶지 않지만, 그 동생이 그녀보다 더 매력이 없다면…… 미스 엘리스 봤잖아요!"

"그래. 꼭 두꺼비처럼 생겼더구나. 하지만 그건 문제가 안 돼." 토머스 부인이 말했다. "어떤 여자든 자신이 원하는 남자를 가질 수 있어, 어쨌든 한 번은. 스스로를 충분히 굽힐 의향만 있다면."

"맞아요." 낸시벨이 한숨을 쉬었다.

어머니는 딸의 한숨에 얼핏 미안함을 느끼며 날카롭게 덧붙였다.

"한 번이라고 했지 항상 그런 건 아니야. 그리고 그건 좋게 끝날 수가 없어."

"알아요. 그러니까 그 남자도 사라져버렸죠. 하지만 여동생은 여전히 화가 나 있고 온 가족이 동생 편이래요. 그래서 집이 부자인데도 자기 손으로 벌어먹어야 한다나봐요."

낸시벨은 거울 앞으로 다가가 마지막으로 매무새를 확인한 후 밖으로 나갔다.

"늦지 않을 거예요." 그녀가 말했다. "마린 퍼레이드에서 밴드 공연이나 좀 보려고요."

토머스 부인은 문까지 따라나와 길을 내려가는 딸의 뒷모습을 지켜보았다.

누굴 만나야 할 텐데, 어머니는 생각했다. 저 아이를 아끼고 돌봐줄 만한 착한 청년을. 너무 어리지는 않아야지. 연상이 좋을 거야. 저리 착하고 예쁜데, 내 사랑하는 딸 낸시벨. 게다가 똑똑하잖아. 누구인들 저애만 할까. 본인은 아니겠지만, 그 약해빠진 브라이언이 떨어져나간 건 잘된 일이야. 하지만 이 근방에는 어울릴 만한 짝이 없으니.

토머스 부인은 런던 인근 지역에서 왔기에 포스메린의 시골 사람들을 무시했다.

언덕 위의 첫번째 평지에는 다음과 같은 간판이 붙은 오두막집이 있었다.

굴뚝 청소부 레드라.

낸시벨은 학창 시절 친구인 앨리스 레드라와 함께 가려고 이곳에 멈춰 섰다. 그들은 언덕을 내려가 좁은 거리를 지나 마린 퍼레이드로 갔다. 밴드 한 팀이 연주하고 있었고, 포스메린 사람들 절반은 밖에 나와 있었다. 앨리스는 수요일에 드릴 홀에서 춤을 추다 만났다는 남자 얘기뿐이었다. 그는 마린 퍼레이드 호텔에 묵고 있는데, 다시 만나고 싶다고 했다.

  낸시벨은 의심스러웠다.

  "마린 퍼레이드에 묵는다고? 그런 사람이 드릴 홀에는 왜 왔는데? MP에서는 매일 밤 춤을 출 수 있잖아, 밴드도 훨씬 훌륭하고."

  "아, 그 사람은 MP의 댄스 분위기가 별로래. 사람들이 짜증난다고. 사업가랑 그들이 이끼는 친구들뿐이라나."

  "아끼다니?"

  "아끼는 친구…… 프랑스어로 노는 여자. 그 남자 얼마나 잘생겼는지 몰라, 낸시. 춤도 어찌나 잘 추는지! 하지만 유년 시절 때문에 어디에도 마음을 붙이지 못하나봐."

  "유년 시절이 어땠길래?"

  "음, 정말이지 소설감이야. 그러니까 빈민가에서 태어나서…… 있잖아…… 라임하우스. 끔찍한 곳이지. 식구들은 실업수당으로 먹고살았대. 하지만 그는 거길 벗어나 고학을 하며 예술가 친구를 많이 사귀었고, 지금은 작가래."

  "세상에! 그런 얘기를 언제 다 했어? 드릴 홀에서?"

  "응. 나한테는 무슨 얘기든 다 할 수 있을 것 같다고 했어. 나는 보통 여자들하고 다른 것 같다고."

"앨리스, 네가 그물 공장에서 일하느라 집을 떠나본 적이 없다는 건 나도 알아. 하지만 포스메린에만 나가도 미군이 있었잖아. 왜 아직도 그렇게 철이 없니?"

"네가 생각하는 그런 사람 아니야." 앨리스가 뾰로통하게 말했다. "네가 군대에 있을 때 만났던 그런 남자가 아니라고."

"난 자기 얘기 싫어하는 남자를 여태 본 적이 없고, 남자들 모두가 다르다고 했어. 하지만 글을 써서 MP에 묵을 만큼 돈을 버는 사람은 한 번도 못 만나봤어. 그럴 돈이 있으면 빈민가에 사는 식구들한테나 좀 부쳐주지."

그들은 방파제로 가서 난간에 기대어 밴드가 연주하는 〈일 트로바토레〉를 들었다. 어둠이 내려앉으며 항구의 불빛이 수면에 비치기 시작했다. 바다는 무척 잔잔했다. 이따금 파도가 밀려와 자갈 위에서 힘없이 부서졌다. 펜캐릭만의 등대에서 흘러나온 긴 불빛이 허공을 떠돌며 수평선과 어둠에 싸인 신비로운 언덕 위의 집들을 비추었다.

"저기 있다!" 앨리스가 갑자기 외쳤다.

그녀는 홀로 해변을 거니는 눈에 확 띄게 잘생긴 젊은 남자를 가리켰다.

낸시벨은 순간 심장이 덜컹했다. 그러고 나서는 너무 놀라 거의 숨이 멎을 뻔했다. 자신의 인생에 그런 순간은 다시 오지 않으리라 믿었기 때문이다. 그녀는 자신의 심장이 부서졌다고 생각했다. 그렇다 해도 치료할 마음이 없었다. 그녀는 심장 없이 살기로 했다.

"멋있지 않아?" 앨리스가 나직이 속삭였다.

"빈민가 출신?" 낸시벨이 말했다. "거짓말! 그런 곳에 살아본 적도 없을 거야. 오렌지주스와 최고급 우유만 먹고 자란 얼굴인걸."

잠시 후 고개를 들었다가 앨리스를 알아본 그가 환하게 미소 짓자 낸시벨은 덧붙였다.

"저 치아 좀 봐! 가난뱅이는 딱 보면 알아."

"네가 모르는 것도 있니, 낸시벨 토머스?"

"개중에는 괜찮은 사람도 있겠지. 하지만 대개는 키가 작고, 저렇게 영화배우 같은 치아를 가진 사람은 없어."

그는 해변을 가로질러 마린 퍼레이드로 이어지는 돌계단을 올라왔다. 앨리스는 삐져나온 고수머리를 머리망에 쑤셔넣었다.

"이름이 뭔데." 낸시벨이 물었다. "그건 말 안 해줬잖아."

"브루스."

그가 그들 앞에 섰다. 앨리스가 말했다.

"이쪽은 제 친구 미스 토머스예요."

그는 낸시벨에게도 잠시 해맑게 웃어 보였다. 그러나 웃음기는 곧 사라졌다. 그녀가 그저 그런 여자가 아니라 뭔가 특별한 사람이란 걸 알아차리고는 얼굴에서 미소를 말끔히 지운 것이다. 그는 그녀를 빤히 바라보다 머뭇거리며 다 같이 항구의 카페로 가서 아이스크림을 먹자고 제안했다.

"우리는 음악을 듣고 싶은데요." 앨리스가 말했다.

"그건 안 돼요." 브루스가 반대했다. "끔찍해요. 아가씨들이 그런 끔찍한 음악을 듣고 싶어할 리 없죠."

"좋아요." 앨리스가 말했다. "항구로 가요."

가는 도중에 친구를 여럿 만날 것이고, 그들에게 새로운 남자가 에스코트하는 모습을 보여주고 싶다는 생각이 문득 떠올랐기 때문이다.

그렇게 셋은 길을 걷기 시작했다. 그가 두 사람에게 들려준 마린 퍼레이드 호텔의 스캔들이 산책을 한껏 유쾌하게 해주었다.

"의류 배급권 오천 장요." 그가 힘주어 말했다. "물론 다 훔친 거죠. 아주 대놓고 그러더라고요. 급사장이 식당에서 그걸 팔아요."

앨리스는 비명을 지르며 더 얘기해달라고 했다. 낸시벨은 아무 말 하지 않았지만 속으로는 두 사람을 보며 웃었다. 다 웨이터가 할 만한 이야기인데, 그녀는 생각했다. 손님인 척하지만, 저건 손님이 알 수 있는 내용이 아니야. 무슨 종업원 같은데……

"말씀이 별로 없으시네요." 마침내 브루스가 살짝 불평했다.

"그편이 나을지도 모르죠." 낸시벨이 말했다.

"원래 말이 없는 편이에요." 앨리스가 설명했다.

"그래 보이지 않는데요."

그러나 그는 돈이 있었다. 옷이 비싸 보이고 항구의 카페에서 꺼낸 지갑에는 지폐가 가득했다.

그녀의 심장은 이제 꽤 규칙적으로 뛰었다. 심장이 그녀를 배신한 것은 그가 홀로 해변을 거니는 모습을 발견한 첫 순간뿐이었다. 잠시 그가 그녀 자신과 비슷하게 보였다. 혼자이고, 젊고 불행한. 그리고 그녀는 여전히 그를 좋아할 수도 있겠다고 느꼈다. 저렇게 거짓말을 많이 하지만 않는다면.

그의 억양은 진짜가 아니었다. 런던 토박이 말투를 토대로 연마한 세련된 상부구조였다. 그가 즐겨 사용하는 문장은 최근에 어디서 주워들은 것이 틀림없었다. 그것이 그의 이야기를 크리스마스트리의 장식처럼 꾸며주었다. 그는 마린 퍼레이드에 대해, 그의 지적인 친구들에 대해, 그의 비천한 출생에 대해 계속 떠벌렸다. 둔한 앨리스는 눈치채지 못한 듯했지만, 낸시벨은 그 모든 허풍이 그녀를 향한 것임을 잘 알 수 있었다. 그리고 다 같이 집으로 돌아갈 생각을 하자 마음이 불편했다. 혹시 그가 그녀를 바래다준다고 하면 앨리스 입장에서는 그녀가 끼어들어 자기들 둘을 떼어놓았다고 생각할 수도 있으니까.

앨리스는 또 앨리스대로 고민이었다. 그가 바래다주다가 집 앞에 붙어 있는 간판을 볼까봐 조마조마했다. 앨리스도 자기 자신에 대해 허풍을 좀 떨었던 것이다. 그래서 앨리스는 카페를 나서면서 브루스에게 낸시벨을 언덕까지 데려다주면 어떻겠냐고 제안했다.

"저는 다른 친구와 약속이 있어서요. 그럼 먼저 가볼게요."

"오케." 브루스가 외쳤다. 잠깐 부주의한 사이에 원래 태어난 지역의 억양이 튀어나왔다. "내 말은, 흔쾌히 그러겠다는 겁니다. 즐거운 저녁 시간 보내게 해줘서 고마워요."

"고마운 건 저죠." 앨리스가 말했다. "안녕, 낸시벨."

"안녕, 앨리스."

첫번째 거리를 걷는 동안 젊은 남녀는 침묵했다. 낸시벨은 이렇게 싫은 점이 많은 사람에게 함께 가도 좋다고 허락한 자신이 조금 놀라웠다. 저녁 내내 그가 쉬지 않고 떠들어대며 그녀가 무슨 말이라도 하길 잔뜩 기대하는 표정으로 바라보는 동안 그녀는 조용히 앉아 있었고, 필연적인 클라이맥스, 즉 설명이 뒤따를 것임을 예감했다. 지금이 바로 그때인 듯했다.

비좁은 거리에 이르러 언덕을 오르기 시작했을 때 그가 말문을 열었다.

"낸시벨, 당신은 어떤 사람인가요? 왜 아무 말도 하지 않죠?"

"난 당신처럼 말하는 걸 좋아하지 않거든요." 낸시벨이 말했다.

"그래요? 그런 것 같았어요. 뭐가 문제인데요?"

"음…… 우선…… 집안에 대해 그렇게 얘기하는 게 맘에 들지 않아요."

"어째서요? 내가 비천한 출신을 속이기라도 했어야 한단 말인가요?"

"어째서 계속 비천하다고 하죠?" 낸시벨이 몹시 화가 나서 외쳤다. "당신 어머니에게 너무 심한 짓 아닌가요?"

"뭐라고요?"

"분명 좋은 어머니였을 거예요. 당신의 외모를 보면 어쨌든 잘 먹여 키운 것이 맞잖아요. 당신네 집이 빈민가에 있었다는 걸 어째서 모두에게 그렇게 경멸하듯 이야기하죠? 집은 가난했을지 몰라도 당신 어머니는 가능한 한 잘살아보려고 열심히 일했을 거예요."

이후 너무 긴 침묵이 흘렀기 때문에 낸시벨은 그가 매우 기분이 상해 아무 말도 하지 않는 거라 생각했다. 그들은 언덕 꼭대기에 이르렀고 집들이 등뒤로 멀어졌다. 구불구불한 오솔길이 절벽을 가로질러 돌로 둘러싸인 작은 들판 사이로 이어졌다. 마을과 불빛이 내려다보이고 노을 지는 바다의 거대한 곡선이 눈에 들어왔다.

"난 빈민가에서 태어나지 않았어요." 마침내 브루스가 말했다.

"뭐라고요?"

"우린 넓은 택지에 잘 지어진 공영주택에서 살았어요. 방이 다섯 개에 욕신과 넓은 정원이 있었죠. 아버지는 정원을 자랑스러워하셨어요. 실업자인 적도 없었고요. 상수도공사에서 일하셨는데 주급 8파운드를 받았어요. 거실에는 긴 소파 하나와 일인용 소파 두 개가 있고, 어머니는 월요일이면 항상 같은 단지의 이웃보다 먼저 빨래를 해 널곤 하셨지요."

"세상에! 그럼 라임하우스에서 태어난 게 전혀 아니란 말이에요?"

"예. 다 거짓말이에요. 그편이 더 잘 먹히니까 라임하우스에서 살았다고 한 거죠. 사람들은 시궁창에서 벗어나 출세했다고 해야 더 알아주잖아요. 우리집 같은 경우는 좀 애매하죠."

"왜 그러고 싶은데요? 나라면 좋을 것 같은데." 낸시벨이 말했다.

"음…… 난 특별한 사람이 되고 싶어요. 대량생산품은 되기 싫어요. 나만의 개성을 가지고 싶다는 말이죠."

낸시벨은 고개를 끄덕였다. 그 모든 것이 너무도 잘 이해되었다. 특별한 사람이 되고 싶은 욕구.

"더는 이야기도 나누기 싫을 만큼 날 혐오하는 건 아니겠죠?"

"아니에요." 그녀가 말했다. "나도 그랬던 적이 있어요. 입대했을 때 내 이름을 리타라고 소개했어요. 내 본명이 싫었거든요. 촌스럽고 구식이죠. 리타라고 부르면 전혀 다른 사람이 될 것 같았어요."

브루스는 낸시벨의 태도에 너무 안도해 말이 거의 들리지 않을 정도였다.

"글을 쓴다는 건 사실이에요." 그가 서둘러 말했다. "소설을 썼고 나중에 출판할 예정이죠."

"책을 출간한다고요?"

"예. 나중에 충분히 돈을 벌면 집필만 하려고요. 음…… 현재는 비서…… 운전기사 겸 비서죠."

"무슨 내용이에요? 당신 책?"

"괜찮다면 얘기해줄게요." 브루스가 기뻐하며 말했다. "한 아이에 대한 이야기인데 말이죠. 음…… 책의 도입부에서는 아직 아이예요."

흥이 고조될수록 크리스마스트리 장식 같은 어투가 점점 사라지고 런던 토박이 말투가 또렷이 드러났다.

"빈민가에서 태어나……"

"아, 제발!" 낸시벨이 외쳤다. "당신 머릿속은 빈민가로 가득하네요."

"이름난 작가 여럿이 원고를 읽었는데," 브루스가 조금 굳은 목소리로 말했다. "진짜 좋게 봐주었어요."

"아, 그렇겠죠. 실례했어요. 계속해봐요."

"너무 노골적이라고 생각하는 사람도 있겠지만, 싫어도 할 수 없죠. 난 그들의 감정을 감싸주려고 글을 쓰는 게 아니니까요. 그런 것들이 드러나야 한다고 생각해요."

"주인공이 태어나는 것부터 시작인가요?" 낸시벨이 능청스레 물었다.

브루스가 기분을 풀고 계속 말했다.

"그래요. 그러니까, 그 아이는 근본 없는 놈이에요."

낸시벨은 이 말을 아이의 특성으로 받아들였을 뿐 출신 문제로 생각하지 않고 물었다.

"어째서요? 무슨 짓을 했길래?"

"아무 짓도 안 했어요. 하지만 아버지가 없죠. 어머니는 거리의 여자고. 그가 태어나는 도입부는 꽤 충격적이에요. 그러니까 그는 그런 끔찍한 환경에서 자라 전쟁이 터지자마자 시골로 보내져요."

"너무 잘됐네요!"

"아니에요. 그는 끔찍한 농장으로 보내져 어느 때보다 형편없는 대우를 받게 돼요. 누구도 쓸 엄두를 내지 못하는 일들이 일어나는 고립된 농장 중 하나죠. 하지만 난 사람들이 관심을 갖게 할 거예요. 음…… 그는 좀더 성장해서 여자를 만나는데…… 그보다 상당히 연상이고 돈이 많고 귀족적인 여성으로 물론 매우 아름다운데, 충동적으로 그에게 접근해요. 그는 그녀의 연인이 되죠."

"두 사람이 어디서 만나나요?" 낸시벨이 물었다.

"그는 그녀가 머무는 호텔의 급사예요. 그런데 그녀가 그를 메이페어에 있는 자기 집으로 데리고 가요. 당연히 그녀는 끔찍하게 타락한 사람이죠. 그는 그녀의 진짜 모습을 알고 나서 그녀를 목 졸라 죽이고 교수형에 처해집니다."

"그게 다예요?"

"예. 난 제목을 '쓰레기'라고 붙이고 싶었어요. 하지만 이미 같은 제목의 책이 있더군요. 그래서 '교수형 집행인의 아들'이라고 정했어요."

침묵이 흘렀고, 낸시벨은 무슨 말이든 해야 할 듯싶었다.

"음." 그녀가 조심스레 입을 열었다. "글로 다 풀어냈으니 후련할 것 같아요."

"내용이 마음에 들지 않는 거죠?"

"아, 아뇨. 그건 아니에요. 저는 우울한 내용의 책을 별로 좋아하지 않아요."

"그럼 어떤 책을 좋아해요?"

"좋은 사람들에 관한 책요. 마지막에 다 좋게 마무리되는 이야기 말이에요."

"하지만 낸시벨, 삶의 참모습은 그렇지 않잖아요."

"아마도 그렇겠죠. 하지만 이야기까지 왜 그래야 하죠?"

"당신은 현실도피주의자군요."

"뭐라고요?"

"당신은 현실을 마주할 마음이 없는 거예요."

"책에서는 아니에요. 난 월요일부터 토요일까지 책을 읽지 않고도 충분히 현실을 마주하거든요."

브루스는 한숨을 내쉬었다.

"난 책이 반드시 슬퍼야 한다고 생각하지 않아요." 낸시벨이 말했다. "〈폭풍의 언덕〉처럼 위대한 고전이 아니라면."

"오! 『폭풍의 언덕』을 읽었어요? 좋았어요?"

"예. 하지만 멀 오베론에게 어울리는 역할은 아니었다고 생각해요. 맨발로 뛰어다니고, 그러니까 내내 절룩거리며 다니잖아요. 진짜가 아니라는 게 다 보였어요."

"아…… 영화 말이군요."

"예. 영화요. 고전이죠. 〈오만과 편견〉처럼. 브론테 자매는 고전 작가예요."

"영화를 보는 건 책을 읽는 것과 달라요."

"아, 전 모르겠어요. 둘 다 같은 얘기 아닌가요? 하지만 내 말은 당신이 고전 작가라면 다 상관없다는 거예요. 책이 슬프든 말든 사람들의 흥미를 불러일으킬 테니까."

"그런데 난 고전 작가가 아니란 말이죠?" 브루스가 물었다.

"죽기 전에는 될 수 없죠." 낸시벨이 말했다.

"브론테 자매는 생전에도 유명했어요. 죽을 때까지 기다리지 않았죠."

"오, 무슨 말인지 알겠어요. 그러니까…… 모든 건 사람들의 관심을 끌 수 있느냐에 달린 게 아닐까요?"

"그런데 내 이야기에는 관심이 가지 않는다?"

"이야기를 들은 바로는 그래요. 저…… 여기가 우리집이에요. 잘 가요, 브루스."

"잘 있어요, 낸시벨."

그녀는 오솔길을 뛰어올라가 오두막집의 현관문을 열었다. 브루스는 잠시 직사각형의 빛에 둘러싸인 낸시벨과 찻잔이 놓인 테이블 주변에 둘러앉은 가족들의 모습을 보았다. 그들은 고개를 돌려 낸시벨에게 인사했다. 그리고 문이 닫혔다.

그는 돌아서서 마을을 향해 다시 터벅터벅 걸어갔다. 낸시벨은 순박하고 배운 게 거의 없는 아가씨였다. 낸시벨은 독특했다. 그가 지금껏 만난 그 누구보다 유쾌한 아가씨였다. 「교수형 집행인의 아들」은 허접했다. 태워버릴 것이다. 소재만 잘 찾아낸다면 그는 '브론테 자매'와 겨루는 위대한 고전 작가의 반열에 오를 것이다. 머지않아, 곧 그는 소재를 찾을 것이다. 그는 그녀를 다시 만나야 했다.

브루스는 한껏 낙담했다가 희망에 부풀었다. 초라한 기분이었지만 한껏 들떴다. 지금껏 이룬 게 아무것도 없음을 알지만, 자신이 특별한 사람이라는 확신이 지금처럼 강하게 든 적은 없었다. 마을이 눈앞에 보일 때까지 그는 구름 위를 걷는 듯했다. 내려다보이는 마린 퍼레이드에서는 여전히 밴드가 연주를 하고 있었다.

들떴던 기분이 흔적도 없이 사라졌다. 자신이 누구이고 어떤 사람인지 떠올랐다.

일요일

1. 페일리 씨의 일기장에서 발췌

1947년 8월 17일

어젯밤 다시 꿈을 꾸었다. 잠이 깼을 때 속이 몹시 메슥거리고 오한이 났다. 다시 잠들 수 없었다. 묘사하고 싶지는 않지만, 또다시 같은 꿈을 꾼다면 여기 적어두겠다. 그것이 정말 꿈인지 확신할 수 없다.

나는 언제나처럼 창가에 앉아 있다. 아내는 교회의 이른 성찬식에 참석하려는 것 같다. 그녀가 어제 우리 사이의 암묵적인 규칙을 깨고 아침 일곱시에 깨워달라고 나에게 부탁했다. 나는 그러기로 약속했다.

나는 이곳 교회에 관심이 없다. 사제는 앵글로가톨릭주의자이고, 내가 알기로는 자칭 '봇 신부'다. 그는 늘 주교와 다툰다. 성찬식을 고집하고, 고해성사를 들으며, 기도서를 있는 그대로 읽지 않고 가장 무책임한 방식으로 편집하고 수정한다. 그는 로마 성찬식에나 완벽히 어울릴 법한 사제로서의 위신과 권위를 내세우는데, 내 생각에 그건 영국국교회에서는 허용되지 않는 짓이다.

그런데도 나는 아내와 동행할 의무가 있다고 여긴다. 물론 성찬식에는 참여하지 않을 것이다. 성체배령은 내게 어울리지 않는다고 생각한다. 내가 스토크 교구의 맬런 목사에게 이 말을 했을 때, 그는 어울리는 사람은 아무도 없다고 했다. 그에게 내 처지를 온전히 설명하지 못했다. 그랬다면 일말의 거리낌도 없이 내게 성찬을 나눠주었을 것이다. 그는 신이 나를 용서했다고 말했다. 나는 내가 나를 용서하지 못한다고 했다.

제 아내도 저를 용서했다고 합니다, 나는 그에게 말했다. 그러나 나는 그녀가 그러지 말았어야 한다고 생각한다. 정의에 대해 좀더 날카로운 감각을 지녔더라면, 그것에 포함된 윤리적 가치를 좀더 섬세하게 이해했더라면 그녀는 다른 판단을 내렸을 것이다. 맬런 목사는 그 비판이 전지자에게도 적용되느냐고 물었다. 나는 창조주가 그의 피조물보다 열등하다고 생각할 수는 없다고 대답했다. 나도 나를 용서할 수 없는데, 어째서 그가 나를 용서했다고 믿어야 합니까?

아내가 무슨 생각을 하는지 안다. 오늘은 아이의 생일이다. 그녀는 내가 그 사실을 잊었다고 생각하는 걸까? 그녀는 혼자만 상심하는 것을 견딜 수 없다고 불평한다. 아니, 불평하곤 했다. 그녀는 정말로 자신만 슬퍼한다고 여기는 걸까? 그녀를 괴롭히면서 나는 괴롭히지 않는 기억이 과연 하나라도 있을까? 우리가 교회에서 나란히 무릎을 꿇는다면 둘 다 같은 장면을 소환할 것이다.

내 기억력이 더 좋은 만큼 그 모든 일은 그녀보다 나에게 더 생생히 떠오를 것이다.

심지어 나는 그녀가 누워 있던 방의 벽지까지 묘사할 수 있다. 흰 바탕에 푸른 리본 무늬. 푸른 리본으로 묶인 수레국화 다발이 격자 모양으로 배열되어 있었다. 우리는 리즈에서 셋방살이를 했다. 방이 너무 작아 아기 요람을 어디에 둬야 할지도 모를 지경이었다. 그날은 우리 삶에서 가장 행복한 날이었다. 하지만 그날마저도 아내는 쓸모없는 바람으로 내 화를 돋웠다. 어느 가게 진열장에서 봤다는 분홍색 침대보인가를 들먹이면서. 그 당시 우리 형편으로는 가당치 않았다. 나에게 상처 줄 의도 없이 무심코 한 말이었다. 하지만 그녀는 내 가난을 상기시키지 말아야 했다. 나에게 돈이 있었다면 그녀에게 분홍색 침대보를 사줬을 것이다. 할 수만 있다면 달이라도 따다줬을 것이다. 그녀의 불평에 나는 그녀가 나와 결혼하며 포기해야 했던 호화로운 생활을 아쉬워한다고 느꼈다. 하지만 그녀는 병약하고 아팠으므로 나는 아무 말도 하지 않았다.

교회에서 그녀는 이 모든 것을 떠올릴까? 나는 그럴 것이다.

2. 침대 정리에는 두 사람이 필요해

    복도에서 발소리가 울리자 미스 엘리스는 페일리 씨의 일기장을 황급히 제자리에 돌려놓았다. 어차피 더 읽을 마음도 없었다. 경험상 함부로 놓아둔 일기장은 거의 읽을 가치가 없었고, 페일리 씨의 것도 예외는 아니었다.

    낸시벨이 들어왔다. 시달 부인은 결국 침대 정리에는 두 사람이 필요하다는 미스 엘리스의 주장에 굴복했고, 낸시벨이 설거지를 시작하기 전에 위층 일을 도와야 한다는 데 동의했다. 그러나 침실의 변기통을 비우는 일에는 단호했다.

    "이 두 사람에게 아이가 있었다는 게 믿어져?" 미스 엘리스가 말했다.

    "안 될 이유도 없죠." 무거운 이인용 매트리스를 끌어당기며 낸시벨이 말했다.

"이 사람들에게 정말 아이가 있었어. 죽었지만."

"그걸 어떻게 알아요?"

"아…… 내가 그들에 대해 아는 게 꽤 있지."

낸시벨은 매트리스와의 씨름을 멈추고 침대 모서리에 서서 미스 엘리스를 빤히 바라보았다. 객실마다 똑같았다. 그녀가 일하는 동안 객실 책임자는 수다만 떨었다. 더는 참을 수 없었다.

"참 슬픈 일이지." 미스 엘리스가 계속 말했다. "여자 집안은 부자였는데 남자가 워낙 가난하니까 집안에서 그와의 결혼을 원치 않았던 거야. 여자는 사랑의 도피를 했지. 하지만 남자는 여자 집안에서 그를 달갑지 않게 여긴다는 사실을 견디지 못했어. 그들이 내뱉은 모욕적인 말을 용서할 수 없었지. 그는 아내를 가족에게서 완전히 떼어놓았어. 편지든 뭐든 아무것도 못하게 했지. 그래서 끔찍한 시간을 보냈어. 생쥐처럼 가난했고. 물론 여자는 가난이 익숙지 않았지. 그거 계속하지그래? 뭘 기다리는 거야?"

"당신이 끝나기를 기다리는데요, 미스 엘리스."

미스 엘리스가 마지못해 매트리스의 모서리를 잡고 가볍게 잡아당기며 푸념했다.

"이렇게 무거운 건 쓰면 안 되는데. 이것 때문에 다치기라도 하면 피해보상을 청구할 거야. 우리 이거 그냥 놔둘까? 일요일이잖아. 그러니까…… 두 사람한테 딸이 있었는데 병이 든 거야. 결핵. 요양병원에 지불할 현금이 필요했지만 그는 그녀가 가족에게 편지를 쓰지 못하게 했어. 그녀는 아이가 죽는다면 결코 그를 용서하지 않겠다고 했지. 그런데 아이가 죽었으니 그를 절대로 용서하지 않겠지."

"내가 그녀라면," 낸시벨이 시트를 들어올리며 말했다. "어찌됐든 편지를 썼을 거예요. 그럼요, 그랬을 거예요. 돈을 받아서 남편 몰래 아이를 요양병원에 보냈을 거고요. 아이가 어디 있냐고 물으면 대답하지 않았을 테고."

"그 여자는 뭘 알아서 할 줄 아는 그런 사람이 아니야. 그가 자책하지 않은 것도 아니고. 했지. 지금 아이가 살아 있지 않은 것이 자기 책임인 걸 알아. 이제는 돈도 많이 벌었지. 이후로 그는 크게 성공해서 아트 갤러리인가 뭔가를 지어달라는 의뢰도 받았어."

"가였어라." 낸시벨이 말했다. "그분들 그렇게 슬퍼 보일 만하네요."

아래층 정원에서 들려오는 목소리에 미스 엘리스가 창가로 갔다. 낸시벨은 더는 혼자서 침대를 정돈하지 않기로 마음먹고 시트를 든 채 침대 옆에 서 있었다.

"맙소사, 이리 와서 좀 봐!" 미스 엘리스가 외쳤다. "세상에, 저 아이들이 앞으로 대체 무슨 짓을 벌일까?"

낸시벨은 창가로 가서 이제 막 스파르타 귀족 연맹의 규칙에 따라 첫 테스트를 치르는 코브가 아이들을 보았다. 아이들은 눈가리개를 한 채 가파른 테라스 끝의 돌난간 위를 아슬아슬하게 걷고 있었다. 기퍼드가 아이들이 그들 옆에서 따라가며 격려하듯 외쳤다.

"계속해! 계속해! 이제 반은 해냈어! 끝나면 우리가 말해줄게. 멈추지 마. 멈추면 자격 상실이야."

코브가 아이들은 거친 돌난간을 맨발로 디딘 채 양쪽으로 쭉 뻗은 팔을 휘젓고 비틀거리며 앞으로 나아갔다. 난간 끝에서 히비의 도움을 받아 안전하게 내려올 때까지 멈추지 않았다.

"저애가 히비로군! 쟤가 시킨 거야." 미스 엘리스가 외쳤다. "볼기를 맞아도 싼 아이가 있다면 저런 애지. 자, 자, 낸시벨! 시달 부인이 창밖이나 쳐다보라고 돈을 지급하는 건 아니야. 이러니까 침대 정리에 시간이 그렇게 오래 걸리는 거잖아!"

3. 선한 사람들이여 와서 기도하라

펜디잭 처치타운은 절벽 꼭대기의 황량한 고원에 있다. 마을에는 농가 일곱 채와 우체국 하나, 나무로 둘러싸인 웅장한 교회—옛날에 돌배를 타고 만 명의 다른 성인과 함께 아일랜드에서 왔다는 성자 소디를 기리는 교회—와 그 밑에 웅크리고 있는 선술집 하나가 있었다.

일 년 내내 거르지 않고 미사에 참석하는 인원은 많지 않았다. 농가 사람 대부분은 예배당으로 가고, 형편이 나은 교구민은 봇 신부의 앵글로가톨릭주의를 싫어했기 때문이다. 그러나 여름이면 절벽의 아름다운 산책길과 성가대의 명성, 환상적인 의식에 대한 소문이 포스메린의 관광객을 교회로 유인하곤 했다. 세인트소디의 미사에 참석하는 사람들은 마린 퍼레이드 호텔의 투숙객으로 보통 때는 교회에 전혀 다니지 않는 이들이었다.

그러나 브루스가 가파른 언덕을 오르는 이유는 성가대나 해안의 풍경, 또는 종려주일에 당나귀를 성단소로 데려오는 사람을 보고 싶어서가 아니었다. 그는 어쩔 수 없이 가야 했다. 그의 상사가 그곳에 가고 싶다며 에스코트를 명했으니까. 그래서 그는 마뜩잖은 심정으로 다른 투숙객의 비난 어린 눈초리를 의식하며 호텔 라운지에서 그녀를 기다렸다.

드디어 그녀가 계단 꼭대기에 나타났다. 잔인하도록 눈부신 아침햇살이 계단참의 창으로 쏟아져들어와 그녀의 나이를, 그녀의 육중한 몸을, 그녀의 초라함을 부각하자 브루스는 안도감이 들었다. 웬만한 사람들은 그가 그녀에게 비서 겸 기사 이상이라고는 짐작도 못 할 거라고 생각했다.

"모자를 쓰는 게 어때요?" 호텔을 나오며 그가 물었다.

"세상에!" 애나 레첸이 말했다. "싫어! 혹시 교회에서 쫓아내려나? 난 모자가 없단 말이야."

쓰고 싶어도 못 쓰겠지, 브루스는 생각했다. 저 머리에 어울리는 모자가 있을 리 없어. 머리를 풀지 않고 올리고 온 것만도 감사해야지.

애나 레첸은 무릎까지 닿아 치렁대는, 직모에 가까운 숱 많고 샛노란 금발을 자랑스러워했기 때문이다. 그래서 머리를 풀고 다닐 기회를 놓치지 않았다. 올림머리를 해야 할 때에는 두꺼운 케이블처럼 땋아 칭칭 감고 다녔다. 그 모습이 인상적이긴 했지만 두상이 커서 불안해 보였다.

"적어도 바지는 안 입었어." 그녀가 말했다. "보다시피 원피스를 입었잖아?"

원피스도 원피스 나름이지! 열세 살짜리 아이에게나 어울릴까. 스무 살이 넘은 사람은 던들 원피스를 입어서는 안 된다. 아, 그만 하자! 마케도니아인지 어딘지 그 옷을 가져왔다는 곳에서는 모든 할머니가 던들 원피스를 입는다니까. 하지만 여기는 마케도니아가 아니지 않은가.

포어 스트리트에서 애나를 뒤따라 걸으며 브루스는 그녀의 넓은 어깨를 혐오스레 바라보았다. 브루스는 변덕이 심한 젊은이였다. 얼마 전까지만 해도 애나의 금발과 시골풍 자수를 좋아했다. 그러나 지금은 인파가 붐비는 거리를 벗어나 언덕으로 향하는 계단을 오르는 것이 기뻤다.

"우리가 가려는 교회가 어디예요?" 그가 물었다.

"펜디잭으로 가는 길 중간의 절벽 위에 있어. 교회 첨탑은 자기도 봤을걸."

"네? 아, 네…… 봤어요."

그는 기분이 좋아졌다. 거기서 얼마 떨어지지 않은 곳에 낸시 벨의 오두막집이 있었으니까. 어젯밤 저녁 하늘을 뒤로한 채 우뚝 서 있는 모습을 눈여겨봐두었다. 어쩌면 그녀를 다시 볼 수도 있었다. 그녀가 교회에 올지도 모른다.

계단이 가팔라 애나 레첸이 봇 신부에 대해 말하며 가볍게 숨을 헐떡였다. 듣기에 그는 비범한 사람이라고 했다.

"독신주의자래." 그녀가 생각에 잠긴 채 덧붙였다.

애나 레첸이 봇 신부가 독신이 된 이유와 영향 등에 대해 설파

하는 동안 브루스는 운좋은 형씨네, 라고 생각하며 건성으로 맞장 구치는 척했다.

언덕 꼭대기에서 그들은 베데스다라고 불리는 작고 볼품없는 건물을 지나갔다. 그곳에서는 이미 아침 첫 찬송이 울려퍼지고 있었다.

영광일세!
영광일세!
내가 누릴
영광일세!

그는 그 안에 낸시벨이 가족과 함께 있는 줄도 모르고 애나가 그를 건물로 끌고 들어가지 않아 다행이라고 여겼다. 낸시벨은 일요일 오전이면 호텔 일을 쉬고 예배당에 갔다. 그러나 브루스는 여전히 세인트소디 교회의 인파 속에서 그녀를 만날지도 모른다는 희망을 품고 높은 사각 첨탑을 향해 힘겹게 올라갔다.

그녀는 뭐라고 생각할까, 바다의 웅장하고 완벽한 곡선이 눈에 들어오자 그는 다시 한번 곰곰 생각했다. 나와 애나에 대해 무슨 생각을 할까? 아무것도. 꼭 무슨 생각을 해야 하나? 다시 낸시벨을 만난다면, 그리고 그녀가 내게 묻는다면 이야기하리라. 이쪽은 미시즈 레첸이에요. 내 상사죠. 작가예요. 아주 유명한 작가. 아니, 애나의 책은 당신 취향이 아닐 거예요. 애나는 내게 큰 친절을 베풀었어요. 출판사 대표에게 내 소설을 소개해주었죠. 그녀는 젊은 작가에게 매우 친절해요. 네, 외모가 좀 특이하죠. 여성 작가는 대개 그런 편이에요. 당신도 나처럼 작가를 많이 만나봤다면 별로 이상하다고 생각하지 않을 거예요. 네, 미시즈 레첸요. 아니…… 음…… 이혼한 것 같아요. 나는 그녀의 소설을 타이핑하고 그녀의 차를 운전해요. 비서 겸 기사죠.

"여기 꽤 예쁜데요." 그가 교활하게 웃었다. "미사가 끝나면 저는 산책하며 절벽을 조금 더 둘러볼까봐요."

애니가 돌아서며 날카롭게 대꾸했다.

"내 생각은 다른데. 미사를 마치면 호텔로 돌아가 B. B. 세 장_章을 타이핑하도록 해. 어젯밤에는 뭐했나 몰라."

B. B., 즉 「피 묻은 가지The Bleeding Branch」는 애나가 집필중인 에밀리 브론테의 삶에 기반한 장편소설이었다.

"먹지를 다 썼어요." 브루스가 말했다.

"맙소사! 맨날 먹지가 없다니. 이런 애는 처음 보네. 없으면 사면 되지."

"일요일인데 어디서 사요. 상점이 문을 닫았는데."

교회 첨탑에서 흘러나오는 풍성한 종소리가 들판 그리고 바다의 푸르고 잔잔한 수면 위로 울려퍼졌다. 저만치 옥수수밭 사잇길을 따라 사람들이 열을 지어 걸어왔다. 일렬로 길게 늘어선 줄은 끝이 없어 보였다. 제리 시달이 앞장서고 그 뒤로 더프, 로빈, 참사위원 랙스턴, 이밴절린 랙스턴, 코브 부인, 모드, 비어트릭스, 블란치, 마이클, 루크, 히비, 헨리 기퍼드 경, 캐럴라인, 그다음에는 뚝 떨어져 페일리 씨와 페일리 부인이 뒤따랐다.

"버틀린의 휴가 캠프일까요?" 브루스가 넘겨짚었다.

"아니야." 애나가 말했다. "저쪽 만에 작은 호텔이 있어. 근방에서 제일 매력적이고 쾌적하다더군. 나도 마린 퍼레이드에서 거기로 옮길까 생각중이야. 하지만 지금 보니 호텔 투숙객들이 나랑 맞을지 모르겠네."

"어린 소녀가 예쁘장한데요." 브루스가 말했다.

애나는 그가 이밴절린 랙스턴을 말하는 줄로 생각하고 외쳤다.

"뭐라고? 저 트위드 재킷을 입은 말라깽이가?"

"아니요." 그가 말했다. 저 초록색 옷을 입은 아이 말이에요. 아버지한테 말하고 있는."

"아." 애나가 조금 누그러진 목소리로 말했다. "사춘기 여자애를 말하는 거였어?"

애나는 헨리 경 주변에서 깡총거리며 장난치는 히비를 유심히 바라보다 덧붙였다.

"아버지한테 관심받고 싶은 모양인데, 내가 보기에는."

'선한 사람들이여, 와서 기도하라.' 종소리가 요란하게 울렸다.

펜디잭 호텔의 손님들은 이제 교회 경내로 이어지는 계단을 오르고 있었다. 돌담 위로 한 사람씩 하늘을 배경으로 잠시 나타났다가 시야에서 사라졌다. 애나와 브루스가 교회에 들어섰을 때 그들은 모두 안에 있었다. 시달의 아들들은 제의실로 들어갔다. 더프와 로빈은 성가대에서 노래하고 제리는 미사를 도왔기 때문이다. 나머지 사람들은 넓고 텅 빈 신도석에 앉아 있었다. 교회에 가는 사람들이 으레 그러듯 맨 앞줄은 비워두고 뒤쪽 좌석에. 한 노인이 기도서가 없는 여름 방문객들에게 기도서를 나눠주었다. 종소리가 멈췄다. 여덟 명의 종지기가 첨탑에서 내려오자 발소리가 요란하게 울렸다. 이렇게 작은 교구에서는 다들 겸직을 하기에 그들 중 여섯은 다시 성가대로 가야 했다.

애나와 브루스는 랙스턴 부녀의 뒷좌석에 앉았다. 나무 썩는 내와 유향냄새가 희미하게 뒤섞였다. 거대한 교회는 빠른 속도로 허물어져가고 있었지만, 가엾은 봇 신부는 좌석을 수리할 돈조차 모을 여력이 없었다.

"좀 쿰쿰한 냄새가 나는데." 애나가 큰 소리로 불평했다.

누가 그런 말을 하나 보려고 신자들 사이에서 아이들이 일제히 고개를 돌렸다.

"저 사람은 대체 누구지?" 그녀가 행렬에 쓰인, 성자 소디가 그려진 현수막을 가리키며 계속 말했다.

"저도 모르겠는데요." 브루스가 투덜거렸다.

"뭐 그런대로 괜찮네." 그녀가 단언했다. "약간 중성적이야…… 포스메린의 어떤 화가가 신자들을 위해 그린 것 같아."

그제야 그녀는 앞좌석에서 그녀를 노려보는 참사위원 랙스턴의 분노로 타오르는 얼굴을 발견했다.

"좀 조용히 해주시겠소?" 그가 소리쳤다.

애나는 입을 떡 벌리고 그를 바라보았다. 그녀는 사제를 싫어해서 습관적으로 무례하게 굴었다. 그러나 사제가 그녀에게 무례한 경우는 흔치 않았다.

"저기요……" 마침내 그녀가 말했다. "제가 그쪽 때문에 상당히 놀랐거든요."

"빈말 아니오." 참사위원이 고함을 쳤다. "얌전히 있지 않으면 내쫓아버릴 거요."

"지금 떠드는 건 당신이잖아." 애나가 대꾸했다.

"쉿!" 브루스가 화를 억누르며 속삭였다.

"내가 왜 입을 다물어야 해? 여기가 뭐 자기 교회인가. 하기야 그렇다면 교회가 왜 이렇게 텅텅 비었는지 알 만하네."

참사위원이 이번에는 브루스를 향해 몸을 돌렸다.

"부끄러운 줄 안다면," 그가 말했다. "당장 어머니 데리고 밖으로 나가시오."

애나의 입을 막기에 그보다 효과적인 말은 없었다. 잠시 그녀는 아무 대답도 떠올릴 수 없었다. 그때 제리가 양초를 들고 성단소에 나타나 주의를 분산시켰다. 촛불이 하나둘씩 켜졌다. 참사위원이 들판의 황소처럼 이 새로운 장관을 살펴보기 위해 몸을 돌렸다. 애나는 킥킥거렸지만 말대답할 엄두는 내지 못했다. 다른 신자들도 다시 고개를 앞으로 돌려 소년 성가대원이 들고 나온 십자가를 응시했고, 봇 신부는 복사들에게 둘러싸여 제의실을 나왔다.

4. 타자기로 쓴 봇 신부의 설교문 메모

1947년 8월 17일 일요일

― "ㅜ리을 악ㅇ ㅔ서 구하소서"

q1   두려움. 불 ㅏ ㄴ. 원자폭탄. ㅍ불가항력.

2   악에 관해 새로운것 없음. 아담의 원죄처럼 오래된 원인
      들.
      단지 결과가 더 극 적일 뿐. 죄악.

e3   죄악은 영혼을 신 @으로붙어, (b)즈변 사람들로부터
      소외시킴. 구원의 전제   조건. 상호 관대함, 기꺼이
      주고받는 마음.

4   교회의 가르침. 영혼을 타락시키는 일곱가지 대죄. 감사
      ㅁ와 관용을   무너뜨리는 악덕.
      교만 아무것도 받아들이지 않음.
      ㅈ

시기 아무것도 베풀지 않음.

나태 배운 사람들의 경우 특히 많음.

xxxxxxxxxxxxxxxxxx 행동 대신 생각이 압섬

xxxxx24@5**분노** 권력 욕.

ㅅ　**정욕** 성적 착취. '영혼이 삭막해지고 감정이 마비됨'

시　**탕**/**탐식** 그들의 신은 배꼽에 있음.

7　**탐욕** 재정적 착취.

이 죄는 적의 가장 치명적인 무기.

우리는 이것을 인간의 어떤 무기보다 두려워해야 함.

품위가 우리의 유일한 방어책.

ㅋ그러므로 주기도문의 마지막 문구가 중요함.

5. 참사위원의 간증

그래, 봉헌 찬송을 부르기 위해 일어나며 헨리 기퍼드 경은 생각했다. 하지만 난 어디에 속하는가? 내 생각에 나는 죄인이다. 우리 모두 그렇다. 그러나 이 작은 목록 중 나에게 해당하는 것은 무엇이며, 나는 무엇을 할 수 있나? 4번. 아는 곡이다. 이 듣기 좋고 가벼운 선율. 나는 정말이지 내가 교만한 사람이라고 생각하지 않는다. 내가 시기하지 않는다는 것을 안다.

> 매일 아침 주의 새로운 사랑이
> 우리를 깨워 일으키네.

나는 나태하지 않다. 매우 열심히 일한다. 그리고 분노를 제어하기 위해 오랫동안 충분히 훈련했다.

어두운 밤 잠든 동안 우리를 지켜주시고,
살아갈 힘과 생각할 힘을 다시 주시네.

나는 특별히 탐욕이나 정욕이 지나치지도, 탐식하지도 않는다.

매일매일 새로운 은총이……

내가 탐욕스러운 사람이었다면 채널제도로 가서 소득세를 피했을 것이다. 하지만 나는 버틸 것이다. 만약 내가 거기로 간다면, 아내가 나를 꺾는다면, 그것은 교만이나 시기 또는 저 죄의 목록 중 어느 하나 때문이 아닐 것이다. 그저 지쳤기 때문이리라. 저기 헌금 바구니가 온다. 맙소사! 마이클이 저걸 떨어뜨리겠군! 아니…… 다 괜찮다. 히비가 저렇게 세게 밀 필요는 없었는데. 저 아이는 보기 싫을 정도로 우두머리 행세를 하려 든다. 헌금 바구니를 돌려줘야 하나, 아니면 코브 가족에게 넘겨줘야 하나? 1파운드는 좀 많은데 잔돈이 없군. 내일 잔돈을 바꿔야겠어. 내 죄는 허약함이다. 그리고 나는 그것이 우리 대부분에게 해당한다고 생각한다. 우리는 악한 짓을 하지 않지만 묵과한다…… 우리 스스로 떠밀려가도록.

세속의 일상과 평범한 과업이
우리에게 필요한 모든 것을 제공하니,
우리가 자신을 부인할 여지, 그 길이……

'그 길이' 앞에 쉼표가 있다는 것을 몇 년 전에야 알았다. 곡예사의 솜씨랄까. 그래, 순전히 줏대 없이. 이 세상에 정말 사악한 사람은 드물다. 그러나 우리는 그들이 우리를 지배하도록 놔둔다. 내 아내, 에이린 기퍼드…… 나는 정말로 그녀가 악하다고 생각하나?

    우리를 도우소서, 오늘도 그리고 날마다,
    기도를 올릴 때 주의 곁에 더 가까이 살도록. 아멘.

그래, 그렇다. 가끔은.

기퍼드 가족은 헌금을 한 뒤 미사가 끝나리라 기대했다. 그러나 계속되었다. 모두가 무릎을 꿇었고, 봇 신부가 지상교회를 위한 기도를 올렸다. 그러고 나서는 신자들 쪽으로 돌아서서 많은 이들이 들어본 적 없는 낯선 기도문을 중얼거렸다. 기퍼드가 아이들은 성급히 기도서를 넘겼고, 비어트릭스와 블란치와 모드가 서둘러 그들을 따라 하자 아이들의 어머니가 검은 장갑을 낀 손을 얼굴에서 떼고 노려보았다. 코브가의 세 아이가 움츠리며 이마를 좌석 선반에 묻자 아이들의 부드러운 목덜미가 훤히 드러났다.

"이제 성찬 시간이군." 헨리 경이 속삭였다.

히비가 놀란 듯 그를 바라보며 반발했다.

"우리는 여기 있으면 안 돼요. 견진성사를 받지 않았으니까요."

"안다. 그래도 일단 무릎 꿇고 가만히 있거라."

그 자신도 적잖이 당황스러웠다. 성찬식에 참석한 지 수년이

넘었으니까. 그는 열성적인 신자는 아니었지만, 아이들이 종교적 배경을 가지고 자라야 한다는 의견이었다. 아이들을 교회에 데려가줄 사람이 따로 없다면 그 자신이 데려가야 했다. 그런 그 역시 그저 얌전히 앉아 있기만 하면 되는 평범한 아침 미사를 기대했다. 그는 다가오는 의식을 상세히 기억하려 애쓰며 장례식장에서 그러듯 붕 뜬 생각을 진지한 분위기로 가라앉히려 했다. 주변 사람들에게 가장 중요한 순간에 사소한 문제를 곱씹는 것은 점잖지 못하다고 느꼈으니까.

장례식에서 그는 늘 삶에 위엄을 부여하고 일상성을 앗아가는 죽음에 대해 생각할 수 있었다. 그러나 여기서는 적당한 주제를 떠올릴 수 없었다. 찬송가가 울려퍼지는 내내 그는 너무 동떨어지고 너무 경박한 생각에 빠져 있었다. 할 수만 있다면 느끼고 싶었다. 그는 앞좌석의 등받이 끄트머리를 바라보며 행렬 준비를 위해 거리를 청소하듯 매일 밀려드는 자질구레한 생각을 지워버리려 애썼다. 그러나 진지한 생각의 행렬은 도착하지 않았다.

사랑하는 사람들을 생각해야지, 그는 마음먹었다. 그러나 아무것도 떠오르지 않았다. 아이들…… 그는 양옆의 어린 피조물들을 흘낏 건너다보았다. 캐럴라인이 고개를 팔에 묻고 있었다. 루크는 기도서에 나오는 대로 미사를 따라갔다. 마이클은 조끼 단추 하나를 비틀어 꼬았다. 히비는 무릎을 꿇고 똑바로 앉아 봇 신부를 바라보았다. 아이들은 그에게 큰 의미가 없었다. 아이들은 아내 소관이었다. 그들 중 한 아이만 친자식이었고 가장 볼품없었다. 전쟁중이던 오 년 동안 아이들은 미국에서 지냈다. 그리고 그

는 집에서조차 아이들을 자주 보지 못했다. 다들 잘 지냈나? 행복
했나? 제대로 잘 자랐나?

이런 불안한 성찰은 상당히 부적절했다. 그런 생각은 좀 덜 신
성한 시간으로 미뤄야 한다. 차라리 그 자신의 유년기를, 그가 사
랑했던 사람들 그리고 이제는 세상을 떠나고 없는 이들과 함께했
던 장소와 행복했던 순간을 추억하는 게 나았다. 그는 지나간 세
월을 돌이켜보며 돌아갈 길을 찾으려 했다.

이밴절린의 조마조마하던 마음이 차츰 가라앉기 시작했다. 끔
찍한 일은 일어나지 않을 것이다. 미사가 시작될 무렵의 작은 소
란은 별것 아니었다. 그 사람들은 그런 소리를 들을 만했다. 그녀
가 가장 두려워했던 일은 일어나지 않았다, 유향과 무릎 꿇기와
촛불에도 불구하고. 신의 가호였다.

사실인즉, 그녀의 아버지는 잠시도 미사를 드리지 않았다. 그
는 팔짱을 끼고 앉아 봇 신부가 받아 마땅한 벌을 미리 예견했다
는 듯 심술궂은 표정으로 지켜보았다. 그것만으로 충분히 나빴다.
사람들은 성체배령을 위해 일어나지 않는 그를 빤히 바라보았다.
그러나 그녀는 사람들의 시선에 익숙했고, 아버지가 조용히만 있
어준다면 신이 그녀의 기도를 정말로 들어주었다고 믿을 터였다.
그녀는 감사의 마음을 보여줄 것이다. 죄악을 멈출 것이다. 아무
도 해치지 않으므로 아무도 죄라고 일컫지 않겠지만. 손톱줄로 유
릿조각을 가는 것은 시간 낭비라고 부를 수 있을지언정 분명 죄는
아니지 않은가? 그녀는 결코 유릿가루를 사용하지도, 그것으로

사악한 짓을 저지르지도 않을 테니까. 유릿가루가 가득 담긴 조그만 약상자는 그녀에게 큰 안도감을 주었다. 사람들 말로는 음식에 넣어도 발각되지 않는다고 한다. 그녀가 사악한 인간이었다면 그 가루가 그녀를 고통에서 구해주었을 것이다. 그 상자는 매우 강력한 작은 보물이었다. 이따금 그녀는 상자에 입을 맞추었다. 신이 그녀의 아버지를 조용히 앉아 있게만 해준다면, 그녀는 진실로 신의 존재를 믿고 상자를 바다에 던져 용서를 빌 것이다. 신은 상자에 관한 모든 것을 알고 있을 테니까.

견진성사를 받는다면 믿음이 생길 거야, 캐럴라인은 생각했다. 주교님이 내 머리에 손을 얹으면 성령이 전기충격처럼 몸속을 스쳐가겠지. 그러고 나면 나는 신자가 될 테고. 하지만 히비는 분명 스스로 주교가 되고 싶을 거야.

"참으로 옳은 일이며 우리의 마땅한 본분……" 봇 신부가 읊조렸다.

성만찬! 비어트릭스 코브는 생각했다. 내가 히비와 다른 모든 사람과 함께 성만찬에 참석하다니. 비어트릭스는 황홀해서 가슴이 터질 것 같았다. 비어트릭스는 고개를 치켜들고 눈부신 촛불을 바라보았다. 예수와 열두 제자가 둘러앉은 긴 테이블이 눈앞에 나타나길 내심 기대하며. 그러나 그 아이가 본 것은 봇 신부와 제리 시달뿐이었다. 제리 시달이 모든 사람 앞에서 유향을 흔들며 고개를 숙이자 사람들이 정중하게 마주보며 고개를 숙이는 모습은 너무 근사했다. 이 우아한 예법이야말로 만찬의 핵심이었다. 비어트릭스는 블란치 역시 자기처럼 행복한지 돌아보았다. 그러나 블란치는 창백한 얼굴로 꼼짝 않고 있었다. 뺨에는 행복이 아닌 고통의 눈물이 흘렀다. 무릎을 꿇고 앉은 자세가 척추에 심한 통증을 불러왔지만 온 힘을 다해 용감히 견디고 있었다. 동생이 자신을 돌아보자 블란치는 희미한 미소를 지어 보였다.

"주의 이름을 받들어 끝없이 찬미하나이-이-이다."

상투스에서 더프와 로빈은 그들의 파트에 눈을 고정하고 깊게 심호흡을 했나.

"거룩하시도다! 거룩하시도다! 거룩하시도다!" 세인트소디 교회의 성가대가 찬송을 불렀다.

내가 입을 열지 않는 것은 주께서 이 일을 행하셨기 때문⋯⋯ 페일리 부인은 기도했다. 내 기도를 들으시고 내 울부짖음에 귀 기울이소서. 내가 눈물 흘릴 때 침묵하지 마옵소서. 나는 주께 이방인이며 내 모든 조상과 같이 체류자입니다. 나를 용서하사 내가 사라져 없어지기 전에⋯⋯ 내 건강을 회복시켜주소서.

봇 신부가 속삭이듯 목소리를 낮추며 말을 멈추자, 정적 속에서 맑고 가벼운 종소리가 세 번 울려퍼졌다. 그리고 믿을 수 없을 만큼 공포스러운 일이 일어났다. 신도석에서 고함이 터져나왔다.

커다랗게 울부짖는 목소리였다.

"나는 이 허례허식을 규탄한다!"

충격이 너무 커서 모두가 얻어맞은 듯 움츠러들었다. 그들은 무릎을 꿇은 채 고개를 돌려 자리에서 일어나는 참사위원을 보았다.

"여기는 개신교 교회……" 그가 말을 시작했으나 딸의 고통스러운 비명이 가로막았다. 이밴절린은 더이상 참지 못했다. 이제 그녀는 비명을 지를 뿐 아니라 기도서로 신도석을 탕탕 내려쳤다.

"그만!" 그녀가 비명을 질렀다. "그만…… 그만…… 그만! 제발. 내가 정말…… 미쳐! 미쳐! 미쳐!"

뒷좌석의 예기치 않은 공격에 참사위원은 어리둥절한 듯 보였다. 원래 그는 제단으로 나가 봇 신부를 공격할 작정이었다. 그러나 먼저 고개를 돌려 딸에게 입다물라고 명령했다. 그런데도 비명은 더욱 커졌다. 그는 딸의 팔을 잡고 일으켜세우려 했다. 그러자 이밴절린은 입에서 미친 웃음소리를 쏟아내며 기도서로 그를 때렸다.

"누가 좀 도와주시오." 그가 겸손하게 들릴 법한 어조로 말했다.

충격으로 굳어 있던 신자들이 웅성거리기 시작했다. 브루스와 헨리 경이 참사위원을 도와, 웃다 비명을 질렀다 하는 그의 딸을 교회 밖으로 끌어냈다. 교회 관리인이 소란을 뒤로하고 문을 닫았으나, 아이들 몇몇이 울기 시작한 탓에 교회 안에는 여전히 울음소리가 들렸다. 훌쩍이는 소리가 그치고 봇 신부가 성찬식을 마저 집전할 때까지 몇 분이 걸렸다.

6. 네가 화를 내는 것이 옳으냐?

"상상도 못하실 거예요." 제리가 말했다. "얼마나 혐오스러웠는지. 그런 모욕이⋯⋯ 그런 일은 신문에서 읽어도 충격인데. 이건⋯⋯ 그들은 나가야 해요. 여기서 지내게 할 수 없어요. 봇 신부님께도 말씀드렸어요⋯⋯ 당장 내보내겠다고."

"그럴 수가 없어." 시달 부인이 한숨을 쉬었다. "내가 참사위원 랙스턴에게 말했지. 우리 입장이 얼마나 난처한지 설명했어. 그런데 일주일 치 숙박비를 냈으니 일주일 동안 머물겠다는 거야."

"딸은요? 아버지보다 더 심한⋯⋯ 얼마나 섬뜩하게 소리를 지르던지."

"어디 있는지 모르겠구나. 점심식사 때도 못 봤고 방에도 없어."

"그럼 신부님한테 한번⋯⋯"

"제리, 그러지 않으실 거라는 거 알잖니."

"그럼 할 수 없죠. 제가 할게요. 그 심술맞은 영감한테 가서 말해야겠어요. 꺼지라고. 그 사람들이 낸 돈 주세요, 제가 돌려줄게요."

제리가 상대와 맞붙을 작정으로 의기양양하게 위층으로 올라갔다. 그는 타고나기를 싸움을 좋아하는 성격이 아니었으나 오늘 아침에 일어난 모욕적인 일에 대해서는 뭔가 조치를 취해야 한다고 느꼈다. 참사위원 부녀에게 본때를 보여줘야 했다. 제리는 아버지와 딸을 한패로 보았고 사태를 정확히 파악하지도 못했다. 교회에서 쫓겨나기 전 그들은 소리를 지르고 큰 소리로 웃으며 가장 불경한 방식으로 미사를 방해했다. 제단 옆 그의 자리에서는 잘 보이지 않았다. 달려내려가 참사위원 랙스턴을 패주려는 그를 봇 신부가 말렸다. 제리는 이밴절린의 웃음이 빈정거림이 아닌 히스테리에서 비롯한 것임을 알아차리지 못했고, 부녀가 사전에 미사를 방해할 계획을 세웠다고 믿었다.

참사위원은 자기 침대에서 졸고 있었다. 그러나 제리가 들어가자 침대에서 발을 내리고 일어나 앉았다.

"음?" 그가 물었다. "무슨 용건인가?"

제리는 12기니를 침대 옆 테이블에 내려놓았다.

"떠나주셔야겠습니다." 그가 말했다. "당장. 이건 지불하신 숙박비입니다."

"자네가 이 호텔의 주인인가?" 참사위원이 물었다.

"아니요. 제가 어머니 대신 말씀드리는 겁니다."

"왜 자네 어머니가 직접 말하지 않나?"

"듣지 않으실 테니까요."

"난 들었는데. 자네 어머니가 듣지 않았나보군. 그게 아니라면 내 말을 자네한테 전했을 테니까."

참사위원은 다시 침대에 벌렁 드러누웠다.

"어머니 말로는 떠나지 않을 거라고 했다던데요."

"날 내보내려면 경찰을 불러야 할 거라고도 했지. 얘기는 똑바로 하자고."

"그만하시죠!" 제리가 말했다.

"날 쫓아내겠다면 계약위반으로 고소하겠다는 말도 했네. 자네 어머니는 나를 손님으로 받아들이고 내가 낸 숙박비에 대한 서비스를 제공한다는 데 동의했어."

"공공연히 물의를 일으킨 사람을 묵게 할 호텔은 없죠." 제리가 말했다.

"자네가 말하는 그 물의를 자네 어머니의 부지에서 일으킨 것도 아니잖나. 정 싸우고 싶다면 그러시라고 해. 난 싸움을 마다하는 사람이 아니거든. 원한다면 봇 씨도 상대해줄 수 있네. 그가 원하든 아니든 어차피 그렇게 되겠지만. 내가 교구 주교에게 편지를 쓸 생각이거든. 사실을 알려야지."

"우리도 마찬가지예요." 제리가 맞섰다.

"영국국교회의 성직자로서 책임을 다했다는 이유로 이 호텔에서 쫓겨난다면 그것 역시 알려야겠지. 전국 방방곡곡의 신문에 실리도록 해주지."

"하고 싶은 대로 하시죠." 제리가 말했다. "단 이곳은 떠나주셔야겠어요."

"완력을 동원하지 않으면 날 끌어내지 못할걸. 절대로."

제리는 방을 나와 어머니에게 갔지만 경찰을 부르도록 설득하지는 못했다. 그녀는 차라리 참사위원을 일주일 동안 머물게 하는 편을 택할 것이며, 교구에 그렇게까지 과도한 충성을 보일 입장도 아니라고 말했다. 제리가 계속 고집을 부리자 심지어 봇 신부의 책임도 일부 있다고 했다. 미사가 너무 고교회파* 같다며.

"신부님은 고교회파가 아니에요." 제리가 설명했다. "앵글로가톨릭주의자예요."

"그게 더 나빠." 시달 부인이 말했다. "난 앵글로가톨릭에 반대하는 사람들 편이다. 개혁은 왜 했다니?"

"저는 앵글로가톨릭 쪽이에요." 제리가 말했다.

"안다. 하지만 난 아니야. 난 개신교 신자고 교구 교회에서 행해지는 일이 마음에 들지 않아. 오십 보 백 보야. 그리고 난 경찰을 불러들이고 싶지 않다."

제리는 절망에 빠져 평소와 다른 행보를 취했다. 아버지에게 조언을 구하기로 한 것이다. 복수를 위해 부모의 격려 같은 것을 기대하며. 딕 시달은 봇 신부에게 존경심을 표해 아내를 화나게 하곤 했으니까. 그에게 강력한 조치를 기대하는 건 아니지만, 그래도 어쩌면 경찰을 부를 만한 법적 근거를 찾아낼지도 몰랐다.

---

* 고교회(High Church)파는 전례(典禮)적으로는 옥스포드 운동을, 신학적으로는 영국 종교개혁 초기의 신학과 보편교회로서의 정체성을 중요시하는 신학조류이다. 전례적 고교회 운동의 색이 짙어질수록 성당에서 성모 흠숭, 성통, 성상과 성물 사용을 장려하는 앵글로가톨릭주의가 두드러진다.

아니나 다를까, 제리가 갔을 때 그의 아버지는 일요신문이 수북이 쌓인 골방에서 졸고 있었다. 그는 〈옵서버〉의 십자말풀이를 막 끝내고 〈선데이 익스프레스〉에 도전할 힘을 충전중이었다. 그는 한쪽 눈을 치켜뜨고 아들을 유쾌하게 바라보았다.

"음?" 그가 물었다. "마르틴 루터는 어쩌고 있지?"

"안 나가려고 해요."

"왜 나가야 하는데?"

"그런 사람들을 여기에 묵게 할 수는 없잖아요."

"그럼 애초에 왜 받아줬지?"

"그런 사람들인지 몰랐죠."

"알았어야지. 너는 신문도 안 읽니? 항상 그러고 다니는 사람인데. 사람들 입에 늘 오르내리는 사람. 그…… 지난달만 해도 도싯 어딘가에서 난투를 벌였다지. 임시 업무정지 명령을 받았다나? 여하튼 품위에 어긋나는 짓을 한 성직자에게 취하는 조처가 있는데, 계속 그러고 다니나보더라."

제리는 입을 딱 벌리고 아버지를 바라보며 물었다.

"그럼 어제 이미 그 사람에 대해 다 알고 있으셨단 말이에요?"

"물론이지." 시달이 말했다. "참사위원 랙스턴이라는 사람이 호텔에 왔다기에 분명 그 참사위원 랙스턴이라고 생각했다."

"그럼 왜 우리한테 말해주지 않으셨어요?"

"누가 물어보기나 했냐?"

"하지만 아버지, 아셨을 거 아니에요…… 우리가 조금이라도 알았다면…… 거절했을 거라는……"

"끼어들고 싶지 않았다. 내 충고는 듣지도 않을 테고. 난 네 어머니가 어떻게 혹은 무슨 기준으로 손님을 선택하는지 좀처럼 이해할 수가 없거든."

"그럼 알고 계셨군요…… 우리가 모두 교회에 갔을 때…… 그런 일이 일어나리라는 것을?"

"그럴 수도 있다고 생각했지. 그리고 다들 교회에서 돌아오는 모습을 보고 그렇게 된 줄 알았다. 네 어머니가 호텔을 연 이후로 그렇게 웃어본 일이 없다. 너희 얼굴을 너희가 봤어야 하는데!"

도움을 기대할 상대가 아니므로 제리는 언덕을 올라 봇 신부에게로 갔다. 충실한 신자로서 참사위원에게 물리적 폭력을 행사할 의무가 있다는 말을 듣길 바라며. 그러나 교회 경내에서 만난 신부는 그를 실망시켰다.

"오, 그냥 두게, 그냥 둬." 봇 신부가 말했다. "그보다 더한 짓은 못할 테니. 내 교회에 다시 발을 들이려 하면 내가 그와 담판을 짓겠네."

"하지만 그런 사람들을 우리 호텔에 묵게 하다니요!" 제리가 외쳤다. "저는 싫어요."

"부모님이 결정할 문제야. 그분들의 호텔이니까, 자네가 아니고."

"하지만 너무 화가 나요." 제리가 반발했다. "저는 그런 짓을 두고 볼 수 없어요. 그건 정말…… 정말 용납할 수 없고…… 너무 터무니없고…… 구역질이 난다고요."

"나도 그래." 봇 신부가 동의했다. "하지만 어쩌겠나."

이렇게 말하고 신부는 한숨을 내쉬었다. 그날 오후 그는 자신이 몹시 늙었다고 느껴 기운이 빠졌다. 젊을 때는 개신교도와의 싸움도 즐겼으나, 이제는 그런 싸우기 좋아하는 기질이 미덕이라기보다 악덕이 아닌가 의심하게 되었다. 그리고 세인트소디의 새로운 스캔들이 자신의 교회를 위해 좋을 게 없음을 알았다. 그는 하늘을 올려다보고 잔디밭을 내려다보다 제리의 격분한 얼굴로 시선을 돌렸다.

그가 갑자기 미소를 지으며 물었다. "네가 화를 내는 것이 옳으냐?"

"예." 제리가 대답했다. "저는 정말 화내 마땅한 때가 있다고 생각해요."

"그럴 수도 있겠지." 봇 신부가 동의했다. "하지만 그런 때가 언제인지 나는 잘 모르겠더구나."

"그는 신을 모독했어요." 제리가 말했다.

"오, 아니, 아니, 아니야! 오, 아니야. 그럴 능력이 없는데 어떻게?"

"그러려고 했죠."

신부는 다시 한숨을 쉬더니 손목시계를 들여다보며 초조하게 말했다.

"신의 일에 우리가 이렇게 수선을 피울 필요는 없지."

그러고는 제리의 놀란 표정을 보고 웃음을 참으며 덧붙였다.

"신이 알아서 하시겠지. 신은 우리에게 소란을 피우지 말라고 말씀하셨잖나. 너희는 가만히 있어 내가 하느님 됨을 알지어다. 그럼 이만…… 유년부 미사를 드릴 시간이라서."

"그 말씀은…… 아무것도 하지 말라는 건가요?"

"일단은 아니야. 지금 자네가 하려는 행동은 무조건 잘못되게 되어 있어. 나 자신도 매우 화가 치민다는 건 인정하네. 하지만 내가 맞는지 의심이 드는군."

신부는 돌아서서 잔디밭을 가로질러 성큼성큼 걸어갔다. 낡은 사제복이 그의 가는 다리 위에서 펄럭거렸다.

선량한 신자는 어찌할 바를 모른 채 펜디잭으로 돌아왔다. 그렇게 분노가 들끓는데 아무도 그에게 싸움을 허락하지 않았다. 랙스턴 부녀만이 그를 화나게 한 건 아니었다. 긴 시험에 든 그의 인내심, 아버지의 심술, 어머니의 편애, 그리고 자신의 위축된 존재감이 그를 더욱더 참을 수 없게 만들었다. 자신의 분노가 정당하다는 느낌이 그에게 위안을 주었다.

불운하게도 그는 문간에서 이밴절린과 마주쳤다. 그녀는 수치심을 견디지 못하고 몇 시간 동안 절벽 어딘가에 숨어 있었다. 그리고 눈에 띄지 않게 자기 방으로 숨어들어가려 했다. 제리가 인상을 쓰며 그녀에게 길을 비켜주었다. 그러나 바보 같은 여자는 물러서며 그가 먼저 지나가기를 기다렸다. 그렇게 잠시 그들은 문간에서 실랑이를 벌였다.

"먼저 가요." 제리가 차갑고 정중하게 말했다.

이밴절린은 침을 꿀꺽 삼키며 말을 더듬기 시작했다. 그는 단어만 겨우 알아들었다.

"너무너무 미안…… 죄송……"

"됐고요." 그가 말했다. "정말 미안하다면 여기 머물려고 하지 않겠죠. 우리가 떠나달라고 부탁까지 하는데."

　제리는 그녀가 로비를 가로질러 힘없이 계단을 올라가는 모습
을 지켜보았다. 그토록 낙담한 모습에 그는 마땅히 기분이 좋아져
야 했다. 그러나 좋아지긴커녕 그 어느 때보다 비참한 기분이 들
었다. 태어나서 누군가에게 이토록 불친절하게 말해보기는 처음
이었다.

7. 오랜 지인

저택 전체가 도덕적 충격으로 고통을 받았다. 교회에서 일어난 끔찍한 사건이 모두를 정신적으로 힘들게 했고, 어른들은 대체로 자기 방에 홀로 머물렀다.

아이들은 점심식사를 마치자마자 찌르레기떼처럼 일어나 몇몇 비밀 장소에 몸을 숨기고 나타나지 않았다. 어른들이 이상하게 행동할 때 아이들이 흔히 그러듯 그들만의 세계로 도피했다. 혼란스럽고 판단할 능력도 없는 아이들은 나쁜 기억에 등을 돌렸다.

그러고는 저녁 시간에 다시 나타나더니 시달 부인이 아이들의 기분을 북돋워주려고 만든 로건베리와 아이스크림 디저트를 하나같이 먹지 않겠다고 했다. 기퍼드가 아이들은 단호하게 손을 내저었다. 시달 부인이 아이들에게도 정가 요금을 요구한 다음부터 아래층에서 식사하는 코브가 아이들도 엄숙히 거절했다. 디저트가 가득 담긴 접시를 프레드가 주방으로 다시 가져오자 시달은 더프가 먹을 거라며 아내를 위로했다.

"빨리 오지 않으면 다 녹을 거예요." 시달 부인이 말했다. "그 애와 로빈은 포스메린에 갔어요. 식품저장실에 가져다놓아야겠네요."

"그래요…… 그렇게 해요." 시달이 말했다. "제리와 나는 어차피 좋아하지도 않으니."

그녀가 얼굴을 다소 붉히며 외쳤다.

"오…… 내 말은 당신과 제리가 먹고 나서 말이에요."

그리고 그녀가 아이스크림을 덜어주는 동안, 제리는 눈치 빠르게 종이 한 장을 내밀며 아버지의 주의를 끌었다.

"오면서 복도에서 주웠어요." 그가 말했다. "무슨 암호 같아요."

공책에서 뜯어낸 종이에는 이렇게 쓰여 있었다.

쀼티뜌키 얙쓲쓲 쎄뀺 으꼟 너쁘큐뀺 흐묘퓌니

수수께끼를 좋아하는 시달은 종이를 받아들고 안경을 썼다. 너무 깊이 빠져 더프와 로빈이 들어오는 것도 몰랐다.

시달 부인은 더프에게 무슨 일이 있었음을 금세 알아차렸다. 더프는 얼굴이 빨개지도록 흥분한 상태로 여느 때와 달리 말이 없었다. 그 모습에 당황한 그녀는 로빈이 신나서 으스대는 것을 거의 눈치채지 못했다. 그러나 제리는 그들의 모습을 놓치지 않았고, 아버지가 다른 데 주의를 쏟고 있어 다행이라고 생각했다. 암호를 푸는 데 시간이 오래 걸리기를 바랐다. 나중에 방에 그들끼리 있을 때 분명히 모든 이야기를 듣게 될 터였다.

그러나 로빈은 자신의 상황을 숨길 생각이 없었다.

"우리 술 마셨어!" 그가 알렸다. "MP의 바에서 올드패션드 마셨어!"

"로빈!" 시달 부인이 외쳤다.

"돈은 누가 내고?" 제리가 물었다.

더프가 올려다보며 어째서 우리가 사면 안 되느냐고 물었다.

"너희 둘 다 돈이 없으니까."

"모르는 여자분이 내줬어." 로빈이 말했다. "그럼 안 돼?"

로빈은 잠깐 더 어머니의 애를 태운 다음 설명했다.

"마린 퍼레이드에서 그 여자분을 만났어요. 라이터에 불이 안 붙어서 더프가 불을 빌려줬죠. 그렇게 이야기를 나누게 됐는데, MP 바에서 술을 사겠다고 우리를 초대했어요. 거기에 묵더라고요."

"아, 그렇구나……" 시달 부인이 불만스럽게 말했다. "요즘 여자애들은 그런 식인가보네."

"여자애가 아니에요." 로빈이 말했다. "제가 보기엔 엄마보다 나이가 많은 것 같았어요. 그렇지, 더프?"

"아니야." 더프가 말했다. "엄마보다는 조금 젊어."

"뭐 쉬운 편이네." 시달이 말했다. "이런 내용이야. 스파르타 전원은 오늘 저녁 디서트를 거부한다. 디서트는 아마 디저트일 테고."

그는 의자에 등을 기대며 가족들을 향해 의기양양하게 웃었다.

"이제 알겠네요." 시달 부인이 말했다. "애들이 무슨 놀이를 한 거군요."

"그 여자분 작가예요." 로빈이 말했다. "저는 작가를 처음 봤어요. 아버지를 안다던데요."

"뭐라고?" 시달이 물었다.

"우리가 포스메린에서 만난 여자분 말이에요. 미시즈 레첸이 라고."

시달이 반가운 신음을 냈다.

"그리운 애나! 뚱보 애나! 그녀가 아직 살아 있다는 거냐?"

"당연하죠." 새로운 소식이 달갑지 않은 듯 시달 부인이 말했다. "그 여자는 나이가…… 내 또래야, 더프 말대로. 그 여자 여전히 책을 쓰고 있어요. 도서관에 가면 보이잖아요."

"난 모르지." 시달이 말했다. "도서관에 안 다니니까. 그리고 옛 친구들 모두가 나를 버렸잖아요. 다 죽어도 난 모른다고. 그런데 애나가 포스메린에 있단 말이지?"

"MP에 묵고 있어요." 로빈이 말했다.

"그래? MP에? 누구랑?"

더프와 로빈은 서로 마주보았다.

"그런 말 안 했는데요." 더프가 말했다. "우린 혼자라고 생각했어요."

"그럴 리가." 시달이 말했다.

더프가 아버지를 흘낏 노려본 후 말했다.

"에밀리 브론테에 관한 책을 쓰는 중이래요."

"세상에! 그렇겠지, 그럴 거야! 여태 그걸 안 쓴 게 더 이상하지. 불쌍한 에밀리! 너무하네! 그 사람들 어째서 그 불행한 여자를 가만 뇌두질 못할까?"

"좋은 작가예요?" 로빈이 물었다.

"글은 잘 쓰지. 요즘엔 다들 그렇잖아. 애나는 전기 형식의 소설인가 소설 형식의 전기인가를 써. 유명인의 일대기에서 흥미로운 추문을 골라 그걸 소재로 소설을 쓰지. 사실이 자기 글과 안 맞는다 싶으면 그냥 빼버려. 자기가 원하는 세부 내용은 지어내서 집어넣고. 그러면 스스로 이야기나 인물을 만들어내는 수고가 줄어들고, 또 소설이니까 딱히 정확할 필요도 없지."

"아버지는 그분을 별로 좋아하지 않는 모양이네요." 더프가 말했다.

"좋아하지 않는다고? 난 그냥 그녀의 책에 대해 말하는 거다. 나는 책이 싫어. 하지만 그렇다고 내가 가엾은 여자에게 사적인 반감을 품었다는 말은 아니다. 너는 친구의 작품은 비판하면 안 된다고 생각하냐? 의리가 없다고? 더프, 좀 고루한 거 아니냐?"

"애나의 책 중에 내가 읽어본 건 한 권뿐이야." 시달 부인이 나서며 말했다. "『사라진 플레이아데스』라고. 참을 수가 없었지."

"아, 그래…… 오거스타 리에 관한 거였지. '더는 사라진 플레이아데스처럼 보이지 않네!' 그걸로 유명해졌지. 엄청난 성공이었어. 오래된 뼈에 남은 살점을 싹싹 발라먹은 격이라고 할 수 있지. 아니야! 카디프와 윔블던, 턴브리지웰스, 팜비치와 밀워키의 독자들은 여전히 모르던 얘기였지. 그러니 『사라진 플레이아데스』를 그렇게들 덥석 문 거야. 바이런과 오거스타가 눈 속에 갇히는 잊지 못할 내용이 있었는데…… 그건 실제였지. 애나가 새로 쓴 게 아니었어. 하지만 오 세상에, 그들이 무엇을 하고 무슨 말을 하고 무슨 생각을 했는지 처음부터 끝까지 낱낱이 알다니. 애나는 어때 보이더냐? 난 본 지가…… 십 년은 된 것 같다."

더프와 로빈이 당황스럽게 바라보았다.

"뚱뚱하고 안색이 좀 창백해요." 마침내 로빈이 입을 열었다. "머리를 금발로 염색한 것 말고는 화장도 안 한 것처럼 보이더데요."

"오, 아니다, 그건 아니야. 그 머리는 진짜야, 게르만족 특유의 금발. 그것에 자부심이 대단히지. 틈만 나면 치렁치렁 늘어뜨려. 아마 변한 게 하나도 없는 모양이다. 이십 년인가 삼십 년 전에도 이미 뚱뚱하고 창백했어. 꼭 입고 잔 것 같은 옷을 걸치고 다녔고. 저녁 먹을 때는 머리를 있는 대로 풀어헤친 채 옆 사람한테 턱 기대서 수프 안에 머리카락이 둥둥 떠다니곤 했지. 옆 사람이 질색하면 억압이라고 되레 구박을 했어."

로빈이 깔깔대며 말했다. 애나가 그들에게 억압에 관한 오행희시를 들려줬다고.

"오행희시!" 시달 씨가 외쳤다. "대체 어디까지 수준을 낮춘 건지! 아마도 너희를 어린 학생으로 오해했나보다."

"레첸 씨는 누구예요?" 더프가 빈정거림을 알아듣지 못한 척 물었다.

"알 게 뭐냐. 내가 그녀를 알게 되었을 때는 그 남자와 끝난 지

130

한참 지난 뒤였다. 열다섯 살에 결혼했다는데 아마 그 말이 맞을 거야. 하지만 지금도 사귀는 남자가 있겠지. 항상 그러니까. 너희 남자는 못 봤니? 남자가 휴식중이었나보군."

"여기로 옮기고 싶어해요." 로빈이 말했다. "우리 호텔에 방이 있냐고 물었어요."

"아, 아니…… 없어." 시달 부인이 외쳤다.

"왜요, 엄마? 정원 방은 아직 빌려주지 않았잖아요."

"애나를 여기서 지내게 할 수는 없어. 랙스턴만으로도 충분히 힘드니까."

"음, 사람들이랑 껄끄러울 수도 있겠네요." 로빈이 동의했다. "그게…… 무슨 말이든 거리낌없이 하는 것 같더라고요, 그렇지, 더프?"

더프는 모호하게 대답했다. 그는 애나가 오면 좋겠는지 아닌지 판단이 서지 않았다. 그녀는 그를 혼란스럽게 만들었다. 그녀가 머릿속에 불러일으킨 생각이 부끄러웠다. 그녀는 다 안다는 듯 웃으며 그를 바라보았다.

"더프," 시달 씨가 말했다. "조심하는 게 좋을 거다. 애나는 자신이 앉아 있는 바위보다 더 나이를 먹은데다 매일 아침식사로 젊은 남자를 먹어치우지. 그녀의 쓰레기통에는 해골과 뼈가 그득할 거다."

"지금은 아니에요!" 로빈이 말했다.

"아니긴. 그녀가 하는 말, 바라보는 눈길이 죄다 강력한 최음제인걸. 거기 취한 젊은 남자는 그녀가 늙고 뚱뚱하다는 것도, 사람

을 잡아먹는 괴물이라는 것도 몰라. 그녀가 뭔가 멋진 비밀을 가
르쳐줄 거라 생각하지."

"정말 그래요?" 더프가 다시 호기심어린 표정으로 물었다.

"그건," 시달이 고백했다. "나는 모르는 일이야. 너한테 말해줄
처지가 못 되지. 그녀가 나와 상반된 말을 한다면 그저 그녀의 기
억에 문제가 좀 있는 것일 뿐이야. 장담하는데, 애나는 오랜 지인
중에 그 쓰레기통을 피해간 사람이 있다는 사실을 믿기 어려워할
거다. 하지만 나는 잘못이 많은 사람일지는 몰라도 너희 엄마와
결혼한 뒤 한 번도 한눈을 팔아본 적이 없단다. 말하자면 행복한
유부남인 셈이지."

8. 문제 제기

레이디 기퍼드는 일요일 저녁에야 처음 호텔에 모습을 드러냈다. 전날 밤 도착한 이후로 침대에서 나오지 않았던 것이다. 마침내 그녀가 나타나자 호기심어린 눈길들이 그녀를 향했다. 그녀의 창백함, 수척함, 힘없는 목소리는 건강이 좋지 않다는 증거였기에, 더운 저녁임에도 그녀가 라운지의 벽난로에 불을 피우자고 했을 때 아무도 반대하지 못했다. 제리가 땔감을 가져와 불을 붙이자 그녀는 불 가까이에 앉아 연약한 손을 덥히며 희미한 승리의 미소를 띠고 주변을 둘러보았다. 아래층으로 내려온 용기에 대해 칭찬이라도 바라듯.

그러나 매일 저녁 이곳을 청소하고 손님들과 어울리곤 하는 딕 시달을 제외하고는 누구도 적합한 말을 건네지 못했다. 그런 그마저도 벽난로의 열기는 견디기 힘들었다. 그는 레이디 기퍼드의 탄식 섞인 작은 목소리가 닿지 않는 저 반대편으로 가야 했다. 라운지에 있는 사람들 모두 더워서 질식할 지경이었다. 헨리 경은 펜디잭만 쪽으로 난 창가의 책상 앞에서 편지를 썼다. 페일리 부부는 소파에 나란히 앉아 일요신문을 읽었다. 다른 소파에는 미스 엘리스가 앉아 있었다. 원래 그녀는 이곳에 앉아 있으면 안 되지만, 객실 변기통을 비우는 일에 대한 시위를 하는 것이었다. 저녁 식사를 하러 가기 전에 이미 뜨개질감으로 가장 편한 의자를 맡아 둔 코브 부인 외에는 아무도 벽난롯가에 앉지 않았다. 코브 부인은 차후에 발생한 단점에도 불구하고 자신의 자리를 고수했다.

스스로 선택한 지옥에 웅크리고 앉은 두 귀부인 사이에 피상적인 대화가 오갔다. 레이디 기퍼드가 소곤소곤 질문을 건네면 코브 부인이 무뚝뚝하기 그지없는 목소리로 대답했다. 그녀의 목소리는 차갑고 날카로웠으며, 억척스러운 군중과 싸우며 후천적으로 습득한 그악한 배음倍音이 서려 있었다. 그녀는 최근 런던 남부에 있는 그녀의 '하오우스'를 판 덕분에 이번 휴가를 올 수 있었다고 말했다. 나중에 시달이 가족에게 전한 바에 따르면, 그냥 '하우스'였다면 아마도 '하오우스'의 반값밖에 받지 못했을 것이다. '하우스'는 수수료를 받는 부동산중개인을 통해 팔렸다. 반면 '하오우스'는 소유주가 직접 최고가에 처분했다.

비행폭탄 때문에 지역이 초토화되어 집값이 처음 샀을 때의 두 배로 뛰었다고 코브 부인이 설명했다.

"아, 끔찍해라!" 레이디 기퍼드가 맞장구를 쳤다. "대공습보다 더 심하네요! 정신적으로 더 긴장되었겠어요, 그렇죠?"

"대공습 때 런던에 계셨나요, 레이디 기퍼드?"

질문한 사람은 미스 엘리스였다. 그녀는 소파에 앉아 조잘거리며 자신이 원하면 그곳에 앉아 있는 것뿐 아니라 대화에 끼어들 자격도 있다는 것을 상기시켰다.

"아뇨." 레이디 기퍼드가 나직이 말했다. "아니…… 사실 난 거의 없었어요. 하지만 남편은 그 모든 걸 겪었죠. 물론 저도 매우 불안했어요. 그래서 아이들과 함께 있어야 한다고 느꼈죠. 부인은," 그녀가 코브 부인에게 물었다. "아이들을 어디로 보냈나요?"

"아무 데도요." 코브 부인이 딱 잘라 말했다. "우린 런던에 머물렀어요. 간이 방공 대피소가 있었거든요. 난 두렵지 않았죠."

"아이들도요?" 레이디 기퍼드가 물었다.

"네."

코브 부인은 그깟 것이 뭐가 무섭냐는 듯 입술을 삐죽 내밀었다.

"얼마나 다행이에요. 우리 애들은 견디지 못했을 거예요. 다들 너무 예민하거든요. 아이 중 한 명도 폭탄소리를 들은 적이 없어 다행이지 뭐예요."

"미국에 계셨군요, 레이디 기퍼드?" 미스 엘리스가 모르는 척 물었다.

레이디 기퍼드는 그녀를 무시하고 코브 부인에게 계속 말했다.

"매사추세츠에 있는 친구가 친절하게도 우리를 불러주었어요. 아이들은 멋진 시간을 가졌죠. 물론 저는 아이들이 미국화되는 건 원치 않았어요. 그래서 제가 함께 가야 한다고 느꼈던 거예요."

"어째서요?" 코브 부인이 뜨개질감에서 눈을 떼고 물었다. "미국인을 싫어하세요?"

"아뇨, 좋아해요. 어찌나 친절하고 손님을 극진히 대접하던지."

"그럼 왜 아이들이 미국화되는 걸 원치 않으셨어요? 극진한 대접을 받으셨다면서?"

"아, 그게……" 레이디 기퍼드는 무력하게 어깨를 으쓱해 보였다. "누군들 아이들을 영국인으로 키우고 싶어하지 않겠어요?"

"그렇죠." 코브 부인이 맞장구쳤다. "그래서 저도 아이들이 영국에 남도록 한 거에요. 아이들이 초대를 받았지만, 신세 지는 걸 좋아하지도 않고."

레이디 기퍼드는 살짝 얼굴을 붉혔다.

"물론 서도 그런 면이 좀 불편히긴 했어요." 그녀가 말했다. "아이들을 위한 비용도 내지 못하게 해서 좀 어이가 없었죠. 하지만 개인적으로 우리는 아이들을 안전하게 돌볼 의무가 있다고 생각해요. 어떤 대가를 치르더라도. 안 그런가요?"

그녀는 지원을 요청하듯 심란한 눈빛으로 페일리 부부를 돌아보았다. 페일리 부인은 당황한 듯 바라보며 아무 대답도 하지 않았다. 페일리 씨가 자기 신발을 빤히 내려다보며 말했다.

"저는 코브 부인의 의견에 동의합니다. 저에게 아이가 있었다면 영국에 머물게 했을 거예요. 자선가의 도움으로 살도록 하지는 않았을 겁니다."

"브리튼제도의 상당히 많은 장소가 꽤 안전했죠." 헨리 경이 돌아앉으며 말했다. "많은 사람이 폭탄소리를 들어보지도 못했어요."

"아, 그걸 누가 알았겠어요." 레이디 기퍼드가 말했다. "그리고 난 죄 없는 어린아이들이 고통받아서는 안 된다고 봐요. 항상 그렇게 말하죠. 무고한 사람이 고통받아서는 안 된다고."

"그렇지만 늘 그런걸요." 시달 씨가 말했다. "언제나 그래왔고요."

"하지만 왜요? 왜?"

딕 시달은 소파에 등을 기대며 샹들리에 주변을 맴도는 세 마리의 파리를 응시했다. 레이디 기퍼드의 이야기가 지루해지던 참이었다.

"아마도," 그는 의견을 말했다. "죄 없는 사람들의 고통이 필요한 게 아닐까요. 제가 처음 그런 생각을 한 건, 제 아이 중 하나가 롯이 너무도 매정하게 소돔을 떠났다고 말했을 때입니다. 그가 머물렀다면 도시는 안전했을 테니까요. 의인 한 사람 덕분에 도시가 보호받았던 겁니다. 저는 신이 단지 소수의 무고한 사람들 때문에 인류 전체를 눈감아주고 있다고 해도 놀랄 게 없다고 봅니다."

"참 달콤한 생각이네요." 레이디 기퍼드가 말했다.

그는 눈을 내리뜨고 잠깐 그녀를 바라보았다. 그러다 다시 시선을 들고 본격적인 강설을 시작했다. 그녀는 참을 수 없을 정도로 멍청한 여자라 그가 하는 말을 한마디도 이해하지 못할 터였다. 하지만 이미 자신의 이야기에 도취한 시달 씨를 막을 사람은 없어 보였다.

"말하자면," 그가 말했다. "인류는 부당하게 고통받는 이들 덕분에 보호받으며 명맥을 이어간다는 것이죠. 롯이 멸망한 도시에 있었던 것처럼, 우리가 행하는 악에 대한 대가를 치르고 존재만으로도 우리를 보호해주는 수백만의 힘없는 사람들 덕분에 말입니다. 만약 온통 사악한 사람만 가득하고 선량한 사람은 전혀 없는 공동체가 있다면 땅이 입을 벌려 그들을 삼켜버릴 겁니다. 그런 공동체는 도덕적 원자를 분열시킬 거예요."

그는 허리를 곧추세우고 그의 논리를 수긍해줄 것 같은 페일리 씨를 보며 말했다.

"문제 많은 세상을 하나로 통합하는 건 결백하고 순수한 사람들입니다. 그들의 고통은 끔찍하지만.

그들의 어깨가 하늘을 떠받치고 있다.
그들이 서 있기에 세상의 기반이 유지된다.

어째서 땅이 입을 벌려 벨젠을 삼키지 않았을까요? 심지어 베를린 수상관저의 벙커 안에서도 괴벨스의 죄 없는 아이들을 찾아낼 수 있을 겁니다. 고통받는 무고한 사람들, 십자가에 못박힌 희생자가 있는 곳에 우리 모두를 위해 형 집행을 미루는 구세주가 있단 말입니다. 억압받는 자가 억압하는 자를 보호하는 겁니다. 죄 없는 사람들의 고통이 없다면 우리 모두 파멸하고 말 거예요."

레이디 기퍼드가 약간 어리둥절한 표정으로 바라보았다.

"하지만 롯이 떠날 때도 소돔에는 분명히 아기들이 있었을 텐데요." 그녀가 말했다.

시달이 고개를 저었다.

"정말 없었나요? 틀림없이……"

"단 한 명도 없었습니다."

"정말요? 몰랐네요. 성경에 그렇게 나오나요?"

문이 열리고 참사위원 랙스턴이 문지방을 밟고 섰다. 모든 대화가 일시에 중단되었다.

"여긴 견딜 수 없게 덥군." 그가 말했다.

"저 때문인 것 같네요." 레이디 기퍼드가 한숨을 쉬었다. "제가 감기를 매우 조심해야 해서요."

"마담, 이렇게 몸을 덥히는 것이야말로 감기에 걸리는 최선책인 듯하오만. 여기 있으려면 창문을 좀 열어야겠소."

"그럼 제가 여기 있을 수 없어요." 그녀가 지적했다.

"그건 댁의 사정이고요." 참사위원이 말했다.

그는 창가로 가서 창문을 모두 열더니, 편지를 쓰기 위해 빈 책상 앞에 앉았다. 레이디 기퍼드는 하는 수 없이 자리에서 일어나 남편의 팔짱을 끼고 라운지를 나섰다.

9. 깊은 밤에

열린 창문으로 바다의 속삭임이 들려왔다. 차가운 바람 한 점이 페일리 부인의 뺨을 스쳤다. 밖을 내다보니 저문 햇살 한 자락이 하늘 높이 날아가는 갈매기의 날개를 붙잡고 있었다.

실내의 열기와 어둠에 질식할 것 같았다. 그녀는 남편을 흘낏 보았다. 그는 책을 읽고 있지 않았다. 생각을 하는 것도 아니었다. 그가 그렇게 웅크리고 있을 때는 아무 생각도 하지 않는 거라고 그녀는 확신했다. 그는 자기 껍데기 안에 갇혀 있을 뿐이었다. 최근에는 두개골 안의 뇌가 쪼그라든 것처럼 보였다.

그녀는 누군가 무슨 말이라도 해주기를 바라며 숨막히는 어스름을 뚫고 남아 있는 투숙객들을 바라보았다. 모두 넷이었다. 그들은 무겁게 침묵을 지키고 있었다. 코브 부인은 벽난로 불빛에 의지해 뜨개질을 했다. 시달 씨는 물끄러미 샹들리에를 바라보았다. 참사위원 랙스턴은 압지를 대고 동그라미를 그렸다. 미스 엘리스는 카펫에 난 구멍을 유심히 들여다보는 듯했다. 그들 중 누구도 생각을 하지 않고, 외부 세계의 어떤 것도 그들의 마음을 꿰뚫을 수 없다는 느낌이 들었다. 그들은 동물이 뼈다귀를 물고 우리 안으로 물러나는 것처럼 각자 뒤로 물러나 있었다. 저마다의 강박을 곱씹기 위해. 그리고 그것이 그녀를 두렵게 했다. 페일리 부인은 이 어두컴컴하고 이상한 야수의 소굴에 갇혀 있는 것을 더는 참을 수 없었다. 당장 호텔에서 나가 안전한 절벽으로 가야 했다. 그녀는 자리에서 일어나 살며시 라운지를 빠져나왔다. 그녀가 나가는 것을 아무도 알아차리지 못했다.

그녀의 공포는 모래사장을 가로질러 곶 중간에 이를 때까지 가라앉지 않았다. 공포를 다스리자 그녀는 불행이 돌아왔음을 깨달았다. 가늠할 수 없는 절망이 몰려오는데 이토록 평화롭고 아름다운 풍경이 어떻게 눈에 들어오는지 알 수 없었다. 그녀의 감각은 하늘, 바다, 절벽과 모래의 아름다움을 계속해서 그녀에게 알려주었다. 파도의 속삭임은 음악이었고, 저녁 공기에선 가시금작화 향이 풍겼다. 그러나 그녀의 이성은 속삭였다. 이제는 도움이 되지 않아. 한때는 나에게 도움이 되었지만.

그녀는 자연의 아름다움을 사랑했기에 마음의 고통과 싸우기 시작하던 무렵엔 산책에서 자주 위로를 찾곤 했다. 그러나 이제는 자신의 인생은 끝났으며, 마지막 진통도 지나갔다는 확신만 더 뚜렷해질 뿐이었다. 이 아름다운 풍경이 그녀를 머물게 할 수 없다면 아무것도 그것을 대신하지 못할 테니, 그녀는 원할 때 언제든 떠날 수 있을 것이다.

그녀는 곶 끝까지 걸어가 바다가 보이는 바위에 앉았다. 바다는 잔잔하고, 짙은 파란색 색연필로 거대한 곡선을 그려놓은 듯한 수평선을 제외하면 하늘보다 창백했다. 그녀의 왼쪽에 있는 곶의 짙은 어둠 뒤로 남은 석양빛이 여전히 타올랐다. 오른쪽에 있는 펜디잭만 너머로는 그림자가 깊어졌다. 그녀는 잠깐 쉬고 다시 모래사장으로 갈 생각이었다. 따뜻하고 잔잔한 바다로 멀리, 가능한 한 멀리 나아가 수영을 하고 싶었다. 몇 년째 수영을 하지 않았지만 아직은 할 수 있을 것이다. 얼마나 멀리 갈 수 있을지는 몰라도 필요한 만큼은. 그녀는 가늘고 푸른 저 수평선까지 곧장 헤엄쳐가고 싶었다. 멈추지 않고, 끝에 다다를 때까지. 그러다 더이상 수영을 할 수 없는 순간이 올 것이다. 그러면 잠시 공포에 빠지겠지. 숨막히는 물속으로 가라앉기 전 어쩌면 살고 싶은 바람이 되살아날지도 모른다. 하지만 곧 사라지리라. 아무도 아파하지 않을 것이다. 그녀는 이미 남편을 돕겠다는 희망을 포기했으므로. 그녀의 삶은 쓸모없고 버거운 짐이었다.

고통이 너무 심해, 그녀는 생각했다. 어디서든 너무도 고통스러워. 오래 살수록 고통만 더할 뿐이야. 난 강하지 않아. 아무것도 할 줄 모르지. 나는 또 한 명의 가망 없고 힘없는 인간일 뿐이야.

희미한 바람 한줄기가 한숨을 쉬듯 바위 옆의 시든 아르메리아 사이로 불어오고, 파장이 긴 파도가 몰려와 여느 때처럼 바위 발치에서 부서졌다. 결심이 서자 마음이 가벼워졌다. 그녀는 바위에 기대어 눈을 감았다. 그녀의 마음은 텅 빈 채 그 안에서 표류할 모든 비전을 향해 열려 있었다. 갑자기 깊은 구덩이에서 그녀를 빤히 바라보는 얼굴들이 매우 생생하게 보였다. 어디서 본 얼굴이 분명한데 알아볼 수 없을 만큼 빨리 사라져버렸다. 수백만 명 사이에서도 뚜렷이 구별되는 한 소녀의 얼굴과 창백한 세 아이의 얼굴이 번갯불처럼 나타났다 사라졌다. 그와 동시에 그녀의 귓가에 목소리가 들려왔다. 그들의 어깨가 하늘을 떠받치고 있다. 그들이 서 있기에 세상의 기반이 유지된다.

시달 씨가 한 말이었다. 시달 씨는 라운지에 앉아 천장을 바라보며 몹시 이상한 이야기를 했다. 그녀는 자신이 그의 말을 제대로 이해했는지 알 수 없었다. 그는 세상을 구하려면 죄 없는 사람들의 고통이 필요하다고 했다. 곳곳의 희생양, 힘없고 기댈 곳 없는 사람이야말로 인류를 지탱하고 지켜주는 구세주들이라고. 그녀는 그가 한 말을 정확히 기억할 수 없었다. 그러나 그가 말하는 동안 곧 엄청난 발견을 할 것 같은 묘한 느낌이 들었다. 십자가에 못박힌, 그가 말했다. 그리스도는 십자가에 못박혔다. 그는 죄가 없었고 인류를 구원했다. 그러나 시달 씨는 마치 그런 구원이 여전히 진행중인 듯 구세주에 대해 말했다. 그녀는 자문했다. 그 말은 우리 모두를…… 모든 억압받는 이들을…… 중국의 가난한 사람들…… 노숙자…… 배에서 태어난 불쌍한 유대인 아기들…… 집도 나라도 없고 사방에서 외면당하는 이들을 뜻하는 걸까…… 아, 나라마저 없이 태어난 가엾은 아기들의 상황이야말로 최악이다…… 하지만 그의 말은 우리 모두가 같은 사람이며 죄 없이 십자가에 못박혀 세상을 구원한다는 의미였을까……

예나 지금이나 그렇다는 말일까?

파도가 새로이 해변으로 밀려왔고, 그 파문이 사라지기 전에 그녀는 시달 씨의 생각이 무엇이든 자신이 스스로 확신을 갖게 되었음을 알았다. 그녀는 새로운 발견을 했고 더는 혼자가 아니었다. 그녀가 도저히 감당할 수 없는 남편의 잔인함이 그녀에게 강요했던 외로움, 그 외로움의 사슬이 끊어졌다. 그녀의 고통은 전적으로 혼자만의 것이 아니었다. 그것은 그녀를 자신의 존재 바깥으로, 마음속으로, 인내 속으로 데려갔으며, 그녀는 그것으로부터 다시 분리될 수 없었다.

저 아이들은 나를 위해, 나는 저 아이들을 위해 견디고 있어, 그녀는 생각했다. 그리고 구덩이에서 빼꼼 내다보던 창백한 얼굴들을 내면의 눈앞에 떠올려보려 애썼다. 그러나 그 모습은 이내 사라져 다시 불러올 수가 없었다. 단지 익숙한 모습을 통해 소녀가 지금 호텔 어딘가에, 굴속의 야수들 사이에 갇힌 이밴절린 랙스턴이 아닐까 추정해볼 뿐이었다. 가라앉기 전에 구덩이에서 꺼내줘야 할 사람.

"지금! 당장!" 페일리 부인이 벌떡 일어나며 큰 소리로 외쳤다. "꾸물거릴 시간이 없어!"

그녀는 만을 향해 있는 힘껏 오솔길을 달려내려왔다.

삼십분쯤 뒤 밤이 이슥할 무렵, 그녀는 이밴절린을 데리고 그곳으로 돌아왔다. 아무런 준비도 없이 이밴절린의 방으로 직진했고, 마치 오랜 습관인 양 절벽을 산책하자고 담담하게 제안했다. 이밴절린은 놀란 얼굴로 바라보더니 순순히 일어나 화장대 위의 몇 가지 물건—유릿조각 몇 개와 손톱줄과 작은 상자—을 서랍에 넣었다.

"외투가 필요할까요?" 그녀가 물었다.

"챙기는 게 좋겠어요." 페일리 부인이 충고했다. "그러면 추워서 다시 돌아오는 일 없이 있고 싶은 만큼 있을 수 있으니까. 내 외투는 아래층에 있어요. 나가면서 내 것도 챙길게요."

바위에 앉아 있다가 류머티즘이 생기면 안 되므로 두 사람은 호텔 로비에서 방석 두 개도 가지고 갔다.

"이 호텔은 전혀 편안한 곳이 아니에요." 페일리 부인이 말했다. "밤에는 편안하지 않아요."

"맞아요." 이밴절린이 동의했다. "저는 도통 잠이 안 와요."

"나도 그래요. 외투와 방석이 있으니 원하면 절벽에서 잘 수도 있을 거예요."

"비가 오지 않는다면."

"안 올 거예요. 그리고 몸을 피할 만한 대피소도 있어요. 펜디잭곶에."

그들은 대피소 근처의 히스 덤불 사이에서 움푹 팬 아늑한 자리를 발견하고 나란히 누워 하나둘씩 뜨는 별을 바라보며 차 배급권을 아껴 쓰는 방법에 대해 의견을 주고받았다. 아직 서로 마음을 열고 대화하는 단계는 아니었지만, 그들은 무엇이 그들을 이어주는지 알았다. 하지만 스스로가 조금 놀랍게 느껴졌고, 뭔가 모험을 시작할 때 여자들이 으레 그러듯 킥킥거리는 웃음이 새어나왔다.

"난 그냥," 페일리 부인이 말했다. "찻잎이 잠길 만큼만 끓는 물을 붓고 덮은 다음 오 분 동안 놔두었다가 주전자에 물을 가득 채워요."

"그 얘길 들으니 목이 마르네요." 이밴절린이 말했다.

"나한테 피크닉 바구니와 주전자와 알코올램프가 있어요. 내일 밤엔 여기 와서 차를 끓여보기로 해요."

"그러면 좋겠네요." 이밴절린이 말했다. "이번주 내내 매일 밤 여기 오고 싶어요. 이곳에 묵지 말았어야 해요. 호텔에서 저희에게 나가라더군요."

"그 사람들 당신 잘못이 아니란 걸 알아요."

"그럴까요? 제리 시달도…… 그 사람 이세요?"

"거의 모른다고 봐야죠. 그냥 얼굴만 아는 정도니까."

"좋은 사람이에요, 제가 보기에는." 이밴절린이 아쉬운 듯 말했다.

"그래요?"

"어머니를 많이 배려하더라고요. 그런데…… 제가 그에게 말하려고…… 사과하려고…… 했는데 들어주지 않았어요."

"내가 내일 얘기해볼게요." 페일리 부인이 약속했다. "아마도 그는 무슨 말인지 알아듣지 못했을 거예요. 소곤거리듯 말했을 테니."

"예…… 그랬어요. 어쩔 수가 없어요. 사람들만 보면 겁이 나거든요. 그에게 화내지 말라고 얘기해주세요."

"그럴게요."

"사람들이 화를 내지 않으면…… 그러지만 않으면……" 이밴

146

절린이 한숨을 쉬었다.

그리고 잠시 후 잠이 들었다. 그러나 페일리 부인은 그후로도 오랫동안 하늘에 떠 있는 작고 창백한 별을 쳐다보며 누워 있었다. 옆에 누운 비쩍 마른 아가씨에 대한 더할 수 없는 애정과 연민이, 전에 느껴보지 못한 사랑이 그녀를 가득 채웠다. 그녀는 오늘이 생일인, 이십삼 년 전 처음으로 그녀의 품에 안겼던 잃어버린 아이를 떠올렸다. 그녀에게는 그 아이가 이밴절린 대신 떠난 것 같았다. 당시 그녀는 마음이 너무 작아 결코 한 피조물을 자신의 아이로 키울 수 없었을 것이기에. 그녀는 자신의 아이에 대해서만큼 이밴절린에 대해서도 아는 것이 없었다. 참사위원 랙스턴과 함께 살아오며 겪어야 했을 일들을, 화장대 위의 작은 상자와 손톱줄의 의미를 아직은 짐작조차 할 수 없었다.

이따금 깜빡 졸다가 깨어나면 어두운 하늘에 별이 더 늘어나 있었다. 별 사이의 공간은 한층 어둡고, 히스 덤불 사이로 속삭이듯 바람이 불었다. 페일리 부인은 졸면서 어린 시절에 배운 잊고 있던 시구를 떠올렸다. 그리고 저 아득한 우주의 속삭임…… 파수꾼의 소리…… 이따금 나는 듣네, 이리저리 오가는 파수꾼의 소리를, 그리고 저 아득한 우주의 속삭임을. 깊은 밤에는 모든 것이 무사하리.

월요일

1. 모르는 게 없는 미스 엘리스

월요일 아침 미스 엘리스는 페일리 부인과 이밴절린 양의 잠자리에 대해 할말이 많았다. 그러나 낸시벨의 도움 없이 단서를 찾아내야 했다. 출근길에 절벽 위에 누워 있는 무단 외박자를 목격한 낸시벨이 입을 다물기로 작정했기 때문이다. 누구에 대한 일이든 무슨 일이든, 미스 엘리스에게 말하는 것은 안전하지 않았다.

"어제 정리해둔 그대로 손도 안 댔어." 미스 엘리스가 말했다. "무슨 일일까? 페일리 씨였다면 놀라지도 않았을 거야. 그는 자주 앉은 채로 밤을 새우니까."

"저야 일이 줄어서 잘됐는데요." 낸시벨이 말했다.

"우리 일이지. 먹보 여사 방부터 치워야겠군."

"안 돼요. 아직 주무실 텐데."

"맙소사! 나 없으면 이 집은 어떻게 돌아가려나?"

아주 잘 돌아가겠지, 낸시벨은 이렇게 생각하며 미스 엘리스를 따라 코브 가족의 방으로 올라갔다. 이 방은 투숙객들이 워낙 정리를 잘하는 터라 치우는 데 시간이 별로 걸리지 않았다. 침대 시트 네 장이 모두 벗겨져 침대 발치 가로대에 걸려 있었다.

"이것 봐!" 미스 엘리스가 몸서리치며 외쳤다. "우릴 안 믿는다 이거지? 이렇게 해놓지 않으면 들어와서 시트 주름만 살짝 펴놓고 나간다고 생각하는 거잖아."

"우리집에서는 늘 이렇게 하는데요." 첫번째 침대를 정리하며 낸시벨이 말했다. "어머니가 항상 시트를 가로대에 걸어두라고 하셨어요. 바닥에 함부로 던져놓는 건 나쁜 버릇이라고."

미스 엘리스가 거드름을 피우며 말했다. "시골집에서는 그럴 수도 있겠지. 하지만 여기서는 직원을 모욕하는 짓이야. 저 잠옷 좀 봐. 창피한 줄 알아야지."

"아이 셋의 옷을 챙겨 입히려면 돈이 들잖아요." 낸시벨이 말했다.

"그 여자는 그럴 형편이 돼. 유산도 넉넉히 받았어. 내가 그 여자에 대해 들은 이야기가 있다고! 어디서 많이 들어본 이름이다 싶었지. 코브! 어디서 들어봤더라? 처음에는 기억나지 않더니, 아이들 이름이 모드와 블란치와 비어트릭스라는 말을 듣고 떠올랐어. 코브 부인에게 세 명의 나이든 고모가 있었는데, 그러니까 정확히 말하면 고모할머니들인데 당연히 상속을 기대……"

"저기 있잖아요." 낸시벨이 말했다. "좀 비켜줄래요? 지금 그 매트리스 차례거든요."

미스 엘리스는 자리를 바꿔 앉아 계속 말했다.

"그녀는 작위 때문에 당연히 아들을 원했지. 그런데 딸만 내리 낳았으니 화가 치밀지 않았겠어? 그런데다 남편도 숙부보다 먼저 죽는 바람에 작위와 재산이 다른 조카 차지가 되었어. 나도 이이야기를 듣고 코브 부인에 대해 알게 된 거야. 남편의 숙부가 준남작이었는데 도싯주에 집이 있었지. 내가 한동안 그 근처에 살았어. 그러니까, 작은 요양원에서 몇 달 가사일을 했거든. 거기서 그…… 그…… 나랑 꽤 친했는데, 아, 그 부인 이름이 뭐였더라? 음, 그건 중요하지 않고. 여하튼 결혼 전에 왕실의 가정교사였다던가 뭐 그랬다는 여자가 코브 부인, 그 조카딸의 못된 짓거리를 늘어놓으면…… 다들 우스워 죽었지. 결정타는 돈이 몽땅 딸아이들에게 상속되었다는 거야. 코브 부인이 가진 건 종신 재산소유권뿐이라고. 물론 아이들이 죽지 않는다면 말이야. 아이들이 모조리 죽는 일은 없지 않겠어. 그럴 리가! 그렇게 된다면 사람들이 이상하게 생각할걸. 아무튼 막대한 재산과 작위와 가문의 오래된 저택을 물려받기를 기대했는데 그게 안 되니까, 그때부터는 돈 한푼 없는 사람처럼 살기 시작했어. 저렇게 궁상을 떨고 배를 곯는 이유가 다 아이들이 자라기 전에 자기 지갑을 채워두려는 심보지 뭐겠어. 어디 가는 거야?"

"이 방 침대 정리가 다 끝났어요." 낸시벨이 말했다. "이제 남자애들 방으로 가려고요."

루크와 마이클이 코브 가족의 옆방에 묵었고, 침대 시트를 벗겨놓는 일은 거의 없었다.

"어쩌자는 거야?" 미스 엘리스가 낸시벨을 따라오며 말했다. "시트 씌우는 것부터 벗기는 것까지 우리한테 고스란히 맡기다니. 이렇게 귀찮은 가족은 처음이라니까. 참, 그 얘기 들었어? 먹보 여사가 오전에 달걀을 넣은 커피를 달라더래!"

"정말 모르겠어요." 낸시벨이 말했다. "그렇게 많이 먹으면서 어떻게 그리 말랐는지. 뼈밖에 없던데."

"아! 난 알 것 같은데. 몸무게가 많이 불면 할리우드식으로 빼지 않겠어? 너도 알잖아, 영화배우들이 하는 식으로."

"아뇨." 낸시벨이 말했다. "저는 모르겠는데요. 그게 뭔데요?"

낸시벨은 질문한 것을 곧 후회했다. 상대의 표정에서 불쾌한 답이 돌아오리라는 기미가 보였기 때문이다. 그러나 이미 피할 수 없었다. 미스 엘리스가 루크의 침대 모퉁이를 돌아와 그녀의 귀에 두 단어를 속삭였다.

"설마!" 낸시벨이 비명을 질렀다. "설마! 그럴 리가요! 끔찍해라."

"그렇다니까." 미스 엘리스가 젠체하듯 고개를 끄덕이며 대꾸했다. "스튜디오에서 의상을 담당했던 여자와 같이 일한 적이 있는데, 그 여자한테 들은 게 많아."

"하지만 어떻게요?"

"작은 알약 형태로." 미스 엘리스가 킥킥거렸다. "샴페인에 넣으면 그런대로 삼킬 만하겠지."

"하지만 그러다 무서운 병에 걸리기라도 하면 어쩌려고요? 어쩌면…… 죽을 수도 있는데."

"물론 그럴 수도 있겠지. 그 대신 먹고 싶은 대로 실컷 먹고 몸무게 걱정은 안 해도 되니까."

"믿을 수 없어요." 낸시벨이 되뇌었다. "그런 사람이 있다니."

"그 사람들은 그래야만 해. 몸매를 유지하든가 내쫓기든가."

"하지만 그분은 영화배우가 아니잖아요. 먹고살려고 돈을 벌 필요도 없고요."

"어쩌면 자신이 무슨 약을 먹었는지 모를 수도 있어. 어디에 500파운드로 기적을 일으키는 용한 의사가 있다는 말을 듣고 찾아가서 주는 대로 그냥 삼켰을 거야."

미스 엘리스가 쿡쿡 웃으며 덧붙였다.

"사실을 알고 나서 무슨 표정을 지었을지 보고 싶네."

"됐어요." 낸시벨이 말했다. "토할 것 같아요. 얘기만 들어도. 정말이지 속이 메슥거리네요."

"네가 나만큼만 인생의 어두운 면을 봤다면, 이렇게 호들갑 떨지는 않을 텐데." 미스 엘리스가 말했다.

그들은 말없이 마이클의 침대 정리를 마쳤다. 낸시벨이 느닷없이 큰 소리로 말했다.

"누구에 대해서든 험담 말고는 할말이 없다니 참 안됐네요."

"지금 나한테 하는 말이야, 낸시벨 토머스?"

"네, 그런데요, 미스 엘리스."

"이렇게 버릇없이 굴다니, 시달 부인에게 너로 인한 애로사항을 다 고해버리겠어."

"그러세요, 미스 엘리스."

"너와 동등한 위치에서 대화를 나눠준 결과가 이거라니. 제멋대로 굴어도 된다고 생각하나봐."

"미스 엘리스, 저는 차라리 당신이 말을 안 걸어주면 좋겠어요. 저한테 한 말이 사실이라 해도 정말 역겨워요. 그리고 그 말의 반도 믿지 않고요. 그게 다 하인들의 뒷담화 아니면 뭐겠어요."

"태어나서 이런 모욕은 처음이야."

낸시벨은 돌아서서 바로 옆 히비와 캐럴라인의 방으로 성큼성큼 걸어갔다. 이제 미스 엘리스와 좋은 관계를 유지하려 애쓰지 않기로 했다. 하지만 원래 사람들과 다투는 것을 좋아하지 않았기에 객실 책임자가 자기 의견을 피력해도 대꾸하지 않았다.

"난 내가 노동을 할 거라고는 생각해본 적도 없어." 미스 엘리스가 문간에 서서 말했다. "제 손으로 밥벌이하도록 태어난 사람이 아니었다고. 우리 아버지가 부자였거든. 집에 하녀가 다섯이었어, 버릇없는 시골 농부의 딸들이 아니라 상냥하고 능력 있고 잘 교육받은 아가씨들이었지. 정말 참을 수 없는 건, 내가 불행한 일을 당하고 지켜줄 사람이 없다는 이유로 날 모욕해도 된다고 생각하는 비천한 사람들과 어울려 살아야 한다는 거야. 상전이 무너지는 모습을 지켜보는 걸 무엇보다 좋아하는 사람들도 있으니까……"

낸시벨은 바닥에서 히비의 잠옷을 주워 옷장에 집어넣었다. 옷장 문을 열던 그녀가 놀라서 지른 비명에 미스 엘리스가 분노에 찬 연설을 멈췄다.

"이런…… 세상에!" 낸시벨이 말했다.

"뭔데 그래?" 미스 엘리스가 뭔지 보려고 후다닥 달려오며 물었다.

옷장 문 안쪽에 커다란 안내문이 핀으로 고정되어 있었다. 포스터 용지에 이렇게 쓰여 있었다.

스파르타 귀족 연맹

목표　　　영국 그리고 점진적으로 세계를 지배할 스파르타인 양성.

좌우명　　모든 좋은 것은 악이다.

　　　　　　모든 악한 것은 선이다.

(1) 항상 지도자에게 복종한다.

(2) 절대 스파르타인의 비밀을 누설하지 않는다.

(3) 절대 고난 앞에서 약해지지 않는다.

(4) 절대 자신을 너그럽게 대하지 않는다.

(5) 절대 배급 간식을 먹지 않는다.

(6) 절대 누구에게도 입맞춤을 하지 않는다. 누군가 자신에게 입맞추는 것을 막을 수 없을 때는 다음의 저주를 속삭일 것.

　　네 살과 뼛속까지, 너의 간과 눈까지 저주받으라, 네가 나의 의지에 반해 입을 맞추었으니.

(7) 절대 아무도 칭찬하지 않는다, 반어법이 아니라면.

(8) 누군가가 반反스파르타적인 생각을 말하게 하면 들리지

않게 '아니'라고 덧붙인다.

(9) 매주 새로운 지도자를 선출한다. 모든 회원은 돌아가며
지도자가 된다.

(10) 지도자는 비非스파르타인이 알아챌 수 있는 흉터나 혹
이 생길 과제를 명해서는 안 된다.

(11) 주 3회 이상의 과제 금지.

(12) 차기 회의 전에는 새로운 규칙을 정할 수 없다.

(13) 스파르타 귀족 연맹의 일원이 회원 전체의 이익을 위해
위험을 감수하는 경우, 그가 그 주간의 지도자가 아니
라 해도 나머지 회원들은 그를 지원해야 한다.

신입회원 테스트

(1) 두려움 스스로 무서워하는 일 해보기.

(2) 음식   (a) 토가 나오는 음식(예를 들면 정어리와 초콜
릿 에클레르)을 먹고 토하지 않기.
(b) 이십사 시간 동안 아무것도 먹지 않기.

(3) 냄새   십 분 동안 악취 맡기. 예를 들면 미스 럭비와
얘기하기. 못된 말은 금지.

(4) 보기   인체 해부도 보기.

(5) 듣기   연필로 석판에 끼이익 소리 나게 글씨 쓰기. 그
소리가 듣기 괴롭다면.

(6) 추위   일주일 동안 바닥에서 이불 안 덮고 자기.

(7) 촉각   조용히 누워서 간지럼 참기.

(8) 통증   새끼손가락 꼬집기.

(9) 지도자가 고른 특별히 용감한 행동하기. 정말 위험하게.

주니어 스파르타인이 아홉 개의 테스트를 모두 통과하면 회원 카드를 받고 지도자가 될 수 있다. 테스트 기간에는 회의에 참석할 수 있으나 투표권이 없으며, 스파르타인 암호를 포함한 모든 특권을 행사할 수 없다. 그러나 모든 규칙을 지켜야 한다.

안내문을 보고 너무 놀란 나머지 한동안 미스 엘리스와 낸시벨 사이의 날 선 감정이 묻혀버렸다.

"어쩐지 예사롭지 않아 보여요." 낸시벨이 걱정스레 말했다. "예사롭지 않아요. 모든 좋은 것은 악이라니! 참 맹랑한 아이네요!"

"엄마가 그렇게 먹어대는 걸 봐서 그런가?" 미스 엘리스가 추측했다. "그러니까 뭔가 아는 낌새인데…… 음…… 내가 조금 전에 말한 것과 같은 일을! 아이가 충격받을 만한 일이잖아. 충분히 이상한 생각을 불러일으킬 수 있지."

"하지만 설마요. 애가 그런 걸 어떻게 알겠어요?"

"하인들이 쑤군거리는 얘기를 들었나보지. 두고 봐. 뭔가 그런 뒷배경이 있는 거야."

그때 복도에서 다급한 발소리가 들려오자 미스 엘리스는 황급히 옷장 문을 닫았다. 히비였다. 히비는 그들을 보고 문가에 멈춰서서 퉁명스럽고 거만하게 말했다.

"어…… 아직 청소 안 끝났나?"

아이는 돌아서서 곱슬머리를 날리며 뛰어갔다.

"언젠가 히비 기퍼드에게 자신이 누구인지 말해주고 말겠어. 기퍼드! 저나 나나 기퍼드가 아닌 건 마찬가지지. 입양아야. 사생아이거나 하녀의 자식이 틀림없어. 내가 저런 것의 침실 변기통을 비워주다니!" 미스 엘리스가 다짐했다.

2. 병 속의 배

"포스메린은 좁은 곳이야." 아이들과 절벽 너머로 걸음을 재촉하며 코브 부인이 말했다. "그리고 외지 사람 천지이고. 서두르지 않으면 제일 맛있는 것은 다 팔리고 없을 거다. 그렇게 꾸물거리지 말래도. 블란치, 좀 빨리 걸을 수 없겠니?"

"언니는 등이 아프잖아요." 비어트릭스가 말했다.

"걷는 게 통증에 좋아."

블란치는 절뚝거리면서도 자매들의 도움을 받으며 속도를 내기 시작했다. 아이들은 심부름에 관심이 없었다. 그렇게 서둘러 달콤한 간식을 확보하더라도 먹을 일은 거의 없었기 때문이다. 어머니는 그런 간식을 비상용으로 아껴두었지만, 그걸 먹을 날은 절대로 오지 않았다. 그러나 그들은 다른 사람들이 원하는 물건을 선점하는 것이 얼마나 중요한지는 알았다. 희소성은 가치를 높여주는 법이므로.

코브 부인은 마지막 지시를 하기 위해 언덕 꼭대기에 있는 베데스다 예배당 옆에 잠깐 멈춰 섰다.

"여기서 헤어지는 게 좋겠다. 다 함께 가면 이것저것 섞어서 줄 거야. 우리가 같은 집안 사람인 걸 알 테니까. 거기 가게가 여럿 있을 거야. 블란치! 너는 마린 퍼레이드 쪽으로 가렴. 비어트릭스는 처치 스트리트로 가고. 나는 포어 스트리트로 가마. 모드는 마켓 스트리트로 가면 되겠다. 각자 반 크라운씩 줄 테니 로쿰이 있으면 사도록 해. 그건 아주 귀하거든. 없으면 마시멜로나 퍼지를 사. 눈깔사탕이나 초콜릿 바는 사지 마. 그런 건 항상 충분하니까. 외지인에게는 안 판다는 둥 그런 헛소리를 하는 사람이 있으면 식량관리국에 신고한다고 말해. 삼십분 후에 우체국 앞에서 만나자."

그렇게 아이들과 헤어진 코브 부인은 서둘러 포어 스트리트로 내려갔다. 그러나 블란치 때문에 지체한 탓에 다들 의도한 대로 가게의 첫 손님이 될 수 없었다. 큰 가게 앞에는 이미 많은 손님이 줄을 서서 기다리고 있었다. 코브 부인은 로빈 시달과 헨리 기퍼드 경 뒤에 줄을 섰다.

"일찍 오셨네요." 인사를 건네는 두 사람에게 그녀가 심술궂은 투로 말했다.

"마시멜로를 사러 왔습니다." 기퍼드 경이 말했다. "아내가 다 팔리기 전에 좀 사다달라고 해서요. 보아하니 여기 좀 있는 것 같네요."

"저는 스카치 캔디를 사려고요." 로빈이 말했다. "퍼레이드에는 없더라고요. 거기서 블란치를 봤는데요, 코브 부인. 동생들과 함께 저랑 병 속의 배를 보러 가도 되냐고 물어봐달라더군요. 제가 그 배에 대해 말한 적이 있거든요. 부인을 만나면 물어보겠다고 했습니다."

"그게 어디 있는데요?" 코브 부인이 물었다.

"항구 근처의 농가요. 낸시벨의 증조할머니 댁이죠. 할머니 집에는 오래된 재미있는 물건이 많아요."

코브 부인은 조금 생각하다 마지못한 듯 말했다. 아이들이 원한다면 가도 좋지만 점심시간까지는 펜디잭으로 돌아와야 한다고.

"무척 늙은 할머니예요." 로빈이 헨리 경에게로 돌아서며 말했다. "눈이 거의 안 보여서 사람들이 구빈원에 가야 한다고 할 정도죠. 할머니는 그것 때문에 엄청 속상해하세요. 식구들도 그렇고요. 토머스가에는 남는 방이 없는데 할머니는 돌봐줄 사람이 필요하니까. 저는 할머니의 오래된 물건들이 도움이 되지 않을까 싶어요—조금이나마 편하게 지내시는 데 말이에요. 혹시 흑호박에 대해 좀 아세요? 어제 호박을 좋아한다고 하셨잖아요."

"뭐 조금 알지." 헨리 경이 조심스레 말했다. "아주 희귀한 건데."

"할머니가 그걸 하나 가지고 계신 것 같아요. 선원이었던 아들이 예전에 가져다드린 거요. 아들은 몇 해 전에 돌아가셨어요. 동양 어딘가에서 가져왔다고 하던데."

"어떻게 생겼던가?"

"작은 조각상이에요, 요만한." 로빈이 말하며 두 손가락을 4인

치 정도 벌려 보였다. "제가 보기엔 생긴 것도 촉감도 호박 같았어요. 부엌 찬장에 넣어두셨어요.'

"천 파운드는 하겠는데!"

"알아요. 흑호박이 무척 귀하다고 들었거든요. 그게 사실이라면 구빈원에 가지 않으셔도 되겠는걸요."

대기 줄이 짧아졌지만 로빈도 헨리 경도 알아채지 못했다. 코브 부인은 잠시 기다리다 그들 앞의 빈자리로 파고들었다.

"할머니한테는 제 생각을 말씀드리지 않았어요." 로빈이 말했다. "너무 기대하실까봐요. 전문가가 한번 봐주면 좋을 텐데."

"진짜일 가능성은 지극히 희박하다고 봐야겠지." 헨리 경이 말했다.

"제 생각도 그래요. 하지만 감정해볼 가치는 충분할 텐데 물어볼 사람이 없어요."

"필요하다면 내가 한번 봐줄 수도 있고." 헨리 경이 자진해서 말했다.

"오, 헨리 경! 그래주시겠어요?"

대기 줄이 다시 짧아지고 코브 부인이 판매대 앞에 섰다.

"마시멜로요." 그녀가 단호한 목소리로 말했다.

헨리 경과 로빈은 놀라서 주변을 돌아보며 어떻게 그녀가 그들 앞에 서 있는 건지 의아해했다. 하지만 곧 자신들의 잘못을 깨달았다.

"그리고 만약 자네가 본 게 맞는다면," 헨리 경이 말했다. "내가 값을 잘 받고 팔 수 있도록 돕겠네."

"아, 정말 감사해요. 오늘 아침에 갈 건데 함께 가시겠어요?"

"아니, 지금은 안 되네. 아내가 기다리니까. 하지만 괜찮다면 다른 날에 가도록 하지."

대기 줄이 줄어 헨리 경의 차례가 되었다. 그러나 그는 마시멜로를 살 수 없었다. 코브 부인이 바로 앞에서 마지막 마시멜로를 사갔기 때문이다. 그는 누가를, 로빈은 스카치 캔디를 샀다.

"저렇게 고약한 속임수를 쓰다니." 가게를 나오며 로빈이 말했다. "새치기했어요. 보셨죠?"

"놔두게. 그리고 그게 정말 흑호박이라면 공공연한 장소에서는 말을 조심하는 게 좋겠어. 포스메린의 가게에서 할 말은 아니지. 누구든 들을 수 있으니. 가능한 한 빨리 안전한 곳에 치워두는 게 낫겠네. 조심하도록 할머니에게 귀띔해드리면 어떻겠나?"

"할머니를 실망시켜드리고 싶지는 않아요. 제 생각이 틀렸을 수도 있으니."

"5파운드쯤 값어치가 나간다고 말씀드리게나. 흑호박이 아니라도 그 정도 값은 쳐줄 테니. 그리고 할머니가 그걸 치워두게 하고."

로빈은 그 말에 동의하고 헨리 경과 헤어졌다. 그는 어머니의 심부름 몇 가지를 해결한 후 코브가 아이들이 기다리는 우체국으로 갔다. 아이들은 어머니가 집으로 돌아갔으며 그들 모두 병 속의 배를 보고 싶다고 말했다.

"그럼 따라와." 로빈이 말했다. "스카치 캔디도 먹어보고."

그는 종이봉투를 내밀었다. 그러나 모두 고개를 저으며 언제나 그렇듯 자신들은 줄 게 없다고 설명했다.

"아무것도?" 로빈이 외쳤다. "너희 셋 다 과자 사러 간 거 아니었어?"

"어머니가 가져갔어요." 비어트릭스가 설명했다.

"오, 알겠다. 음, 어쨌든 이거 먹어봐."

결국 아이들은 덤덤하게 사탕 하나씩을 집어들었다. 아이들은 받기보다 주고 싶었다. 간식을 가져도 된다면 포스메린 곳곳을 돌아다니며 모든 사람에게 나눠주었을 것이다.

로빈은 아이들을 항구로 향하는 샛길로 안내했다. 이 이상한 아이들과 함께 있는 모습을 친구 누구에게도 보이고 싶지 않았기 때문이다. 그는 이런 모험을 감수하는 스스로에게 틈틈이 놀랐다. 보통 그는 일곱 살에서 열일곱 살 사이의 소녀에게는 관심을 두지 않을뿐더러, 이 아이들은 매력이라곤 눈곱만큼도 없었으니까. 그러나 그는 블란치의 미소에 마음이 끌렸다. 기뻐할 때면 표정이 어찌나 환히 빛나는지, 자기도 모르게 자꾸만 그 아이를 기쁘게 해주고 싶었다. 그 아이는 마린 퍼레이드의 상점에서 병에 든 조그만 싸구려 배를 바라보며 좋아서 어쩔 줄 몰라했다. 로빈이 피어스 부인의 배에 대해 말해주자 그 기쁨은 황홀감으로 변했다. 단지 이야기만 해주었는데도 기쁨이 가득한 환한 표정을 지으며 진심으로 고마워했다. 그는 자신이 무슨 말을 하는지 알아차리기도 전에 이미 블란치에게 언젠가 그것을 보여주겠노라 약속했고, 그 말에 그 아이가 어찌나 기뻐하던지 최상의 행복을 선물해야 할 것 같은 의무감에 당장 그곳으로 가보자고 제안했다.

"그 배는," 그가 아이들에게 말했다. "백오십 년은 됐을 거야.

피어스 부인의 할아버지가 만든 거니까. 돛이 다섯 개 달린 범선이고, 배가 들어 있는 병은 모조품처럼 불룩하지 않고 길어. 다 왔다. 계단을 올라가면 돼."

돌계단을 올라가자 위층에 초록색 문이 나타났다. 아래층은 생선가게였다. 로빈은 열린 문을 노크하고 아이들을 가구와 고사리화분과 고양이로 번잡한 실내로 데리고 들어갔다. 낸시벨의 증조할머니라는 작은 노파가 화덕 앞에서 덜그럭대며 뭔가 쑤석거리고 있었다. 그녀는 침침한 눈을 비비며 그들에게로 돌아섰다.

"로빈 시달이에요." 그가 외쳤다. "피어스 부인, 부인의 배를 이 어린 숙녀들에게 보여주고 싶어서 왔어요. 그래도 될까요?"

피어스 부인은 잠시 무슨 말인지 새겨보는 듯하더니 어린 숙녀들이 트레고일런에서 왔느냐고 물었다.

"아뇨, 아니에요. 런던 사람들이에요."

"런던? 요즘은 전과 달리 눈이 잘 안 보여. 트레고일런의 아가씨들이 가끔 찾아오거든. 하지만 8월에는 올 리가 없지. 런던이라고?"

블란치가 앞으로 나아가 노파의 늙고 앙상한 손가락을 잡았다.

"블란치 코브입니다." 그 아이가 낮지만 분명한 목소리로 말했다. "그리고 여기는 제 동생 모드와 비어트릭스예요. 지금 펜디잭에서 시달 부인 집에 묵고 있습니다."

"펜디잭에서 묵는다고? 펜디잭 매너, 오래된 곳이지. 내 손자바니 토머스가 세인트소디 처치타운에 살아. 나는 이제 그 위로는 못 올라가네. 다리가 이렇게 끔찍하게 부은 다음부터는 말이야.

앉아요, 귀여운 아가씨들. 로빈, 자네! 아가씨들에게 의자 좀 가져다주게나."

일행 모두가 자리에 앉았다. 로빈은 배가 놓인 선반에 눈길을 주면서도 피어스 부인에게 다리가 어떠시냐고 정중하게 물을 뿐 더는 배에 관해 말하지 않는 코브가 아이들의 예의바른 태도에 깊은 인상을 받았다. 잠시 후 로빈이 방문의 진짜 목적을 설명하자 노파가 이번에는 그의 말을 이해했다.

"내 배 말이야? 아, 그럼 보여주고말고. 이 아가씨들에게 보여줘야지. 이리 가져와봐. 어디 있는지 알지? 그 선반 위에."

로빈이 배를 가져오자 노파는 아이들이 감탄하며 볼 수 있게 들어올렸다.

"이 쬐깐한 오래된 배는," 노파가 말했다. "이 병에 적힌 날짜부터 쭉 저 선반에 놓여 있었다오. 자세히 들여다보면 이름이 보일 게야. 피니어스 피어스. 귀여운 아가씨들, 그게 우리 할아버지 이름이에요. 그 이름 뒤에 숫자를 봐. 일, 칠, 구, 오─1795, 이 배가 만들어진 해지······"

로빈은 여러 번 들어본 설명이었으므로 흑호박을 다시 보기 위해 부엌 찬장 쪽으로 어슬렁어슬렁 걸어갔다. 지난번에 왔을 때는 두번째 선반 잉크병 옆에 놓여 있었다. 그런데 지금은 보이지 않았다.

"그때는 마린 퍼레이드도 없던 시절이지." 피어스 부인의 목소리가 들렸다. "내가 젊었을 때만 해도 여기는 그냥 정어리잡이 배가 쉬었다 가는 조그만 항구였는데······"

"피어스 부인." 로빈이 끼어들었다. "그 조그맣고 까만 조각상 어디 갔어요? 찬장에 있던 거 말이에요."

"수프 그릇 안에." 피어스 부인이 대답했다. "먼지 털다가 떨어뜨릴까봐 거기 넣어뒀어."

그는 수프 그릇에서 그것을 발견했다. 벌렁거리던 심장이 가라앉았다.

"그러니까," 그녀가 계속했다. "나는 기차가 들어오는 것도 봤어. 우리 도시에 처음 기차가 들어온다고 깃발을 들고 환호성을 지르고 신나는 음악을 틀었지. 그날 처치타운에 파티가 벌어졌어. 모두를 위한 파티."

코브가 아이들은 일제히 전율했다. 모드가 마을 사람들이 다 왔냐고, 파티를 연 사람은 누구였냐고 물었다.

"다 같이 열었고 모두 다 왔지." 피어스 부인이 말했다. "남녀노소 가릴 것 없이 마을 사람 모두가 왔어. 한참 먼 동네에 사는 농부들까지도. 오천 명이었다는 사람도 있고, 만 명이라는 사람도 있고. 어쨌든 사람들이 엄청 많았다는 건 알아, 내가 거기 있었으니까. 그전에도 그후로도 그렇게 많은 사람은 본 적이 없어. 기차역이 나뭇가지와 화환으로 뒤덮여 숲이 따로 없었지. 누가 소리쳤어. 온다! 온다! 그리고 삑 소리가 들렸지! 밀고 당기고, 아이고 맙소사, 아주 수송아지떼가 따로 없었어. 그러다 다른 사람이 말했어, 기차가 아니라고. 그게 내가 우리 개한테 호루라기를 분 거거든. 사람들이 얼마나 큰 소리로 웃던지. 그렇게 큰 웃음소리는 그전에도 그후로도 못 들어봤어. 그러다 마침내 기차가 도착했지,

화환에 덮여서. 금목걸이를 건 시장이 맨 앞에 타고 있었고, 우린 다 같이 밴드 연주에 맞춰서 〈만복의 근원 하느님〉을 불렀어."

"너무 멋져요!" 모드가 외쳤다.

아이들은 조그만 배가 든 병을 선반에 되돌려놓은 다음에도 떠나기 아쉬워 배에서 눈을 떼지 못했다. 로빈이 감사 인사를 한 후 피어스 부인에게 귀한 물건이니 호박을 잘 간수하라고 주의를 주었다.

"내 보기엔 1파운드도 넘을 거야." 노파가 동의했다.

"5파운드도 넘을지 모르니 잘 보관하세요."

"수프 그릇에 넣어두면 안전해. 잘 가. 잘 가요, 아가씨들. 놀러 오고 싶거든 언제든 와요."

로빈은 아직 시내에 볼일이 더 남은 터라 세 아이만 절벽으로 갔다. 그들은 느릿느릿 걸었다. 블란치가 지쳐서 동생들이 언덕까지 부축하고 올라가야 했다. 말은 거의 나누지 않았지만, 그들의 머릿속은 온통 파티와 기차 그리고 배에 대한 생각으로 가득했다. 들판을 벗어나 잔디와 가시금작화로 둘러싸인 절벽 꼭대기에 이르자 모드가 음정이 맞지 않는 멜로디를 흥얼거리기 시작했다. 다른 두 아이가 노래를 따라 부르자 그들의 희미한 노랫소리가 짠 바닷바람에 흩어졌다.

만복의 근원 하느님,
온 백성 찬송드리고!

자기들끼리만 있을 때면 대개 이 아이들은 매우 행복했다. 그들의 창백함, 진지함, 불쌍해 보이는 초라한 옷차림이 곧잘 사람들의 연민을 자아내기는 했지만. 이 아이들은 가진 것이 너무 없고, 아는 것도 너무 없고, 가본 곳도 거의 없고, 만나본 사람도 거의 없고, 삶 자체가 너무나 텅 비어 뭔가를 더 바라는 법 자체를 몰랐다. 전쟁 동안 학교는 시골로 옮겨갔다. 하지만 그들은 따라가지 않았고, 어머니가 그들을 가르쳤다. 그녀는 아이들이 학교에서 배운 것 못지않게 역사와 지리, 수학, 성경을 잘 익혔다고 자랑했으며, 그것이 아주 틀린 말은 아니었다. 그러나 이웃에 남은 아이들이 하나도 없었으므로 그들은 자기들끼리 노는 것에 익숙했다. 서로 싸우거나 말다툼을 벌이는 일이 없었고, 의견이 일치하지 않는 일은 드물었다. 그들 중 블란치가 가장 똑똑했지만, 통증을 견디느라 힘이 빠져 비어트릭스보다 학습 진도가 뒤처졌다. 가장 어린 모드는 세상 물정을 가장 잘 알고 불만도 가장 많았다. 그리고 이따금 버릇이 없었다.

펜디잭으로의 여행은 그들 일생에서 최고의 모험이었다. 아이들 모두 약간 어리둥절했다. 책에서 읽은 이야기가 갑자기 현실이 된 듯했다. 일주일 전만 해도 그들은 기퍼드가 아이들 같은 친구를 갖는 것은 불가능하다고 생각했다. 이제 가능과 불가능 사이의 장벽이 사라진 듯 보였다.

노래가 끝나자 비어트릭스가 말했다. "히비가 내일 우리에게 특별히 용기가 필요한 과제를 줄 거야. 뭘 고를지 궁금하네."

"우린 테스트의 반도 끝내지 못했어." 모드가 말했다. "냄새 맡기도, 바닥에서 자기도 아직 안 했잖아."

"그건 급하지 않아." 비어트릭스가 말했다. "엄마랑 방을 같이 쓰니까 바닥에서 자는 건 할 수 없다고 말해줬어."

"기차는 아니면 좋겠는데." 블란치가 초조한 듯 말했다. "철로에 누워 기차가 지나갈 때까지 기다리는 거 말이야. 그건 너무 무서워서 못할 것 같아."

"히비는 그거 해봤대?" 모드가 외쳐 물었다.

"아니. 런던에서는 못하지. 런던에서는 철로에 접근조차 할 수 없어. 하지만 우리한테는 하라고 할지도 몰라."

"그럼 히비는 뭘 했는데?" 비어트릭스가 조급하게 물었다.

"세인트폴 대성당에서 하룻밤을 보냈대. 문을 닫을 때 숨어들어가서. 헨리 8세 유령도 봤다던데."

"말도 안 돼!" 모드가 외쳤다. "세인트폴 대성당은 런던 대화재 후에 지어졌어."

"새 건물이라고 유령이 없으란 법은 없어." 블란치가 말했다. "런던에 한때는 도로였던 곳에 지어진 집이 있는데 지금도 말을 탄 남자가 집안을 오간다잖아. 하지만 정말 기찻길에 누우라면 난 못해. 으르렁 달려오는 소리만 생각해도!"

"기차는 아닐 거야." 비어트릭스가 말했다. "캐럴라인 말로는 수영일 것 같다고 했어."

"하지만 우린 수영 못하잖아!" 나머지 두 아이가 시위하듯 말했다.

"알아. 나도 얘기했어. 하지만 히비가 스파르타인은 깊은 물에 무작정 뛰어들어 수영을 배운대."

"우리가 못 배우면 어떻게 되는데?" 모드가 물었다.

"캐럴라인도 그 말을 하더라. 히비가 우리한테 수영을 시키려고 하면 자기가 말리겠대."

"그애가 무슨 수로?"

"나도 몰라. 하지만 심하게 화를 냈어. 스파르타인은 그냥 놀이에 불과하니까 너무 진지하게 받아들이지 말래. 자기도 용감한 행동은 한 게 없다고, 그냥 하는 척만 했다고."

"너무 불성실해!" 블란치가 말했다.

만이 보이자 블란치는 갑자기 쉬어야겠다며 풀밭에 주저앉았다. 그들은 모두 짧게 자란 잔디에 누워 손가락으로 백리향을 문질렀다. 비어트릭스가 단호하게 말했다.

"우리한테 작은 것을 크게 만들 수 있는 뭔가가 있다면…… 돋보기나 뭐 그런 거 말이야. 그럼 그 병 속의 배를 꺼내 크게 만들어서 범선을 가질 수 있을 텐데."

"병에서는 어떻게 꺼낼 건데?" 모드가 물었다.

"방법을 찾아낼 거야. 피니어스 피어스도 그걸 넣었잖아."

"유리병도 크게 만들면 어때?" 블란치가 말했다. "그런 다음 병목을 타고 기어내려가 배에서 사는 거야. 병 안에 있으면 비가 와도 갑판에 앉아 있을 수 있잖아."

"병은 어디에 둘 건데?" 모드가 다시 물었다.

"곶 위에." 비어트릭스가 결정했다. "배가 들어 있는 커다란 병을…… 몇 마일 밖에서도 볼 수 있게. 병 주변에 매일 엄청난 인파가 모여들어 〈만복의 근원 하느님〉을 부를 거야."

"하지만 병 안에 들어갈 수 있는 건 성실한 스파르타인뿐이
야." 모드가 말했다.

"그리고 로빈도." 블란치가 말했다. "그리고 낸시벨도. 그러면
좋겠다. 히비가 얼마나 놀랄까."

"모두가 놀라겠지." 모드가 말했다. "하지만 그건 불가능할 거
야. 그런 유리병이 어디 있겠어."

"한때 그런 망원경이 있었잖아." 비어트릭스가 주장했다. "들
여다보면 과거가 보인다는."

"비어트릭스! 정말? 누구한테 들었어?"

"〈스트랜드 매거진〉에서 읽었어. 어떤 남자가 그걸로 자기 집
을 봤는데 집이 없더래. 그래서 자기 시간에 더 가깝게 초점을 맞
춰 보니까 집을 짓고 있더라는 거야."

"그건 꾸며낸 얘기가 틀림없어." 블란치가 말했다.

"아니. 과학 코너에 실린 이야기였어."

블란치는 못 미더웠으나 다시 움직여야 한다고 생각해 몸을 일
으켰다. 하지만 등이 너무 아파 제자리에 도로 주저앉았다.

"많이 아파?" 비어트릭스가 걱정스레 물었다.

블란치는 고개를 끄덕였다. 눈물이 뺨을 타고 흘러내리기 시작
했다. 드문 일이었다.

"우리가 문질러줄까?"

"응."

블란치는 힘겹게 엎드려 누웠다. 비어트릭스가 그녀의 면 원피

스를 걷어올리고 빛바랜 바지를 내린 다음 척추를 주무르기 시작했다. 하지만 통증은 사라지지 않았다. 이제 셋 모두가 울었다.

그때 갑자기 목소리가 들려왔다.

"어디 다쳤니?"

고개를 들어보니 페일리 부인이 그들 곁의 오솔길에 서 있었다.

"그냥 등 때문에요." 비어트릭스가 설명했다. "항상 아프거든요. 심하게 아플 때는 우리가 문질러줘요."

"내가 해보마." 페일리 부인이 말했다. "내가 마사지를 좀 할 줄 알거든."

그녀는 블란치 옆에 무릎을 꿇고 부드럽게 마사지를 시작했다. 그러면서 몇 가지 질문을 했다. 등은 언제부터 이렇게 안 좋았니? 항상요, 아이들이 말했다. 그러나 '디프테리아를 앓은 후로 항상'이라고 덧붙였다. 어머니는 아시니? 예, 아세요. 모드는 어머니가 그걸 성장통으로 여긴다고 설명했다.

"의사가 이렇게 문질러도 된다고 했니?" 페일리 부인이 물었다. "문지르면 안 되는 경우도 있거든."

"아, 의사한테 가본 적이 없어요." 비어트릭스가 말했다. "병이 아니고 그냥 통증이거든요. 언니가 잠을 못 자면 우리가 항상 문질러줘요."

잠시 후에 블란치가 통증이 나아졌다고 하자 동생들이 블란치를 바닥에서 일으켜줬다. 블란치는 내리막길을 걷는 게 특히 힘들지만 다른 사람이 도와주면 견딜 만하다고 설명했다. 그리고 분명히 점심시간에 늦었을 거라고도.

비어트릭스와 모드가 양쪽에서 블란치의 허리를 감싸안고 부축한 채 세 아이는 출발했다. 아이들은 기분이 상당히 좋아진 듯 절벽 오솔길을 내려오며 또다시 음정이 맞지 않는 성가를 부르기 시작했다.

오 찬양하며 그분의 문으로 들어가라!
기뻐하며 그분의 궁정에 이르라!

페일리 부인은 아이들이 모래사장에 닿을 때까지 걱정스레 지켜보았다.

3. 숙녀답지 않아

박하를 가지러 정원으로 가던 낸시벨은 낯선 사람이 로건베리 덤불 사이에 숨어 있는 모습을 본 것 같았다.

"거기 누구죠?" 그녀가 물었다.

그가 허리를 펴고 일어나 그녀에게로 다가오며 활짝 웃었다.

"브루스 아니에요! 여기서 뭐하는 거예요?"

"마구간을 찾고 있었어요. 그러는 당신은 여기서 뭐해요?"

"저는 여기서 일해요. 여기는 마구간으로 가는 길이 아니고요. 누가 우리 로건베리를 먹어도 된다고 하던가요?"

"그러니까…… 여기서 일한다고요?" 브루스가 약간 흥분한 듯 물었다.

"여기서 종업원으로 일해요."

"저기 절벽 위에 사는 줄 알았는데요."

"저녁에는 집에 가고요."

"아? 알겠어요."

그는 안도한 듯 바라보더니 길에 내려두었던 마분지 트렁크를 집어들며 덧붙였다.

"난 로건베리를 먹지 않았어요. 열매도 없었으니까. 마구간이 어딘지 알아요?"

"저 벽에 있는 문을 지나가면 나와요. 그런데 왜요?"

"기기서 잘 거거든요."

"아! 여기 묵으려고요? 일행이 여기 묵어요?"

"맞아요." 브루스가 말했다.

"이상해라! 시달 부인은 아무 말도 해주지 않았는데. 아침 준비도, 새로운 손님이 온다는 것도."

"모를걸요. 우리가 왔을 때 그 여자분은 없었어요. 나이든 남자가 우리에게 방을 빌려줬어요."

"시달 씨가! 설마요!"

"오랜 친구라더군요, 제…… 상사와. 그래서 우린 문 앞에서 그분이 있는지 물어봤죠."

"문은 누가 열어줬어요?"

"입을 헤벌리고 다니는 젊은 남자요."

"오, 그가!"

"예, 그가! 당신 생각도 그렇다니 기쁜걸요."

"왜요?"

"질투할 필요가 없으니까요."

"허튼소리 말아요. 그래서 어떻게 된 거예요?"

"우린 현관에서 천년만년 기다렸어요…… 그 입 헤벌리고 다니는 젊은 남자가 시달 씨를 깨우러 간 뒤에요. 하지만 결국에는 시달 씨가 나타나 정원 방을 제 상사에게 내줬죠. 하지만 호텔에 내가 묵을 방은 없어서……"

"그렇게 불평할 것 없어요. 마구간의 작은 다락방 하나가 비어 있으니까. 나머지 방 두 개는 시달 씨네 아들들과 프레드가 써요."

"그럼 그곳으로 날 데려다줘요. 정원의 비밀 통로로!"

"당신이 알아서 가세요!" 낸시벨이 말했다. "문만 지나가면 되니까. 길을 잃고 싶어도 잃을 수 없을 거예요."

"내가 온 게 반갑지 않아요?" 돌아서는 그녀를 향해 그가 물었다.

"반갑지 않기는요." 그녀가 어깨 너머로 외쳤다. "토요일 저녁 이후로 이렇게 웃어본 일이 없는걸요."

그녀는 그를 다시 만나 기뻐하는 마음을 들키지 않았길 바라며 자리를 피했다. 왜냐하면 토요일 저녁 이후로 그에 대해 많이 생각했고, 그가 바보처럼 행동하지만 사실 좋은 사람이라는 결론을 내렸기 때문이다. 모든 젊은 남자가 핀잔을 그런 식으로 유쾌하게 받아들이는 건 아니었다. 게다가 젊은 사람이 있으면 이곳의 분위기도 밝아질 것이다. 프레드와 그의 무거운 숨소리로부터 변화를 줄 활기찬 사람. "낸시벨! 너는 정리해고야!" 그 거슬리는 소리를 더 자주 듣다가는 실성하고 말리라. 그리고 그는 나에게 좀 반한 것 같아, 낸시벨은 생각했다. 내 정서상 좋은 일이지. 겨우내 남자가 나에게 관심이 있든 말든 상관없었는데, 이제 좀 나아졌나.

그녀는 성공을 거둔 여자의 빛나는 눈빛과 가벼운 걸음걸이로 집안에 들어섰다. 봄이 다시 올 때마다, 그녀는 콧노래를 흥얼거렸다, 나는 너를 다시 만나리!

"꼭 그렇게 시끄럽게 굴어야 하나?" 프레드가 물었다. "대체 무슨 노래를 부르는 거야?"

"흘러간 옛 노래야." 낸시벨이 말했다. "우리 엄마가 곧잘 부르시던."

미스 엘리스가 세척실로 와서 중요한 일이라는 듯 바라보았다.

"새로운 손님이 왔어." 그녀가 알렸다. "운전기사를 데리고. 기사는 마구간에서 잘 거야. 낸시벨, 시트를 챙겨서 그 사람 침대를 정리하도록 해."

"네, 미스 엘리스."

낸시벨이 시트를 가지고 들어가보니 작은 다락방을 발견한 브루스가 우울한 기색으로 둘러보고 있었다. 천장과 벽은 나무로 되어 있고 바닥에는 카펫도 깔려 있지 않은데다, 가구는 달랑 부서진 의자와 접이식 침대뿐이었다.

"금욕이 이곳의 좌우명이군요." 그가 말했다. "침대 시트는 허락해주나요?"

"예. 여기 가져왔잖아요. 그리고 잘 들으세요! 저 침대에 절대 앉지 마세요. 앉으면 침대가 접혀서 빠져나오는 데 애를 먹어요. 프레드가 처음에 거기 앉았다가 갇혔는데, 아무도 그의 비명을 듣지 못했다면 여태 그 안에 있었을 거예요."

"실제로 얼마나 갇혀 있었는데요?"

"아…… 이틀인가 사흘요." 낸시벨이 진지한 얼굴로 말하며 침대 위에 시트를 폈다.

두 사람이 한참 킥킥거리다가 브루스가 물었다. "그럼 자고 싶을 때는 어떻게 침대에 누워야 하죠?"

"먼저 발부터 침대에 들어가서 머리맡까지 천천히 몸을 눕히는 거예요. 일어날 때도 같은 방법으로 나오고요."

"연습해야겠네요. 시달 씨의 아들들은 어떤지 말해봐요. 방을 보니 셋인가보던데."

"음, 제리가 장남이에요. 아주 착해요."

"오, 그래요? 그리고 아마 잘생겼겠죠?"

"아뇨. 평범해요. 더프는 둘째인데…… 동화 속 왕자님이죠."

"나보다 더 잘생겼어요?"

"그건 아니지만, 라임하우스에서 태어났다고 허풍을 떨지는 않아요."

"오, 낸시벨! 그 얘기를 다시 꺼내야겠어요? 너무하는 거 아니에요?"

"너무했네요." 그녀가 동의했다. "저를 놀리지만 않는다면 다시는 안 꺼낼게요."

"아, 절대 놀리지 않을게요. 당신은 내 인생을 바꿔놨어요."

"제가 보기에는 하나도 안 바뀐 것 같은데요."

"오, 바뀌었어요. 얼마나 바뀌었는지 당신은 상상도 못 할 거예요."

그가 트렁크를 열어 소지품을 꺼내기 시작했다.

"토요일 이후로 당신 생각만 했어요." 그가 그녀에게 말했다. "당신을 다시 만날 수 있을지 궁금해하면서."

"가운이 아주 멋진걸요" 낸시벨이 탄성을 질렀다.

"근사하죠?"

"저 타이프 용지는 다 뭐예요?"

"내 상사의 새 책 원고의 일부예요."

"당신 상사가 누군데요?"

지금이다. 브루스는 가운을 못에 걸며 생각했다. 미루면 상황이 더 악화할 수도 있었다.

"미시즈 레첸요." 그가 대수롭지 않게 말했다.

"미시즈 레첸요?"

"예. 말했잖아요. 여성 작가라고."

그랬나? 낸시벨은 기억나지 않았다. 그가 여자를 위해 일한다고 말했다면 분명 기억했을 텐데?

"일자리는 어떻게 구한 거예요?" 낸시벨이 물었다.

브루스는 망설이다 허풍은 그만 떨기로 했다.

"그녀가 묵던 호텔에서 내가 급사로……" 그가 이야기를 시작했다.

"오." 낸시벨이 외쳤다. "그러니까 당신 책에서처럼? 그 남자, 그가 호텔의 급사였죠, 그렇죠?"

"내 책에 대해 잘 기억하네요, 싫어하는 줄 알았는데." 브루스가 비딱하게 말했다.

"음, 그도 급사, 당신도 급사라니 이상하잖아요."

"뭐가요? 소설은 자기 경험에 의존해 쓰는 거예요."

"하지만 그 여자는……"

"그 여자는 책 속의 여자와 아무 상관도 없어요. 자서전이 아니라고요."

"뭐라고요?"

"내 인생담이 아니라는 말이에요." 브루스가 열을 내며 말했다. "내가 하고 싶은 말은 이게 다예요."

"음. 그렇다면 다행이고요."

"그만하면 충분해요. 어차피 잘 쓴 책도 아니고. 태워버리고 새로 쓸 거예요."

"연료 부족에 도움이 되겠네요."

"침대에 갇힌 남자에 대해 쓰려고요. 아무도 그의 행방을 몰랐던 거죠. 자존심을 세우느라 비명을 지르지 않았으니까."

그가 말을 멈췄다.

"계속하세요." 낸시벨이 말했다.

"못해요. 너무 비극적이라. 당신은 비극적인 책을 좋아하지 않잖아요."

다락방으로 올라오는 사다리가 무겁게 삐걱거리더니 날카로운 목소리가 들려왔다. 그의 표정이 변했다.

"브루스!" 목소리가 다시 들렸다.

한 여자가 다락방 문간에 나타나 두 사람을 훑어보았다. 낸시벨은 그 여자가 바로 그 여성 작가임을 알아차렸다. 시달 씨의 오랜 친구! 놀랄 일이 전혀 아니었다. 그들도 소년 소녀였던 시절이 있었을 테니. 그런데 작가면 작가지, 운전기사 방까지 와서 코를 들이밀고 저렇게 이상한 눈으로 쳐다보다니 숙녀답지 않았다. 그가 종업원과 함께 웃는다 한들 어떻다는 말인가? 숙녀라면 그런 일은 못 본 척 넘어가는 법인데. 시달 부인이라면 절대 저러지 않을 것이다.

잠시 시간이 흐르고 빤히 쳐다보던 눈길이 모욕적으로 변했다. 낸시벨은 눈을 치켜뜨고 애니 레첸을 똑바로 마주보았다. 실례합니다라고 중얼거리며 자리를 빠져나갈 일이 아님을 어렴풋이 깨달았다. 침착한 태도로 이곳에 있을 권리를 주장해야 했다. 거대하고 늙은 민달팽이처럼 생겼네, 낸시벨은 생각했다. 맨몸으로 돌아다닐 만큼 뻔뻔한 감각을 가진 건 민달팽이뿐이야. 난 아무 말도 하지 않을 거야. 불청객은 자신이라는 걸 느끼게 해줘야지. 그녀가 먼저 말을 꺼내야 해. 브루스에게 입을 다물 정도의 눈치는 있어야 할 텐데.

하지만 브루스는 그렇지 못했다. 그는 애나의 시선이 깊이 숙고하듯 낸시벨의 몸매를 훑는 것을 참을 수 없었다. 그가 초조하게 침묵을 깼다.

"우린 그냥······"

애나가 재빨리 그에게 시선을 돌렸다. 창백한 입술에 교활한 미소가 어렸다.

"알 만해." 애나가 말했다.

누가 당하기만 할 줄 알고, 낸시벨은 이렇게 생각하며 보란듯 똑같이 적을 훑어보기 시작했다. 브래지어도 하지 않고 거들도 입지 않았어, 게다가 나라면 저런 발가락에 샌들은 신지 않겠어. 한번 해보자는 것 같은데, 어디 이 자리에 동상처럼 영원히 서 있어보자고.

"미스 토머스가 친절하게도……" 브루스가 말을 더듬었다. "제 침대 시트를 가져왔어요."

애나의 눈길이 서서히 침대로 옮겨갔다.

"저…… 저는 차를 주차하러 가야겠네요."

"서둘 거 뭐 있어." 애나가 말했다. "더 급한 용무가 있나본데."

"없어요! 급한 용무 같은 거 없어요." 그가 변명했다.

그는 애나의 곁을 지나 아래층으로 내려갔다.

낸시벨은 침대 정리를 마친 김에 한두 가지 더 정리하고 방을 나가는 편이 낫겠다고 생각했다. 이 방에 일을 하러 왔음을 분명히 보여주기 위해서라도. 그녀는 브루스가 바닥에 어질러놓은 타이프 용지를 주워 창문턱에 올려두었다.

"방해해서 미안." 애나가 말했다. "브루스가 당신한테 자기 인생 이야기를 털어놓던 중이었나봐?"

"오, 아니요." 낸시벨이 미소를 지었다. "그 얘기는 토요일에 들었죠."

"토요일?" 애나가 말했다. "토요일이라고?"

그녀는 앉아서 자초지종을 듣겠다는 듯 방안을 가로질러 침대로 갔다. 그러나 낸시벨은 전략적 후퇴의 순간이 왔음을 깨달았다.

"실례할게요!" 그녀가 중얼거리며 재빨리 방에서 나왔다. 사다리를 내려오며 그녀는 쿵 하는 소리와 비명을 들었다. 애나는 펜디잭의 함정에 걸려들어 프레드와 똑같은 운명에 처했다. 혼자서 나와보라지, 마구간 뜰을 종종걸음으로 지나가며 낸시벨은 생각했다. 프레드처럼 말라깽이도 아닌걸. 맙소사! 말버릇이 그게 뭐야! 작가든 뭐든 숙녀는 아니야.

4. 마시멜로

레이디 기퍼드는 포스메린처럼 큰 지역에서 새로운 배급 기간의 첫날부터 마시멜로가 다 떨어졌다는 사실을 믿을 수 없었다. 샅샅이 찾아보면 분명 구할 수 있으리라고 확신했다.

"당신, 환자한테 줄 거라고 설명했나요?" 그녀가 물었다.

"달라질 건 없었을 거요." 헨리 경이 대답했다. "그냥 없었어요. 빠짐없이 다 가봤는데도."

"계산대 밑에 충분히 있었을걸요. 당신 눈에 안 보인 거죠."

"손드리 상점에서 남은 것을 보기는 했는데, 내가 판매대 앞에 닿기 직전에 코브 부인이 마지막 남은 것을 사갔어요."

"코브 부인이라고요! 놀랍지도 않군요. 왜 그녀가 앞서가도록 놔둔 거예요?"

"정말 미안해요, 여보."

"아뇨, 여보. 내 생각은 달라요. 당신이 진심으로 나에게 미안했다면 상황을 더 복잡하게 만들 게 아니라 쉽게 만들려고 노력했겠죠."

"난 최선을 다하고 있어요." 헨리 경이 중얼거렸다.

그녀는 얼굴이 달아오른 채 침대에서 일어나 앉으며 보기 드물게 힘주어 말했다.

"완벽히 편안하게 살 방법이 있는데도 이런 식으로 끔찍하게 살도록 강요하는 당신이 어떻게 그런 말을 할 수 있죠? 오늘 아침에 베로니카에게서 편지가 왔어요. 그녀 말이 채널제도에는 모든 것이 풍족하다더군요, 지불할 돈만 있다면."

"여보, 그 문제는 이미 다……"

"당신은 나에게 이런 막노동꾼 같은 삶을 강요하고……"

"막노동꾼 같은 삶이라니. 당신은 막노동꾼의 삶이 어떤지 알지도……"

"고함치지 말아요. 제발 소리 좀 지르지 말라고요. 아주 사소한 일로도 내가 흥분할 수 있다는 걸 알잖아요. 이 문제를 좀 조용하게 논의할 순 없어요?"

헨리 경은 목소리를 낮추고 막노동꾼은 쌀 외에는 아무것도 먹지 못한다고 덧붙였다.

"그럼 우리가 못 먹는 거네요." 레이디 기퍼드가 의기양양하게 말했다. "그러니까 우리는 막노동꾼보다 못하네요. 쌀이 먹고 싶어요…… 내가 리소토를 얼마나 좋아하는데…… 하지만 스트레이치 장관은 노동자들한테 욕을 먹을까봐 나한테 주지 않으려 하죠. 미국에 있는 내 친구들은 하나같이 우리가 배급 식량만으로 어떻게 견디는지 모르겠다고 말해요. 할 수만 있으면 누구나 영국을 떠나고 있어요. 우리만 빼고."

"내가 말하지 않았소. 당신이 정 건지섬으로 가기를 원한다면 당신을 막을 것은 아무것도 없다고."

"하지만 당신이 함께 가지 않는다면 무슨 소용이에요. 내가 소득세를 내야 할 텐데. 우리가 함께 가지 않으면 세금을 면제받을 수 없다고요."

"나는 가지 않겠다고 했고, 이유도 말했어요."

"당신은 그게 비애국적이라고 생각하죠. 애국심이 아내와 가족보다 더 중요한 사람이잖아요."

"음…… 그래요. 그런 것 같군."

"그렇다면 나한테 미안한 척은 하지 말아요. 당신이 한 번도 표를 준 적이 없는 정부를 위해 내가 굶어죽는 꼴을 보고 싶다면…… 당신들이 땜장이의 저주를 받을 가치도 없다고 말하는 정부……"

"그렇지 않아요."

"아뇨, 그래요. 당신은 노동당원이 아니잖아요. 신웰 의원이 노동당원이 아닌 사람은 땜장이의 저주도 받을 가치가 없다고 하지 않았나요?"

"정부에는 신웰만 있는 게 아니에요."

"글쎄요. 애틀리 총리도 신웰 의원이 우리에게 석탄을 공급해주지 못하는데도 해고할 엄두를 못 내잖아요."

"음, 만일 신웰이 나를 총애한다면 당신은 내가 여기 머물며 내

일을 하는 데 만족하겠소?"

"어리석은 소리 하지 말아요. 그가 그럴 리 없다는 걸 알잖아요."

"그야 그렇지만."

"당신을 밀어내려는 사람들 때문에 당신 아이들은 영양실조에 걸리고……"

"그건 좀 과한 말인 것 같소."

"과하다뇨. 3천 칼로리를 먹어야 할 아이들이 겨우 1,500칼로리를 섭취하고 있다고요."

"하루에 아니면 일주일에?"

아내가 잠시 입을 다물자 헨리 경은 그녀가 모른다고 확신했다.

"영양실조에 걸린 아이들로 보이지는 않아요." 그가 말했다. "코브가 아이들과 비교하면……"

"코브가에서, 분명 포스메린의 마시멜로를 몽땅 사들이겠죠." 레이디 기퍼드가 말했다.

"딱하구먼. 그건 신웰 탓이오, 아니면 스트레이치 탓이오?"

"둘 다죠." 레이디 기퍼드가 말했다. "보수당이 관여했다면 우리가 이런 물품 부족을 겪지는 않을 거예요. 여보, 어쩌면 코브 부인이 교환해줄지도 모르잖아요. 내가 가진 누가를 더 좋아할 수도 있고."

"그 부인이 누가를 원했다면 누가를 샀겠지. 충분했으니까."

"내가 얼마나 아픈지 그녀에게 말해볼 수 있잖아요. 하지만 신경쓰지 말아요. 그냥 계속 미안하다고 말하면서 나를 위해 눈곱만큼도 애쓰지 말라고요."

다시 베개에 머리를 눕히는 그녀의 눈에 눈물이 가득 고였다.

헨리 경은 주저하다 슬며시 방을 빠져나갔다. 십오 분쯤 뒤 그는 마시멜로가 든 봉투를 가지고 돌아와 그녀의 침대 옆 테이블에 올려놓았다.

"아! 이거 어디서 났어요?"

그녀는 마시멜로 하나를 집어 콧잔등을 찌푸리며 까탈스럽게 맛을 보았다.

"코브 부인에게서."

"그녀가 내 것과 바꿔주었단 말이에요?"

"아…… 아니에요. 나에게 팔았어요."

"세상에!"

그녀는 하나 더 맛을 보더니 덧붙였다.

"그렇게 맛있지는 않네요. 그쪽에서 먼저 팔겠다고 했어요, 아니면 당신이 먼저 물어봤어요?"

"내가 교환을 제안했더니 거절하더군. 그러더니 자기 아이들은 단것을 별로 좋아하지 않는다고, 그보다는 책을 더 좋아한다고 했어요. 아이들이 자주 간식을 팔아 책을 산다고. 그래서 내가 마시멜로를 사겠다고 제안했어요."

"얼마 줬어요?"

"8실링 6펜스."

"뭐라고요! 세상에. 그녀가 산 가격의 세 배도 넘잖아요."

"나도 너무 심하다고 생각했어요. 하지만 그보다 적으면 좋은 책을 살 수 없다기에. 그리고 당신이 마시멜로를 원하는 걸 알고 있었으니까."

문을 두드리는 소리가 나고 히비가 나타났다. 히비도 종이봉투를 들고 있었다.

"얘야." 레이디 기퍼드가 큰 소리로 외쳤다. "좋은 아침이구나! 재밌게 놀았니? 뭘 하고 왔어? 엄마에게 키스해주렴."

레이디 기퍼드의 입이 뺨에 닿는 순간, 히비는 입술로 소리 없이 스파르타인의 저주를 외웠다.

"우리 다 같이 간식 사러 포스메린에 갔었어요." 침대보 위에 봉투를 내려놓으며 히비가 말했다. "마시멜로예요. 엄마가 제일 좋아하시는 거라 가져왔어요."

"어쩜…… 착하기도 해라! 하지만 내가 이걸 어떻게 먹겠니. 너희 몫인데."

"항상 그러시잖아요." 히비가 차갑게 말했다. "저는 단것 별로 안 좋아해요."

히비는 레이디 기퍼드가 이미 들고 있는 봉투를 굳은 시선으로 바라보더니 방을 뛰쳐나갔다.

"히비의 금욕은 정말이지 대단해요." 레이디 기퍼드가 말했다.

"흠." 헨리 경이 말했다.

히비가 보여준 노골적인 경멸이 그에게 충격을 주었다.

"저애 자주 저래요?" 그가 물었다.

"어떻기에요?"

"너무…… 너무 거만한 거 아니오?"

"저애는 몹시 내성적이에요. 민감한 아이들이 대개 그렇죠."

"저애는 우리 아이가 아니잖아요. 어쨌든. 난 궁금한 게……"

"뭔데요?"

"저애가 우리를…… 좋아하는지……"

"저 아이한테 더 나은 가정이 어디 있겠어요? 저애는 아이가 원할 수 있는 모든 걸 가졌어요. 아니, 우리가 이 궁핍한 나라에서 살아야 한다는 의무만 없어도 다 가질 수 있었겠죠."

건지섬이 또다시 화제의 중심에 오르자 헨리 경은 자리를 피했다. 히비의 감정 표현이 여전히 그를 불안하게 했다. 아이가 엄마를 그런 식으로 바라보는 것도, 그런 식으로 말하는 것도 적절치 않았다. 누군가는 버릇을 제대로 가르쳐야 했고, 적임자는 그였다. 그는 히비도 쌍둥이도 입양하고 싶지 않았다. 그저 아내를 위해 그렇게 했을 뿐이다. 그는 서류에 서명하고 아버지 역할을 하는 데 동의했다. 그러나 그 약속을 지키기 위해 충분히 많은 것을 했다는 기분은 들지 않았다.

헨리 경은 아이들이 커가면서 어느 정도는 아내의 결점을 비판할 수밖에 없으리라고 예상했다. 그 자신도 그랬고, 그렇게 명백한 결점이 아이들의 날카로운 눈을 피해갈 수는 없을 테니까. 그러나 그가 그랬듯 아이들 역시 그녀를 참아주고 용서하는 법을 배워야 했다. 그러지 않으면 삶이 불가능할 테니까.

그는 계단을 내려가 잠시 해변을 거닐며 삶이 지금까지 그래온 것보다 더 참을 수 없어질 수 있다는 깨달음에 경악했다. 구 년 동안 그는 자신의 결혼생활이 재앙이라는 사실을 받아들이고 주어진 상황에서 최선을 다하려 했다. 그러나 그것은 어디까지나 아내와 자신에게 국한된 재앙이라고 생각했다. 거기에 아이들까지 연루되리라고는 생각조차 못했다. 아이들이 아기였을 때는 퀸스 워크 위층에 기거하는 보모들의 보살핌을 받았으므로 그럴 일이 없었다.

그리고 1940년 다 함께 미국으로 떠날 때까지도 아이들은 아직 어렸다. 캐럴라인은 다섯 살, 히비는 세 살, 쌍둥이는 채 한 살도 되지 않았다. 1939년 봄, 그러니까 루크와 마이클을 입양할 즈음 그는 약간 불안했다. 기까운 미래에 전쟁이 일어날 것 같은 예감과 나라 안에서 벌어질 격변에 대한 두려움 때문이었다. 그러나 아내는 결심을 굽히지 않았다. 완고한 낙관주의는 그녀의 강한 개성 가운데 하나였다. 그녀는 뭔가 좋지 않은 일이 일어나리라는 예측을 믿지 않았다. 그런 예측을 하는 사람들을 경멸했다. 그녀의 평온함은 1940년 프랑스가 함락되고 그들이 공포에 질려 대서양을 건너기 전까지 흔들림이 없었다.

오 년 동안 그는 퀸스 워크의 지하에서 시절이 허락하는 한 열심히 일하고 끼니를 때우며 외로운 삶을 살았다. 1940년과 1941년의 폭격, 그리고 비행폭탄과 로켓의 위협 속에서. 심지어 그것을 약간 즐기기까지 했다. 물질적으로 상당한 불편을 감수하는 대신 아내의 끊임없는 불평을 들어줄 의무로부터 해방되었으니까. 그는 민방위에 적극적으로 참여했고, 대피소에서 죽음을 각오한 전우애를 즐겼다. 어떤 면에서는 삶이 지난 몇 년 동안보다 훨씬 만족스럽다고 느꼈다.

1941년 초 그에게는 정부情婦가 있었다. 아내가 영국에 있었다면 결코 용납될 수 없는 일이었다. 그는 스스로 조금 놀랐지만, 그 시절에는 놀랄 일이 허다했다. 상대는 민방위에 참여한 붉은 머리 여자였다. 전쟁 전이나 후였다면 그는 그녀에게 매력을 느끼지 못했을 것이다. 그녀의 이름은 빌리로, 가벼운 런던 토박이 말투를 썼다. 그는 소음이 심한 밤에 그녀와 함께 거리를 순찰하곤 했다. 그녀가 외우는 오행희시의 재고는 무궁무진해서 폭탄이 떨어질 때면 언제나 그에게 새로운 시를 읊어주곤 했다. 양철 모자를 쓰고 소방 호스를 움켜쥔 그녀의 모습이 그의 기억 속에 가장 인상 깊게 남았다. 경솔한 환대와 더불어 자신이 가진 것을 다 내어주고 아무것도 바라지 않는 용감한 창녀. 몇 달 후 그녀는 해군에 입대했고 그의 삶에서 사라졌다. 그러나 그녀는 매우 짧은 기간 동안 그가 여성에 대해 알지 못했던 많은 것을 가르쳐주었다.

그는 아내가 자신을 결코, 단 한 번도 사랑한 적이 없음을 깨달았다. 빌리에 따르면 그것은 그의 잘못이었다. 그녀가 말하기를, 그는 '불쌍한 여인에게 사랑을 가르쳐주지' 못했다. 또 부부 침실에 문제가 있으면 집 전체에 문제가 생긴다고도 했다. 빌리는 배우지 못한 여자였지만 그는 그녀가 해준 말을 마음에 간직했다. 다만 그의 경우는 그 반대일 수도 있다고 느꼈다. 퀸스 워크에선 집 전체에 문제가 있어서 침실에서도 문제가 생겼으며, 결코 바로잡을 수 없을 터였다. 순종적인 남편은 성공적인 연인이 될 수 없는 법이다.

아내를 향한 그의 쓸쓸함이 차츰 가라앉았다. 그는 미래를 위한 대책을 세웠고, 아내와 아이들이 돌아오면 새로운 출발을 하리라 맹세했다. 그는 아내를 다스릴 것이고 아내는 그를 사랑할 것이다. 재회의 기쁨을 계기로 다정한 관계가 형성될 수도 있었다. 그는 가족 모두가 거의 변하지 않고 돌아오리라고 기대했다.

그들은 1945년 여름에 돌아왔다. 알아볼 수 없을 만큼 변해서. 아기들은 어린이가 되었다—아이들은 질문을 던졌고, 자기 관점이 있었다. 그리고 아내는 허약하고, 기운 없고, 수척하고, 정상적인 삶에 부적합했다. 그녀는 남편보다 간호사가 필요했기에 그는 더 나은 삶을 위한 그의 계획을 뒤로 미뤄야 했다. 궁극적인 치료를 위해 의사와 논의를 몇 번 나눴으나 누구도 그녀의 병이 무엇인지 말해줄 능력이 없는 것 같았다.

해변에서 돌아와 점심을 먹으러 가는 길에 그는 히비와 다시 마주쳤다. 히비는 어깨에 고양이를 얹고 테라스 난간에 걸터앉아 있었다. 혼을 내줘야 한다면 때는 지금이었다.

"히비." 그가 엄하게 말했다. "얘기 좀 하자."

히비는 아름다운 눈을 치켜뜨고 그의 말을 기다렸다.

그는 어머니에 대한 히비의 태도를 문제삼았다. 어머니는 무척 아프고 많이 고통스러워한다고 그 아이에게 일깨워주었다.

"어디가 아픈 건데요?" 히비가 물었다.

"그게…… 우리도 잘 모른다. 불행하게도 원인을 찾지 못하는구나."

살피듯 그를 바라보던 히비의 표정이 바뀌었다.

그는 마침내 아이의 표정에 연민이 어렸다고 확신했지만, 묘하게도 레이디 기퍼드를 향한 연민은 아닌 듯했다.

"엄마는 너를 사랑한단다." 그가 말했다. "네가 아기였을 때부터. 엄마는 너를 위해 모든 것을 했어."

"제 진짜 엄마는 누구예요?" 히비가 따지듯 말을 끊었다.

"흠…… 글쎄…… 이름은 모르겠구나, 얘야."

"뭐든 아는 것 없으세요?"

"음…… 몇 가지 상황을 알고 있어. 언젠가는 너도 알게 될 거다…… 네가 좀더 크면."

"지금은 왜 안 돼요?"

"우리 생각에 너는 아직 너무 어리다."

"아이들의 질문에는 항상 정직하고 진지하게 대답해주셔야 해요. 안 그러면 콤프레스가 생겨요."

"콤플렉스란다. 난 정직하게 답하고 있고."

"저 사생아예요?"

헨리 경은 깜짝 놀랐으나 잠시 생각한 후 대답했다.

"그래. 하지만 그런 말은 쓰는 게 아니야. 그런 말은 어디서 배웠니?"

"셰익스피어요. 루크와 마이클은……?"

"그건 너와 상관없는 일이다."

"그럼 하나만 말해주세요. 저는 가난한 집에서 태어났나요? 노동자 집안에서요?"

"아니다."

히비가 고개를 숙였다.

"그랬다면 좋았을 텐데."

"어째서?"

"그들이 더 좋은 사람인 것 같아서요."

"그런 경우가 자주 있지." 그가 동의했다.

"하지만 제가 부잣집에서 태어났다면, 왜 입양되어야 했죠?"

"그들은 너를 원치 않았어. 우리는 원했고."

"그들이 왜 저를 원치 않았어요?"

그는 다시 주저했으나 솔직하게 답해주기로 했다.

"네가 그들의 앞길을 가로막았거든."

"아!"

히비는 판석을 내려다보며 맨발 뒤꿈치로 벽을 쳤다. 헨리 경은 아이가 불쌍했다. 그리고 아이를 데려올 때 그가 이 문제에 대해 아내에게 물었던 것을 기억했다. 언젠가 아이가 커서 생모가 자신을 원치 않았다는 사실을 알게 되면 어떤 기분일까? 아이를 낯선 사람의 인정에 내맡긴 것이 불가피한 상황이나 생활고 때문이 아니었다는 사실을 알게 된다면? 그러면 아이 나이가 몇 살이든 큰 충격을 받을 거라고 그는 짐작했다. 그러나 아내는 히비가 절대 그런 질문을 하지 않을 거라고 그에게 장담했다.

그리고 이제 그가 아이를 충격에 빠뜨렸다. 어떤 완충장치도 없이 부주의하게. 그런 질문을 던진 아이는 겨우 열 살이었고, 그는 대답을 피했어야 했다. 이러려고 말을 건 게 아니라 좋은 아빠 역할을 하려는 것이었는데.

"우리 엄마는 처녀였어요?" 히비가 느닷없이 물었다.

"아니. 물론 아니었지."

"확실해요? 어떻게 확신하실 수 있어요?"

"허튼소리 마라. 처녀가 어떻게 아이를 낳겠니."

"한 사람 있잖아요." 난간에서 뛰어내리며 히비가 음울하게 말했다.

그는 어떤 대꾸도 하지 못하고 뛰어가는 히비를 그저 지켜볼 뿐이었다. 히비는 자신이 받은 만큼의 충격을 고스란히 돌려줄 것이라는 느낌이 들어 너무 심하게 스스로를 책망하지는 않기로 했다.

5. 사랑은 군함

이밴절린 랙스턴은 차츰 나아졌다. 그녀가 호전되고 있다는 사실을 식사 시간에는 알아볼 수 없었다. 전과 마찬가지로 아버지 맞은편 의자에 구부정하게 앉아 팔다리를 움츠린 채 낮은 소리로 중얼거렸으니까. 여하튼 그녀는 종일 방에만 틀어박혀 있지는 않았다. 기퍼드가 아이들과 수영을 하고 모래사장에서 라운더스* 시합도 했다. 그녀는 잘 뛰었고, 펜디잭에서 처음으로 듣는 그녀의 웃음소리는 매력적이었다.

차를 마신 뒤 이밴절린은 페일리 부인과 함께 우체국에 우표를 사러 갔다. 그들이 호텔을 나서자마자 이밴절린은 전날 밤에 말하지 못한 비밀을 모조리 털어놓았다. 감탄사를 연발하고 같은 이야

---

* 영국에서 아이들이 많이 즐기는 야구와 비슷한 경기.

기를 반복하며 자신의 인생사를 통째로 쏟아냈다. 자신이 얼마나 끔찍한 인생을 살았는지 아무도 상상하지 못할 거라고 열번째로 말했을 때 페일리 부인이 말을 잘랐다.

"같은 이야기를 자꾸 하고 또 하지 말아요, 앤지. 그건 나쁜 버릇이에요. 그리고 많은 사람이 당신 삶이 얼마나 끔찍했을지 짐작할 수 있어요. 이상한 아버지를 가진 사람이 당신만은 아니니까. 내가 보기에는 제리 시달도 예외가 아니고요."

"예, 그런 것 같아요. 음…… 그와 혹시 이야기해보셨어요?"

"아뇨. 오늘 못 봤어요. 하지만 이야기할 거예요. 이제 말해봐요. 당신 아버지는 어떻게 참사위원이 된 거죠? 대체 어떤 사람이 그에게 그런 임무를 부여했어요?"

이밴절린은 알지 못했다. 그러나 막연히 기억을 더듬어보면 참사위원이 원래부터 그렇게 참기 힘든 사람은 아니었다. 언제부터인가 그의 안에서 병적인 분노가 자라났다. 그는 이름난 설교자로 모든 종류의 논쟁에서 두각을 나타냈다. 저교회파*에서 그의 덕을 보고 싶어했고, 그레이트모스버리에 자리를 만들어준 늙은 주교는 그를 존경했다.

"하지만 아버지는 만나는 사람마다 싸웠어요." 이밴절린이 말했다. "그리고 결국엔 아무도 교회에 오지 않았죠. 단 한 명도. 일

---

* 저교회파(Low Church)는 형식적인 요소를 배제하려는 전례자유주의와 성경의 권위를 중시하는 '성공회 복음주의'를 표방하는 개신교 성격의 신학조류이다. 저교회 성향이 강할수록 교회는 외양상 통상적인 개신교회와 비슷해지며, 극단적인 경우에 주교, 사제, 부제로 이어지는 삼성직이 배제되기도 한다.

년 내내 우리 가족만 모여 미사를 드렸어요. 얼마나 끔찍했는지 아무도 상상하지…… 죄송해요!"

"가족이 몇 명이었는데요?"

"아, 여섯 명요. 남자 형제 셋과 자매 둘이 있거든요. 모두 아버지와 사이가 틀어져 저도 못 보고 살아요. 음, 교구민들이 주교—새로운 주교—에게 다른 사제를 보내달라고 청원했어요. 하지만 아버지는 물러나기를 거부했죠, 교구민들이 창문을 부수는 등 온갖 짓을 벌이는데도. 부인은 상상도 못하실…… 다른 형제자매들이 떠날 때 저는 집에 남았어요. 엄마 때문에. 엄마만 남겨두고 갈 수는 없었거든요. 음, 어느 날 주교가 호화로운 관저로 아버지를 불렀는데, 거기서 아버지는 자신이 사임 처리된다는 사실을 아셨죠. 사임을 받아들이겠다는 주교의 말을 들을 때까지 자신이 무슨 말을 하는지도 모를 정도로 펄펄 뛰며 화를 냈어요. 그러고는 초대가 함정이었다며 사제관을 봉쇄해버리고는 떠나지 않겠다고 했어요. 그러자 어떤 상인도 우리에게 물건을 팔려고 하지 않았어요. 이 소식이 신문마다 실렸죠. 기자들이 와서 여관에 묵었는데, 이 사태를 '모스버리 포위 작전'이라고 불렀어요. 그때 저는 열두 살이었어요. 부인은 상상하지…… 음, 그러다 마침내 포기했어요. 그 이유는 저도 몰라요. 이후로 전임 사제 자리를 다시는 받지 못했어요. 다행히 재산이 조금 있었고, 이따금 교구에서 설교도 했어요. 하지만 모스버리를 떠난 후로는 집을 가져본 적이 없어요. 어떤 설교를 한 뒤로는 설교도 금지됐고…… 그 모든 일이 신문에 실렸죠. 어디를 가든 끔찍했어요. 정말이지…… 엄마는 삼

년 전에 돌아가셨어요. 오랫동안 병을 앓으셨거든요. 언제나 아프셨죠. 부인은 상상하지…… 페일리 부인, 끔찍해서 이렇게밖에 말할 수가 없네요. 돌아가실 때 엄마는 아버지 곁을 떠나지 말라고 저에게 당부하셨어요. 거부할 수 없었어요. 엄마가 마지막으로 하신 말씀이니까요. 아버지에게 무슨 일이 생길까봐 걱정되신 거예요. 아시겠죠!"

"어머니가 어떻게 당신에게 그런 삶을 살라는 저주를 내릴 수 있죠?"

"그게, 그러니까, 어머니는 삶을 비관적으로 생각하는 편이었어요. 어머니는 우리 모두가 고통받기 위해 태어났다고, 이생에서 더 많이 고통받을수록 저세상에서 받을 고통이 줄어든다고 생각하셨어요. 행복은 그릇된 것이라고요. 제 생각에는 아버지와 결혼해서 그렇게 된 것 같아요."

"그럼 당신은 그 약속을 지켜야 한다고 여기는 거예요?"

"아, 그럼요. 네, 그래야죠."

"결국 당신이 미치거나 아버지를 살해하게 되더라도요?"

"어머니는 신이 저에게 견딜 힘을 주실 거라고 하셨어요."

"그래서 주시던가요?"

"아뇨."

"내 생각에도 아니에요. 우체국에 다 왔네요. 들어가서 우표를 사도록 해요. 여러 번 말하지 말고 한 번만. 하지만 또렷한 소리로 잘 들리게요. 우체국 직원이 사람을 잡아먹지는 않아요. 이렇게 말해요. 2.5펜스짜리 우표 네 장 주세요."

이밴절린은 순순히 들어갔다가 의기양양하게 나왔다. 호텔로 돌아가는 길에 그녀는 자신이 살아온 이야기를 다시 한번, 더 많은 세부사항을 곁들여 들려주었다. 페일리 부인은 그녀가 이야기하도록 두고 섣부른 맹세로부터 그녀를 풀어줄 방법을 고민했다. 교활한 주교의 방법이 가장 확실하게 먹힐 듯했다. 참사위원 랙스턴을 충분히 화나게 만들면 자기가 먼저 딸을 쫓아낼지도 모른다. 그는 1실링도 주지 않고 딸을 내동댕이칠 것이다. 그러나 그전에 우선 앤지의 거처가 정해져야 했다. 참사위원이 생각을 바꾸기 전에 어딘가 대기하다가 도와줄 친구가 필요했다. 하지만 그녀에게는 나 말고는 친구가 없는데, 페일리 부인은 생각했다. 그녀에게 또다른 친구가 필요해. 내가 찾아봐야겠어. 그리고 블란치 코브의 척추 통증과 관련해서도 뭔가 해야 하고.

오전부터 그녀는 블란치 코브의 척추가 염려되었다. 어제까지만 해도 한숨 지으며 잊고 말 일이었다. 그녀와 상관없는 일이었으니까. 하지만 오늘은 그런 통증을 그냥 넘겨서는 안 된다는 확신이 들었다. 누군가 그 통증을 덜어줄 뭔가를 할 수 있다면. 오늘부터 그녀는 새사람이었다. 파도가 두 번 부서지는 짧은 순간에 그녀는 달라졌다. 그러나 자신의 문제에 관한 한 여전히 무력하고 희망이 없었다. 남편과의 교착상태는 계속됐다. 하지만 똑같이 억압받는 이밴절린과 블란치에 관해서는 그녀의 타고난 힘—수년 동안 좌절되었던—이 폭풍처럼 용솟음쳤다.

그녀는 넘어질 듯 허둥대며 언덕을 뛰어내려갔다. 히스 덤불 사이에서 자고 난 뒤 류머티즘이 도진 것 같았다. 그녀는 블란치의 엄마를 찾아갔다.

코브 부인은 여느 때처럼 테라스에 앉아 뜨개질에 여념이 없었다. 그러나 일단 페일리 부인이 옆에 자리를 잡고 앉자 평소보다는 누그러진 태도로 미소마저 지을락 말락 했다. 딱히 미소는 아니었지만 일자로 꾹 다문 입에 약간 긴장을 풀고 참 좋은 날이라고 말했다. 뭔가 기쁜 일이 있었던 모양이었다.

그러나 블란치에 관한 질문은 단칼에 잘라내며 무례한 간섭이라는 태도를 분명히 했다. 아이라면 누구나 겪는 성장통이에요, 그녀가 말했다. 블란치는 또래보다 키가 크죠. 그러니 등의 통증 때문에 걱정할 필요는 전혀 없어요. 그런 불평을 들어주는 건 잘못이라고 생각해요.

페일리 부인은 자신의 의견이 묵살당한 것을 받아들이고 도싯주에 대해 이야기했다. 저희 아버지가 스완 코트에 사는 에이드리언 코브 경을 아세요. 혹시 그분과 친척이세요?

"남편의 숙부예요." 코브 부인이 말했다.

"정말요? 지금은 돌아가셨죠? 누가 작위를 이어받았나요?"

"다른 조카요. 제럴드 코브."

"그분이 거기 살 수 있나요? 요즘은 너무나 많은 사람이……"

"그런 것 같아요." 코브 부인이 말했다. "하지만 정확한 건 모르겠군요."

페일리 부인은 잠시 지주들의 운명을 애도하다 호텔 라운지의 책꽂이 맨 아래 칸에서 보았던 버크의 『지주계급』을 찾아보려고 절룩거리며 자리를 떴다. 그녀는 제럴드 코브 경이 오 년 전에 에이드리언 코브로부터 유산을 상속받았고, 그의 아내는 그레인스 브리지의 가이 채드윅 씨의 장녀 에벌린 채드윅임을 알게 되었다. 그녀는 채드윅 집안에 대해 아는 바가 없었으므로 이 정보는 도움이 되지 않았다. 그러나 적어도 코브가 아이들에게 아버지의 이름이 크리스천이라는 대답은 받아낼 수 있었다. 그러니 나중에 런던에 가면 서머싯 하우스에서 관련 유언장을 찾아볼 수 있을 것이다—그의 유언장과 에이드리언 경의 유언장을. 그녀는 코브 부인이 돈을 누구로부터 얼마나 받았는지 몹시 궁금했다. 돈이 없는 것처럼 보이려고 온갖 노력을 기울였지만, 남편의 친척들이 그녀에게 소정의 금액을 지급했을 거라 짐작할 수 있었다. 블란치의 척추를 치료하기에 충분한 액수는 아니더라도. 이왕 시작한 김에 그 가문 사람들에게 블란치의 척추 통증에 대해 알려줘도 해될 것은 없으리라. 세상은 온통 남의 일에 참견하기 좋아하는 할멈들로 가득하니까. 블란치의 이야기, 펜디잭 절벽에서 그 아이가 내뱉은 신음이 언젠가 친척들의 귀에 들어가지 말란 법도 없었다.

혹여 코브 부인이 딴 주머니를 찼다면 문제는 더 커질 터였다. 누구도 아이들의 어머니에게 아이들을 사랑하라고 강요할 수는 없다. 그게 아니라면, 페일리 부인은 다시 기운을 차리며 생각했다, 아이들이 수혜자라는 사실을 밝혀내야 하리라. 아이들을 부양하기 위한 수당을 어머니가 잘못 관리하고 있다면 모종의 압력이 가해져야 한다. 어쩌면 다른 수탁자나 보호자가 있을 것이다. 그녀는 알아낼 것이다. 다른 사람들의 사정을 꼬치꼬치 캐묻는 게 귀찮고 성가시더라도 블란치의 척추를 의사에게 보일 수 있을 때까지 멈추지 않을 것이다.

이 고무적인 분위기 속에서 그녀의 다음 임무는 제리 시달과 터놓고 대화를 나누는 것이었다. 약속한 일이었다. 티타임과 저녁 식사 시간 사이에 제리는 거의 항상 펌프질을 했다. 펜디잭에는 펌프식 우물이 한 군데뿐이었으므로.

펌프는 진입로 근처의 철쭉 덤불 뒤에 숨어 있었다. 그녀는 현 관문으로 가서 귀를 기울였다. 삐걱대는 펌프 소리가 들렸지만 평 소처럼 규칙적이지 않았다. 제리의 정신이 딴 데 팔린 듯 반복해 서 정적이 흘렀다. 페일리 부인이 덤불 사이로 난 좁은 길을 걸어 가는데 웃음소리가 들렸다. 두 사람이 펌프질을 하는 모양이었다. 삐걱거리는 펌프 소리에 이어 젊은 두 사람의 목소리가 테너와 소 프라노처럼 울려퍼졌다.

고기가 있네……먹으면 안 되는…… 고기가
상점에 있네! 상점에 있네!
달걀이 있네…… 닭이 튀어나올 듯 오래된…… 달걀이
병…… 참…… 장…… 교……의 창고에 있네!

덤불 가지 사이로 엿보니 이제 막 퇴근한 낸시벨이 낯선 남 자―무척 잘생긴 젊은이―와 함께 있었다. 두 사람이 한껏 기분 을 내는 듯 보여 조용히 자리를 뜨려는데 낸시벨이 페일리 부인을 보았다. 페일리 부인이 온 이유를 설명하자 낸시벨이 말했다.

"제리는 장작을 패고 있을 거예요, 페일리 부인. 마구간 뜰에서요. 오늘 저녁엔 저희가 펌프질을 대신하겠다고 했어요."

페일리 부인은 낸시벨에게 그처럼 잘생긴 남자친구가 생긴 것을 흐뭇해하며 왔던 길을 되돌아갔다. 불쌍한 제리는 함께 노래를 불러줄 예쁜 아가씨도 없이 마구간 뜰에서 장작을 패고 있었다. 제리가 페일리 부인을 알아보고 미소를 지었으나 자신에게 말을 걸어올 줄은 미처 몰랐다. 펜디잭에서 그녀의 목소리를 들어본 사람은 거의 없었으니까. 사람은 변했을지 몰라도 외모는 그대로였다. 제리의 눈에 비친 그녀는 여느 때와 마찬가지로 잿빛 머리에 근엄하고 까다로워 보였다. 그래서 그녀가 다가와 부탁이 있다고 했을 때 적잖이 놀랐다. 정원 창고에서 저와 이밴절린 양이 쓸 에어매트 두 개를 빌릴 수 있을까요? 절벽 대피소 근처에서 야영할 계획이거든요, 그녀는 말했다.

"물론이죠." 제리가 대답했다. "제가 가져다드리겠습니다. 저녁식사 후에 해도 될까요?"

"오, 아니에요. 신경쓰지 말아요." 내심 그래주기를 바라며 페일리 부인이 말했다. "우리가 가져갈 수 있어요."

"꽤 무거워요. 제가 가져다드릴게요. 그 외에 또 필요하신 게 있나요? 러그? 방석?"

"러그와 방석은 우리가 벌써 가져다놨어요. 미스터 시달……이밴절린 양이 여기 머무는 것에 대해 걱정이 무척 많은 모양이에요. 물론 그녀는 호텔을 떠나고 싶지만, 아버지가 원하지 않으면 그럴 수가 없어요. 미스터 시달도 분명 이해할 거라고 내가 말해줬어요."

제리가 샐쭉하게 쳐다보았다. 이밴절린에게 한 말이 마음에 걸렸기 때문이다.

"저는 잘 모르겠습니다." 그가 말했다. "저라면 아버지가 뭐라고 하든 떠날 텐데."

"돈이 없어요. 반 크라운밖에는."

"아!" 제리가 말했다.

"그녀는 그렇게 신경질적으로 행동하지 말았어야 한다고 여기지만, 그럴 만도 하잖아요? 아무리 착한 사람이라도 그 아버지가 하는 짓을 보면…… 무슨 수로 참겠어요. 개인적으로 나는 우리가 그녀에게 고마워해야 한다고 생각해요. 소란을 피우긴 했어도 결국은 그 사람을 교회에서 쫓아내준 셈이니까. 다른 어떤 수로도 그 사람을 쫓아낼 수 없었을 거고, 그 사람이 계속 있었다면 무슨 일이 벌어졌을지 생각하기도 싫어요."

"그 말은……" 제리가 말했다. "이밴절린 양이 의도적으로 웃은 게 아니란 말인가요?"

페일리 부인이 눈을 크게 떴다.

"당연히 아니죠. 당신은 의사잖아요. 웃음소리만 들어도 발작 증상을 구별할 수 있을 텐데요."

"몰랐어요." 그가 중얼거렸다.

"미스터 시달은 좀 떨어진 곳에 있었으니까요. 난 상당히 가까이 있었어요."

"아무래도 제가 어제 오후에 그녀에게 무례하게 군 것 같아요."

"괜찮아요, 내가 그녀에게 말해줄 테니까―지금은 달리 생각한다고."

"아, 네." 제리가 말했다. "정말 그렇습니다."

페일리 부인이 그에게 파리한 미소를 보이고 자리를 떴다.

제리는 가벼워진 마음으로 다시 장작을 팼다. 2층으로 기듯이 올라가던 이밴절린의 일그러진 얼굴이 더는 그를 괴롭히지 않을 것이다. 페일리 부인이 문제를 잘 해결해주었다. 신 레몬처럼 생겼지만, 이야기를 나눠보니 나쁜 사람이 아니었다. 두 사람을 위해 에이매트를 절벽 대피소로 올려다주고 불운한 여인에게 뭔가 친절한 말을 건넬 것이다. 반 크라운이라니! 그런 일에는 누군가 나서야 한다!

6. 피 묻은 나뭇가지

시달 부인은 장을 보고 돌아와 시달 씨가 애나 레첸에게 정원 방을 내준 것을 알고 화를 삭여야 했다. 자신을 화나게 할 심산으로 한 짓임을 잘 알았으니까. 그녀는 분노를 삼키며 운전기사는 어디서 식사할 것인지 조심스레 물었다. 프레드와 같이? 아니면 식당에서?

"식당에서 먹어야지요." 시달 씨가 말했다. "조그맣고 아늑한 테이블에서 애나와 함께. 그는 비서 겸 기사예요. 매우 격이 높지."

"정신을 차리고 있는 한에선 아주 세련됐죠." 처음부터 브루스를 탐탁잖게 여기던 더프가 말했다. "단역배우처럼 생겼던데요."

"그가 오늘 우리를 위해 펌프질을 해줬어." 제리가 말했다.

"음, 고마운 일이구나." 시달 씨가 덧붙였다.

"낸시벨에게 잘 보이려고 한 거예요." 로빈이 말했다. "낸시벨한테 아주 푹 빠졌던데요. 오후에는 낸시벨 대신 감자도 깎아줬어요. 낸시벨이 저녁을 대접한다고 그를 집으로 데려갔고요."

"그랬어?" 시달 씨가 외쳤다. "이거 재미있는걸! 애나는 어디 있었고?"

"방에서 책을 쓰고 있었어요."

"그것 참! 아무래도 오늘 저녁엔 손님들과 좀 어울려야겠군. 다들 어떻게 지내나 볼 겸."

시달은 면도하는 데 늘 시간이 한참 걸렸으므로 그가 애나를 찾으러 갔을 때 그녀는 이미 테라스에 나와 있었다. 그녀의 발치에는 더프와 로빈과 브루스가 방석을 깔고 앉아 있었다. 그들은 별로 내키지 않는 듯했으나 그녀가 원했고, 그녀의 의지는 그들보다 강했다.

"사내 녀석들을 구해주러 왔어." 접이식 의자를 끌어당기며 시달이 말했다. "그리고 당신이 쓰는 새 책의 제목도 물어보려고, 애나."

"「피 묻은 나뭇가지」." 애나가 특유의 느린 저음으로 말했다.

"그렇군. 조금만 생각해봐도 알 수 있었을 텐데. 거기서! 그대의 피 묻은 나뭇가지를 속죄하게 두어요, 모든 고통스러운 눈물을 위해! 부디 내 젊음의 죄를…… 당신이 무슨 책을 쓰려는지 정확히 알겠군. 내가 쓰는 거나 진배없이."

"정말?" 애나가 말했다. "그럼 어떻게 시작하는데?"

"순수한 사람들, 아니, 순수에 가까운 사람들(당신은 진짜 순수한 사람들을 묘사할 수 없으니까, 애나)로 시작하지. 각자의 이

212

름을 나무에 새기는 어린 브론테 자매 말이야. 난 왜 그들이 나무 그루터기가 아니라 나뭇가지를 선택했는지 모르겠어. 의식이 끝 난 다음 나무를 타고 올라가 앉아서 곤달 왕국 놀이를 할 수도 있 었을 텐데."

"딕! 이런 악마 같으니!"

"그리고 에밀리가 나뭇가지를 도끼로 찍어내며 후회 속에 죽어 가는 장면으로 막을 내리지. 첫 장면과 마지막 장면 사이에 우리 는 '미친 세월이 남긴 황폐한 미로'를 보게 될 거고, 그 사이에 브 란웰은 『폭풍의 언덕』을 쓰고 그녀가 그것을 훔쳐서 고쳐 쓰겠지. 브란웰의 책이 훨씬 더 위대하지만, 그녀는 진실을 감당할 수 없 어서 그것을 없앤 거야. 그녀는 캐시가 히스클리프의 연인이 되는 설정을 빼버려. 둘 사이에 생긴 딸을 린턴의 딸로 속이는 것도 빼 버리고. 물론 브란웰의 책에서 여자 주인공은 캐서린의 딸이고, 이복오빠인 린턴의 아들이 남자 주인공이지. 하지만 에밀리는 모 든 걸 바꿨어. 그를 그냥 없애버린 거야. 마치 그가 자화상 같았으 니까."

"증거는 넘쳐." 애나가 말을 꺼냈다.

"오, 넘치지. 예를 들자면 첫 장에서 캐서린의 딸을 부각하는 것. 하지만 애나, 난 다 알고 있어. 가엾은 에밀리가 젊은 시절에 지은 죄를 정확히 아니까 따로 말해줄 필요 없다고."

"난 그녀를 전혀 비난하지 않아." 애나가 딱딱하게 말했다. "그 책을 없앤 것 말고는. 최후의 심판이 있다면, 그녀는 그것에 대해 답해야 할 거야."

"그랬으면 좋겠군." 시달이 말했다. "당신은 당신 책에 대해 어떤 변명을 할지 듣고 싶군그래, 애나."

"당신이 내 책을 싫어한다는 거 알아. 알고 보면 당신은 좀 청교도적이잖아, 딕."

"어떤 면에서 청교도라는 거지?" 시달이 따졌다.

"당신은 섹스를 싫어해."

"아니, 그건 아니야. 섹스는 너무 웃긴다고 생각할 뿐."

"그게 바로 불만의 증거야."

"그럴지도. 하지만 난 음식이 웃기다는 생각은 안 해. 요즘은 허기가 잘 채워지지도 않고."

"우리 모두 음식 이야기를 굉장히 많이 해요." 로빈이 말했다.

"그렇지." 그의 아버지가 맞장구쳤다. "엄청나게 몰두하지. 섹스에 굶주린 사람은 섹스와 관련된 이야기를 주로 하고. 빈 수레가 요란한 법. 난 풍부하고 다양한 성 경험을 떠벌리는 사람을 보면 항상 미심쩍어. 그렇게 입에 올릴 만한 경험을 해보기나 했는지 의심스럽고. 만족하는 사람은 입을 다물지. 대화 주제로 적합하지 않다는 걸 아니까."

"적합하지 않다니?" 애나가 물었다.

"끔찍하게 부적합해. 프시케가 불을 켰을 때 에로스는 창밖으로 날아갔어. 에로스는 매우 민감한 신이라 공공연한 것을 참지 못하지. 그러니까 이 문제에 관한 한," 그가 세 청년에게 말했다. "제삼자에게서 정보를 얻기는 거의 불가능하다는 거야. 아는 사람은 말을 안 하거든. 뭘 모르는 사람이 떠들지."

"알고 하는 말이야." 애나가 굵은 목소리로 말했다. "난 해보지도 않고 주절대지 않아."

"나도 증거를 대라면 댈 수 있어." 시달이 말하며 일어났다.

그는 테라스 난간 쪽으로 슬슬 걸어가 바다 위로 지는 석양을 바라보았다. 썰물이 반쯤 빠져나가고 유리처럼 잔잔해진 바다에 갈매기가 잠든 듯 둥둥 떠다녔다. 젖은 모래사장은 온통 장밋빛 노을로 물들었다. 세 사람이 절벽 근처 모래가 마른 곳을 밟으며 만을 가로질렀다. 제리는 에어매트 두 개를 진 채 휘청거렸고, 이밴절린은 피크닉 바구니를, 페일리 부인은 베개를 들고 있었다. 그들은 곶을 향해 오솔길을 올라갔다.

가마우지 한 마리가 목을 길게 빼고 물 위로 낮게 날았다. 새가 육지로 날아가자 로빈이 보려고 돌아섰다.

"저것 봐요!" 그가 말했다. "지붕에 앉았어요! 저기 더 많이 있네요. 예닐곱 마리나!"

그러나 애나는 새에게 관심이 없었다.

"있잖아." 그녀가 말했다. "내 생각에 피비 메이슨과의 관계가 그렇게 불행하게 끝나지 않았다면 너희 아버지는 완전히 다른 사람이 되었을 거야. 젊었을 때 얼마나 똑똑했는데. 모두 대단한 일을 할 사람이라고 생각했어. 그러다 그러지 못하니까 이런저런 이유를 갖다붙이기 시작했지. 법학을 공부하지 말았어야 했다, 나에게 맞는 직업이 아니었다, 옥스퍼드에 남았어야 했다 등등. 하지만 누구든 그가 일할 맘이 없다는 건 알았지. 새삼스러운 이야기인가?"

"피비 메이슨이 누군데요?" 로빈이 눈을 동그랗게 뜨고 물었다.

"몰라?"

"한 번도 못 들어봤어요." 로빈이 말했다.

"이상도 해라! 그것만 봐도 너희 가족이 얼마나 이상한 좌절감에 빠져 있는지 알 수 있다니까. 모든 걸 감추는 것 같아. 하지만 그건 아마…… 너희 엄마 탓일 거야."

더프는 불편한 듯 방석에서 몸을 들썩였다. 마침내 애나가 어떤 사람인지 그의 머릿속에서 정리가 됐다.

"너희 엄마가 좀더 관대했더라면…… 좀더 솔직했더라면…… 그 두 사람을 헤어지게 하는 대신 그들의 연애를 흘러가는 대로 놔두었더라면……"

그 순간 시달이 돌아와 그들 곁을 지나가며 한마디했다.

"애나, 당신이 하는 말은 뭐든 거짓이야. 난 아무것도 듣지 못했지만, 내가 이랬느니 저랬느니 하는 말엔 동의할 수 없어. 그리고 혹시 나에 관한 책을 쓴다면, 내가 죽기 전에 당신을 명예훼손으로 고소할 거야."

7. 페일리 씨의 일기장에서

8월 18일 월요일 밤 아홉시 삼십분

나는 오늘 아침에 아무것도 쓰지 않았고 온종일 아무것도 쓸 수 없었다. 크리스티나 때문이다. 어젯밤 그녀는 라운지에 앉아 있다 느닷없이 일어나 밖으로 나갔다. 그리고 오늘 아침 여덟시까지 나타나지 않았다. 나는 평소와 같은 시간에 우리 방으로 올라왔지만 그녀는 방에 없었다. 나는 밤새도록 앉아 그녀를 기다렸다. 그녀는 돌아오지 않았다. 낸시벨이 아침 일찍 차를 가져오기 직전에야 돌아왔다. 어디에 있었는지 말하지 않았고, 나도 묻지 않았다. 내가 질문하기를 좋아하지 않는다는 사실을 그녀는 잘 안다.

우리는 점심을 가지고 늘 가는 로지그레일만 너머로 갔다. 아내는 계속 이상하게 행동했다. 잠시 나를 혼자 두고 절벽을 가로질러 걸어가는 코브가 아이들에게 가서 이야기를 나눴다. 그리고 점심을 먹은 후에는 고사리숲에 누워 오후 내내 잠을 잤다. 전에 없던 일이었다. 돌아갈 시간인 네시에 내가 그녀를 깨워야 했다. 부러진 고사리 몇 가닥이 머리에 달라붙어 우스꽝스러워 보였다. 하지만 내가 그렇게 말해도 그녀는 개의치 않았다. 그러더니 대수롭지 않다는 듯 지난밤에 이밴절린 양과 함께 절벽에서 시간을 보내느라 잠을 자지 못했다고 했다. 사과하는 기색은 아니었다. 오히려 오늘밤에도 그렇게 하겠다고 통보했다.

나는 아내에게 그러지 않으면 좋겠다고 꽤 솔직하게 말했다. 그건 나를 모욕하는 짓이라고. 그녀의 지리는 내 옆이지 이밴설린 양 옆이 아니다. 아내의 대답은 묘했다. 기억나는 한에서 우리의 대화를 그대로 요약해보려 한다. 그러나 아내의 말은 요약하기가 어렵다. 그녀의 생각은 두서없고 표현은 한계가 있다. 그녀가 실제로 한 말보다 내가 쓴 글이 좀더 논리적일 수 있다. 어리석기 그지없는 말도 조리 있게 정리하고 싶은 충동을 나도 어찌할 수 없기에.

크리스티나: 나는 당신 곁에 있을 수 없어요. 이제 당신이 지난 이십 년 동안 나에게 해온 말을 믿으니까요.

나: 그게 뭐지?

크리스티나: 나는 당신이 지옥에 산다고 믿어요. 당신이 자주 그렇게 말했지만 난 믿지 않았죠.

나: 내가 어디에 있든 당신은 내 아내요. 당신의 자리는 내 옆이라고.

크리스티나: 내 자리는 지옥이 아니에요. 그리고 당신과 함

께 있어야 할 의무는 없다고요. 난 당신이 미쳤
다고 생각해왔어요. 당신이 너무 불쌍했고요.
하지만 이제 회복은 당신 소관이라는 걸 알아
요. 당신이 그걸 원하지 않는다는 것도.

나:　　　　　당신이 날 떠나고 싶어한다는 뜻으로 이해하면
되겠소?

크리스티나:　난 당신이 편안히 살 수 있도록 모든 걸 할 거예
요. 당신이 손을 내밀면 언제든 잡아줄 용의도
있고요. 하지만 당신의 감옥은 더이상 공유하지
않겠어요. 그건 당신이 스스로를 가두고 쌓아올
린 나쁜 감옥이니까요.

나:　　　　　당신은 날 이해한 적이 없어요. 나는 행복보다
내 온전함이 더 중요해요.

크리스티나:　아니. 그런 건 없어요. 당신은 홀로 온전할 수
없다고요. 그런 사람은 없어요. 우린 누구나 전
체에 속하는 일부일 뿐이에요. 떨어져나온 팔에
온전함이란 없어요. 심장이 뛰고 피가 흐르는,
뇌의 지시에 따라 움직이는 몸의 일부가 아니면
아무것도 아니라고요. 당신은 온전하지 않은,
떨어져나온 팔에 불과해요.

이 말에 나는 놀랐다. 아내는 평소에 이렇게 분명히 자기 뜻을
표현하지 않는다. 나는 그녀에게 내가 말하는 온전함이란 자기존

중이라고 설명했다.

이 일이 나에게 어떤 영향을 미칠지 모르겠다. 그녀는 변했다. 혹시 나는 그녀가 이렇게 되기를 바라왔던 것일까. 그녀의 화해 시도를 일관되게 거부해왔으니까.

우리는 티타임에 늦고 말았다.

8. 이상한 침대

펜디잭의 접이식 침대가 요란하게 접히며 브루스의 비명이 마구간 뜰을 가로질렀다. 그는 낸시벨의 경고를 잊었다.

소음은 마구간 큰 다락방의 거주자들을 잠에서 깨웠다. 로빈이 침대에서 벌떡 일어나 더프의 쿡쿡거리는 웃음소리를 들었다.

"격이 높은 운전기사야." 더프가 말했다. "몰랐든가…… 잊어버렸든가."

"그런데 몇 시야?" 손목시계의 야광 문자반을 보며 로빈이 물었다. "뭐야…… 네 시 반이잖아!"

"알아."

"대체 지금까지 어디를 쏘다녔지?"

"난 알 것 같아."

로빈은 곰곰이 생각했다.

"아니." 그가 마침내 말했다. "설마……?"

"설마는 무슨, 틀림없어."

"와! 대단한데."

브루스가 빠져나와 침대를 다시 펼쳐 세우고 조심스레 몸을 눕히는 동안 요란하게 부딪히고 찧는 소리가 들렸다. 그러고는 조용해졌다.

"생각만 해도, 역겨워 죽겠어." 로빈이 말했다.

더프는 애매하게 투덜거리며 딱딱한 매트리스 위에서 돌아누웠다. 그는 애나가 싫었지만 그녀의 매력을 이해할 수 있었고, 한편으로는 그녀에게 끌리기도 했다. 그녀는 요부의 매력이 있었다. 함께 있는 남자가 원하는 만큼 짐승이 되도록 놔두었다. 어떤 제재도 가하지 않았고, 충실함, 섬세함, 부드러움 같은 것도 요구하지 않았다. 그녀는 일종의 자유를 허용했다. 더프 안의 짐승이 주린 듯 아가리를 벌렸다.

"그런데," 로빈이 외쳤다. "제리 형은 어디 갔어?"

"방에 없어?"

로빈이 손전등으로 제리의 침대를 비추었다. 비어 있었다.

그가 말했다. "이건 더 짐작하기 어려운걸."

"떠나지 않는다면 그게 이상한 거지. 저녁 먹기 전에 기분이 아주 안 좋아 보였어. 여기서 더 견디기 힘든 모양이야." 더프가 말했다.

"무슨 일 있었어?"

"엄마랑 싸웠어."

"제리 형이?"

"엄마는 제리 형이 잔소리하는 걸 싫어해. 항상 엄마한테 이래 라저래라 하잖아."

"우리한테도 그러긴 해." 로빈이 동의했다.

"제리 형이 아버지의 법학 서적 처리 문제에 대해 엄마한테 자기 의견을 강요하려 했어. 엄마가 아버지의 예전 동료들에게서 편지를 받았거든. 아직 거기 있나봐. 그분들은 아버지의 책을 어찌해야 할지 몰라 편지를 쓰고 또 쓰고 있어. 하지만 알잖아, 아버지가 어떤지. 편지를 열어보지도 않아. 그래서 결국 엄마에게 편지를 보낸 거야. 사실 제리 형하고는 상관없는 일이지. 엄마는 몹시 화가 났어."

"가져가라고 했대?"

"응. 자리가 없대. 아버지가 직장을 그만둘 때 그냥 두고 오신 거야. 엄마는 그 사람들에게 우선 어디에든 보관해달라고 답장을 썼어. 미리 알았다면 진즉에 그렇게 하셨겠지. 하지만 제리는 그걸 팔고 싶어해. 요즘 좋은 법학 서적은 꽤 값어치가 있어서 500파운드는 나간다는 것 같아. 그걸 사겠다는 사람이 있었는데, 보나마나 아버지가 답장을 안 하는 바람에 놓치고 만 거지."

"500파운드면 꽤 유용할 텐데." 로빈이 말했다.

"내가 변호사가 되면 그 책을 쓸 수도 있겠지. 제리 형하고는 진짜 아무 상관이 없어. 그러니 아버지 서적을 어떻게 하라고 말하는 건 너무 무례한 거지. 엄마가 나를 위해 보관하겠다고 하자마자 꼭지가 돈 모양이야. 자기 월급에서 엄마한테 매주 4~5펜스씩 수당을 드린다고 식구들에게 마음대로 명령할 수 있다고 생각하나. 남아프리카로 가서 영영 돌아오지 않겠다고 하더라."

로빈은 곰곰 생각해본 후 말했다.

"그러면 우리가 꽤 힘들어질 텐데."

더프는 다시 졸음이 몰려와 대답하지 않았다.

"그리고 어째서 형이 500파운드를 받아야 하는지도 모르겠는데." 로빈이 더 큰 소리로 말했다.

"뭐어?" 더프가 잠이 깨서 말했다.

"우리집에 남은 전 재산이 500파운드 값어치가 나가는 그 책들뿐이라면 왜 형이 그걸 몽땅 가져야 하는지 모르겠다고."

"변호사가 되려면 책이 필요하잖아."

"그럼 난?"

"넌 변호사가 되지 않을 거잖아."

"그럼 난 어떻게 학교에 다니고?"

"뇌 전문의한테나 가봐. 입 좀 닥치고. 나 졸려."

"내 생각에는 제리 형 말이 완전히 옳아."

"갑자기……"

두 사람의 이야기 소리에 브루스가 잠들지 못하고 벽을 쾅쾅 두드렸다.

"마주 두드려." 더프가 화가 나서 로빈에게 외쳤다. "어디서 뻔뻔하게! 거지 같은 침대로 우리를 깨워놓고서."

로빈이 벽을 두드리며 판자벽 너머로 외쳤다. "닥쳐!"

"너희나 닥쳐!" 브루스 쪽에서 외치는 소리가 희미하게 들려왔다.

로빈과 더프는 계속 공격적인 목소리로 대화를 이어갔고, 참다 못한 브루스는 침대에서 일어났다. 다시 침대가 접히는 소리가 요란하게 들렸다. 벽 너머에서 웃음소리가 들려왔다. 조심스레 사다리를 올라가던 제리는 다락방에 있는 모두가 미쳤다고 생각했다.

그러나 그가 동생들 방에 들어서자 웃음소리가 그쳤다. 더프와 로빈이 웃음을 멈추고 그를 빤히 쳐다보았다.

"대체 무슨 일이야?" 그가 물었다.

"침대 개그." 더프가 고갯짓으로 브루스가 다시 빠져나오려고 쿵쾅대는 소리가 들려오는 옆방을 가리키며 말했다. "잠을 푹 못 자는 체질인가봐, 불쌍한 녀석. 그런데 형은 어떻게 된 거야? 어디 갔었어? 아프리카?"

제리는 전등을 켜고 침대에 앉아 신발을 벗었다.

"절벽에 있었어." 그가 말했다. "페일리 부인과 앤지랑."

"누구?"

"앤지 랙스턴. 두 사람이 밖에서 잔다고 해서 내가 매트를 가져다주고 차를 함께 마시며 한참 이야기를 나눴어. 그들이 잠든 뒤에도 좀더 거기 머물렀어. 밤이 참 아름답더라. 그러다 잠이 들었지."

"앤지 랙스턴? 그 미치광이?" 로빈이 물었다.

"미치광이 아니야. 아주 똑똑한 아가씨더라."

"대체 무슨 이야기를 나눴는데?" 더프가 물었다.

"아프리카에 대해서. 내가 그들에게 케냐의 일자리에 대해 말해줬더니 너무 근사한 것 같다고 했어. 왜 지원하지 않는지 모르 겠다고."

제리는 흡족한 표정으로 셔츠를 머리 위로 올려 벗었다. 그는 지 금껏 누구에게도 자신의 삶에 대해 그렇게 많이 이야기할 기회가 없었다. 그리고 두 여자에게 경탄을 받는 건 기분좋은 일이었다.

"그들에게 내가 아직 완전히 포기한 건 아니라고 했어." 그가 덧붙였다.

로빈과 더프는 생각에 잠겼다. 둘 다 아프리카의 일자리─더 큰 지역의 의무장교라는─가 그들의 학비를 대기에 충분하지 않 다는 것을 알고 있었다. 매우 전도유망한 일이라 하더라도. 그리 고 바로 그 이유 때문에 온 가족이 제리가 그 일자리를 확실하게 포기하길 원한다는 것도.

아무도 더 말을 이어가지 않았다. 제리는 옷을 마저 벗고 파자 마를 입은 다음 전등을 끄고 잠자리에 들었다. 바야흐로 마구간에 정적이 감돌았다.

화요일

1. 꽁초

1층에 있는 정원 방엔 작은 장미 정원으로 이어지는 프랑스식 창문이 있었다. 미스 엘리스는 그 방이 마음에 들지 않는다고 했다. 누구든 들어올 수 있다고.

다음에는, 낸시벨은 침대 시트를 벗기며 생각했다, 누군가 들어왔다고 하겠지.

미스 엘리스가 딱 그렇게 말하자 낸시벨은 웃었다.

"웃을 일이라고 생각하는 거야?" 미스 엘리스가 물었다. "난 아니야. 역겨워. 네가 나만큼만 세상 물정을 안다면, 인생의 어두운 면을 나만큼 봤다면…… 그 나이대의 여자는 끔찍할 수 있어."

"황혼의 몸부림이죠." 낸시벨이 동의했다. "엄마가 그러시더라고요."

"저게 그 여자의 타자기야." 미스 엘리스가 곁눈질하며 말했다.

"책인지 뭔지를 쓴다지?"

"책을 써요. 유명한 여성 작가예요. 모르셨어요?"

"누가 그래?"

"누구나 알아요. 내 여동생 마이라가 그녀의 책을 한 권 읽었어요. 제목이 『사라진 플레이아데스』예요. 어젯밤에 우리 호텔에 미시즈 레첸이 묵는다고 말했더니 동생이 얼마나 흥분했는지 몰라요."

"『사라진 플레이아데스』? 제목 한번 요상하네."

"책 제목이 다 이상해요."

"스코틀랜드 말인가?"

"모르겠어요. 마이라가 읽은 건 그거예요. 하지만 베스트셀러예요. 마이라 말이 좀…… 그러니까…… 야하대요. 그래도 내용은 흥미진진하대요."

"야하다고?" 미스 엘리스가 말했다. "놀랍지도 않네. 베스트셀러라는 게 항상 그렇잖아. 아님 인신공격이든가."

"글쎄요." 낸시벨이 말했다 "저도 베스트셀러를 한번 읽은 적이 있어요. 『좋은 친구들』이라고. 야하지 않았고 누구를 공격하는 내용도 아니었어요. 사랑스러웠어요."

"낸시벨, 이렇게 뭘 모른다니까. 『좋은 친구들』은 존 보인턴 프리스틀리가 스스로를 저격한 글이라는 걸 누구나 알아. 그 책은 작가가 순전히 자신을 까발릴 작정으로 쓴 책이야. 거기 시트 비뚤어졌잖아."

"혼자서는 반듯하게 씌우기가 쉽지 않아요."

미스 엘리스는 그녀의 말을 무시하고 부러운 듯 타자기를 응시했다.

"팔자 편한 사람은 따로 있지." 그녀가 말했다. "요상한 걸 지어내 엄청난 돈을 벌어들이니까. 터무니없는 것을 써서 말이야. 그 많은 돈으로 뭘 할까? 나도 책이나 한번 써볼까봐."

"써보죠, 왜?"

"내가 그럴 시간이 어디 있어?"

미스 엘리스는 돌아서서 침대 옆 테이블의 재떨이를 집어들었다. 재떨이를 유심히 들여다보던 그녀의 표정이 역겨움에서 매우 흡족한 뭔가로 변했다. 그녀는 재떨이를 들고 창가로 가서 내용물을 자세히 살펴보더니 외쳤다.

"내 이럴 줄 알았어! 이것 보라니까!"

그녀가 재떨이를 낸시벨의 코밑에 들이밀었다. 낸시벨의 눈에는 담배꽁초만 수북할 뿐이었다.

"낸시벨, 넌 눈도 없어?"

"담배를 끔찍이도 많이 피우네요."

"그건 그렇고, 봐! 이 꽁초 뭔가 좀 이상하지 않아?"

"어떤 건 노랗고 어떤 건 하얗네요."

"노란 건 그 여자가 피우는 이집트산 스페셜 브랜드야. 저 벽난로 위의 상자에 있는 것과 같은. 런던 어딘가에서 구매한다더라고. 다른 건 절대 안 피운대. 어제저녁에 식당에서 그렇게 말했어. 하얀 건 플레이어스 웨이츠야. 봐! 보면…… 이건 반만 피웠지."

침묵이 흘렀다. 낸시벨의 낯빛이 창백해졌다. 미스 엘리스가 계속 말했다.

"내가 어젯밤 뜨거운 물주전자를 가져왔을 때 재떨이를 비웠거든. 열시가 넘어서. 그러니까 그 이후에 누군가가 여기 있었다는 거야. 플레이어스 웨이츠를 피우는 사람이 누군지 혹시 알아?"

"그런 사람이 한둘인가요."

"여기서는 아니지. 하기야 놀랄 것도 없어. 저녁에 그 둘이 같이 있는 걸 보고 알았거든. 운전기사 좋아하시네! 그럴 줄 알았다니까. 따라와, 위층 침대도 다 정리해야지."

"아뇨." 낸시벨이 말했다. "제 몫은 여기까지예요, 미스 엘리스. 저도 참을 만큼 참았어요. 제가 어제 경고했잖아요. 당신의 그수다를 견딜 수 없다고. 시달 부인에게 가겠어요."

"왜 이러셔, 시달 부인에게 갈 사람은 나야. 참는 것도 한도가……"

"어쨌든요. 다른 사람의 뒷담화를 듣는 것도 지겨워요. 당신은 당신보다 나은 사람만 있으면 악담을 퍼붓는 심술궂은 노처녀에 불과해요. 즉 이 집의 모든 사람이 그 대상이란 말이죠. 여기서 제일 급이 낮은 사람은 당신이니까요. 당신은 평생 제대로 된 직업을 가져본 적도 없을 거예요. 그러고 싶어도 못 그랬겠죠. 물 한주전자도 반은 엎지르고 얼굴에 검댕을 묻히지 않고는 끓이지 못할 만큼 멍청하니까요. 생각만 해도……"

"당장 시달 부인에게 가겠어. 부인과 담판을 지을 거야. 네가당장 이 집을 떠나든가, 내가 나가든가."

"좋아요. 가서 우리 중 누가 남을지 확인해요."

미스 엘리스는 후다닥 방을 빠져나갔다.

낸시벨은 혼자가 되자마자 절망의 눈물을 터뜨렸다. 그녀는 플레이어스 웨이츠를 피우는 사람이 누구인지 알았다. 그리고 어제 애나가 그렇게 뻔뻔한 눈길로 한참 바라보던 이유도 이제야 알았다. 사소하지만 이상한 점이 한둘이 아니었다. 이제 그녀는 모든 것을 이해했다. 브루스는 썩어빠진 나쁜 인간이었다. 그는 사랑하지도 않는, 아니, 꿈에라도 원치 않는 끔찍한 늙은 여자에게 빌붙어 살았다. 그는 실크 가운과 항구 카페에서 뽐내던 지폐가 가득 든 그 지갑을 위해 자신을 팔아넘겼다.

위층 침실을 모두 치워야 했지만 당장은 그럴 힘이 나지 않았다. 그녀는 프랑스식 창문을 열고 정원으로 뛰어나가 철쭉 덤불에 몸을 숨기고 눈물이 멈추기를 기다렸다. 이토록 마음이 쓰라리다니 조금 놀라웠다. 그를 그리 진지하게 생각하지 않았으므로. 알게 된 지 겨우 사흘이 지났을 뿐이고 처음에는 그가 싫었다. 그러나 어제 그는 너무 친절하게도 감자 깎는 일과 펌프질을 도와주었다. 그녀가 다시 젊고 발랄해진 기분을 느끼도록 해주었다. 호텔 일이 끝난 후에는 그녀를 집까지 바래다주었고, 그녀의 어머니는 그에게 차를 권했다. 모두가 그를 좋아했다. 그녀의 부모를 대하는 그의 태도는 완벽했다—친절하면서 쾌활하고, 그러면서도 예의를 잃지 않았다. 그는 자기 어머니와 식량관리국의 여직원이 나눈 대화를 들려줘 모두를 웃게 했다. 쓸데없는 빈민가 이야기는 하지 않았다. 어떤 젊은이도 더 나은 인상을 줄 수는 없을 터였다. 낸시벨은 엄마가 흡족한 마음을 너무 노골적으로 드러낼까봐 염려될 뿐이었다. 브루스가 가자마자 그녀는 가엾은 토머스 부인에게 너무 호들갑을 떨었다며 새침하게 따졌고, 토요일 저녁에 브루스가 댄스파티에 초대하지 않겠느냐는 질문에 빈정대듯 어깨를 으쓱해 보였다. 그러나 마음속으로는 이미 그러리라 확신하고 오후 근무가 없는 목요일에 기념으로 파마를 하기로 작정했다.

토요일 이후는 생각할 수 없었다. 그에 대한 그녀의 호감이 이런 식으로 커져간다면 진지해질 시간은 충분했다. 우선은 댄스파티에 한번 더 가고, 토요일을 기대하고, 새로운 파마에 대해 생각하는 것만으로도 충분했다. 그럼에도 지금 그녀는 울고 있었다. 평생 그렇게 울어본 적이 없는데. 브라이언 때도 이 정도는 아니었다. 브라이언이 그녀에게 준 고통도 언젠가는 치유될 것임을 늘 알았으므로. 그러나 이 상처에는 독이 들어 있었다. 브루스가 나쁜 사람이라는 생각에 면역이 되려면 그녀는 더 단단하고 더 냉정해져야 했다. 몸을 일으켜 걸어가면서도 그녀는 여전히 훌쩍였다. 브루스 때문이 아니라 어제의 낸시벨 때문에.

2. 흑호박

헨리 경은 약속대로 피어스 부인의 조각상을 보러 아침식사를 마치고 바로 로빈과 함께 포스메린으로 갔다. 그러나 실망이 그들을 기다리고 있었다. 조각상은 팔리고 없었다. 한 귀부인이 월요일 오후에 와서 사갔다고 했다―스미스 부인이라는 외국인 귀부인이 마을을 지나는 길에 들렀다고. 다른 부인에게서 피어스 부인이 가진 귀중품에 대해 들었다면서. 처음에는 3기니밖에 안 주려고 했지만, 피어스 부인은 5파운드 10실링을 완강히 고수했다.

"로빈이 나한테 5파운드는 될 거라고 했거든요." 피어스 부인이 킬킬 웃었다. "거기다 10실링을 더 얹어서 팔았어요. 내가 너무 야박하게 굴었나."

그녀는 시력이 예전 같지 않아 그 귀부인의 모습을 묘사하지 못했다.

"그런데 그 여자 말투가 곱지 않더군요. 마음에 들지는 않았어요, 암 그랬지. 그래도 5파운드 10실링이면 큰돈 아닌가…… 죄송합니다, 나리, 이렇게 헛걸음을 하시게 해서요."

"저 역시 죄송하군요." 헨리 경이 말했다. "그런데 어째서 외국 사람이라고 생각하셨나요?"

"피어스 부인의 말은 콘월 사람이 아니라는 뜻이에요." 로빈이 상심한 듯 설명했다.

"런던 처치타운 사람이었어요." 피어스 부인이 말했다. "런던에서 왔다더라고요. 오늘 그리로 돌아간다고. 왜냐하면 내가 처음엔 시간을 좀 끌려고 했거든요. 먼저 저기 펜디잭에 사는 내 손자 바니 토머스한테 팔아도 되나 물어보려고 했지요. 내가 가고 없으면 언젠가 내 것은 모두 그애 것이 될 테니까. 그런데 안 된다지 뭐예요, 기다릴 수 없다고. 당장 팔면 사고 아니면 그냥 가겠다더군요. 내일 런던으로 돌아가야 한다면서. 그런데 5파운드 10실링이면 꽤 큰돈이잖아요."

오두막집을 나오자마자 로빈의 한탄이 터져나왔다. 그는 속이 상했다. 평소에는 발그레한 얼굴이 창백했다. 흑호박 조각상이 아니었을지도 모른다는 헨리 경의 말도 위로가 되지 않았다. 그는 분명히 흑호박이고 피어스 부인은 천 파운드를 잃었다고 확신했다.

"혹시," 그가 물었다. "신문에 광고를 내면 도움이 될까요? 스미스 부인이라는 사람이 그 가치를 알면…… 아무것도 모르고……"

"그건 아닌 것 같아." 헨리 경이 말했다.

"하지만 그럴 수가! 그렇게 못된 사람이 어디 있어요! 구빈원에 들어가야 할까봐 걱정하는 늙고 불쌍한 할머니한테!"

"스미스 부인이 알고 그러지는 않았을 거야."

"저는 그 사실을 알았다는 것부터 도무지 이해가 안 가요. 대체 누가 그녀에게 피어스 부인이 조각상을 가지고 있다고 말했을까요?"

"어제 가게에서 자네가 하는 말을 여러 사람이 들었잖나."

"저는 집이 어디라고 말한 적은 없어요."

과자가게에 있던 사람들을 떠올려보던 헨리 경의 머릿속에 느닷없는 의심이 스쳐갔다. 그러나 워낙 충격적인 상상인지라 당장 지워버리고 다른 가능성에 집중했다. 그는 로빈이 코브가 아이들을 데리고 피어스 부인을 방문했다는 사실을 기억했다. 그들이 조각상에 관해 이야기했을 수도 있었다. 그가 로빈에게 그 말을 하자, 로빈은 그애들이 본 게 맞는다며 집에 도착하는 대로 물어보겠다고 했다.

두 사람은 각자 생각에 잠긴 채 절벽을 넘어 펜디잭으로 돌아왔다. 로빈은 포스메린의 호텔들을 다 뒤져서라도 그날 런던으로 돌아간 스미스 부인을 찾아낼 작정이었다. 조각상을 찾아 피어스 부인에게 돌려주기로 결심했다. 자신의 부주의함에 변명의 여지가 없기에 양심의 가책을 느꼈다. 그 여자를 추적할 것이다. 정직한 사람이라면 조각상을 되사올 수 있으리라. 통장에 저축해둔 7파운드가 있었다. 만약 부정직한 사람이라면 〈존 불〉에 기고할 것이다. 온 세상에 그녀의 만행을 알릴 것이다.

헨리 경은 코브 부인의 짓이라는 생각을 지우려 애썼다. 그녀는 과자가게에서 로빈의 이야기를 들었다. 말투도 곱지 않았다. 게다가 비열하고 욕심 많은 여자였다. 마시멜로 건이 그 증거였다. 그는 코브 부인이 정말 마음에 들지 않았다. 그러나 그녀가 그런 터무니없는 짓을 했다고 의심할 권리는 자신에게 없다고 느꼈다. 하지만 가짜 이름, 그리고 런던으로 돌아가야 한다는 거짓말은 그녀의 행동이 선의였다는 모든 희망을 배제한다.

"저기 코브가 아이들이네요." 로빈이 갑자기 말했다.

그는 시야에 들어오기 시작한 펜디잭만의 모래사장을 가리켰다. 블란치, 모드, 비어트릭스가 무릎을 꿇고 앉아 머리를 맞댄 채 놀이에 빠져 있었다.

"그 아이들이 맞는 것 같군." 헨리 경이 응시하며 동의했다.

"맞아요. 저애들 말고는 점퍼스커트를 입고 해변에 나오는 사람은 아무도 없으니까요."

그들은 절벽을 따라 해변으로 내려갔다. 가까이 가보니 아이들은 모래성을 쌓고 있었다. 그저 그런 모래더미가 아니라 높고 섬세한 탑을 갖춘, 독특한 삼각형 모양으로 된 동화 속의 작은 성이 정교하게 완성되어 있었다. 아이들은 입을 꼭 다물고 신속하게 움직이며 낡은 나이프로 해자 위에 긴 둑길을 조각하고 있었다. 아이들의 여윈 손은 보이지 않는 공동의 영감에 따라 움직이는 듯했다. 어떤 대화도, 상의도 없고 어느 한 아이가 주도하는 것 같지도 않았다. 그런데도 그들의 작품은 완벽했다―세부적으로도, 비율과 디자인 면에서도.

"너무 멋지구나!" 헨리 경이 말했다.

코브가 아이들은 깜짝 놀라 웅크려앉은 채 그를 쳐다보았다. 그들에게는 모래성이 헨리 경보다 더 현실적이었다.

"프랑스식이니?"

"푸아티에예요." 블란치가 고개를 끄덕이며 말했다.

"그곳에 가본 적 있니?"

"아뇨, 책에서 봤어요."

『베리 공의 매우 호화로운 기도서』에 나온다고 모드가 말했다.

"오, 그래, 그렇지! 난 어디서 봤나 했구나. 베르네의 아주 훌륭한 필사본이 있지. 너희 그걸 가지고 있구나?"

"얘들아, 우리가 물어볼 게 있는……" 로빈이 말을 꺼냈다.

그러나 헨리 경이 서두르지 말라고 손을 내저었다. 개인적으로 알아보고 싶은 것이 있었으므로.

"너희 책을 무척 좋아하지, 그렇지?" 그가 말했다.

세 아이가 고개를 끄덕였다.

"책을 많이 갖고 있니?"

아이들이 미심쩍게 그를 바라보았다.

"열일곱 권 있어요." 비어트릭스가 마침내 말했다.

"책을 자주 사니?"

그들은 어렵지 않게 대답했다. 한 번도 책을 산 적이 없다고. 분명하게.

"하지만 돈이 있다면 사고 싶어요." 모드가 말했다.

"어머니가 너희에게 책을 사주시지 않니?"

아니요. 그들은 엄마가 사준 적이 없다고 장담했다.

"그럼 마지막으로 책을 선물받은 게 언제인지 기억하니?"

블란치가 조금 생각해본 후 말했다. "우리가 홍역을 앓았을 때, 의사 선생님이『톰 아저씨의 오두막』을 주셨어요."

"그게 언제지? 오래되었니?"

"전쟁이 끝났을 때요." 모드가 말했다. "우린 홍역 때문에 전승 축하 행사에 갈 수 없었어요."

이 년 전이라니! 그는 생각했다. 그래놓고 아이들에게 책을 사주려고 간식을 판다고 말하다니. 거짓말쟁이 같으니!

"『베리 공의 매우 호화로운 기도서』는 비행폭탄 덕에 얻은 거예요." 블란치가 말했다. "나이든 신사분이 저희에게 주셨어요. 서점을 운영하셨거든요."

"맞아요." 모드가 말했다. "우리가 심부름하러 가다가 비행폭탄이 다가오는 소리를 듣고 서점으로 뛰어들어가 계산대 밑에 숨었어요. 가게 앞에 폭탄이 떨어져서 책더미에 파묻혔어요. 우리는 오후 내내 거기 머물며 주인 아저씨가 책 정리하는 걸 도왔어요. 그리고『기도서』를 선물받았어요. 책등이 망가졌거든요."

"아저씨가 셰리도 주셨어요." 블란치가 말했다. "아, 참 친절하셨죠. 그런데 우유배달부 아저씨가 엄마한테 우리가 죽었다고 말했어요. 폭탄이 떨어지기 직전에 거리 맞은편에서 우리를 본 거예요. 나중에 우리가 보이지 않자 폭탄에 갈가리 찢겼다고 생각했대요."

"그 아저씨가 엄마한테 그렇게 전했어요." 비어트릭스도 이야기에 끼어들었다. "우리는 당연히 집에 못 갔죠, 늦게까지 책 정

240

리를 도왔으니까. 우리는 얼마나 늦은지도 몰랐어요. 그래서 엄마는 우리가 정말 죽은 줄 알고 택시를 타고 시청에 가느라 쓸데없이 3실링을 썼어요."

로빈과 헨리 경은 원래 코브가 아이들에게 물으려던 일을 까맣게 잊을 정도로 이야기에 정신이 팔렸다.

"3실링 넘게 들었어." 모드가 진지하게 말했다. "시청에 가서 신고하고 다시 집으로 돌아와야 했잖아."

"2펜스밖에 더 안 들었어." 비어트릭스가 말했다. "올 때는 버스를 탔으니까."

"당연히 시청에서는 아무것도 알아낼 수 없었어요." 모드가 설명했다. "우리는 영안실에 없었으니까요."

"하지만 너희 어머니가 몹시 놀라지 않으셨니?" 로빈이 물었다.

"엄청요!" 모드가 말했다. "집에 가니까 엄마가 아직 돌아오지 않아 집안으로 들어갈 수가 없었어요. 이웃 사람들이 문간에 서 있는 우리를 봤죠. 우유배달부 아저씨가 그들에게도 우리가 죽었다고 말했어요. 그래서 사람들이 막 몰려와 우리를 둘러쌌어요. 그리고 엄마가 돌아오니까 다들 큰 소리로 외치기 시작했어요. '다행이에요! 아이들이 무사하네요!' 엄마는 이웃 사람들을 좋아하지 않아요. 너무 호기심이 많다고. 열쇠가 끼어서 엄마가 문을 열지 못했어요. 한 남자가 그런 엄마 사진을 찍어서 신문사로 보냈고요."

비어트릭스가 이어서 말했다. "엄마가 사람들에게 말했어요. 제발 각자 집으로 돌아가고 정원에 들어오지 말라고. 이웃 사람들의 표정이 험상궂게 변하기 시작했죠. 그때 또다시 비행폭탄이 떨어져서 다들 정신없이 도망갔어요."

"하지만 그날은 우리가 태어나서 가장 행복한 날 중 하나였어요." 블란치가 말했다. "『기도서』를 갖게 된 날이니까요."

알면 알수록 좋아하기 힘든 여자군, 헨리 경은 생각했다.

"우리는 방금 피어스 부인 집에 다녀오는 길이란다." 그가 말했다.

그 말을 들은 아이들의 얼굴에 웃음이 피어올랐다. 블란치가 작은 배도 보았느냐고 물었다.

"그럼. 멋지더구나, 그렇지? 하지만 나는 그녀의 다른 보물도 보고 싶었지."

"너희……" 로빈이 끼어들었다.

헨리 경은 다시 손을 저어 로빈의 입을 다물게 하고 계속 말했다.

"까맣고 조그만 조각상인데. 거기 갔을 때 너희도 보았니?"

"수프 그릇에 넣어두었다는 거요?" 모드가 물었다.

"맞아. 그걸 보고 싶었는데 못 봤단다. 어제 오후에 파셨다는구나."

"그건 배처럼 예쁘지 않아요." 블란치가 위로하듯 말했다.

"맞아. 하지만 그걸 팔았다니 매우 안타깝구나. 귀한 물건인 것 같은데 사간 사람이 돈을 조금밖에 내지 않은 모양이야."

"배는 절대 팔지 않으실 거예요." 블란치가 말했다.

"그랬으면 좋겠구나. 로빈과 내 생각에는 배에 대해 너무 많이 이야기하지 않는 편이 좋을 것 같다. 혼자 사는 노부인한테 귀중품이 있다고 알려지면 곤란할 수 있거든."

아이들은 똑똑하게 말귀를 알아듣고 고개를 끄덕였다.

"강도!" 모드가 속삭였다.

"그러니 피어스 부인의 보물에 대해 아무에게도 말하지 않기다?"

그들은 절대 말하지 않겠다고 약속했다.

"혹시 어제 누구한테 배나 작은 조각상에 대해 말했니?"

"여러 사람한테……" 블란치가 고민하듯 쳐다보며 말을 꺼냈다.

"하지만 배 이야기만 했어요." 모드가 덧붙였다. "우린 조그만 조각상은 까먹었어요."

"맞아요." 블란치가 말했다. "조각상은 지금 얘기를 듣고 생각난 거예요. 하지만 배에 대해서는 모두에게 말했어요…… 기퍼드 가족, 페일리 부인과 이밴절린 양, 우리 엄마. 그리고 일기장에도 썼어요. 강도는 생각도 못했어요. 우리가 모두에게 말하지 말라고 할까요?"

"아니다." 헨리 경이 말했다. "걱정하지 마라. 하지만 다른 사람들에게는 말하지 않기다."

그가 걸음을 옮기자 로빈이 뒤를 따랐다.

아이들과 어느 정도 멀어지자 헨리 경이 말했다. "아이들은 사실을 말한 것 같은데."

"확실해요." 로빈이 동의했다. "하지만 아이들 얘기를 듣다…… 떠오른 생각인데…… 혹시 코브 부인이…… 그랬을 것 같지 않으세요?"

"그랬을 것 같은 정도가 아니지." 헨리 경이 말했다. "하지만 그걸 무슨 수로 증명하겠나."

3. 경험을 쌓다

아침나절의 반이 지나도록 낸시벨이 브루스의 침대 시트를 정리하러 마구간에 나타나지 않았다. 브루스는 자동차를 닦은 후 낸시벨을 만나 유쾌한 수다를 떨 생각으로 뜰에서 서성거렸다. 그러나 그녀가 나타나지 않자 결국 찾아 나섰다. 그가 주방 창문으로 들여다보니 낸시벨은 테이블 옆에 서서 묘하게 넋이 나간 얼굴로 감자 껍질을 벗기고 있었다. 반갑게 인사하는데도 그녀는 대답이 없었다.

"내 방 치우러 언제 와요?" 그가 물었다.

"프레드가 할 거예요." 그녀가 여전히 고개를 돌린 채 쌀쌀맞게 대답했다. "업무가 재배치됐어요."

"왜요?"

그녀는 대답하지 않았다. 브루스는 뒷문을 통해 세척실을 지나 주방으로 들어와서는 낸시벨 앞에 섰다.

"무슨 일 있어요?"

그러자 그녀가 그를 쳐다보았다. 단 한 번 흘낏 보고는 다시 감자 껍질을 벗겼다.

"아, 알겠어요." 그가 말했다.

긴 침묵이 흘렀다. 둘 중 누구도 침묵을 깰 엄두를 내지 못했다. 낸시벨은 다시 눈물을 흘릴까 두려워 차마 입을 떼지 못했고, 브루스 역시 다른 때와 달리 아무 말도 떠오르지 않았다. 그는 이런 위기에 대비해왔다고 생각했고 변명까지 연습해두었다. 이르든 늦든 이런 위기가 반드시 오리라는 걸 알았으니까. 낸시벨은 틀림없이 진상을 알게 될 테고 그에게 분노할 터였다. 그는 비난과 욕설이 쏟아지리라 예상했기에 이런 애절한 침묵에 당황했다. 그리고 마침내 그가 할 수 있는 최악의 말이 튀어나왔다.

"질투해요?"

말을 내뱉자마자 다시 주워담고 싶은 마음뿐이었다. 만고의 불량배만이 할 법한 말이었으니까. 나는 나쁜 사람이 아니라 경험을 쌓는 중인 예술가임을 증명하고 싶었을 뿐인데.

여하튼 그 말에 낸시벨은 정신이 번쩍 들었다. 눈물이 마르고 혀가 풀렸다.

"주방에서 나가주시죠." 그녀가 명령했다. "여기선 볼일이 없을 텐데요. 시달 부인도 좋아하지 않을 거고요."

"나는 하인이 아닌가요? 주방이 내가 있을 곳일 텐데?"

"아니죠. 당신은 식당에서 식사하니까, 당신이 있을 자리는 라운지예요."

"어제는 여기 앉게 해줬잖아요."

"당신이 그런 남자인 줄 몰랐으니까."

"어떤 남자요?"

"라운지로 가서 거기 계신 분들에게 당신이 빈민가에서 어떻게 자랐는지 얘기하세요. 숙녀분들이 좋아할 테니. 저는 아니에요. 역겨워요."

"낸시벨, 사고방식이 참 고루하네요."

"아뇨. 그렇지 않아요. 세상에는 고루해지지 않는 것도 있거든요. 어느 때고 나이든 여자에게 빌붙어 사는 젊은 남자를 경시하지 않는 사람은 없었고, 앞으로도 그럴 거예요."

"그녀는 나이가 많지 않아요."

"당신보다 적어도 스무 살은 많은걸요. 돈을 주지 않는다면 당신은 한순간도 그녀에게 눈길을 주지 않겠죠."

"난 그녀의 차를 운전해요."

"참 힘든 일이군요. 음…… 당신이 버스 기사였다면 여기 앉을 수 있었겠죠. 요즘 버스 기사가 많이 모자라거든요. 하기야 당신이 넉넉한 집안에서 자란 걸 부끄러워하는 데도 다 이유가 있겠죠."

"당신은 이해 못해요." 브루스가 항의했다. "작가가 되려면 경험을 쌓아야 한다는 걸……"

"어련하시겠어요. 그러니까 이런 경험도 쌓는 거죠. 나 같은 여자는 당신 같은 남자한테 아무런 쓸모가 없다는 경험. 아직 그런 경험이 없었다면 이제 유용한 교훈을 얻었겠네요. 이것도 책에 써넣으면 되겠군요."

"젠장, 책에 아주 잘 써넣을게요."

"그래요. 그럴듯하게 들리도록 각색은 좀 해야겠죠. 당신은 감히 책에 진실을 쓰지 못할 테니까. 봐요, 당신이 당신과 그녀에 대해 뭐라고 썼는지! 그녀는 아름답고 고상하다! 그녀가 아름답고 고상하다고! 지나가는 고양이도 웃겠네요!"

"당신은 틀림없이 질투에 눈이 멀어서 이러는 거예요. 그게 다라고."

"특별한 사람이 되고 싶다고 했죠. 당신은 모두가 등뒤에서 비웃고 경멸하는 비참한 허풍쟁이 말고는 결코 아무것도 될 수 없을 거예요."

시달 씨가 주방 문가에 나타나 오전에 마실 차를 부탁했다. 이곳에서 막장 드라마가 펼쳐지는 중임을 눈치챈 그는 식탁 앞에 앉았다. 그는 나른한 눈으로 분노한 젊은 얼굴과 다른 젊은 얼굴을 번갈아 오가다 남자 쪽이 최악의 상황에 부닥쳤다는 결론에 도달했다.

낸시벨이 찻주전자가 놓인 스토브로 가서 차를 따라 그에게 가져다주었다. 그는 브루스에게도 차를 한잔 따라주라고 말했다. 그녀는 차를 따라준 후 감자를 들고 세척실로 갔다.

"책을 쓴다고 들었습니다만." 시달 씨가 설탕 그릇을 브루스 쪽으로 밀어주며 부드럽게 말했다. "혹시 자전적인 소설을 주로 쓰지 않나요?"

"아닙니다." 브루스가 큰 소리로 말했다.

"아니라고요? 특이하군요. 흥미롭네요. 애나의 젊은…… 수제자들은 대개 세 권의 책을 쓰지요. 첫 책의 주제는 작은 희생양입니다. 세간의 주목을 받게 돼 있어요. 잘 쓴 작품이기도 하고요. 놀랍게도 좋은 평을 받죠. 그들이 유년 시절에 사립학교나 기숙학교 또는 둘 다, 그도 아니면 와핑이나 콜드컴퍼트 농장에서 어떻게 비뚤어져갔는지를 아주 솔직하게 들려줍니다. 그런데 중등학교에서는 그렇게까지 심하게 비뚤어지지는 않는 것 같더군요. 이유는 모르겠지만. 당신 소설의 주인공은…… 이튼이나 스테프니에서 비뚤어졌나요?"

"스테프니요."

"흠…… 그래요. 알겠네요. 음…… 두번째 책은 그리 비극적이지 않아요. 희극이죠, 씁쓸한 희극. 그리고 매우 세속적이죠. 유럽이 배경이고요. 카프리, 마요르카, 알프마리팀 등지로 내쫓긴 추방자들의 악랄하고 부패한 삶을 다뤄요. 주인공의 유일한 장점은 지독한 부랑아이긴 해도 다른 사람들을 경멸하는 만큼 자기 자신도 경멸할 줄 안다는 것이지요. 여자 주인공은 책에서 남자 주인공과 자지 않는 유일한 여성입니다. 때로는 애절하게 생을 마치고요."

시달이 차를 젓느라 잠시 말을 멈추자, 브루스는 세번째 책에 대해 질문하지 않을 수 없었다.

"세번째 책?" 시달은 몽상에서 깨어난 듯 보였다. "아무도 몰라요. 누구도 읽은 적이 없으니까. 썼더라 하는 소문만 들려오죠. 출간되는 것 같긴 한데 나는 도통 손에 넣을 수가 없더군요. 그러니 그것에 대해서는 해줄 말이 없어요. 내 소원 중 하나가 죽기 전에 애나의 젊은 남자친구가 쓴 세번째 책을 읽어보는 거예요. 세번째 책의 내용이 무엇일지 상상이 가지 않는단 말이죠. 종교적인 것이 아닐까 싶긴 하지만. 혹시 당신이 세번째 책을 집필한다면 한 권 보내줘요. 차 한잔 더 할래요?"

"아니요. 됐습니다." 브루스가 말했다.

4. 다른 절벽

기퍼드가 아이들의 실루엣이 잠시 지평선에 나타났다. 아이들은 호텔 바로 뒤편에 솟은 절벽 위를 달리고 있었다. 그 모습을 본 헨리 경은 자신이 거기에 올라갔던 일요일부터 품어온 질문을 떠올렸다.

현지에선 다른 절벽The Other Cliffs이라 불리고 영국 국립지리원의 지도에는 트레고일런 암반이라 표기되어 있는 해안의 이 지대는 펜디잭곳, 로지그레일만, 포스메린처럼 비교적 접근하기 쉬운 장소에 비해 방문객의 발길이 훨씬 뜸했다. 이 절벽에 오르려면 내륙 깊숙이, 거의 마을까지 한참 들어가야 했다. 펜디잭 호텔의 진입로 옆을 흐르는 깊은 계곡을 에둘러 가야 하기 때문이었다. 계곡은 호텔 바로 뒤편의 좁은 개울에서 끝났고, 다른 절벽이 개울 건너편에 우뚝 솟아 있어 호텔 뒤쪽 창문에서 층암절벽이 정면으로 보였다. 저택이 세워진 길쭉한 반도는 선사시대 즈음에 이 암반에서 떨어져나왔을 것이다.

정상의 절벽을 뒤덮은 산사나무, 나무딸기 덤불, 가시금작화가 옛 해안 경비대가 다니던 오솔길을 상당 부분 막고 있어서 지나기가 녹록지 않았다. 그러나 헨리 경은 일요일 오후 펜디잭을 감도는 재앙의 분위기에서 벗어나기 위해 그곳으로 갔다. 그리고 가시금작화 사이를 힘겹게 헤치고 가다가 땅에 생긴 이상한 틈과 길게 갈라진 균열을 발견했다. 꽤 내륙 안쪽이긴 했지만, 시역 전체의 안전에 대한 의구심이 일어서 그는 로빈에게 그 문제에 관해 물었다.

로빈은 크리스마스 직전에 개울 끝 동굴 안으로 휩쓸려 들어갔던 기뢰가 폭발해서 생긴 것이라고 대답했다. 그 직후에 생긴 균열인지는 자신도 모르지만 더프와 함께 그것을 발견한 게 부활절 휴일이었기 때문이다. 그가 알기론 누군가 와서 조사를 했다. 그의 어머니가 여름 학기 중 보낸 편지에 어떤 사람이 와서 균열이 생긴 곳으로 가는 길을 물었다고 썼다. 조사 결과는 그도 알지 못했다. 두 사람은 테라스로 갔고, 거기서 줄무늬 우산을 고치고 있던 제리에게 로빈이 물었다.

"균열이라고?" 제리가 하던 일을 멈추고 붉어진 얼굴을 들며 물었다.

제리는 어쩔 줄 몰라했다. 2층의 열린 창문에서 들려오는 분노의 고함 때문이었다. 그 소리 탓에 테라스에서 대화를 나누기가 상당히 힘들었다.

"……내가 아침 내내 널 기다린 건 아냐? 편지를 받아쓰게 할 참이었는데 대체 어디 갔던 거야! 맙소사! 똑똑히 말하라고! 어디 갔었어!"

"알잖아!" 로빈이 외쳤다. "기뢰 때문에 생긴 균열! 다른 절벽에."

"……이런 간단한 질문에도 답을 못하다니. 정말 뇌 검사를 받아봐야 하는 게 아닌지……"

"들어본 적 없어." 제리가 외쳤다.

"어머니가 편지에 쓰셨잖아. 우리가 발견한 건 부활절 때고. 나무딸기 덤불 사이에…… 한 6인치 너비의 긴 균열이……"

"6인치라고?" 헨리 경이 놀라서 외쳤다. "그…… 내가 봤을 땐 1야드, 아니, 그보다 좀더 넓었는데. 아주 깊은 곳까지 이어지는 듯했고."

"그사이에 더 많이 벌어졌나보네요." 로빈이 말했다. "저는 부활절 이후로 가보지 않았거든요."

"……그래, 됐다! 됐어! 이제 돌아왔으니. 그보다 내 질문에 당장 대답이나 해. 어젯밤에 어디서 잔 거야?"

제리는 상당히 곤혹스러워 보였고, 더는 균열에 관심이 없는 듯했다.

"어머니에게 물어봐." 그가 말했다. "난 아무것도 몰라."

"……누가 나한테 말해줬게? 그 빌어먹을 객실 책임자가 말해줬어…… 이름이 뭐더라…… 엘리스. 거짓말이길 바랐건만……"

"그 베빈 경인가 하는 사람이 왔다고 했잖아. 분명히 어머니가 그렇게 말씀하셨다고." 로빈이 고집스레 말했다.

"……또 그러겠단 말이지? 이게 마지막이 아니라는 거네. 내 집에 사는 동안은 이따위로 굴어선 안 돼. 그래, 널 가둬두는 한이 있더라도! 한밤중에 집밖으로 기어나가……"

"엄마는 나한테 그런 말 안 해." 제리가 화가 나서 소리를 질렀다. "더프에게 물어봐. 아는 게 있을 거야. 엄마는 더프한테 편지를 쓰잖아."

"……이번에는 누구냐? 내가 찾아내고 말겠어. 허튼 희망은 품지 않는 게 좋아. 그러니까 시간 낭비 말고 어서 말해. 누구라고? ……페일리 부인?…… 이밴절린…… 네가 천치라는 걸 모르는 바 아니지만 나더러 그 소리를 믿으라고 할 만큼 바보는……"

"시간 될 때 어머니께 여쭤보겠네." 헨리 경이 말을 마치고 호텔 안으로 들어갔다.

제리가 우산을 던져버리고 도구를 정리하기 시작했다. 테라스에서는 더 견딜 수 없었다. 그는 진저리치며 엿듣는 로빈을 노려보았다.

"……물어보라고? 그러고말고! 그리고 그 여자가 직접 보지 못한 일도 말해주지…… 네가 교회에서 그 난리를 피우는 모습을 본 뒤에 다들 분명히 그렇게 생각하겠지만……"

"있잖아, 형! 저 영감이 아주……"

"닥치고 가자!"

테라스를 나서는 그들을 목소리가 메아리치며 따라왔다.

"……한 번만 더…… 그따위 짓을 하는 날에는……"

로빈이 주방에 들어가니 어머니와 더프가 있었다. 그는 바로 흑호박에 관한 속상한 이야기를 꺼냈다. 저간의 사정을 반쯤 이야 기했을 때 제리도 도구를 정리하고 그들이 있는 곳으로 왔다. 다른 절벽의 균열이 뒤늦게 몹시 걱정되었다.

"무슨 균열이에요?" 제리가 물었다. "어디에 있는데요? 왜 저한테는 말씀 안 하셨어요?"

그는 누군가 귀를 기울일 때까지 같은 질문을 여러 번 반복해야 했다. 그리고 마침내 시달 부인이 말했다.

"괜찮아. 험프리 베빈 경이 소문을 듣고 조사하러 왔었어."

"언제요?"

"5월 언제였던 것 같은데."

"왜 저한테 말씀 안 하셨죠?"

"왜 형한테 말했어야 하는데?" 자신의 이야기가 중간에 끊긴 것에 화가 난 로빈이 말했다.

"절벽은 안전하다던가요?" 제리가 물었다.

"그렇지 않았다면 말해줬겠지." 시달 부인이 말했다.

그러나 제리는 미흡하다고 느꼈다.

"안 해줄 수도 있죠. 절벽이 우리 소유는 아니니까요. 그곳을 걸어다니는 게 안전한지 우리가 어떻게 알겠어요? 어쩌면 사람들에게 가지 말라고 경고해야 할지도 몰라요. 우리가 알아보는 게 좋겠어요."

"사사건건 트집이야." 로빈이 중얼거렸다.

이어서 시달 부인이 소리쳤다.

"제리, 정말이지 그렇게 일일이 간섭하지 않으면 좋겠구나. 미스 엘리스가 파업중이란다. 낸시벨을 해고하라고 말이야."

제리가 어깨를 으쓱해 보이고는 보트 엔진에 기름을 치러 나갔다. 보트는 집 뒤편 개울 위쪽의 바위틈에 만들어놓은 조선대에 보관되어 있었고, 파도가 잔잔한 날이면 밀물 때 바다에 띄울 수 있었다.

보트를 쓸 일이 없는 한 아무도 개울 쪽으로 가지 않았다. 딱히 볼만한 것이 없었으므로. 그곳은 기암절벽 때문에 여름에도 거의 온종일 그늘이 졌다. 해가 들지 않아 바위가 미끄럽고 축축했으며, 좁은 개울은 연둣빛 물풀로 뒤덮였다. 이따금 썰물 때 드러나는 모랫바닥은 절벽에서 규칙적으로 떨어지는 큰 물방울 때문에 움푹 파여 있었다. 그리고 물풀 썩는 냄새가 났다.

제리는 작은 방수포 덮개를 걷어내고 보트를 꺼내며 몸을 떨었다. 그는 다른 절벽을 원래부터 좋아하지 않았지만 오늘따라 그곳이 유난히 어둡고 암울해 보였다. 처음에는 기분 탓이라고 여겼지만, 다시 보니 사실이 그랬다. 갈매기가 떠난 절벽은 어느 때보다 더 검었다. 이 절벽 전면은 원래 이름난 부화 장소였다. 그래서 절벽 틈과 돌출부가 갈매기 똥으로 하얗게 뒤덮였고, 개울에서 수영을 배우도록 어미 새가 새로 태어난 새끼들을 낮은 절벽에서 매정하게 내치곤 했다. 지금은 어디에서도 갈매기가 보이지 않았다. 변색한 부분이 예전에 둥지가 있던 자리임을 알려주었지만, 최근에 생긴 듯한 자리는 없었다.

전에 없는 일이었다. 그는 문득 불길한 예감이 들었지만, 현관문이 열리고 이밴절린 랙스턴이 개울로 이어지는 계단을 뛰어내려오자 그 생각은 뒷전으로 물러났다.

그녀가 괴로워하는 이유를 몰랐다면 그는 그녀가 미쳤다고 생각했을 것이다. 그녀는 찡그린 얼굴로 미친 사람처럼 혼잣말을 중얼거렸다. 계단을 반쯤 내려올 때까지도 그를 보지도 못했다. 그러더니 돌아서서 다시 방으로 달려가기 시작했다. 제리가 그녀에게 멈추라고 외쳤다. 그는 그녀가 그 상태로 호텔에 들어가 마주치는 사람들에게 정신적인 문제가 있다는 더 많은 증거를 제공하길 원치 않았다.

"여기 있어요." 제리가 권했다. "거기 햇빛이 비치는 계단에 앉아요. 난 엔진에 기름칠만 하면 돼요. 잠깐이면 끝나요. 그러고 나면 아무도 방해하지 않을 거예요."

그녀는 그의 말을 따랐다. 돌아서서 기름통을 손보면서도 제리는 그녀의 흥분이 가라앉는 것을 느낄 수 있었다. 갑자기 그녀가 한숨을 쉬며 말했다.

"보트에 엔진이 달려 있는지 몰랐어요."

그녀가 엔진을 인진이라고 어린 여자애처럼 발음하자 제리는 미소를 지었다. 그는 이미 그녀의 아이처럼 천진난만한 면을 알고 있었다. 어젯밤 절벽 대피소에서 티타임을 갖는 동안 그걸 느꼈다. 페일리 부인 덕분에 그녀는 행복하고 편안했다. 노처녀 같은 행동과 부자연스러운 몸짓이 사라졌다. 그녀는 자유롭게 말하고 웃었다. 그들이 놀려도 개의치 않았다. 그녀는 매력적인 어린 소녀—자랄 기회가 없었던 아이—같았다. 무정한 세상에서 상처입은 겉모습 뒤에 온화한 피조물이 숨어 있었다. 그리고 그는 그 왜곡된 성장을 거부할 어떤 용기가 그녀 안에 살아 있음을 어렴풋이 느꼈다. 그런데도 그녀는 현명하게 더 나은 날이 오기를 기다리는 듯했다.

"테라스에 있는 줄 알았어요." 이밴절린이 이내 말했다.

"그랬어요." 제리가 인정했다. "우산을 고치고 있었거든요."

그는 잠시 말을 멈추고 생각해본 다음 덧붙였다.

"어쩌다보니 당신 아버지가 하는 말을 들었어요. 정말 미안해요."

대답하기 전에 그녀는 얼굴을 잔뜩 찌푸렸다. 그러나 마침내 쏟아내듯 이렇게 말했다.

"사실이 아니에요! 제가 잠을 잘 못 자는데 일어나서 걸어다니면 좀 나아져요. 아버지가 그걸 알아내고는 내가 무슨…… 무슨 남자를 만나고 다닌다고 생각해요. 하지만 사실이 아니에요. 난 그러지 않았어요. 난…… 난 아는 남자가 없어요."

"아버지가 페일리 부인과 다시 나가지 말라고 했나요?"

"네. 말을 듣지 않으면 정신병원에 집어넣겠대요."

"말도 안 되는 거 알잖아요. 의사의 처방이 없으면 그럴 수 없어요."

"처방전을 만들어올지도 몰라요. 의사한테 데려가면 난 너무 무서워서 분명히 명청한 짓을 하고 말 테니까요. 실제로 많은 사람들이 내가 미쳤다고 생각해요."

"하지만 의사는 그러지 않죠." 제리가 딱 잘라 말했다.

"당신도 의사잖아요. 그리고 일요일에 난 확신했어요, 당신이……"

제리는 혼란스러웠다. 그녀가 처한 위험한 상황이 더욱 분명하게 보이기 시작했다.

"당신은 떠나야 해요." 그가 말했다. "왜 아버지 곁에 머무는 거죠?"

이밴절린이 어머니와의 성급한 맹세에 대해 설명했다. 집안에서 점심시간을 알리는 징소리가 울릴 때까지 제리는 그녀와 설전을 벌였다. 그녀의 낯빛이 창백해졌다.

"난 들어갈 수 없어요." 그녀가 속삭였다. "식당에 갈 엄두가 나지 않아요. 모두들 아버지의 말을 믿을 거예요. 분명해요."

제리가 일어나 기름때 묻은 손을 걸레로 닦았다.

"잠깐만 기다려요." 그가 말했다. "내가 여기로 점심을 가져다줄게요."

집안으로 들어간 제리는 잠시 후 쟁반을 들고 나타났다. 서빙실 창구에서 차가운 소 혓바닥 요리와 샐러드가 담긴 접시 두 개, 롤빵 두 개와 커다란 자두 네 개를 가져왔다.

"여기서 먹으면 돼요." 그가 이밴절린 옆 햇빛이 비치는 계단에 앉으며 말했다. "그리고 낚시하러 가요. 낚시 좋아해요?"

이밴절린은 기뻐서 가슴이 뛰었지만, 분명 동정심 때문이리라 생각하며 다시 깊은 우울감에 빠졌다. 그녀는 울먹이는 목소리로 너무나 낚시를 하러 가고 싶다고 말했다. 제리도 가슴이 철렁 내려앉았다. 말을 내뱉은 순간 후회가 몰려왔다. 그는 오후 동안 보트를 타며 시간을 보내고 싶었다. 지겨운 식구들 없이 오롯이 혼자서만. 그런데 어쩌자고 이 우울한 여자를 떠맡으려 한 걸까. 이 여자도 진심으로 불쌍했지만, 자기 문제만으로도 벅찼다. 그도 아버지 때문에 때때로 미칠 것 같았지만 그의 아버지는 쫓아다니며 악을 쓰지는 않았다.

식사가 끝나갈수록 그는 점점 울적해졌다. 분위기를 띄우려는 이밴절린의 소심한 시도도 기운을 북돋워주지 못했다. 마지막 자두를 다 먹자 그녀가 말했다.

"저는 낚시하러 가지 않을까봐요. 제안해줘서 고마워요. 생각해보니…… 햇빛 때문에 두통이 생길 것 같아요."

제리는 그녀가 함께 가고 싶으면서 거짓말을 한다는 걸 눈치챘다. 그러나 너무 울적해서 그녀를 설득할 마음이 들지 않았다.

"쟁반은 제가 가져다놓을게요." 그녀가 일어서며 말했다.

그녀의 유순하고 겸손한 말투에 제리는 화가 났다. 그래서 아니라고 말하며 그녀에게서 쟁반을 빼앗아들고 급히 집안으로 들어갔다. 이밴절린은 그를 뒤따라가며 서운한 듯 중얼거렸다.

"나도 잘할 수 있는데…… 바보같이…… 어째서 내가 하면 안 되는지……"

주방 복도에서 그들은 시달 부인과 맞닥뜨렸다. 그녀는 차마 못 볼 꼴을 본 사람처럼 두 사람을 바라보았다. 제리가 자초지종을 설명하자 그녀가 소리쳤다.

"그러니까 점심 이인분이 거기로 갔던 거네! 난 그것도 모르고 가엾은 프레드를 혼냈어. 제리…… 네가 그런 짓을 하다니 이해가 안 가는구나. 식당에서 먹을 점심을 가로채다니……"

"일인분은 어차피 앤지 몫이었잖아요." 제리가 응수했다.

"누구?"

"이밴절린 양요! 일인분은 어쨌든 식당에서 그녀에게 내줄 음식 아니었어요?"

앤지? 시달 부인은 생각했다. 그녀를 앤지라고 부른다고? 이런 앙큼한 것! 그녀는 이밴절린을 노려보았다.

"나는 정말 그런 식으로 점심을 훔쳐가는 사람은 본 적이 없다. 샌드위치를 만들어달라고 하면 얼른 만들어줄 텐데." 그녀가 말했다.

"죄송해요, 시달 부인······"

"죄송해요, 어머니. 전적으로 제 잘못이에요. 제가 암반에서 점심을 먹자고 제안했어요. 그러면 안 되는지 몰랐어요."

"하지만 점심에 네 몫의 소 혓바닥 요리는 없었어, 제리. 네가 참사위원 몫을 먹은 셈이니 난 그에게 점심으로 뭘 내야 하니?"

"제가 먹을 점심을 드리면 안 될까요?"

"안 돼. 빵과 치즈뿐인걸."

골방에서 이 모든 대화를 듣고 있던 시달 씨가 끼어들어 외쳤다.

"더프가 먹을 소 혓바닥 요리가 있다, 제리. 참사위원에게 그 요리를 주렴."

"모두에게 나눠줄 만큼 충분하지 않아요." 시달 부인이 설명했다. "그건 그렇고 프레드한테 미안해서 어쩌나. 영문도 모르고 욕을 먹었잖아."

"프레드도 소 혓바닥 요리를 먹는다." 골방의 목소리가 외쳤다. "낸시벨도 먹을 거야."

"음, 너무 죄송하네요." 제리가 다시 말했다. "그런데 우린 낚시를 갈 거예요⋯⋯"

"낚시를 간다고? 보트로?"

"물론 보트를 타고 가죠, 어머니. 그리고 앤지는⋯⋯"

"하지만 오늘 오후는 안 된다, 정말이야. 정말⋯⋯ 너에게 내줄 시간이 없구나. 미스 엘리스가 그만두겠대. 언제⋯⋯ 다른 날 이밴절린 양이 너와 보트를 타고 싶다면⋯⋯"

"아니에요." 이밴절린이 중얼거렸다.

"직접 부탁하셨잖아요." 제리가 항의했다. "저녁거리로 고등어를 좀 잡아오라고."

"알아. 하지만 없어도 된다. 네가 여기 있는 편이 낫겠어."

"뭐 시킬 일이라도 있으세요?"

침묵이 흘렀다. 그 순간 시달 부인은 아무 생각도 할 수 없었다. 그럼에도 낚시는 못 가게 막아야 한다고 결심했다. 골방의 목소리가 제리에게 쥐를 잡게 할 생각이었을 거라고 외쳤고, 시달 부인은 그 말에 담긴 빈정거림을 알아채지 못할 만큼 혼란스러웠다.

"그래." 그녀가 희색을 띠며 대꾸했다. "쥐가 있더라. 식품저장실에."

제리는 인내심을 잃었다.

"그럼 히비의 고양이를 빌리세요. 앤지, 따라와요. 지금 조류가 딱 좋을 때예요."

그는 이렇게 말하고 집밖으로 성큼성큼 걸어나와 계단을 내려

갔다. 그를 따라가며 앤지는 이번엔 그가 정말로 그녀가 같이 가
길 원한다고 생각했다.

"더는 못 참겠어요." 둘이 함께 조선대에서 보트를 밀며 제리
가 투덜거렸다.

"상상도 못할 거예요……" 통통거리는 엔진소리와 함께 보트
가 바다로 나가자 그가 외쳤다. "……내가 뭘 참아야 하는지 아
무도 상상할 수 없을 거예요. 당신과 함께 낚시를 간다고 이 소란
이 벌어지다니."

"원래 안 가려고 했잖아요." 이밴절린이 말했다. "소란이 벌어
지기 전에는."

그가 흠칫 놀라 그녀를 바라보았다.

마침내 그가 말했다. "음, 지금은 가고 싶어요."

"소란이 벌어진 걸 정말 고맙게 생각해야겠네요." 그녀가 콕
집어 말했다. "하지만 이제 낚시를 해야 하지 않을까요? 그러니
까 저녁거리로 고등어를 충분히 잡지 못하면 돌아갈 엄두가 나지
않을 것 같아요."

그들은 펜디잭만과 로지그레일만을 오가며 낚시를 했다. 두 시
간도 되지 않아 고등어를 스물일곱 마리나 잡았다.

5. 망자의 바위

페일리 부부가 그들의 모습을 보았다. 부부는 여느 때처럼 로지그레일곶이 바라다보이는 펜디잭곶의 움푹 들어간 벽감 같은 자리에 앉아 있었다. 페일리 부인은 더할 수 없이 기뻤다. 멀리서 봐도 두 사람이 즐기고 있다는 건 분명했다. 마침 두 사람에게 가벼운 소풍이라도 함께 가라고 설득해볼 참이었는데, 보아하니 그러지 않아도 알아서 잘하고 있었다. 제리의 어머니가 동력을 제공했다는 사실을 그녀로서는 알 길이 없었다.

그리고 아프리카에서(그녀의 머릿속에서는 이미 두 사람이 결혼해서 아프리카로 떠났으므로), 그녀는 곰곰이 생각했다. 같이 낚시하러 많이 다닐 테니 앤지가 모터보트 다루는 법을 일찍 배울수록 좋을 거야. 하지만 과연 그럴까? 왜 나는 아프리카에 큰 강이 많다고 생각하지? 잠베지강…… 늪지대와 악어가 있는 그런

곳에 살게 된다면 너무 위험해. 초원지대도 있지, 아주 건조한. 케냐에 대해 제리한테 더 들어봐야겠어. 하지만 그곳이 어떻든 저 두 사람은 즐길 거야. 둘 다 재미라고는 모르고 살아왔잖아. 이제 누군가에게 가장 소중한 사람이 된다는 기쁨을 알게 되겠지…… 사랑받고 존중받으며……

보트는 로지그레일곶을 에돌아 시야에서 사라졌다. 하지만 이따금 들려오는 엔진소리로 보아 멀리 가지는 않은 듯했다.

그녀는 케냐에 관해 남편에게 물었다. 그러자 그는 〈타임스 리터러리 서플리먼트〉에서 눈을 떼고 그녀에게 이야기해주었다. 그가 능숙하게 해낼 수 있는 일 중 하나였다. 그는 기억력이 뛰어나고 지식을 습득하길 좋아했으니까. 그는 케냐에 대해 간결하고 정확하게 설명해주었다. 역사, 지리, 동물, 식물, 생산품과 인구에 대해.

남편이 말을 마치자 페일리 부인이 말했다. "좋네요."

그는 혹시 궁금한 것이 더 있는지 묻고 나서 잠시 기다렸다가 다시 신문을 들었다.

"제리 시달이 거기로 갈까 생각중이에요." 그녀가 설명했다. "누가 그곳의 일자리를 제안했대요."

페일리 씨는 눈을 들어 그녀를 바라보았지만 아무 말도 하지 않았다. 약간 얼떨떨한 표정을 지을 뿐이었다. 아내가 원하는 대답이 무엇인지 궁금한 듯했다.

"그가 가야 한다고 생각하지 않아요?" 페일리 부인이 물었다.

"난 셋 중 누가 제리인지도 몰라요. 이번에 베일리얼 칼리지의 장학금을 받았다는 그 친구는 아니겠지?"

"아니에요. 그건 더프예요, 잘생긴 애. 제리는 집안일을 도맡아 하는 여드름 난 청년이고요. 의사요."

"그가 가는 게 좋을지 어떨지 내가 어떻게 알겠어요?" 페일리 씨가 물었다. "하지만 가면 좋겠군. 요즘 영국은 자립하려는 젊은이에게 적합한 곳이 아니니까. 내가 그 나이라면 이민을 떠날 거요."

"어디로요?" 남편과 대화 비슷한 것을 나누게 되자 페일리 부인이 기뻐하며 물었다.

그러나 그도 잘 모르는 모양이었다. 영국을 떠나겠다고 말하긴 쉬울지 몰라도, 다른 어딘가에서 새로 출발하는 것은 또다른 문제였다.

"내 생각에는 중국이 좋을 것 같아요." 페일리 부인이 생각에 잠긴 채 말했다. "지금 당장은 아니지만. 중국 생각을 하면 항상 기분이 좋더라고요."

그녀는 햇빛 속에서 잠시 미소를 지으며 중국을 그려보았다. 그 광경이 환상적이고 터무니없는 것임을 그녀는 알고 있었다. 어린 시절 동경했던 영화에서 본 장면에 기반한 것이니까. 아래쪽에 호수가 있고 기암괴석 사이에서 사람들이 부서질 듯한 배를 타고 낚시를 한다. 그리고 겹겹이 쌓인 구름 너머로 또하나의 새로운 풍경이 펼쳐진다. 사당 같은 곳으로 이어지는 좁은 산길을 걷는 행렬. 산 정상은 더 많은 구름으로 둘러싸여 있고 새가 몇 마리 날아다닌다.

오후 햇살에 로지그레일만의 바다가 다이아몬드를 흩뿌려놓은 듯한 광채를 뿜자 그녀는 부신 눈을 감아야 했다. 너무나 고요했다. 파도는 없고 쏴 하는 물소리만 속삭임처럼 들려왔다. 갈매기 울음소리가 이따금 끼어들 뿐 그 고요한 평화는 이십 분이 넘도록 깨지지 않았다. 그러다 해변에서 누군가를 부르는 목소리가 들렸다. 그녀는 눈을 뜨고 로지그레일곶을 향해 바위 위를 기어가는 아이들을 보았다. 코브가의 세 자매와 히비였고 모두 비치 타월을 걸치고 있었다.

　　수영하기에 적절한 시간은 아닌데, 페일리 부인은 생각했다. 밀물이 차올라 단단한 모랫바닥이 더 깊어질 거야. 코브가 아이들은 수영을 못하니까 수위가 높은 바위 사이에선 물장구나 쳐야 할 텐데.

　　그녀는 로지그레일만의 반대편으로 계속 기어가는 아이들을 지켜보다가, 절벽 위에서 아이들을 지켜보는 또다른 누군가가 있음을 알아차렸다. 작고 움직임이 민첩하고 검은 옷을 입은 사람이 포스메린으로 향하는 오솔길에 서 있었다. 페일리 부인은 시력이 좋았지만 남편의 망원경을 들어 확인했다.

　　다름 아닌 코브 부인이었다. 망원경이 그녀의 얼굴을 또렷이 보여주었다―심지어 그 자체로 계시나 다름없는 그녀의 표정까지 낱낱이 드러났다. 해변에서 노는 아이들을 내려다보는 그녀의 신랄한 민낯을 마주한 페일리 부인은 충격을 받았다. 코브 부인이 세상에 내보이는 얼굴이 불쾌하긴 해도 조심성 있고 주변을 의식했다. 그러나 혼자인 지금, 보는 눈이 없다고 믿는 지금 그녀는 경계를 푼 상태였다. 그녀는 블란치와 모드와 비어트릭스를 바라보았다. 평소처럼 무덤덤한 눈길이 아니라 싫어하는 티가 역력한 눈길로.

잠시 후 페일리 부인은 망원경으로 아이들을 찾아보았다. 아이들은 해변에서 멈추지 않고 로지그레일곶 기슭까지 올라가 망자의 바위라 불리는 길쭉하게 돌출된 바위를 향해 가고 있었다. 그 바위의 맨 끝은 바다로 뻗어 있었다. 블란치가 힘겹게 따라가고, 나머지 세 아이가 그녀를 부축해 이끌었다.

처음으로 희미한 불안이 페일리 부인을 엄습했다. 그러나 아이들이 저런 데서 수영을 할 리 없다고 혼잣속으로 중얼거렸다. 망자의 바위 근처는 수위를 전혀 가늠할 수 없었다. 펜디잭 호텔 복도에 핀으로 고정해둔 안내문에 해류가 위험하니 모든 방문객은 그 바위 근처에서 수영하지 말라는 경고가 적혀 있었다.

그녀는 재빨리 코브 부인을 다시 보았지만 코브 부인은 꿈쩍도 하지 않았다. 그래서 만약 아이들이 어리석은 짓을 하려 하면 오솔길에서 외치는 소리가 아이들에게 들릴 거라고 생각했다. 코브 부인이 가까이 있어서 다행이었다. 페일리 부부가 있는 곳에서는 아무리 소리쳐도 들리지 않을 테니까.

이제 아이들은 망자의 바위에 모여 섰다. 아이들이 옷을 벗고 수영복으로 갈아입는 모습을 본 페일리 부인의 걱정은 한순간에 실제 공포로 바뀌었다. 네 아이 모두 수영복 차림이었다.

"설마 저애들이…… 안 돼!" 그녀는 큰 소리로 비명을 질렀다.

"왜 그래요?" 페일리 씨가 깜짝 놀라 물었다.

"저 아이들요. 아이들이 망자의 바위에서 수영하려나봐요."

페일리 씨가 자세를 바로하고 망원경을 가져갔다.

코브가의 세 아이가 겁에 질린 채 바위 끝에 일렬로 서 있었다. 히비가 아이들에게 뭔가 연설을 하는 듯했다.

"저러다 익사하고 말겠어." 그가 말했다.

"그런데 아이들 엄마가! 왜 아이들을 막지 않을까요?"

"아이들 엄마라니?"

"코브 부인요. 절벽 위에 있어요."

그녀는 남편에게서 망원경을 빼앗았다. 그러나 코브 부인을 바로 찾지 못했다. 아마도 오솔길을 벗어난 듯했다.

잠시 후 그녀가 외쳤다. "아, 저기 있네요. 내려가고 있어요. 맙소사, 소리를 질러야 할 텐데."

"저런!" 페일리 씨가 외쳤다.

페일리 부인은 망원경을 낮춰 바위 쪽을 보았다. 그런데 신이 나서 깡충거리는 히비만 보일 뿐, 코브가 아이들은 보이지 않았다.

"그런데 애들이 어디로 간 거죠? 어디 있을까요?"

"다 함께 뛰어내렸나봐요. 바위 저편으로. 아마 물살을 따라 곳 주변을 돌고 있겠지."

이제 히비는 동작을 멈추고 소리를 지르고 있었다. 메아리 소리가 만을 가로질러 들릴 정도로 크게. 그러다 히비 역시 사라졌다.

페일리 씨가 말했다. "아이들을 따라 뛰어들었군. 소용없을 텐데……"

"그런데 아이들 엄마는…… 아이들 엄마는……"

코브 부인은 더이상 아래로 내려오지 않았다. 못박힌 듯 제자리에 조용히 서서 페일리 부부가 바라보듯 빈 바위를 바라보기만 했다.

"부인도 봤어요. 틀림없이 봤다고요."

"지금 어디 있어요?"

"오솔길 조금 아래요. 무성한 고사리숲 바로 옆에. 아, 어째서 가보지 않을까요?"

"소용없겠지." 페일리 씨가 말했다. "지금쯤 아이들은 곶 주변을 돌고 있을 거요."

페일리 부인은 망원경을 다시 빼앗아들고 코브 부인에게 초점을 맞췄다. 창백하고 각진 얼굴이 눈에 들어왔다. 멍하니 모호한 표정이었다.

"우리가 가보는 편이 낫겠어요." 페일리 씨가 일어서며 말했다.

"부인이…… 그냥 가고 있어요."

코브 부인은 돌아서서 다시 절벽 오솔길로 걸어올라갔다. 서두르는 기색은 아니었다. 그러다 오솔길에서 잠시 걸음을 멈추었다. 펜디잭 방향으로 계속 갈지 포스메린 쪽으로 되돌아갈지 망설이는 듯했다. 그러더니 결심한 듯 길을 벗어났다. 그녀는 더 높은 절벽 경사면으로 올라가 암벽 뒤로 사라졌다.

"그녀도 우리도 할 수 있는 건 없어요." 페일리 씨가 딱 잘라 말했다. "우리가 바위에 도착할 즈음이면 아이들은 벌써 멀리 떠내려갔을 거요. 차라리 호텔로 돌아가 알리는 게 낫겠어요. 아이들이 수영을 할 줄 안다면 바위 같은 데 매달려 있을지도 모르니."

"하지만 못해요. 코브가 아이들은 수영을 못한다고요."

"그렇다면 가망이 없어요."

곶을 가로질러 급히 호텔로 돌아가던 두 사람은 예기치 않게 펜디잭만에 사람들이 붐비는 광경을 보았다. 호텔에 있는 거의 모든 사람이 뛰어가며 소리치는 것 같았다. 로빈과 더프가 앞장서고 기퍼드가의 쌍둥이가 바짝 뒤따르며 거의 오솔길 끝에 다다랐다. 헨리 경과 캐럴라인도 절반쯤 떨어져 그들을 따라갔다. 밀물이 지나간 좁은 모래벌판에 시달 부인과 브루스, 낸시벨과 프레드가 일렬로 서 있고 미스 엘리스와 애나 레첸은 호텔에서 바윗길을 기듯이 내려왔다. 시달 씨는 테라스에 있었다.

"보트!" 페일리 씨가 외쳤다. "보트를 띄워!"

더프가 돌아서서 모래사장에 있는 사람들에게 소리쳤다.

"보트! 보트! 보트를 띄워!"

유일하게 그 말을 알아들은 낸시벨이 오던 길을 돌아서 뛰어가기 시작했다. 브루스가 그녀 뒤를 따랐다.

곶에 올라선 로빈이 페일리 부부를 향해 코브가 아이들을 보았느냐고 숨을 헐떡이며 물었다. 자초지종을 전해들은 로빈은 신음을 내뱉었고 뒤쫓아온 더프가 큰 소리로 외쳤다.

"망자의 바위에서요? 그렇다면 가망이 없어요. 거긴 물살이 너무 위험해요. 그 망할 히비……"

그러나 그는 로지그레일곶을 향해 뛰기 시작했다. 로빈과 쌍둥이도 뒤따랐다.

다음으로 도착한 사람은 헨리 경이었는데, 언덕을 오르느라 숨이 가빠 잠시 바위에 앉아 쉬어야 했다. 그와 함께 있던 캐럴라인이 이 공황 상태를 몰고 온 원인을 페일리 부부에게 설명했다. 히비와 코브가 아이들이 사라진 사실을 알아채자마자 경보를 울린 사람은 캐럴라인이었다. 캐럴라인은 수영 테스트를 그만두지 않는다면 경보를 울리겠다고 히비에게 경고했다.

"저는 히비가 포기한 줄 알았어요." 캐럴라인이 울먹이며 말했다. "정말로 강행할 줄 알았다면 벌써 말씀드렸을 거예요!"

멈춰! 오, 멈춰! 울음소리와 비명이 캐럴라인의 말을 가로막았다. 이제 막 언덕 꼭대기에 올라온 시달 부인이었다. 그녀는 단 한 가지 목적을 위해 달려가며 소리쳤다. 로빈과 더프가 망자의 바위에서 뛰어내리지 못하게 해야 했다. 그들은 아이들을 구하지도 못하고 익사할 것이다.

"조용!" 페일리 부인이 갑자기 말했다. "들어봐요!"

그들은 모두 입을 다물었다.

"들리지 않아요?"

보트가 보이지는 않지만 희미하게 통통거리는 엔진소리가 분명히 들려왔다.

"제리와 앤지예요." 페일리 부인이 말했다. "그들이 곶 저편에 있어요. 거기로 가는 걸 봤어요. 꽤 가까이에 있었을……"

"그럼 아마도……" 헨리 경이 말을 꺼냈다.

"더프 불러. 로빈도 불러. 그애들을 막아! 더프……"

"봐요! 보세요!" 캐럴라인이 가리켰다. "저기 오고……"

바위 뒤에서 뱃머리가 나타났다. 보트가 시야에 들어오자 페일리 부인이 다시 망원경을 눈에 댔다.

"아이들을 구한 것 같아요." 그녀가 말했다. "네…… 그래요, 그들이 구했어요. 넷 다."

"애들을 불러요. 로빈! 더프! 더프!" 시달 부인이 반복해서 외쳤다.

페일리 부인이 헨리 경에게 망원경을 내밀었다. 제리가 보트를 운전하고, 히비와 이밴절린이 보트 한가운데에 축 늘어져 있는 코브가의 두 아이의 몸을 두드리고 있었다. 세번째 아이는 뱃전에서 토하고 있었다.

한참 보던 헨리 경이 말했다. "모두 무사한 것 같군요."

"아이들 중 한 명이…… 그래요…… 다른 한 명도 움직이고……"

캐럴라인이 망원경을 낚아채더니, 움직이는 아이는 비어트릭스이고 토하는 아이는 모드라고 확인해주었다. 블란치는 움직이지 않아요, 캐럴라인이 말했다. 그러나 보고 있는 사이에 비어트릭스를 챙기느라 여념이 없던 이밴절린이 히비를 밀치고 블란치를 돌보기 시작했다.

시달 부인의 연이은 비명을 들은 로빈과 더프가 드디어 돌아서서 보트를 보았다. 히비도 비명을 들었다. 히비는 고개를 들어 곶에 모여 있는 사람들을 발견하고 팔을 흔들어 수기 신호를 보냈다. 캐럴라인이 신호를 해석했다.

"'다들 안전해!'라고 말하는데요."

"오, 그래." 시달 부인이 말했다. "친절하기도 하지."

심한 빈정거림이 묻어나는 그녀의 말투를 의식하고 헨리 경이 사과하며 히비를 혼내주겠다고 약속했다. 그러나 시달 부인은 쉽게 화를 풀지 않았다. 그녀는 두 아들이 익사하리라 예상하고 달음박질쳐 언덕으로 올라왔다. 보트가 나타났어도 두려움과 불안은 가라앉지 않았다. 또한 제리와 앤지가 커플인 듯 자연스럽게 말하는 페일리 부인의 흡족해하는 어조가 매우 불쾌했다.

시달 부인이 차갑게 말했다. "여기 있는 동안 히비가 해수욕을 못하게 금지해주셨으면 합니다. 필요한 건 확실히 가르쳐야죠."

캐럴라인은 히비에게 닥칠 곤경을 깨닫고 마음이 불편해져 코브가 아이들이 자진해서 바다에 뛰어든 거라고 말했다. 그러나 아무도 그 말에 귀 기울이지 않았다. 코브가 아이들은 인기가 많고 히비는 아니었으니까. 펜디잭에는 불편한 분위기가 만연했고, 누군가 희생양이 필요했다. 본능적인 선택을 만장일치로 받은 사람이 바로 히비였다. 아무도 정확한 사실을 알지 못했고, 알고 싶어 하지도 않았다. 어째서 히비가 코브가 아이들을 망자의 바위로 데려가 강요된 자살을 시도하게 했는지에 대해. 히비는 순전히 악마의 꾐에 빠진 것이 틀림없는 듯했고, 악마의 사악한 기운이 일요일 아침부터 그들 사이를 떠다녔기에 악마의 대리인이 오직 한 명이라는 사실이 그들에게 안도감을 주었다. 공포에 뒤이은 분노로 모두 히비에게서 등을 돌렸다.

"아내가 무척 속상해할 겁니다. 히비에게 단단히 일러줄 거예요." 헨리 경이 말했다.

"그러기를 바라요, 헨리 경. 그리고 코브 부인도 히비에게 할말이 있을 듯하군요. 부인이 이 이야기를 들으면 뭐라고 할지 정말 모르겠네요."

"택시 타고 시청으로 가겠죠." 돌아와서 대화를 듣고 있던 로빈이 말했다. "비행폭탄 때문에 아이들이 죽을 뻔했을 때도 그랬다던데. 그렇죠, 헨리 경?"

헨리 경이 나무라듯 고개를 저었다.

"하지만 사실인걸요." 로빈이 항의했다. "그…… 어린 여자애들이…… 오늘 아침에 말했잖아요. 비행폭탄이 사방에 떨어지는데 심부름을 시키고, 우유배달부가 아이들이 폭탄에 맞아 죽었다고 하니까 택시를 잡아타고 사고 현장이 아닌 시청으로 갔다고. 아이들이 살아서 집에 돌아오자 쓸데없이 3실링을 버렸다고 화를 냈대요."

모두가 그에게 조용히 하라고 했지만, 일행의 얼굴에 얼핏 미소가 스치며 긴장이 풀렸다. 코브 부인은 이 치명적인 소식을 대부분의 어머니보다 더 잘 견딜 수 있을 것이다.

모두 호텔로 돌아가고, 페일리 부부는 곳에 남았다. 페일리 부인이 아지트에 다시 앉아 뜨개질감을 손에 들며 말했다. 코브 부인이 이 소식을 들으면 어떻게 할지 궁금하다고.

"그 부인은 보트를 보지 못했을 거요." 페일리 씨가 말했다. "아이들이 다 익사했을 거라 생각하겠지. 지금 뭘 하고 있을까?"

"호텔로 돌아가 나중에 누가 소식을 알려주길 기다리겠죠."

"하지만 왜?"

코브 부인의 이상한 태도를 이해할 수 없었기에 페일리 씨조차 여느 때와 달리 관심을 보이며 물었다.

"잘 모르겠지만," 페일리 부인이 천천히 말했다. "내 생각에는…… 내 생각에는 그냥 충동적인 행동이었어요. 나는 그녀가 자주 충동적으로 행동하지는 않는다고 생각해요. 하지만 오늘 오후에는…… 음…… 위험을 감지하고 충동적으로 아이들에게 달려갔을 거예요. 하지만 가망이 없다는 생각에 어떻게 해야 할지 몰랐던 거죠. 꽤 오래 망설이는 것처럼 보였거든요."

"하지만 서둘러 뛰어내려가 누군가에게 알리는 게 본능 아닐까요?"

"누군가에게 먼저 말할 엄두를 내지 못한 것 같아요. 다른 누군가에게서 듣는 편이 낫다고 여겼겠죠. 자기 입에 담기 두려웠던 거예요."

"어째서?"

"왜냐하면," 페일리 부인이 진지하게 말했다. "내 생각에 코브 부인은 아이들이 정말 죽기를 원했을 테니까."

"오, 그럴 리가, 크리스티나!"

"당신이 그 부인 얼굴을 못 봐서 그래요. 난 봤어요."

6. 오병이어

"무슨 일이야? 왜 돌아와?" 브루스와 낸시벨이 모래사장에서 그녀를 지나쳐가자 애나가 외쳐 물었다.

"보트요." 브루스가 헐떡이며 대답했다.

애나는 뒤쫓아오는 미스 엘리스에게 보트가 무슨 말이냐고 물었다. 미스 엘리스가 설명하고 나서 빈정거리듯 덧붙였다.

"하지만 못 찾을 거예요. 제리 시달과 이밴절린 양이 타고 나갔으니까. 제가 창문으로 두 사람을 봤어요."

"그럼 저 둘은 뭐하러 저렇게 뛰어가는 거죠? 무슨 일이라도 일어난 거예요?"

애나는 모두가 비명을 지르며 그녀의 창가를 지나가는 걸 보고 밖으로 나온 참이었다. 그러나 여전히 무슨 일인지 알 수 없었다.

"아이들 몇이 위험한 곳으로 수영을 하러 갔어요." 미스 엘리스가 설명했다. "아마 요란하기만 하고 별일 없겠죠. 보트가 없는 걸 알면 저 두 사람 아마 놀라 나자빠질걸요. 곧 그 얼굴을 구경하게 될 거예요."

"그럼 왜 바로 말해주지 않았어요?" 애나가 날카롭게 물었다.

"낸시벨에게 말 붙이기 싫어서요." 미스 엘리스가 설명했다. "아주 뻔뻔한 애거든요. 오늘 아침에는 당신의 재떨이를 비우지 않겠다지 뭐예요. 너무 꽉 찼다면서."

애나는 그 말의 속뜻을 알아채고 음흉한 미소를 지었다.

"원래 있어야 할 것보다 더 차 있어서였겠죠." 그녀가 동의했다. "그런데 누가 보트를 가져갔다고요?"

"제리 시달과 이밴절린 양이요. 점심시간에 아무도 보는 사람이 없다고 여기며 빠져나갔어요. 보나마나 시끄러워질 게 뻔해요. 이렇게 덜미가 잡히다니 안됐어요. 평소에 보트를 쓰는 사람이 거의 없는데 하필이면 몰래 빠져나간 날 보트가 필요하게 됐으니."

애나가 흥미롭게 쳐다보며 중얼거렸다.

"몰랐네, 그 둘이……?"

"어휴…… 오늘 아침에 참사위원이 고래고래 소리지르는 거 못 들으셨어요? 몇 마일 밖에서도 들렸을 텐데."

"아뇨. 무슨 일인데요?"

"그러니까…… 일요일 저녁부터인 것 같은데……" 미스 엘리스가 본격적으로 이야기를 풀어놓기 시작했다.

그녀의 이야기가 어찌나 흥미롭던지 애나는 걸음을 옮길 수 없었다. 브루스와 낸시벨이 미스 엘리스의 예언과 달리 보트를 찾으러 가서 돌아오지 않자 그들을 오래 같이 있도록 놔두는 것이 찜 찜하긴 했지만.

보트가 없다는 사실을 알게 된 두 사람은 주방에 남았다. 다시 서둘러 절벽으로 가는 것은 부질없어 보였으므로. 지금은 거기에 가도 아무 소용이 없을 터였다.

"아이들이 정말 물에 빠졌는지도 우린 모르잖아요." 낸시벨이 말했다. "누군가 적당한 때에 나타나 아이들을 말렸기를 바라야 죠. 난 물이나 올려야겠어요. 다들 돌아오면 차가 간절히 마시고 싶을 테니까."

그녀는 브루스와 싸운 일을 잊은 듯했고, 브루스는 이 공황 상 태가 계속되기를 바라는 자신을 발견했다. 아이들에게 아무 일도 일어나지 않는다는 전제하에.

"내가 도울 일이 있을까요?" 그가 물었다.

"네. 찻잔을 준비해줘요. 오는 사람 없나 좀 봐주시고요. 누구 다친 사람이 보이면 의사에게 전화를 걸어줘요. 포스메린 215, 피 터스 박사님. 벌써 누가 연락하지 않았을까 싶지만."

그녀는 식탁에 팔꿈치를 괴고 앉았다. 다정한 눈이 슬퍼 보였다.

"오, 맙소사." 그녀가 말했다. "아이들에게 아무 일도 없어야 할 텐데. 코브가 아이들에겐 이상하게 마음이 가요. 어쩐지 촌스 럽고. 있잖아요…… 나이에 비해 아기예요. 음…… 얼마나 순진 한지. 아무것도 아는 게 없어요. 바닷가재 한 마리를 잡아서 호텔 사람 모두에게 나눠주겠다지 뭐예요."

"왜요?" 브루스가 이 막간의 다정함을 즐기며 물었다.

"그러니까요. 그래서 물어봤죠. 세상에, 파티를 열겠다는 거예요. 파티를! 그러고는 전부 초대하겠대요. 돈이 한푼도 없어서 아무것도 못 사니까 바닷가재를 잡겠다는 계획을 세우고 어떻게 하면 되냐고 저한테 물었어요. 음, 제가 할 수 없을 거라고 했죠. 잡아와도 요리는 못할 거라고. 요리한다 쳐도 한 마리로는 어림없을 거라고. 그랬더니 막내인 모드가 말했어요. 그럼 오병이어의 기적은요? 그건 예수님이나 할 수 있지, 제가 그랬죠. 그러자 블란치가 예수님이 우리를 위해 한번 더 기적을 행하실지도 모른다더군요. 다섯 살짜리 아이처럼. 그래서 내가 말했죠, 크리스마스까지 기다리면 어머니가 파티를 열게 해주실 거야. 그런데 아이들은 태어나서 한 번도 파티를 해본 적이 없는 것 같았어요. 적어도 여기 있는 동안 한 번이라도 해보길 간절히 원하더라고요."

"가엾은 아이들! 그럴 수가."

"그러게 말이에요. 아이들이 어찌나…… 불쌍하던지. 내 말뜻 알겠죠. 히비는…… 벌을 받아야 해요. 오, 맙소사! 제발 아이들이 무사해야 할 텐데."

"그럴 거예요." 브루스가 위로했다. "더프 시달이 갔잖아요. 수영을 잘하더라고요. 다들 무사할 거예요."

"내가 바닷가재를 쉽게 구해줄 수 있어요. 아이들한테 요리도 해줄 수 있고요. 어쩌면 시달 부인이 젤리를 만들도록 허락해주실지도 몰라요. 크림도 구할 수 있고, 내 간식 배급권도 남았어요. 그 가엾은 아이들이 파티를 포기해야 한다면 너무 마음이 아플 거예요."

"내 간식 배급권도 전부 그대로 있어요." 브루스가 말했다. "아이들에게 줘도 돼요. 포스메린에 복숭아도 팔아요. 아이들을 도와주고 싶네요."

"기퍼드가 아이들에게 부탁하면 그럴듯한 파티가 될 텐데…… 제발…… 제발 무사히 돌아오기만 한다면. 아, 맙소사!"

"걱정 말고 담배 한 대 피워요. 다 잘될 거예요."

가엾은 브루스가 급히 플레이어스 웨이츠 담뱃갑을 주머니에서 꺼냈다. 그것으로 휴전은 끝이었다. 그는 무엇을 잘못했는지 몰랐지만, 그녀의 바뀐 표정을 알아챘다.

"아니, 됐어요." 그녀가 차갑게 대꾸했다.

"낸시벨!"

그가 자리에서 일어나 식탁을 돌아 그녀에게 다가가려 했으나 그녀는 딱딱하게 말했다.

"소용없어요. 당신에 대한 내 감정은 절대 달라지지 않아요. 브루스. 하지만 지금은 서로 싸우고 화낼 때가 아니에요. 우리 문제보다 더 중요한 일이 있으니까. 그보다 누가 오는지 보는 편이 낫겠네요."

브루스는 '우리 문제'라는 암시에 약간의 위안을 얻었다. 그 말은 그들 사이의 어떤 관계를 인정하는 것처럼 들렸고, 낸시벨과 화해할 가능성이 전혀 없지는 않다는 뜻이었다.

그는 낸시벨을 따라 정원으로 갔다. 거기서 개울로 들어오는 보트를 언뜻 보고 그들은 걱정을 내려놓았다. 안도의 환호성을 지르며 일행을 돕기 위해 조선대로 달려갔다.

익사할 뻔했던 코브가 아이들, 즉 블란치와 비어트릭스는 겨우 정신을 차린 뒤 히비에게 자질 부족에 대한 혹독한 연설을 들었다.

"너희는 돌처럼 물 아래로 가라앉았어." 히비가 말했다. "수영을 못하면 물에 그냥 떠 있어야지. 내가 아니었으면……"

제리가 히비에게 입다물라고 했다. 그가 보트를 몰고 바위 근처로 가지 않았다면 모두 익사했을 거라고.

"아, 나는 보트 없이도 잘 살아 나왔을 거예요." 히비가 으스댔다. "한꺼번에 바보 셋을 구해야 하지만 않는다면."

히비는 끔찍한 공포를 경험했고, 지금 그것을 가라앉히려 애쓰는 중이었다.

제리가 엄하게 말했다. "너는 아무도 구하지 않았어. 너 자신도 구조되었잖아."

"너 때문에 제일 힘들었어." 이밴절린이 말했다. "어찌나 몸부림을 치던지. 코브가 아이들은 그러면 안 된다는 걸 직감으로 알았는데."

제리는 이밴절린을 걱정스레 바라보았다. 지친 목소리였기 때문이다. 그는 결정적인 오 분 동안 그녀가 보여준 용기와 판단력에 놀라움을 금치 못했다. 그녀는 코브가 아이들이 뛰어내린 바로 그 순간 바닷물로 뛰어들며 그에게 보트를 돌리라고 말했다. 그는 그녀의 말을 이해했다. 해류 때문에 그가 아이들을 놓칠까봐 염려했던 것이다. 그는 빠른 속도로 넓게 원을 그리며 물 위에 떠 있는 모드를 건져냈다. 그리고 이밴절린이 있는 곳으로 돌아갔다. 이밴절린은 블란치에게 머리카락을, 비어트릭스에게 한쪽 발을 붙들린 채였다. 그가 돌아올 때까지 아이들을 지탱할 다른 방법이 없었다. 그때 히비가 보트를 지나쳐가자 그녀는 다시 아이를 쫓아가야 했다. 히비는 수영을 조금 할 줄 알았지만 보트가 다가오자 겁에 질려 물속으로 가라앉았다. 이밴절린이 히비를 구하러 다시 물속으로 들어가야 했다. 달리 보트를 조종할 사람이 없으니 어쩔 수 없는 일이었지만, 제리는 자신이 더 안전한 역할을 맡아 몹시 께름직했고 그녀가 두 번이나 물속으로 들어가야 하자 화가 났다. 그녀의 끈기와 대담함, 그리고 해류의 방향을 판단하는 정확성이 없었다면 그는 아무것도 못했을 것이다. 그녀가 물속에 뛰어든 순간부터 두 사람 사이에는 한마디 말도 오가지 않았지만, 그는 매번 그녀가 의도한 지점에서 다시 그녀를 만났고 그녀의 용기는 물론 감각도 훌륭하다고 느꼈다.

"이제 모두 보트에 탔어요." 그가 말했다. "호텔에 돌아가자마자 뜨거운 차부터 마시고 따뜻한 물주머니를 안고 침대에 눕도록 해요."

그녀는 제리를 올려다보았고, 태어나서 처음으로 무한한 감탄의 시선을 받았다. 너무 새롭고 기분좋은 경험이라 그녀는 마치 그가 상을 건네기라도 한 듯 활짝 웃었다.

히비가 말했다. "위험은 사람들에게 유익해요."

제리는 더이상 참을 수 없었다.

"네가 위험에 대해 뭘 알아?" 그가 말했다. "우리 중에 위험을 제일 모르는 게 너야. 코브가 아이들이 런던 대공습을 겪는 동안 년 미국에서 푹신푹신한 솜에 싸여 편하게 지내지 않았어?"

히비는 수치심에 얼굴이 창백해졌다.

보트가 브루스와 낸시벨이 기다리고 있는 조선대에 닿았다. 모드는 보트에서 걸어내려올 수 있었지만 블란치와 비어트릭스는 업고 내려야 했다. 브루스와 낸시벨이 각각 아이를 업고, 제리는 육지에 내리는 이밴절린을 도왔다.

"난 아직…… 아직 말을 꺼내지도 못했어요…… 당신이 얼마나 대단했는지." 제리가 이밴절린에게 말했다. "저리 가, 히비. 호텔로 들어가라고."

"내가 왜요?" 히비가 항의했다. "난 차도 따뜻한 물주머니도 필요 없어요. 그까짓 것 하나도 안 무서웠다고요."

"너 매 좀 맞아야겠구나." 이밴절린이 화가 나서 말했다.

이 못된 아이가 모든 것을 망치고 제리가 이렇게 달콤한 말을 하는 순간을 방해한 것이 몹시 거슬렸기 때문이다.

"그건 구식이에요. 요즘 부모는 아이들을 때리지 않아요." 히비가 말했다.

"그렇겠지. 하지만 요즘 아이들이 다 너처럼 응석받이는 아니야."

"응석받이?" 히비가 소리쳤다. "아니에요. 난 응석받이가 아니라고요. 응석받이가 아니야. 응석받이가 아니야. 캐럴라인이 외딸 콤프레스를 갖지 않도록 어쩔 수 없이 입양된 거란 말이에요. 난 노숙자의 자식이야. 사생아야."

제리와 이밴절린은 그저 웃을 수밖에 없었지만, 마음 한편으론

284

히비에게 연민을 느끼며 호텔로 들어갔다.

7. 어머니들

"생긴 거만 봐서는 믿어지지 않죠?" 미스 엘리스가 말했다.

"아니요, 믿어져요." 애나가 말했다. "생각했던 대로예요. 처음 그녀를 봤을 때, 교회에서 그 소동을 피웠을 때 혼잣속으로 중얼거렸죠, 저 여자 좀 밝히겠어. 나는 모든 징후를 알아요. 하지만 그 여자가 만나는 사람이 제리 시달인 줄은 어떻게 알아요?"

"프레드요." 미스 엘리스가 말했다. "제가 프레드에게 어제 마구간에서 무슨 소리 못 들었냐고 물어봤어요. 누가 늦게 왔다든가 뭐 그런 거."

"네, 그랬군요." 애나가 부드럽게 말했다. "그런 쪽에 상당히 관심이 많네요."

미스 엘리스가 흘낏 쳐다보더니 이야기를 계속했다.

"가엾은 프레드가 도통 잠을 잘 수 없었다고 하소연했어요. 어찌나 시끄러웠는지 모른다고! 먼저 운전기사요. 방에 들어가자마자 끔찍한 접이식 침대가 접히더래요. 그러고 나서 제리가 왔어요. 밖에서 뜨거운 밤을 보내고 말이에요. 그래서 제가 추리를 해봤죠. 아침에 이밴절린 양의 침대가 그대로인 걸 봤거든요. 왠지그 이유가 여사님의 운전기사일 가능성은 없다고 생각했어요."

"흥미롭군요." 애나가 맞장구쳤다. "어머나! 다들 돌아오네. 잘못 울린 경보였나."

절벽에서 공황 상태에 빠졌던 사람들이 해변을 가로질러 돌아오고 있었다. 맨 앞에 프레드가 있었는데, 서둘러 일을 하기 위해서가 아니라 펜디잭에 남아 있는 몇몇 사람들에게 놀라운 소식을 가장 먼저 전해주고 싶어서였다. 그 시도는 애나와 미스 엘리스를 상대로 어느 정도 성공을 거두었다. 두 여자가 이야기에 빠져들어 보트가 개울을 지나는 것도 보지 못하고 누가 구조됐는지도 알지 못했으니까. 나쁜 소식을 좋아하는 프레드는 아이들이 구조된 일을 최대한 사소하게 만들었다.

"방금 몸뚱이를 호텔로 데려왔어요." 그가 경쾌하게 말했다. "보트 봤어요? 개울로 지나갔는데."

"몸뚱이?" 애나와 미스 엘리스가 외쳤다.

사태의 심각성을 몰랐던 두 여자는 충격을 받았다.

"코브가 아이들요." 프레드가 설명했다. "그리고 히비도. 망할 것!"

"익사한 건 아니죠? 죽진 않았죠?" 애나가 외쳐 물었다.

프레드가 무겁게 숨을 내쉬며 대답했다.

"인공호흡을 했어요."

애나가 무거운 침묵을 깼다.

"오, 맙소사. 이 무슨 끔찍하게 대단한 휴가람!"

그녀는 휙 돌아서서 이 심란한 저택을 떠나려고 정원을 지나 진입로로 갔다. 그리고 교차로에서 포스메린으로 가는 버스를 타고 마린 퍼레이드의 바로 향했다.

미스 엘리스는 프레드를 따라 안으로 들어가며 세세한 질문을 퍼부었다. 그러나 그는 더 해줄 말이 없었다.

"그런데 엄마들은 어디 있는 거야?" 미스 엘리스가 물었다. "알고 있나? 어디들 있지? 혹시 아무도 안 알려준 거 아니야?"

프레드가 고개를 저었다. 그가 확실히 아는 건 레이디 기퍼드도 코브 부인도 절벽에 없었다는 사실뿐이었다.

"레이디 기퍼드는 방에서 자고 있어." 미스 엘리스가 안달하며 말했다. "아마 아무것도 모를걸. 정말로 누가……"

"끔찍하군!" 프레드가 다시 말했다.

"내가 직접 가보는 게 좋겠어." 미스 엘리스가 약간 흡족해하며 결정했다. "가엾은 부인을 생각해줄 사람이 나밖에 없는 것 같으니까."

그녀는 엄숙한 표정으로 계단을 올라갔고, 프레드는 코브가 아이들과 이밴절린이 뜨거운 차를 마시고 있는 주방으로 갔다. 차를 마시며 그는 아이들을 몸뚱이라고 표현한 것에 아무런 죄책감도 느끼지 않았다. 보트에 누워 있는 아이들을 보았을 때 그냥 몸뚱이로만 보였으니까.

낸시벨은 아이들이 따뜻한 차를 다 마시자마자 위층으로 데려가 눕혔다. 이밴절린은 제리, 브루스와 함께 주방에 남아 오는 사람들에게 차를 따라주었다. 시달 부인, 헨리 경, 캐럴라인, 남자애들이 차례로 나타나 주방에 머물며 긴장 뒤에 찾아온 여유로운 분위기 속에서 차를 마시며 수다를 떨었다. 사람들이 캐럴라인에게 스파르타인의 맹세에 대해 자세히 캐묻자, 캐럴라인은 난처해하며 입을 다물었다. 덕분에 히비가 다른 아이들을 비난받아 마땅한 방식으로 괴롭혔다는 모두의 인상이 더욱 굳어졌다.

"하지만 비밀 동맹인걸요." 캐럴라인이 항의했다. "우리는 비밀을 절대 누설하지 않기로 맹세했어요. 오늘도 너무 위험하다는 생각이 들지 않았다면 말하지 않았을 거예요."

"히비가 맹세하라고 했어요." 루크가 말했다. "우리 모두 스파르타인이 되기 싫었는데, 히비가 그러라고 했어요."

이어서 마이클이 가장 최악인 세부사항을 털어놓았다.

"너희 둘 다 의리가 없어." 캐럴라인이 발끈하며 말했다. "너희도 무척 재미있어했잖아. 히비가 스파르타 귀족 연맹을 결성했을 때 끼워달라고 매달려놓고."

"그런데 너희는 왜 히비가 하자는 대로 따르는 거니?" 로빈이 물었다. "일 대 삼이잖아."

헨리 경이 절망한 투로 히비는 벌을 받을 거라고 말했다. 제 아내가…… 그러나 시달 부인이 가로막으며 이곳에서 무슨 일이 있었는지 전혀 모르는 사람은 레이디 기퍼드와 코브 부인뿐일 거라고 날카롭게 말했다. 대체 어디 있죠, 어째서 아이들이 무사한

지 와보지 않는 거예요?

"아내는 위층에 있습니다." 헨리 경이 말했다. "점심 먹고 쉬는 중이에요. 제가 가서 알려주는 게 좋겠군요."

그는 서둘러 올라가 레이디 기퍼드의 방문을 두드렸다. 뜻밖의 까칠한 목소리가 들어오라고 했다. 그가 방으로 들어가자 코브 부인이 쌀쌀맞게 그의 아내가 기절했다고 알려주었다.

"이야기를 들은 거군요." 그는 정신을 잃고 침대에 누워 있는 아내를 바라보며 말했다.

"네, 그런 것 같아요." 코브 부인이 말했다. "벨을 여러 번 눌렀는데도 아무 기척이 없었어요. 제가 얼굴에 물을 뿌렸습니다."

헨리 경은 아내의 화장도구 상자에서 휴대용 브랜디 병을 꺼냈다. 코브 부인이 물을 뿌린 건 분명했다. 그런데 한 주전자를 다 쏟아부은 모양이었다. 브랜디를 먹이려고 보니 침대 시트가 푹 젖어 있었다.

"얼마나 이렇게 누워 있었던 겁니까?" 그가 물었다.

"글쎄요. 제가 방에 들어왔을 때 이미 이런 상태였어요. 산책에서 막 돌아온 참이었는데 그 미련한 객실 책임자가 난간 너머로 도와달라고 소리를 질러서 올라왔죠. 그녀가 저에게…… 무슨 일이 일어났는지 말해주었어요. 그것 말고는 눈곱만큼도 도움이 안되기에 다른 사람을 데려오라고 내려보냈죠. 그때부터 제가 여기에 있었어요, 부인을 혼자 둘 수는 없어서."

"정말 죄송합니다. 충격을 받았겠지요. 이 사람을 조금 일으켜주시겠어요?"

헨리 경이 아내에게 브랜디를 먹이는 동안 코브 부인이 거칠게 그녀를 부축했고, 그녀는 다시 침대에 쓰러졌다. 그녀의 뺨에 붉은빛이 희미하게 돌았다.

"내가 이렇게 기절하는 체질이 아니라 다행이지." 코브 부인이 중얼거렸다.

"정말 그렇군요." 헨리 경이 동의했다. "분명 부인에게도 상당한 충격이었을 텐데."

"상당한 충격요?" 그녀가 그를 빤히 바라보며 질문을 되뇌었다. 그녀의 시선에는 놀라움과 의구심, 저항감이 묘하게 뒤섞여 있었다. 그녀는 헨리 경이 자신을 모욕했다고 생각했고, 헨리 경은 택시 사건을 떠올리며 그녀가 매정하다는 비난으로 받아들였을지 모른다는 사실을 깨달았다.

"끔찍한 충격이었지요." 헨리 경이 고쳐 말했다. "하지만 아이들은 다 괜찮습니다. 블란치와 비어트릭스는 여전히 약간 불안정하지만 히비와 모드는 별 탈 없어 보였습니다."

"뭐라고요?"

코브 부인의 표정이 변했다. 놀라서 얼이 빠진 얼굴이었다.

"그렇다면 아이들이…… 아이들이……" 그녀가 힘없이 말했다.

"미스 엘리스가 말해주지 않던가요? 무슨 얘기를 들으셨습니까?"

그녀는 대답하지 않았다. 그리고 눈을 내리떴다. 각지고 창백한 얼굴이 모근까지 온통 붉게 물들었다.

"무슨 얘기를 들으셨습니까?" 그가 다시 물었다.

"아이들이 익사했다고 그랬어요." 코브 부인이 굳은 어조로 중얼거렸다. "모두 다."

"익사요? 맙소사, 제 아내가 기절할 만했군요!"

그는 아내의 손을 잡고 간절히 외치기 시작했다.

"여보! 여보! 괜찮아요, 여보! 다 무사해! 히비는 멀쩡해요. 아이들은 안전……"

레이디 기퍼드가 긴 속눈썹을 파르르 떨며 희미한 신음소리를 냈다.

"다 오해예요. 히비는 안전해. 그애는 안전하다고, 여보. 내가 그애를 여기로 데려……"

그가 문으로 달려가 밖에서 엿듣던 프레드에게 히비를 찾아 데려오라고 했다. 그리고 다시 침대로 돌아갔다.

"오, 여보……"

"알아요, 알아. 하지만 정말 무사하다니까. 히비는 괜찮아요. 제리 시달이 아이들을 구했어요. 보트를 타고 나가서……"

"사람들 말이 그 아이가…… 아……"

"아, 가엾은 사람! 가엾고 가엾은 사람!"

"그럼 저는요?" 코브 부인이 말했다.

코브 부인의 목소리는 크지 않았으나 비명처럼 그들의 대화를 끊었다.

"히비는 당신네 여러 자녀 중 한 명일 뿐이죠. 게다가 친자식도 아니고요. 사람들이 우리 아이들은 모두 익사했다던데요. 그 아이들은 어디 있죠?"

"침대에 누워 있습니다. 낸시벨이 돌보고 있어요. 그래요, 여보…… 히비가 오고……"

코브 부인이 문가로 갔다. 그러나 분노를 가눌 수 없었다. 그녀는 몸을 돌려 침대 발치로 가서 레이디 기퍼드에게 말했다.

"이 멍청한 인간, 그 울음 좀 그쳐. 당신이 울 일이 뭐가 있다고."

레이디 기퍼드는 너무 놀라 울음을 그치고 계속해서 말하는 코브 부인을 빤히 쳐다보았다.

"과식하고 몸을 움직이지 않는 게 바로 당신의 문제야. 나처럼 가진 것 없는 과부가 되어 세 아이와 홀로 남겨지면 당신도 말처럼 강해질걸. 이런 기절 소동은 가당치도 않지."

"당신이 뭘 안다고!" 말문이 열린 레이디 기퍼드가 외쳤다. "공교롭게도 나는 히비를 사랑해. 당신은 아이들을 사랑하지 않으니까 당연히 충격받을 일도 없겠지."

"무슨 근거로 내가 아이들을 사랑하지 않는다는 거지?"

"누가 봐도 그러니까. 당신은 아이들을 방치하고 있어. 아이들의 간식을 팔아먹기까지 하고."

"그걸 먹은 사람이 부끄럽지도 않은가보네?"

노크 소리가 들리더니 히비가 반은 겁먹고 반은 짓궂은 얼굴로 방안을 들여다보았다.

히비가 말했다. "프레드가 가보라고 해서요. 무슨 일이세요? 저 부르셨어요?"

"아니다." 방 저편에서 헨리 경이 말했다. "안 불렀어. 가서 자거라."

그는 히비를 내보내고 문을 쾅 닫았다. 두 부인은 아이가 잠깐 왔던 것을 알아채지 못했다. 싸움에 너무나 정신이 팔려 각자 상대를 비난하는 데 온 힘을 쏟았다. 그러나 상대의 말에는 그다지 귀 기울이지 않았다.

8. 고독

비어트릭스와 모드는 잠이 들었다. 블란치는 깨어 있는 채로 누워 천장에 번지는 저녁노을을 응시했다. 어머니는 저녁을 먹으러 내려갔다. 어머니는 매우 화를 냈으나 아직 기운을 덜 차려서인지 매를 들지는 않았다. 그러나 벌은 받아야 했다. 다시는 기퍼드가의 아이들과 놀아서는 안 되었다.

그러나 동생들이 흐느끼며 잠든 후에 그녀가 깨어 있었던 이유는 그 문제 때문이 아니었다. 훨씬 두려운 무엇 때문이었다—너무나 두려워 태어나서 처음으로 자신이 발견한 사실을 동생들과 나눌 엄두가 나지 않았다.

피어스 부인의 조각상이 침대 밑 트렁크에 들어 있었다.

호텔방의 옷장이나 서랍장에는 그들의 물건이 많지 않았다. 코브 부인은 낸시벨이나 프레드나 미스 엘리스가 물건을 훔쳐갈까

봐 걱정했다. 소지품은 되도록 트렁크에 넣고 자물쇠를 채운 뒤 열쇠를 항상 핸드백에 넣어 다녔다. 저녁식사 직전에 코브 부인은 문제의 그 트렁크를 끄집어내 열었다. 스타킹을 꺼내기 위해서였다. 그러다 모드가 다시 토할 기색을 보이자 열린 트렁크를 그대로 바닥에 놓아두고 대야를 가져오려고 벌떡 일어났다. 침대에 누워 어머니를 바라보던 블란치는 손수건과 장갑 더미 사이에서 삐져나온 조각상을 보았고 그것이 무엇인지 당장 알아차렸다.

블란치는 아무 말 하지 않았으나 마음속 깊이 혐오감을 느꼈다.

블란치는 어머니를 사랑하지 않았다. 자매 중에 그 누구도 어머니를 사랑하지 않았다. 한 번도 어머니를 사랑해야 한다고 생각해본 적이 없었다. 어머니가 그들의 사랑을 원한 적도 없었다. 그런데도 그들은 어머니를 비난하지 않았고 반항하지도 않았다. 어머니는 불길한 기후처럼 그들의 삶에 스며들어 그들을 지배했고, 그들은 이성보다 본능에 따라 어머니의 통치를 불가피한 것으로 받아들였다. 어머니는 오로지 그들의 외면과 물질적인 실재만을 지배했고 그들의 정신은 흔들지 못했다. 그들과 꿈을 나눠본 적도 어떤 생각을 전해주려 한 적도 없었다. 극도로 무미건조한 어머니의 성격이 아이들에게는 구원이었다. 어머니의 입에서는 단 한 번도 흥미로운 이야기가 나온 적이 없었다. 그들이 좋아하는 책의 여러 등장인물이 어머니보다 훨씬 더 생생한 실재였다. 그들은 어머니에 대해 거의 생각하지 않았다.

그러나 이제 블란치는 생각했다. 손수건 사이에서 삐져나온 까맣고 조그만 덩어리를 보고 번뜩 생각을 떠올렸다. 블란치는 피어스 부인의 조각상을 산 사람은 아주 잔인하고 사악한 사람이라고 이미 단정하고 있었던 것이다.

고독이라는 두려운 감정이 블란치의 생각을 억압했다. 낯선 사막에 떨어져 완전히 길을 잃은 기분이었다. 지금까지는 새로운 생각이 떠오를 때마다 동생들과 공유했다. 혼자 결정하는 법을 거의 몰랐다. 그러나 이번 일을 동생들에게 말할, 아니, 발견한 사실을 입에 올릴 생각만 해도 몸이 움츠러들었다.

복도에서 발소리가 조용히 울리더니 낸시벨이 방안을 들여다보았다. 집안이 아직 어수선한 상태라 그녀는 시달 부인의 부탁으로 저녁식사 때까지 머물며 일을 돕고 있었다.

경계심에 반짝이는 블란치의 눈을 보고 낸시벨이 까치발로 다가와 침대 옆에 무릎을 꿇었다.

그녀가 속삭이듯 물었다. "괜찮니, 애야?"

"네." 블란치가 한숨을 내쉬었다.

"집에 가기 전에 한번 더 들여다보려고 왔어. 솔직히 그리 기운을 차린 것 같지는 않구나. 무슨 일이 있니?"

낸시벨은 고개를 숙이고 블란치의 뺨에 난 눈물자국을 보았다.

"무서워요."

"그렇겠지. 우리 모두 무서웠어. 하지만 이제는 잊어버려도 돼. 다음에 그런 바보 같은 짓을 안 하면 되는 거야."

"그럴게요. 하지만 우린…… 좀 이상한 아이들이죠?"

낸시벨은 얼른 대답하지 못했다.

"글쎄." 그녀가 머뭇거렸다. "왜 그렇게 생각하니?"

"우리 가족은 이상하잖아요, 그렇죠?" 블란치가 소곤거렸다. "우린 친구가 없어요. 아는 사람도 없고. 다른 사람들처럼 살지 않아요, 그렇죠?"

블란치가 낸시벨의 눈을 들여다보며 묻자 낸시벨은 얼굴이 붉어졌다.

"있지, 블란치! 내가 생각해봤는데, 너희가 파티를 열 수 있을 것 같아. 내가 바닷가재 몇 마리와 크림과 간식을 구해줄게, 너희만 괜찮다면."

"아, 낸시벨! 어쩜 이렇게 마음이 고와요! 하지만 소용없어요. 우린 더이상 기퍼드가 아이들과 놀면 안 돼요. 그러니까 초대도 할 수 없어요."

"음, 그럼 다른 사람들을 초대하면 되지. 나를 초대해. 내가 갈게."

"그리고 앤지와 제리 시달…… 시달 가족도 전부. 그분들을 초대하면 되겠네요. 다들 얼마나 친절하다고요. 그리고 기사 아저씨와 페일리 부인…… 프레드……"

"맞아." 낸시벨이 웃으며 말했다. "호텔 사람 전부 초대하면 되겠다."

블란치는 기쁨으로 얼굴이 상기되었다.

"우리가 호텔 사람들을 전부 초대하면 기퍼드가 아이들도 오겠죠?"

"바닷가재가 아주 많이 필요하겠구나, 얘야."

"돈이 얼마나 들까요?"

"좀 들겠지. 하지만 너희는 파티를 열 수 있을 거야, 약속해. 그냥 멋지고 소박한 파티 말이야. 자, 이제 나한테 키스해주고 그만 자렴. 내일 아침에는 다시 기운이 날 거야."

블란치는 수척한 팔을 뻗어 낸시벨을 껴안았다.

"낸시벨이 우리 언니면 좋겠어요!"

"그래?"

"낸시벨이 사는 집은 행복할 거예요."

"행복할 때도 있고 불행할 때도 있지." 낸시벨이 미소 지으며 말했다. "누구나 그래. 너도 행복할 때가 올 거야."

"정말요? 어떻게 알아요?"

"고양이가 그랬어."

"고양이가요?" 블란치가 깜짝 놀라 외쳤다. "히비의 고양이?"

"아니, 우리 증조할머니의 고양이. 그런데 무슨 문제가 또 있니?"

블란치는 늙은 피어스 부인을 떠올리며 울상을 지었다.

"피어스 부인의 고양이라고요?"

"아니, 아니야. 그냥 해본 말이야…… 사람들이 그렇게 말하거든. 아무 의미도 없어, 그러니까 내 짐작이 그렇다는 거야."

낸시벨은 무엇이 아이를 다시 불안하게 만든 건지 궁금해 잠시 머뭇거렸지만 블란치는 더이상 아무 말도 하지 않았다. 낸시벨은 저녁식사 자리에서 가족에게 그날의 모험담을 들려주기 위해 언덕 위의 집으로 출발했다.

낸시벨이 알게 된다면, 블란치는 생각했다, 만약 낸시벨이 우리 트렁크에 뭐가 들었는지 안다면! 어머니는 그걸 팔아 돈을 많이 벌 것이다. 어머니는 가난하고 돈이 필요하다. 그러나 낸시벨은 가난한데도 우리에게 파티를 열어주려 한다. 그리고 피어스 부인은 가난하다. 그 누구보다 더 가난하다.

썰물 때가 되자 빛도 가물거리고 파도 소리도 희미해져갔다. 어제 썰물 때는 동생들과 모래사장에서 작은 성을 만들었다. 블란치는 헨리 경이 갑자기 나타나 피어스 부인에 관해 주의를 주었던 사실을 떠올렸다. 그러자 무슨 일을 떠올릴 때면 책 속의 사건인 것처럼 읊조리는 특유의 버릇이 나왔다.

그리고 모르는 사이에, 사랑하는 독자들이여, 한 사람이 우리에게 주의를 주기 위해 모래사장을 가로질러 다가왔다. 주의를 주기 위해. 세 자매는 그들의 성에 너무 몰두해 있었기 때문에 그가…… 남작이…… 급히 다가오는 소리를 듣지 못했다. 그의 세련되고 느긋한 목소리에 세 자매는 깜짝 놀랐다. 멋지구나. 프랑스식이니? 그는 학식이 높고 취향이 고급스러웠기에 『매우 호화로운 기도서』도 그에게는 일상어였다. 화려한 칭찬 뒤에 그는 외진 곳까지 찾아온 자신의…… 자신의…… 진정한 목적을 밝혔다. 우리에게 주의를 주는 것. 그가 속삭였다. 피어스 부인의 보물에 대해 한마디도 꺼내지 마라. 세상에는 매우 사악한 사람들이 있단다. 우리는 그가 강도를 말하는 줄 알았다. 세 자매는 그렇게 생각했다.

하지만 그분의 진짜 생각은 무엇이었을까? 이것은 책 속의 사건이 아니다. 그분은 짐작하고 있을까? 그분은 알고 있을까? 왜 우리에게 물었지? 혹시 모든 사실을 아는 걸까?

열시에 코브 부인이 침실로 올라왔다. 블란치는 자는 척했다. 어머니가 신속하고 단호하게 움직이는 소리, 서랍이 열리고 닫히는 소리, 옷장 문이 삐걱거리는 소리가 들렸다. 그러고 나서 코브 부인은 화장대 위에 핸드백을 두고 욕실로 갔다.

블란치는 일어나 앉았다. 살며시 침대를 빠져나와 핸드백에서 열쇠를 꺼내 트렁크를 열었다. 조각상을 꺼내들고 잔디 테라스로 되도록 멀리 던졌다. 그리고 트렁크를 잠근 다음 열쇠를 제자리에 돌려놓고 잠자리에 들었다.

블란치가 동생들에게 묻지 않고 혼자 결정을 내린 것은 이번이 처음이었다. 피어스 부인에게 조각상을 돌려주자는 생각은 전혀 떠오르지 않았다. 모드라면 그랬을지 모르지만. 블란치는 그저 조각상을 어머니로부터 떼어놓고 싶을 뿐이었다.

9. 한밤의 목소리

"대체 뭐가 문제야, 브루스?"

"제 문제가 아니에요."

"그게 무슨 뜻이지?"

"친애하는 배싱턴 고어 부인……"

"이 나쁜 자식. 나가!"

"알았어요. 나갈게요."

"만약 낸시벨 때문이라면……"

"낸시벨에 대해서는 입도 뻥끗 말아요."

"그녀와 즐길 만큼 즐겨. 하지만……"

"내 말 못 들었어요? 그녀에 대해 한마디만 더 하면 입을 틀어 막을 거예요."

"낸시벨……"

"그만해요!"

"오, 이런 깡패 자식!"

"경고했잖아요."

"입술에서 피가 나잖아. 베개가 피범벅이 됐어. 이걸 좀 보라니까. 미스 엘리스가 뭐라겠어?…… 네가 성질을 부리니까 더 흥분되는걸. 이런 모습을 자주 보여주면 좋겠어. 네가 낸시벨에게 이정도로 반한 줄은 몰랐네. 그런데 왜 바닥을 기고 그래?"

"신발을 찾고 있어요."

"진짜 화난 건 아니지?"

"화났어요."

"하지만 왜? 난 낸시벨에게 아주 관대했다고 생각하는데. 뺨 맞을 각오 없이는 낸시벨의 이름도 입에 올리면 안 된다는 거야?"

"네."

"음, 조심하는 게 좋을걸, 브루스. 나한테도 건드리면 안 되는 부분이 있거든. 네가 내 뺨을 친 건 넘어가줄 테니 낸시벨은 잊어."

"아니면 내가 차를 훔쳤다고 경찰에 신고하게요?"

"누가 그런 말을 했다고 그래? 난 우리가 싸우지 않는 편이 낫다는 걸 상기시켜주려는 것뿐이야. 이리 와…… 브루스! 이리 오라고! 아, 좋아. 갈 테면 가. 하지만 나중에 왜 경고하지 않았느냐는 말은 하지 마."

그날 밤은 광막하고 서늘했다. 펜디잭만 전체가 어슴푸레했다. 별빛 아래 절벽만 훤히 모습을 드러냈다. 브루스는 마구간의 위태로운 침대로 돌아가지 않았다. 어둑한 모래사장으로 내려가 거닐며 앞으로 어떻게 할지 마음을 정하려 애썼다. 그는 애나에게 신물이 나면서도 사이가 벌어질까 두려웠다. 그를 문인들에게, 그가 앨리스와 낸시벨 앞에서 자랑한 그 친구들에게 소개해준 사람이 바로 그녀였으니까. 그는 그들을 그리 좋아하지 않았지만, 그가 오르고자 하는 사다리가 거기 있었다. 책이 출간되자마자 천재성을 인정받아야 애나와 그들에게서 벗어날 수 있었다. 지금 그가 그녀 곁을 떠난다면 책은 절대로 출판되지 않을 것이다. 그 일을 기정사실화했을 때 그는 이미 도를 넘은 셈이므로. 그렇게 되도록 애나가 출판인 친구들에게 압력을 넣고 있었다.

게다가 지난여름 사우스코스트 호텔 급사로 있을 때 훔친 차와 관련해 사소한 문제가 있었다. 여자랑 춤추러 가려고 빌렸을 뿐인데 차가 도랑에 곤두박질치며 자전거를 탄 사람을 치어 죽였다. 애나는 그 사실을 알고 있었고, 그가 조사받을 때 알리바이를 제공했다. 그녀가 경찰과 급사 생활로부터 그를 구출해 런던으로 데려갔다. 그에게 글을 쓸 용기를 주고 칵테일파티에 데리고 다녔다. 확실히 그녀에게 빚진 것이 많았지만 그는 보상했다고 느꼈다.

그는 자신의 처지가 싫었고 이따금 스스로를 경멸했다. 그래도 낸시벨이 아니라면 책이 출간될 때까지 기꺼이 애나 곁에 머물렀을 것이다. 그리고 그런 선택은 사실상 낸시벨의 관심에서 그를 영원히 떼어놓을 것이다. 시간이 흐르면 낸시벨이 과거를 용서할 테지만, 미래와는 절대 타협하지 않을 터였다.

어이가 없었다. 그의 성공에 낸시벨이 걸림돌이라니. 그녀의 사랑도 아니고 그저 존중이. 그녀가 누구이기에, 도대체 무엇이기에 내 삶을 이처럼 송두리째 뒤흔드는 거지? 그는 화가 나서 자문했다. 딱히 유별나게 예쁘지도 않은 하녀, 시골 아가씨가. 그녀는 그다지 똑똑하지도 않고 제대로 배우지도 못했다. 브루스의 지성과 외모라면 훨씬 나은 상대를 만날 수 있었다. 그는 이 열병을 극복해야 했다. 월요일에 펜디잭을 떠날 것이다. 다시는 그녀를 만나지 않을 것이고, 일 년 후에 책이 출간되면 이 덫에서 빠져나온 자신을 칭찬할 것이다. 어차피 그녀는 그에게 아무 감정이 없었다. 그의 부재는 그녀에게 어떤 의미도 없을 것이다.

지금 그녀는 돌투성이 들판에 둘러싸인 오두막집에서 잠들었을 것이다. 어젯밤 그가 차를 마셨던 곳에서. 그는 그곳이 마음에 들었다. 행복했다. 그러나 그런 유의 행복은 별것 아니라고 느꼈다. 그가 원한 것이 단지 그런 거였다면 집에 남아 상수도공사에 다니는 아버지의 일을 물려받을 수도 있었다. 뭔가 다른 것을 원하고 특별한 사람이 되고 싶어하는 바람이 범죄는 아니지 않은가?

그녀는 지금 자고 있겠지. 어머니, 아버지, 형제자매 모두와 함께 작은 집에서 다닥다닥 붙어 힘든 하루의 일과를 마치고 푹 자는 중이리라. 그가 애나의 침대에서 다른 삶을 위해 일하는 동안. 그러나 그의 다음 책은…… 희극이죠, 유럽이 배경이고요. 악랄하고 부패한 삶을…… 세번째 책은 누구도 읽은 적이 없……

그는 마구간의 자기 방으로 가려고 돌아섰으나 세번째 책에 대한 시달 씨의 추론이 떠올라 정신이 번쩍 들었다. 그래서 길을 틀어 곳으로 이어지는 오솔길을 오르기 시작했다. 나도 그들과 다르지 않다면 어떡하지? 특별한 사람이 되지 못한다면?

처음 애나와 함께 런던으로 갔을 때 그는 애나의 옛 애인들에 대해 전혀 알지 못했다. 애나는 거리낌없이 그들을 언급하며 모두가 중요한 사람인 듯 이야기했다. 그러나 그는 그들 중 아무도 만나본 적이 없고 자세한 얘기도 듣지 못했다. 그는 그것이 우연이라고 여겼다. 그러나 이제는 시달의 암시가 사실인지, 애나와의 관계가 끝나면 젊은 애인의 명성도 끝인지 궁금했다.

그는 조언을 구할 수 있는 누군가—부끄러움 없이 솔직하게 자신의 딜레마를 털어놓을 수 있는—를 간절히 바랐다. 그 누군가는 존경할 만한 판단력을 지닌 사람이어야 하지만, 그런 사람에겐 정확한 진실을 말할 수 없을 터였다. 게다가 다른 사람이 어떻게 그의 가치를 말해줄 수 있겠는가? 애나의 다른 애인들은 어떤 잠재적 가치가 있었을까? 애나가 선택한 남자들이 별 볼일 없었던 걸까, 아니면 그녀에게 전도유망한 사람을 망치는 재주가 있는 걸까? 그걸 아는 사람은 시달 씨뿐인 듯하지만, 그는 밥맛없는 꼰대였다.

브루스는 어디로 향하는지도 모르면서 빠르게 성큼성큼 걸었다. 한밤의 어둠 속에서 목소리가 들려왔다. 곳에는 브루스만 있는 게 아니었다. 아주 가까이에서 소곤대는 소리가 들렸다. 그는 조용히 다가갔다.

바위 사이에 몸을 숨긴 연인의 속삭임 같았다. 얼굴은 보이지 않았지만 꽤 길게 말하는 남자의 목소리는 들을 수 있었다. 더 가까이 다가가자 이야기 소리가 분명하게 들렸다. 마치 생물학 강의 같은 내용이었다.

"발목뼈tarsal," 목소리가 말했다. "그리고 발등뼈metatarsal, 알 겠어요?"

대답이 없자 목소리가 말했다.

"앤지! 자요?"

"아뇨." 또다른 작고 부드러운 목소리가 대답했다. "아뇨……안 자요. 발등을 삐었어요?"

제리 시달의 웃음소리가 어둠 속에 울려퍼졌고, 브루스는 자리를 피했다. 그는 또다른 사람을 발견했다. 조금 더 멀리 떨어진 곳, 높은 바위 꼭대기에 앉아 있는 누군가를 별빛이 어슴푸레 비추었다. 그는 생각했다, 이곳은 피커딜리보다 붐비는군. 저들은 누굴까? 무슨 일이 벌어지는 거지?

발소리에 페일리 부인이 몸을 돌렸다.

그녀가 친절하게 말했다. "아, 우리와 합류할래요?"

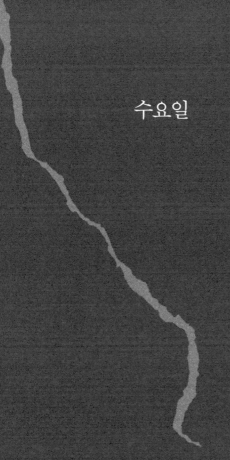

수요일

1. 동석 凍石

미스 엘리스는 사무실에 앉아 있었다. 할일이 없어서 아무것도 하지 않았다. 그러나 침실에 가만히 있기는 지루했다. 공식적으로 그녀는 파업중인데다 해고 통보를 받았지만, 새로운 일자리를 구할 때까지는 펜디잭을 떠날 마음이 없었다.

그때 코브 부인이 들어와 시달 부인을 찾았다.

"없어요." 미스 엘리스가 말했다.

"대신 일을 보고 있나요?"

"아뇨." 미스 엘리스가 킥킥 웃으며 대답했다. "저는 해고된걸요."

"무슨 이런 곳이." 코브 부인이 뒤로 물러나며 중얼거렸다. "도둑을 맞지 않나……"

"도둑을 맞아요?" 미스 엘리스가 화들짝 놀라 호기심을 보이며 외쳤다. "뭘 잃어버리셨어요?"

"네. 방에서 뭘 도난당했어요."

"쯧쯧! 코브 부인, 저한테 자세히 이야기해주세요."

"업무를 위임받은 사람도 아닌데 내가 그럴 필요가……"

"아, 제가 사건을 조사해보는 편이 나을 것 같아서요. 시달 부인도 아마 그러길 원하실 거예요. 잃어버리신 게 뭐죠?"

코브 부인은 가능한 한 짧게 세부사항을 말했다.

"어젯밤까지 내 트렁크 안에 있었어요. 그때 마지막으로 열어보고 오 분 전에 손수건을 꺼내려고 다시 열었을 때 조각상이 없어진 걸 알았죠. 나는 언제나 열쇠를 가지고 다녀요. 하지만 값싼 트렁크니 아무 열쇠로든 열리지 않을까 싶네요."

"방 청소는 했던가요?" 미스 엘리스가 물었다.

"네. 그걸 굳이 청소라고 한다면. 침대는 정돈되어 있었어요."

"흠! 그러니까 부인이 조각상을 본 어젯밤부터 오늘 아침 식구들이 모두 아침을 먹으러 갈 때까지는 방을 비운 적이 없다는 말씀이시죠?"

"그렇죠. 틀림없이 오늘 아침, 지난 몇 시간 사이에 훔쳐갔을 거예요. 낸시벨에게 좀 물어보고 싶군요."

"그럼요, 코브 부인. 제가 불러드릴게요."

미스 엘리스는 한껏 거드름을 피우며 프레드를 호출하는 벨을 울렸다. 그러나 그런 식으로 자신을 부르는 사람이 없었기에 프레드는 그걸 듣고도 호출하는 소리라고 생각하지 못했다. 그렇게 응답하는 사람 없이 벨소리만 계속 울렸다.

"나가서 찾아보는 편이 낫겠어요." 코브 부인이 경멸하듯 제안했다.

미스 엘리스는 주방 복도로 통하는 문으로 들어가 낸시벨은 당장 사무실로 오라고 새된 소리로 외쳤다.

미스 엘리스가 돌아와서 코브 부인에게 말했다. "제가 정말 익숙해지지 않는 건 종업원이 외부에 거주한다는 거예요. 좋은 호텔에서는 이런 일이 없죠. 그들에게 훨씬 많은 기회를……"

"또 뭐 없어진 게 있나요?" 코브 부인이 물었다.

"들은 건 없어요. 하지만 분실 사실을 항상 곧바로 알아차리는 건 아니니까요." 미스 엘리스가 말했다.

"낸시벨은 착실한 종업원인가요?"

"전혀요. 형편없어요. 게을러터진데다 뻔뻔해요. 아마 자격증도 없을 거예요. 군대에서 바로 여기로 왔어요. 희한하게 자꾸만 물건들이 사라진다는 생각을 제가 했다는 말씀을 드려야겠군요. 예를 들면 비누 같은 거요. 롤러 타월도 하나 없어졌고요. 그리고 잼은 다 어디로 간 건지 알 수가 없어요. 물론 요즘처럼 모든 것이 귀할 때는…… 음…… 여기 왔네요."

낸시벨이 와서 사무실 문간에 섰다. 느닷없는 호출에 매우 놀란 기색이 역력했다.

"낸시벨," 미스 엘리스가 시작했다. "정직하게 말해줘."

낸시벨은 얼굴을 붉혔지만 함부로 입을 열지 않고 기다렸다.

"오늘 아침 코브 부인 방에서 뭔가 가지고 나왔어?"

"변기통을 가지고 나왔는데요, 미스 엘리스."

"변기통을 말하는 게 아니잖아. 코브 부인이 지난 몇 시간 사이에 귀중품을 도난당하셨단 말이야. 그 방에 들어간 건 너뿐이야. 우리한테 뭐 할말 없어?"

"아뇨."

"확실해?"

"아주 확실해요."

미스 엘리스는 낸시벨을 바라보며 미소를 지었다.

그녀가 말했다. "순간적인 유혹에 굴복해서 그런 거라면 지금 당장 고백하는 게 좋을 거야. 가져간 물건을 되돌려놓는다면, 아마 코브 부인께서도 선처해주실 테니 말이야."

낸시벨은 대답하지 않았다. 그녀는 뒤돌아 더프와 로빈이 매우 늦은 아침식사를 막 끝낸 주방으로 뚜벅뚜벅 걸어갔다.

"저 집에 갔다고 시달 부인에게 말해주세요." 그녀가 그들에게 말했다. "미스 엘리스가 여기 있는 한은 오지 않을 거라고도 전해주시고. 이유는 미스 엘리스가 설명해줄 거예요."

낸시벨은 가방과 외출용 신발이 있는 뒷문 바깥벽 고리 쪽으로 갔다. 로빈과 더프는 그녀가 그만둔다는 생각에 기겁해 밖으로 따라 나와 다시 한번 생각해달라고, 어머니가 올 때까지만 기다려달라고 애원했다.

"그렇게 못해요." 낸시벨이 신발을 갈아신으며 말했다. "미스 엘리스가 저를 도둑 취급했어요. 누구한테 그런 취급을 받는 건 참을 수 없어요."

복도 끝에서 시끄러운 목소리가 들려왔다. 미스 엘리스가 코브 부인을 번지르르한 말로 달래고 있었다.

"그럼요, 물론이죠, 당연한 말씀을. 그녀는 호텔을 떠나지 않을…… 아니, 낸시벨…… 뭐하는 거야?"

"집에 가는데요, 미스 엘리스."

"그 가방에 뭐가 들었죠?" 코브 부인이 날카롭게 물었다.

"제 앞치마가 들었는데요."

"가방이 참 크기도 하네요. 그렇지 않나요, 미스 엘리스?"

"정말 그러네요, 코브 부인. 저도 항상 그렇게 생각했지만 누가 제 말을 귀담아듣나요. 집밖으로 뭐가 새나가는지 어떻게 검사를……"

"얼마든지 뒤져보시죠." 낸시벨이 경멸하듯 말했다.

그녀는 코브 부인에게 가방을 내밀었다. 더프가 화를 참지 못하고 앞으로 나섰다.

그가 말했다. "이건 도무지 말이 안 돼. 우린 낸시벨을 평생 알고……"

"아, 여기 있네." 코브 부인이 외쳤다.

그녀가 조그맣고 까만 물건을 들어올렸다.

"내가 잃어버린 거네요."

낸시벨이 놀라서 외쳤다. "그건! 어떻게 그게…… 그건 우리 증조할머니 건데. 우리 증조할머니 물건이라고요."

"이런……!" 로빈이 버럭 소리를 질렀다.

"내 거예요." 코브 부인이 말했다. "내가 포스메린에서 산 거라고요. 어젯밤까지 내 트렁크 안에 있었어요. 그런데 오늘 아침에 보니 없어졌고. 이게 왜 당신 가방에 들어 있지?"

"오늘 아침 출근길에 호텔 밖 잔디밭에서 발견했어요." 낸시벨이 말했다. "그래서 주워서 가방에 넣었고요. 지금까지 잊고 있었어요. 부인은 뭔가 귀중품을 잃어버렸다고 하시지 않았나요?"

"이건 아주 귀한 거예요. 흑호박이라고."

"이럴 수가!"

"당신은 주운 물건을 가방에 집어넣는 버릇이 있나보네?" 코브 부인이 물었다. "어째서 사무실로 가져오지 않았죠?"

"잔디에서 주웠다고! 설마! 그런 거짓말이······" 미스 엘리스가 외쳤다.

"시달 부인에게 물어보려고 했는데 깜빡했어요. 난 우리 증조할머니 거라고 생각했어요. 그게 사실이기도 하고. 어디서 봐도 금방 알아볼 거예요."

"그럼 어째서 네 증조할머니의 폐물이 펜디잭의 잔디밭에 뒹굴고 있었을까?" 미스 엘리스가 물었다.

"제 할머니 물건이 맞아요. 바닥에 네드 삼촌의 이니셜이 새겨져 있다고요. 원한다면 확인해보세요."

로빈은 그제야 흥분을 가라앉히고 말을 꺼낼 수 있었다.

"그렇다면 당신이었군요." 그가 열을 내며 코브 부인에게 말했다. "가여운 할머니 댁에 찾아가 그걸 사간 사람이 당신이었어. 귀중품인 줄 알면서도 할머니에게 달랑 5파운드 10실링만 내고."

그러나 코브 부인은 그의 말을 무시했다.

"내 트렁크에서 사라진 물건을 지금 당신 가방에서 찾았어."

그녀가 낸시벨에게 말했다. "내가 아는 건 이게 다야. 이만하면 경찰에 신고할 이유가 충분하지 않을까."

"헨리 경을 모셔올게." 로빈이 말했다. "그분이 모든 걸 알아. 저 여자가 어떤 식으로 가엾은 할머니에게 사기를 쳤는지."

로빈이 사라지자 낸시벨은 울음을 터뜨렸다.

"그게 잔디밭에 있었어요." 그녀가 훌쩍였다. "어떻게 된 건지 모르지만 사실이라고요."

"그 말을 믿을 사람이 어디 있어." 미스 엘리스가 선언하듯 말했다. "꼬리가 길면 밟히는 법이야, 아가씨."

더프가 나서서 낸시벨의 팔을 잡았다.

"울지 마." 더프는 그녀를 달랬다. "모두 널 믿을 거야. 모두가 널 알아. 네가 잔디밭에 있었다고 말하면 그런 거야."

"저 여자를 절도죄로 신고하겠어요." 코브 부인이 말했다.

"정말 그래야 해요." 미스 엘리스가 맞장구쳤다. "다른 손님들의 안전을 위해서라도. 시달 부인이 고의로 정직하지 못한 종업원을 감싸준 사실이 알려진다면…… 음…… 손님들이 소지품 관리에 좀더 주의하겠죠."

"당신들 말조심하는 게 좋을 거야." 더프가 그들에게 경고했다. "낸시벨이 모욕죄로 고소할 수도 있어."

헨리 경과 로빈이 왔고, 헨리 경은 곧장 코브 부인에게 문제의 그 물건이 지난 월요일 오후에 피어스 부인에게서 산 것이 맞느냐고 물었다.

"내가 이걸 어디서 샀는지가 이 일과 무슨 상관인지 모르겠군요." 코브 부인이 말했다. "내 물건이 확실한데."

"그걸 묻는 이유는 한편으로 그 조각상을 굉장히 보고 싶었기 때문입니다. 이미 팔렸다는 말에 크게 실망했거든요. 저에게 그걸 한번 보여주셨으면 합니다만."

"어째서요?" 코브 부인이 의구심을 보이며 물었다.

"저는 호박을 수집합니다. 그게 진짜 흑호박이라면 굉장한 귀중품이죠. 저는…… 혹시 그 물건을 저한테 팔지 않……"

잠시 침묵이 흐르고, 코브 부인은 숙고하는 듯 보였다. 훌쩍이는 낸시벨을 주방으로 데려간 더프의 말소리가 들려왔다.

"경찰 부르라고 해. 다들 네 말을 믿을 거야. 신문마다 저 여자가 너희 증조할머니를 어떻게 속였는지 기사가 실릴 거고."

"좀더 조용한 장소로 옮기는 게 좋겠습니다." 헨리 경이 제안했다.

코브 부인은 여전히 미심쩍어하면서도 순순히 그를 따라갔다. 헨리 경과 로빈과 함께 라운지로 갔다. 미스 엘리스가 눈을 동그랗게 뜨고 그들을 따라가려 했으나 코브 부인이 냉랭하게 말했다.

"고마워요, 미스 엘리스. 이제 됐어요. 이번 일로 낸시벨을 고소하진 않겠어요. 조각상을 찾았으니."

그리고 그 말을 더욱 강조하는 뜻으로 미스 엘리스의 코앞에서 문을 닫아버렸다. 코브 부인은 내키지 않는 한편 잔뜩 기대에 부풀어 헨리 경에게 조각상을 내밀었고, 헨리경은 그것을 유심히 살펴보았다.

마침내 그가 말했다. "저, 코브 부인, 제 생각에는 그 노부인에게 이것을 돌려주는 게 마땅할 듯합니다. 제가 이걸 사서 노부인에게 돌려주고 싶군요. 얼마를 원하십니까?"

"천 기니요." 코브 부인이 말했다.

"이 물건이 그 정도 가치가 나간다고 생각하십니까?"

"뭐, 저한테는 그래요."

"하지만 부인은 5파운드 10실링에 사셨잖아요." 그가 지적했다. "그 노부인은 극빈층에 가까워요. 구빈원에서 말년을 보낼 처지지요. 아무것도 모르는 노파예요. 이런 물건의 가치가 얼마인지 전혀 모릅니다. 부인은 정말 이것이……"

코브 부인이 눈을 번뜩이며 그의 말을 가로막았다.

"그럼 구빈원은 누구 돈으로 운영되죠? 그녀의 노후연금을 누가 내나요? 노후를 대비해 저축하지 않고 함부로 돈을 써버린 형편없는 사람들을 누가 부양하느냐고요. 그들의 자식? 그들을 돌볼 의무가 있는 사람들? 오, 아니요, 내가 해야 해요. 나라에서 내 수입의 사 분의 삼을 그런 사람들을 위해 떼어간다고요. 난 소위 빈민층에게 요만큼의 동정심도 없어요, 헨리 경. 나라가 다 내주잖아요. 교육비, 의료비, 입원비, 모두 다. 그게 다 일해서 먹고살기에는 너무 게을러서 그런 거예요. 요즘 세상에 정작 걱정해야 하는 건 바로 우리 같은 계층이라고요. 우리한테서 마지막 한푼까지 긁어가려 하는 걸 다 알잖아요."

"제 아내가 들으면 동의할 말씀이네요." 헨리 경이 말했다. "하지만 부인은 정말 75퍼센트의 세금을 내십니까? 물론 요즘 소득세가 상당히 높기는 하지만…… 아, 음, 그게 중요한 건 아니고요. 이 물건값으로…… 10파운드면 되겠습니까?"

그가 조각상을 들어올렸다.

"10파운드!" 코브 부인이 외쳤다. "저를 바보로 생각하나보군
요. 돌려주세요."

헨리 경은 로빈이 말리는데도 불구하고 그것을 돌려주며 말했다.

"정말 10파운드에 팔지 않으시겠습니까?"

"당연하죠."

"음…… 그러실 거라고 생각했습니다. 그 반대라면 오히려 놀
랐겠죠. 그건 호박이 아닙니다. 동석일 뿐이고, 값을 1기니나 쳐
줄지 모르겠네요."

2. 레지스탕스 운동

"시달 씨가 인사 전하랍니다. 그리고 아직 옷을 입지 않으셨다고요." 프레드가 알렸다.

"상관없어." 애나가 조급하게 대꾸했다. "이야기할 사람이 있어야 하는데 사무실에 아무도 없잖아. 날 그 사람한테 데려다주든가, 아니면 잠옷을 입은 채로 나한테 오라고 해."

프레드가 자리를 떴다. 한참 후 시달 씨가 잠옷 차림으로 그녀의 방에 왔다.

"애나, 날 불러봐야 아무 소용 없어." 그가 항의했다. "난 이 호텔에서 아무것도 아니야."

"월요일에 당신이 나한테 방을 내줬잖아."

"그랬지. 그래서 상당한 잡음도 발생했고."

"딱히 놀랍지도 않아. 당신이 당신 부인을 화나게 하려고 그런 거니까. 음, 난 내 말을 부인에게 전해줄 사람만 찾으면 돼. 그녀는 외출중인 것 같고, 엘리스는 파업중이고, 프레드는 멍청하잖아."

"그럼 낸시벨에게 말하면 되지."

"아니, 안 돼. 아무리 부탁할 사람이 없어도 그녀는 안 돼. 그러니까 남은 건 당신뿐이야. 부인에게 우리가 하루이틀 여행을 간다고 좀 전해주겠어? 주말 전에는 돌아온다고."

"잊어버리지 않는다면. 차라리 쪽지를 적어놓고 가지그래. 안티누스도 같이 가나?"

"브루스? 당연히 같이 가지. 아니면 누가 운전을 해?"

"그렇군. 그런데 당사자도 아시고?"

"아직 몰라."

"현명하네. 그분을 어디로 모셔 가는지 물어봐도 될까?"

"세인트메릭스 해변. 폴리가 거기에 여름 별장을 구해놓아서 런던으로 돌아가기 전에 며칠 묵기로 약속했거든. 지금 가는 게 좋을 것 같아서."

"폴리? 설마 폴리 파머는 아니지? 난 죽었다고 생각했는데."

"폴리가 죽긴 왜 죽어?"

"죽을 때 되지 않았나."

"이런, 딕! 폴리는 아직 할머니 아니거든."

"아니지. 하지만 주변 사람들이 많이 죽지 않았나? 혼자 그렇게 오래 살아도 되나? 난 그들이 모두 1940년에 석탄 수송선을 타고 오다가 죽은 줄 알았어."

"일부는 그랬지. 하지만 나머지 사람들은 아직 살아 있어."

"그럼 그 사람들이 어디 있는데? 소식을 통 못 들었어. 어떻게들 사나? 친인척이 돈을 보내주지 못하니 돌아올 수도 없잖아. 지금 어디서 살지?"

"대부분 폴리랑 함께 살아." 애나가 말했다. "그애는 돈이 있잖아."

"여전히?"

"워낙 징글징글하게 부자였잖아, 기억 안 나? 그 재산이 아직도 어느 정도 남아 있는 것 같아. 이 무지몽매한 나라에서 목숨을 부지하려면 큰소리를 내지 말아야 하니까 소식을 못 들은 거겠지."

"가엾은 폴리. 그 빌어먹을 떨거지들을 여태 먹여 살리고 있군. 폴리는 항상 마음이 넉넉했지. 얼굴도 진짜 예뻤고…… 한때는. 지금은 어때? 꽤 삭았을 거야, 아마도."

"당연하지."

"그런데 왜 하필 세인트메릭스야?"

"어딘가에서는 살아야 하니까."

"한잔할 만한 데도 별로 없다던데. 흑인 남자도 없고."

"남자는 이제 관뒀어. 술도 별로 안 마시고. 뭘 하는지 몰라도 예전보다는 훨씬 자제해."

"가엾은 폴리. 전성기에도 그녀는 좀 비극적인 데가 있었지. 난 당신하고 벌써 옛날에 연락이 끊겼을 거라 생각했어."

"나도 폴리가 좀 안쓰럽긴 해."

"뭐라고? 그럼 안티누스를 그녀에게 상납하려고?"

"말했잖아. 이제 남자한테 관심 없다고. 입을 열어도『십자가의 요한』 얘기나 하고."

"그럼 남자는 왜 데려가?"

"내 운전기사니까 당연히 가야지!"

"폴리한테 갈 때는 아니지. 가면 그를 잃을 테니까. 십중팔구 그에게 수작을 거는 사람이 있을걸."

애나가 웃었다.

"오후에 여기 오는 길에 잠깐 들렀는데," 그녀가 말했다. "진짜 그런 사람이 있었어. 브루스가 엄청 화를 냈지."

"그랬겠지. 그 젊은이는 아주 평범한 집안 출신이니까. 상류층 학교에는 다녀본 적도 없고. 레지스탕스 운동에 가담하지 않도록 주의하는 게 좋을 거야."

"뭐라고? 그게 무슨 말이야?"

"이 호텔에서 지하 레지스탕스 운동이 시작됐다고." 시달 씨가 애나의 침대에 앉으며 설명했다. "페일리 부인과 이밴절린 양이 시작한 것 같은데, 거기에 내 아들 제리를 끌어들였어. 낸시벨에게도 손을 뻗는 중이니 그녀가 당신 남자친구를 끌고 들어갈 수도 있단 말씀이야. 전염성이 있거든."

"하지만 무슨 레지스탕스? 뭐에 대항해서?"

"그거야 나도 모르지. 하지만 큰 소동이 벌어지리라는 건 알아. 온갖 사람이 다 합류하고 있어. 밤중에 절벽에서 모이더군. 참사위원 랙스턴이 딸에게 이 자유연애의 장에 참여하는 걸 금지했지만 그녀는 듣지 않아. 제리는 우리를 버리고 케냐로 떠나겠다고 벼르고 있지. 암호로 메시지를 주고받는 어린이 분과도 있고. 낸시벨이 코브가 아이들에게 파티를 열어주기로 했고, 내 아내는 젤리를 해주겠다고 약속했다더군. 페일리 부인은 라운지에서 소리내어 웃어. 이 모든 게 징후야."

"하지만 그게 다 뭘 위해서인데? 뭘 하려는 거지?"

"내가 그걸 알았다면 여기……"

그 순간 프레드가 눈을 휘둥그레 뜨고 방으로 뛰어들어왔다. 그는 경찰이 모래사장을 건너오고 있다고 말했다.

3. 법

포스메린에서 출발할 때 자전거 바퀴에 구멍이 나는 바람에 그는 하는 수 없이 걸어서 펜디잭으로 오는 중이었다. 도로를 따라 빙 돌아오는 대신 가장 빠른 지름길인 절벽 오솔길을 택했다. 그러나 법 집행을 위해서는 진입로로 도착해야 한다고 생각했다. 관광객처럼 바위를 타고 올라갈 것이 아니라. 그래서 가능한 한 공식적이고 권위 있는 태도로 만을 가로질렀다. 현관에 도착하기도 전에 그가 다가오는 모습을 보고 펜디잭의 투숙객들 사이에는 폭넓은 경보음이 울렸다. 브루스는 훔친 차 때문이라 생각하고 바위 사이에 몸을 숨겼다. 미스 엘리스는 시달 가족이 자기를 쫓아내기 위해 경찰을 불렀다고 생각했다. 그날 아침 펜디잭에 한 달 더 머물되 일은 절대 하지 않겠다며 시달 부인과 한바탕 싸웠으니까. 참사위원 랙스턴도 마찬가지로 쫓겨나리라 예상하며 전투 채비를 했다. 프레드는 낸시벨이 조각상을 훔친 일 때문에 체포되나보다 생각했다. 그래서 그녀에게 달려가 경고했다. 하지만 낸시벨은 이렇게 말했다.

"헛소리! 그럴 리 없어. 그는 내 사촌이라고."

그녀는 집으로 돌아가지 말라는 제안을 받아들였다. 이성적이고 마음이 착한 낸시벨은 결국 고생하게 될 사람은 죄 없는 시달 부인뿐이라는 걸 재빨리 파악했다. 그보다는 로빈이 주방에서 유쾌하게 들려준 코브 부인과 동석 이야기에 기분전환이 되었다. 이제 그녀는 상황 전체를 일종의 해프닝으로 여기고 경찰이 초인종을 눌렀을 때 반갑게 문을 열어주었다.

"안녕, 샘." 그녀가 말했다.

샘 피터스는 젊은 풋내기 경관으로, 아직 소환 명령을 전달해본 적이 없었다. 그가 친절한 인사말을 무시하고 엄격하게 말했다.

"여기가 펜디잭 호텔 맞습니까?"

"아뇨, 여기는 세인트폴 대성당인데요." 낸시벨이 말했다. "기억상실이야, 뭐야?"

"먼저 확인할 필요가 있어서." 샘이 설명했다. "그러니까 절차상 그렇다고."

"그런 거면 다행이네, 펜디잭 마을에서 태어난 네가 여기가 어디인지도 모른다면 정말 유감이니까. 이모는 잘 계셔?"

"이건 비밀인데," 샘이 말했다. "신장 통증이 재발하셨어. 여기 기퍼드라는 분이 투숙하시지?"

"맞아. 헨리 기퍼드 경."

"내가 찾는 사람은 그분이 아니야. 여자분이지, 레이디 기퍼드."

"그래, 그분 아내야. 그런데 무슨 일로……?

"그 여자분을 만나야 해."

"무슨 일로?"

"남의 일엔 관심 끄시죠, 낸시벨 아가씨."

"음, 만날 수 없어. 침대에 누워 계시거든."

"언제 일어나는데?"

"안 일어나."

"여기서 영원히 기다리라고 해도 기다려서 만날 거야."

"대신 헨리 경을 만나면 안 돼?"

"안 돼, 그럴 수 없어. 반드시 본인에게 전달해야 해."

샘은 손에 든 봉투를 가리켰다.

"들어와." 낸시벨이 말했다. "시달 부인을 찾아볼게. 돌아오셨을 거야."

샘은 안으로 들어와 복도의 의자에 앉았다. 낸시벨은 제리와 함께 세탁물 수를 세는 시달 부인을 찾으러 가 샘의 전갈을 전했다.

"소환이라니." 제리가 말했다.

"하지만 그녀는 운전을 못하는데." 소환과 관련해 한 가지 이유밖에 상상하지 못하는 시달 부인이 말했다. "헨리 경을 찾는 거 아닐까?"

시달 부인은 복도로 나와 샘의 이야기를 듣고는 레이디 기퍼드의 방으로 올라갔다.

"난 그 사람을 만날 수 없어요." 레이디 기퍼드가 단언했다.

"만나뵐 때까지 가지 않겠대요." 시달 부인이 말했다. "그를 이리로 데려올까요, 아니면 내려가시겠어요?"

"시달 부인, 그럴 수 없다니까요. 난 몸이 너무 아파요."

"부인이 내려오실 때까지 저렇게 앉아 있겠대요."

"저는 오늘 일어나지 않을 거예요."

"경찰을 온종일 복도에 앉혀둘 수 없어요." 시달 부인이 단호하게 말했다.

"그럼 가라고 하세요. 저는 절대 그를 만나지 않을 거예요."

"경찰을 그런 식으로 대하면 안 돼요."

"안 될 이유가 없죠. 경찰 월급을 누가 내나요? 우리잖아요."

시달 부인은 아래층으로 내려가 들은 바를 샘에게 모두 전했다. 그러나 샘은 완강했다. 부인에게 직접 서류를 전달하라는 지시를 받았고, 임무를 마치기 전에는 이곳을 떠나지 않겠노라고. 복도 의자에 앉아 기다리는 그에게 낸시벨이 차 한 잔을 가져다주었다.

경찰이 레이디 기퍼드를 만나러 왔다는 소문이 차츰 펜디잭 전체로 퍼져나갔다. 브루스는 바위틈에서 빠져나왔고, 미스 엘리스는 잠갔던 문을 열었다. 그러나 아무 말도 듣지 못한 참사위원은 공격을 기다리다 지쳐 적과 대면하기 위해 내려왔다.

그가 복도에 있는 샘에게 말했다. "내 생각에는 당신이 만나려는 사람이 나인 듯싶은데. 잘 오셨소. 바로 나요."

샘은 멍하니 바라보다 헨리 경이시냐고 물었다.

"그럴 리가. 난 참사위원 랙스턴이오. 경고하는데, 나한테 허튼

짓하는 날에는 혼구멍을 내줄 거요. 들고 있는 게 뭐지? 소환장인가?"

"선생님 것이 아닙니다. 여자분 거예요." 샘이 말했다.

"여자분? 내 딸 말이로군. 이렇게 나오시겠다? 그들이 그 아이한테 책임을 몽땅 뒤집어씌운 건가? 어디, 이리 줘보게."

"본인에게 직접 전달해야 합니다." 샘이 거부하며 말했다.

"내가 먼저 보기 전에는 못 줘. 내가 보호자니까."

"그러면 가서 따님을 직접 데려오세요, 선생님. 여기서 그녀가 올 때까지 기다릴 테니."

"나갔소. 포스메린에 갔다고."

"침대에 누워 계신다던데요."

"오, 그렇게 말했단 말이지? 거짓말을 했군. 마지막 기회요. 그 서류를 나한테 내놓으라고!"

"레이디 기퍼드를 만나기 전에는 드릴 수 없습니다." 샘이 선언했다.

"레이디 기퍼드? 그 여자가 무슨 상관이지?"

"서류를 받을 사람이 그분이니까요."

"그럴 리가. 레이디 기퍼드는 내 딸이 아니야. 이게 다 무슨 터무니없는 소리인가?"

"저는 누구라고 말한 적 없어요." 난처해진 샘이 외쳤다. "선생님이 따님이라고 하셨죠."

"내가 언제 그랬다는 거야."

헨리 경이 그들 사이에 끼어들었다. 그는 산책에서 돌아와 복도에서 샘이 기다린다는 이야기를 시달 부인에게 전해들었다.

헨리 경이 샘에게 말했다. "듣자 하니 제 아내를 만나러 오셨다지요. 제가 헨리 기퍼드입니다."

"그렇습니다." 샘이 대답했다.

"얼간이 같으니." 참사위원이 끼어들었다. "이건 당신 부인과 아무 상관 없는 일입니다, 헨리 경. 이 사람은 내 딸을 만나러 온 거예요. 우리를 쫓아내려고 이런 속임수를 쓰는 거라고."

헨리 경의 근심어린 얼굴에 한순간 안도감이 스쳤다. 경찰이 복도에 와 있다고 들었을 때, 그는 올 것이 왔구나 생각했다. 이곳에 도착한 이후 무의식적으로 내내 기다리고 있었다. 그러나 샘은 그의 희망을 당장 밀어냈다. 서류는 다른 누구도 아닌 레이디 기퍼드에게 온 것이었다.

"아내는 위층 침대에 누워 있습니다." 헨리 경이 무거운 어조로 말했다. "저와 함께 가시죠. 침대에 누워서 받아도 되겠습니까?"

"상관없습니다, 선생님." 샘이 공손히 대답했다.

"그렇다면 나와 아무 상관 없는 일이었단 말이야? 그럼 왜 공연히 사람을 불러냈어?" 참사위원이 외쳤다.

그가 불려온 이유를 아무도 알 수 없었고, 헨리 경이 샘을 위층으로 안내하는 동안 그 답은 그 혼자서 찾아야 했다.

두 사람이 방으로 들어서자 레이디 기퍼드가 소리쳤다. "못해요."

샘은 덜커덕거리며 침대로 다가가 레이디 기퍼드가 맞느냐고 물었다.

"거부해요." 그녀가 말했다. "나는 절대 그럴 수…… 내 주치의가 지시했어요……"

헨리 경이 말했다. "이 사람이 레이디 기퍼드입니다."

샘이 봉투를 내밀었지만 그녀는 받으려고 하지 않았다. 그러자 샘은 봉투를 침대보 위에 놓고 사라졌다.

"이런 짓을 하다니 당신을 용서하지 않을 거예요." 레이디 기퍼드가 남편에게 말했다. "저런 무뢰한을 여기로 불러들이다니! 당신이! 나를 사랑하고 지켜주겠다던 사람이."

"소환장을 보여줘요."

"이게 소환장인 줄은 어떻게 알아요?"

"당연하지. 그게 아니면 뭐겠소?"

레이디 기퍼드가 종이를 와락 움켜쥐더니 막을 겨를도 없이 찢어버렸다.

"이런! 바보 같으니! 그런 식으로 행동하면 감옥에 가게 될 거요."

"아뇨, 난 안 가요. 자일스 경이 보증했어요. 내가 얼마나 아픈지 그는 알아요. 당신은 안 믿겠지만."

"그 소환장은 정해진 날짜에 정해진 법정으로 당신이 출두해야 한다는 말이오. 당신은 가야 해요."

"아프면 아니죠."

"도대체 무슨 일이오? 왜 소환되는 거지?"

"내가 어떻게 알겠어요? 터무니없이."

"당신이 대답하지 않겠다면 다른 경로를 통해 알아보는 수밖에. 내가 경찰서로 가겠소. 직접 당신을 법정에 세우겠소."

"이게 날 사랑하는 건가요? 이게 날 지켜주는 거예요?"

"무슨 일인지도 모른 채로 당신을 지켜줄 수는 없어요."

"말했잖아요. 무슨 영문인지 나는 전혀 모르겠다고."

"우리가 떠난 후에 런던에서 경찰이 당신을 만나겠다고 전화를
했소. 기억해요?"

"아뇨. 아무것도 기억 안 나요."

"그들이 주소를 알아내 이리로 소환장을 보낸 게 틀림없어요."

"우리집에 도둑이 드는지나 감시할 것이지. 경찰이 이런 데 시
간을 낭비하니까 범죄가 들끓는 거라고요."

"재무부에서 보낸 편지를 받은 일이 있어요?"

"아뇨, 없을걸요. 그건 왜요?"

헨리 경은 지친 기색으로 돌아섰다.

"당신과 이야기하는 건 시간 낭비요." 그가 단언했다. "경찰서
로 가겠소."

"아니, 안 돼요…… 그러지 말아요. 이제 기억나요…… 편지
를 받았어요. 아마 재무부에서 보낸 걸 거예요."

"무슨 내용이었어요?"

"잊어버렸어요…… 아니…… 아니…… 가지 말아요. 나한테
이것저것 설명하라고 했어요."

"뭘 설명하라고?"

"이해 못했어요."

"그래서 어떻게 했소?"

"찢어버렸어요."

"답장을 안 했다는 거요?"

"아, 안 했어요."

"왜 나에게 보여주지 않았소?"

"중요하지 않다고 생각했어요."

"대충…… 뭐…… 뭐에 대한 거였소?"

"퍼킨스 씨요."

"그가 누구요?"

"몰라요. 호텔에서 만났던 사람이에요."

"호텔이라니?"

"칸의 호텔요."

"하지만 당신은 호텔에 묵지 않았잖아요. 바렝가에 있지 않았소?"

"그-으랬죠. 대개는."

"당신 설마, 그 퍼킨스라는 남자에게 수표를 준 거요?"

"네."

"그는 당신에게 뭘 주고, 현금?"

"네."

"얼마였는데?"

"잊어버렸어요. 내 생각엔…… 400파운드였던 것 같아요."

"그게 화폐법 위반이라는 걸 모른단 말이오? 내게 그러지 않겠다고 약속을……"

"아니에요. 난 75파운드 이상은 쓰지 않겠다고 한 약속을 지켰

어요. 하지만 칸에서 75파운드로 사는 건 무리예요. 당연히 돈이
더……"

"귀국했을 때 나한테 말했잖소, 75파운드로 버텼다고."

"잊었나봐요. 퍼킨스 씨는 영국 사람이었어요."

"내가 말했는데…… 그렇게 설명했는데……"

"다들 그렇게 했어요. 다들 그에게 수표를 써줬다고요."

"신문을 읽었다면 그런 일을 저지른 사람은 무거운 벌금형을
받는다는 걸 당신도 알 거요."

"음, 벌금을 내라면 내죠. 난 정말 당신이 이렇게 흥분하는 이
유를 모르겠어요."

"말했잖소. 이런 짓을 하면 벌금형에 그치지 않을 거라고. 감옥
에 갈 수도 있어요."

"아니요, 여보. 우리 같은 사람은 감옥에 안 가요. 벌금형을 받은
친구가 몇 명 있어요. 하지만 감옥에 간 사람은 아무도 없다고요."

"그리고 하나 더. 이건 내 경력을 끝장낼 사건이오. 이 사실이
밝혀지고 소문이 퍼지면 나는 사임해야 해요. 아내가 보란듯 법을
어기는 마당에 내가 판사석에 앉아 있으면 법정 모독일 테니까."

"오호라, 진짜 걱정되는 건 당신 경력이란 말이군요?"

"당신은 내가 사임할 날만 기다렸으니 이제 건지섬으로 가서
살면 되겠군."

"네, 그래요. 이제 그럴 수 있겠네요. 내가 이 말은 꼭 해야겠는
데, 문제될 일은 아무것도 없어요. 소득세를 내지 않고 건지섬에
서 살 수 있다면 벌금쯤은 아무것도 아니라고요."

그는 잠시 말문이 막혔다. 마침내 그가 말했다.

"난 이제 당신과 함께 살 수 없을 것 같소. 당신 인생에 크림 단지보다 더 귀한 건 없으니까."

"그러면 왜 안 돼요? 난 크림을 사먹을 형편이 되는데. 크림이 있는 곳에서 살면 안 될 이유가 뭐예요?"

"더는 당신과 살지 않겠소. 당신은 사람도 아니야."

레이디 기퍼드는 눈을 감고 베개에 다시 머리를 뉘었다. 단단한 말이 뼈를 부러뜨리지는 않는다는 걸 두 사람 모두 잘 알고 있었다. 헨리 경은 그녀를 남겨두고 아래층으로 내려갔다.

4. 희생양

코브가 아이들은 어제 겪은 일로 여전히 기운이 없었다. 그들이 병색 어린 얼굴로 테라스의 접이식 의자에 앉아 있자 그 아이들을 측은하게 바라보는 분위기가 감돌았다. 이 불운한 사태의 책임은 모두 히비에게 있다는 의견이 지배적이었다. 히비는 가는 곳마다 성난 눈초리를 받아야 했고 입을 열면 매번 핀잔을 들었다.

히비를 보며 웃어주는 사람은 코브가 아이들뿐이었다. 그들은 어머니의 등뒤에서 몰래 손을 흔들었다. 히비는 그들이 변함없이 상냥하다는 걸 알았지만 딱히 고맙지는 않았을뿐더러, 모두가 그들 때문에 야단법석을 피우는 것이 분했다. 스파르타인의 비밀을 누설한 캐럴라인의 소심한 사과도 받아들이지 않았다.

히비에게 폭풍이 지나갈 때까지 잠시 후퇴한다는 대책 따위는 있을 수 없었다. 핀잔을 들을 때마다 히비는 점점 더 공격적이 되었고 호텔 전체와 맞서기로 결심했다. 히비는 시달 부인이 와서 뚜껑을 덮을 때까지 라운지에서 피아노로 〈태양의 시간〉의 곡들을 연주했다. 점심시간에는 자기 고양이를 식당에 데려갔다. 테라스 벽에 미스터 채드를 그리고 이렇게 썼다. '뭐라고? 흑호박이 아니야?' 그리고 마침내 미시즈 레첸 방의 프랑스식 창문이 열려있는 것을 보고 빈방으로 어슬렁어슬렁 걸어들어갔다. 커버를 벗기고 깨끗한 종이를 끼워둔 타자기가 테이블에 놓여 있었다. 히비는 타자기로 글자를 쳐보았다.

갓장 ㅅ 금 지칸 홋텔

옛날에한 홋텔이 이썼음니다 그고세는 신사와 숙녀처럼 차려입은 악마들이 살고 있었……

그때 애나가 들어와 히비를 발견했다. 그러나 이번에는 잔소리를 하지 않았다. 애나는 그저 묘하게 웃으며 말했다.

"흠! 너 참 재밌는 애다, 그렇지?"

히비가 고개를 끄덕였다.

"네가 호텔을 한바탕 뒤집어놓은 건 알지?"

히비는 약간 우쭐하며 다시 고개를 끄덕였다.

"거기 앉아서 나한테 다 얘기해볼래?"

애나는 벽난로 위의 담뱃갑을 들어 히비에게 권했다.

"담배 피우니?"

"아, 고마워요!" 히비가 눈을 반짝이며 말했다.

애나는 두 사람의 담배에 불을 붙이고 의자에 털썩 주저앉았다.

"넌 장차 크게 될 인물이야." 그녀가 예언했다. "나도 네 나이에는 손수건에 얌전히 감침질이나 했는데."

히비는 담배 끝을 잘근잘근 씹으며 애나가 손수건에 감침질하는 모습을 상상해보려 했다. 무의식적으로 애나는 틀림없이 크리놀린 스커트를 입었을 거라 생각했다.

"넌 항상 곤경에 처할 거야, 항상!" 애나가 계속 말했다. "하지만 걱정 마라. 그럴 가치가 있으니. 너 자신의 삶을 살렴. 그리고 절대 후회하지 마."

그녀가 히비를 위아래로 훑어보더니 중얼거렸다.

"척 봐도 넌 뜨거운 사랑의 결실인걸. 네 진짜 부모는 누구니? 혹시 아니?"

히비는 자기가 알고 있는 세세한 내용을 들려주었고 애나는 비위를 맞춰주며 경청했다. 히비는 무척 존중받는 기분이었다. 그러나 기운이 솟는데도 불구하고 이상하게 불안하고 찜찜했다. 자신이 애나를 정말 좋아하는지 확신할 수 없었고, 애나를 이렇게 허물없이 대하는 자신이 신기했다.

"그러니까 널 입양했다는 거네." 애나가 말을 맺었다. "그리고 이제 너를 평범한 아가씨로 키우려는 거고. 왜 너는 그 모든 것에서 도망치지 않니?"

"자주 생각하긴 했어요." 실제로 그런 경험이 있는 히비가 말했다.

"부모는 당연히 화를 내겠지. 하지만 어차피 벌을 받는다면 큰 일을 벌이는 게 나아. 난 오늘 오후에 세인트메릭스에 가서 몇몇 친구와 주말을 보낼 거야. 내 생각에 너랑 내 친구들이 서로 좋아할 것 같은데. 같이 갈래?"

"오, 미시즈 레첸!"

"내 이름은 애나야."

"오, 애나! 너무 친절하……"

"됐어. 난 버릇없는 소녀가 좋더라. 한때 나도 그랬고. 아까도 말했듯이 너에 비하면 숙맥이었지만."

"하지만 저를 찾지 않을까요?"

"그러라고 해. 한 수 가르쳐줘야지. 이제 나가서 브루스를 찾은 다음 내가 보잔다고 전해. 그리고 너도 같이 오렴. 우리 계획에 대해선 한마디도 하지 말고."

히비는 달려나가서 우울하게 뜰을 거닐고 있는 브루스를 발견했다. 그는 다른 모든 사람처럼 히비를 쏘아보며 꺼지라고 말했다. 그러나 히비가 거만하게 애나의 말을 전하자 따라올 수밖에 없었다.

그들이 방으로 들어오자 애나가 말했다. "아, 브루스. 차를 이리로 가져오고 당신 짐도 챙기도록 해. 세인트메릭스에 갈 거야, 파머 부인한테. 하루이틀쯤 머물 거고. 사무실에는 내가 말해뒀어."

브루스는 히비를 보며 무슨 말을 해야 할지 망설였다. 히비가 없었다면 애나의 제안을 거절했을 것이다. 그날 아침 내내 어떤 식으로 그녀에게 이별을 통보할지 고민했으니까.

"갑자기 여기를 좀 벗어나고 싶어서." 애나가 덤덤하게 덧붙였다. "오늘 아침 복도에 앉아 있던 경찰 때문에 밥맛이 떨어졌어."

그 말을 듣고 브루스는 차로 갔다.

그녀가 히비에게 말했다. "이제 진입로 끝으로 뛰어가서 관목 사이에 숨어 있어. 브루스가 차에서 내려 정문을 열려고 등을 돌리면 후딱 뛰어나와서 내 옆에 타. 내가 차 문을 열어놓을 테니."

"하지만 나도 짐을 가져와야……"

"아니. 귀찮게 뭘 가져가."

"그래도 원피스라도."

"됐어. 그냥 이대로 가."

히비는 반바지에 스웨터 차림이었다. 얼굴도 지저분했다. 히비는 예의범절을 무시하는 애나의 방식에 매료되어 그 친구들과 틀림없이 재미있게 지낼 수 있으리라 느꼈다.

부모님이 얼마나 놀랄까, 히비는 생각했다. 내가 없어졌다는 걸 알면! 수색이 시작될 테고 모두 미안해할 것이다. 그들의 얼굴은 날이 갈수록 수척해지고, 그들이 핍박했던 불쌍한 아이는 흔적도 찾을 수 없을 것이다. 코브가 아이들에 대한 관심도 끊어질 것이다. 그녀는 애나와 함께 주인공이 되어 돌아올 것이고, 모든 책임은 애나가 대신 질 것이다. 히비는 관목 사이에 웅크린 채 킬킬거렸다. 그럼에도 예의 그 불안함과 떼어내기 힘든 찜찜함은 여전히 남았다. 그녀는 애나를 진심으로 좋아하지 않았다.

그때 차가 구불구불한 진입로로 다가오는 소리가 들렸다. 차는 위쪽 모퉁이를 돌아 정문 앞에서 끼익 소리를 내며 멈췄다. 브루스가 차에서 내렸다. 동시에 뒷좌석의 문이 열리고 애나가 손짓했다. 하나 둘 셋 하는 사이에 히비는 담요 몇 겹을 뒤집어쓰고 애나의 발치에 숨었다.

"고개 더 숙여." 애나가 속삭였다.

브루스가 차로 돌아와 문을 빠져나갔다. 그리고 다시 내려 정문을 닫았다. 그후로 차는 멈추지 않았고, 대로에 들어서자 속도를 내기 시작했다.

담요 밑에 웅크린 채 창밖도 볼 수 없자 히비는 곧 지루해졌다. 차 안이 퀴퀴한데다 휘발유 냄새도 나서 속이 메슥거렸다. 개들이 왜 차로 이동하는 걸 그토록 싫어하는지 알 것 같았다. 왜 좌석에 앉지 않고 서서 안절부절못하는지도. 잠시 후 히비는 잠이 들었다.

그리고 애나의 목소리에 잠이 깼다.

"아무도 당신한테 거기 머물라고 강요하지 않아. 여관에 묵으면 되잖아."

"그러죠, 빌어먹을." 운전석에서 브루스의 목소리가 들려왔다. "그 무리 중 누구도 다시는 만나고 싶지 않아요. 어떻게 그런……"

애나는 잠이 깬 히비를 보고 재빨리 말했다.

"그만해. 하고 싶은 대로 하라고 했잖아."

히비가 무슨 일이냐는 듯 기척을 내자 애나가 고개를 저으며 계속 숨어 있으라고 손짓했다. 차는 긴 언덕을 아주 천천히 내려가는 듯했다. 그러더니 마을의 좁고 구불구불한 길을 지나갔다. 그리고 다시 언덕으로 올라가더니 마침내 멈췄다.

"다 왔네." 애나가 말하며 차에서 내렸다. "차는 일단 여기 세워두고 나중에 차고에 넣어. 가서 당신 방도 찾아보고. 따라와,

히비."

히비가 차에서 뛰어내린 뒤 자신을 보고 놀란 브루스를 비웃듯 깔깔거렸다. 설명하는 애나 역시 그랬다.

"내가 얘를 납치했어. 내 느낌에 얘는 나의 소울메이트야. 그리고 펜디잭에서 다들 이 아이한테 너무하기도 하고."

"애나! 당신 설마…… 이런 어린애를……"

"흥분할 것 없어. 내가 돌볼 테니까. 금요일에 다시 데리고 갈 거야."

"하지만 미시즈 파머가…… 이 나이의 아이를…… 잘 알잖아요, 그들이……"

"당신이 상관할 바 아니잖아? 가자, 히비!"

애나는 히비의 손을 잡은 채 높고 하얀 담으로 둘러싸인 초록색 문을 밀고 들어가 브루스의 코앞에서 문을 닫고 돌아섰다.

가파른 잔디 테라스가 언덕까지 이어지는 정원 한가운데에 돌계단이 있고, 계단 끝에 저택이 있었다. 맨 아래 테라스에 두 사람이 누워 일광욕을 즐기고 있었다. 엎드려 누운 그들은 바지 차림이었는데, 곱슬머리에 엉덩이 곡선이 너무 매끈해 히비는 그들이 여자라고 생각했다. 그녀가 애나와 함께 지나가자 그들이 일어나 앉았고, 남자의 상반신이 드러났다.

"오, 애나." 그들 중 한 명이 말했다. "담배 있어? 우린 다 떨어져서."

"내가 피울 것밖에 없어." 애나가 말했다. "폴리는 집안에 있나?"

"그럴걸. 그런데 브루스는 어디 있어?"

애나가 웃으며 히비를 데리고 저택으로 이어지는 계단을 올라 갔다. 계단 꼭대기에 서니 항구와 마을의 낮은 지붕들이 훤히 내려다보였다. 그들은 프랑스식 창문을 지나 사람들이 몰려 있는 방으로 들어갔다. 시간이 지나자 조금씩 구분할 수 있었지만 히비에 겐 모두 똑같이 생긴 것처럼 보였다. 그들은 모두 젊지도 늙지도 않았다. 대부분 바지를 입고 있어 몇몇은 남자인지 여자인지 구분 하기도 쉽지 않았다. 그들은 애나를 보고도 별로 반가워하지 않았 지만 히비는 뚫어지게 쳐다보았다.

빨간 머리에 누가 봐도 여자인 폴리가 나타나 누구냐고 물었다.

애나가 히비를 앞으로 밀며 말했다. "이쪽은 히비. 같은 호텔에 묵는데 가벼운 살인사건으로 감금된 처지라 데려왔어."

그 말에 주위가 술렁거리더니 확실히 노부인은 아닌 노신사가 앞으로 나와 히비에게 악수를 청했다. 히비는 미국에서 배운 대로 고개를 약간 숙여 보였지만 노신사는 히비의 손을 놓아주지 않았 다. 결국 애나가 끼어들어 히비를 보기만 하라고 말했다.

"오, 맙소사." 폴리가 퉁명스레 말했다. "난 유아 살인자는 사 양이야."

"누굴 죽였는데?" 여러 사람이 물었다.

누군가가 히비에게 음료를 가져다주었다.

"방해되진 않을 거야." 애나가 자신 있게 말했다. "니콜렛과 놀 면 될 테니."

"니콜렛은 여기 없어. 아빠가 데려갔어. 있지 애나, 내가 집주 인한테서 편지를 받았는데……"

음료는 히비가 지금껏 맛보지 못한 종류였다. 몇 모금 마시자 머리가 빙빙 돌았다. 목소리들이 머릿속에서 윙윙거리고 무슨 말인지 또렷하게 들리지 않았다. 그런데 폴리가 **그런 단어**를 사용하는 것 같았다. 담벼락에서 서너 개 읽은 적이 있지만 무슨 뜻인지는 알 수 없었던 단어—히비는 주변에서는 아무도 그런 단어를 사용하지 않고, 그런 단어를 쓰는 사람들은 철자법을 무시한다는 사실만 알았다.

폴리가 다시 그런 단어를 사용했다. 이번에는 꽤 정확히. 그리고 또다른 단어도 사용했다. 그녀가 집주인의 편지에 관해 설명하는 동안 그런 단어들이 모두 튀어나왔고 히비가 한 번도 읽어보지 못한 단어까지 보태졌다. 그러나 누구 하나 놀란 듯 보이지 않았다. 누군가 살인에 대해 다시 물었다.

"호텔에 있는 아데노이드에 걸린 꼬마 셋." 애나가 설명했다. "얘가 그애들을 높은 절벽으로 꾀어내 바다로 밀어버렸어. 아쉽게도 어떤 오지랖이 나타나 다시 건져줬지."

"애나! 지금 막 지어낸 거지."

"아니에요." 히비가 큰 소리로 말했다. "사실이에요. 그애들 이름은 블란치, 모드, 비어트릭스예요."

그 말에 박수가 쏟아졌다. 그리고 히비의 정체가 대체 뭐냐는 질문이 이어졌다.

"그건 아무도 몰라." 애나가 말했다. "사생아로 태어났어. 하지만 얘 엄마는……"

"저애를 여기 둘 순 없어. 방이 없다고. 여기가 무슨 염병할 호텔인 줄······"

"히비, 폴리는 신경쓰지 말고 가서 음료나 더 마시고 와서 왜 그랬는지 말해줘."

누군가 히비를 의자에 앉히고 말했다.

"블란치와 모드와 비어트릭스 얘기 좀 해봐. 그애들에게 왜 그랬니?"

"셋이 똑같은 옷을 입고 다녀요." 히비가 킬킬거리고는 두잔째 음료를 마시기 시작했다.

대답이 제대로 먹혔다.

"이빨은 뻐드렁니고요."

더 큰 웃음.

"그리고 걔네는 동화를 믿어요."

그것은 최고의 농담이었다. 환호성이 여러 번 터져나왔다. 히비는 갑자기 속이 울렁거렸지만, 그게 음료 때문인지 얌전하고 성실한 코브가 아이들을 조롱하는 자신이 싫어서인지 구분할 수 없었다. 갑자기 노래가 부르고 싶어 히비는 잔을 흔들며 노래를 불렀다.

우리집 정원 밑에 요정이 산다네.
그들은 그리 멀리멀리 떨어지지 않은······

히비의 목소리는 시끄러운 웃음소리에 묻혀버렸다. 퉁명스러운 폴리조차 웃으며 물었다.

"쟤 몇 살이라고 했지?"

히비가 노래를 멈추고 부엉이처럼 눈을 동그랗게 뜬 채 그녀를 빤히 쳐다보았다.

"당신 싫어." 히비가 말했다. "당신은 끔찍해. 당신은…… 음…… 음…… 성질 고약한 여자야. 내 친구 코브가 아이들은 얼마나 착한데."

그리고 이내 의자에 앉은 채 깜빡 잠이 든 모양이었다. 쩌렁쩌렁 울리는 소리, 괴성을 지르는 소리가 귓속을 파고들었지만 무슨 이야기인지 따라갈 수 없었다. 누군가 몸을 계속 쿡쿡 찌르고 토닥이고 쓰다듬었다. 마침내 히비는 짜증이 나서 사납게 외쳤다.

"아, 저리 비켜!"

갑자기 침묵이 흐르고 애나가 화를 내며 말했다.

"베넷, 이 늙탱이. 아이를 내버려둬. 내가 말했지……"

"빌어먹게 애는 왜 데리고 와서." 폴리가 끼어들었다. "애 취했네."

"그냥 두면 잠들 거야."

"잠깐 밖으로 데리고 나가는 게 좋겠는데." 다른 목소리가 말했다. "밖에 있는 빈트와 에지에게 데려다줘. 그들과 함께 있는 게 제일 안전할 거야."

누군가 히비를 일으켜 시원한 잔디밭으로 데려갔다. 일광욕을 즐기던 두 남자가 일어나 시위하듯 말하는 소리가 들려왔다.

"폴리가 너희한테 애를 맡기라는데." 히비를 부축하고 있던 사람이 말했다. "너희도 가끔은 밥값을 해야지."

"폴리가 우리한테 어떻게 이래? 우리는 보모가 아니야."

"토할 것 같아." 히비가 말했다.

그들은 화가 나서 비명을 지르며 자신들의 에어매트를 더 높은 테라스로 옮겼다. 지쳐서 엉망이 된 채 잔디에 누워 있는 히비를 그대로 두고.

거기 얼마나 그렇게 누워 있었을까. 마침내 누군가 외쳐 부르는 소리에 히비는 잠에서 깼다.

"아, 히비!"

히비는 힘겹게 고개를 돌려 쓰라린 눈을 떴다. 브루스가 그녀를 굽어보았다.

"널 봐야 할 것 같아서…… 걱정이 돼서…… 괜찮니?"

"아, 브루스. 나 좀 호텔에 데려다줘요. 속이 너무 메슥거리고 사람들이 날 싫어해요. 그리고 저기 끔찍한 할아버지가……"

"알았어. 울지 마. 다시 데려다줄게. 걸을 수 있겠어?"

"아뇨. 쓰러질 것 같아요."

브루스는 히비를 팔에 안고 정원 담에 둘러싸인 문을 지나 차로 향했다.

5. 시달의 시간

"오늘밤에 운전기사도 와요?" 저녁식사 후 페일리 부인과 테라스에 앉아 있던 이밴절린이 물었다.

그들은 절벽에 있는 한밤의 숙소로 출발하기 전에 피크닉 바구니를 가지러 간 제리를 기다리고 있었다.

"아니요." 페일리 부인이 대답했다. "미시즈 레첸과 세인트메릭스에 간 것 같아요. 하지만 더프와 로빈은 올 거예요."

이밴절린이 인상을 찌푸렸다. 더프와 로빈은 별로 달갑지 않았던 것이다.

그녀가 물었다. "운전기사랑 무슨 얘기를 그렇게 오래 나누셨어요?"

"이런저런 얘기요. 그가 코브가 아이들에게 파티를 열어주려는 낸시벨의 계획을 알려줬어요. 나도 돕겠다고 약속했죠."

"무슨 파티요?"

"말하자면 격식 없는 파티 같은 거예요, 내가 이해한 바로는. 아이들이 그런 걸 원한대요. 하지만 가엾게도 돈이 없잖아요. 그래도…… 방법은 있으니까. 그냥 음식만 준비하면……"

"제가 도울 수 있을 거예요." 이밴절린이 말했다. "저한테 간식 배급권이 좀 있어요. 언제 연대요?"

"아이들이 기운을 차리는 대로요. 내 생각에는 금요일이 좋을 것 같아요. 아이들이 종업원도 초대하길 원하니 파티를 저녁에 열어야 하기도 하고."

"야외에서 하면 좋겠네요." 이밴절린이 말했다. "저는 이 호텔이 싫어요. 건물이 꼭 절벽 안에 갇힌 것 같아요. 페일리 부인! 저…… 말씀드리고 싶은 게 있어요. 그게…… 만에 하나…… 제리 시달은 너무 좋은 사람인데…… 물론……"

"알아듣게 이어서 말하든가 아니면 그만둬요." 페일리 부인이 주의를 주었다.

"음…… 아버지가 저더러 남자를 쫓아다닌대요."

"아쉽게도 아니죠. 난 그랬으면 좋겠는데."

"오, 페일리 부인!"

"남자를 피해 도망가는 아가씨는 바보예요, 앤지."

"하지만 아버지는 말씀…… 늘 그렇게 말씀하셨어요. 바지만 걸쳤으면 제가 무조건 쫓아다닌다고요. 어떻게든 집에서 달아나려고."

"그랬다면 너무도 당연한 거예요. 나라도 그랬을 거예요."

"네. 하지만 저는 제리를 쫓아다니고 싶지는 않아요. 그는 너무 좋은 사람이에요. 확실히 하고 싶어요…… 그러니까 제가 그에게 동정심을 일으켰을 수도 있는데…… 하지만 그건 공평하지 않아요. 그는 정말…… 정말…… 어떤 사람을 만나야…… 저는 정말이지 확신할 수 없어요. 그가 그저 동정심에서……"

"지금 걱정하는 게 제리에 대한 당신의 감정인가요, 아니면 당신에 대한 그의 감정인가요?"

"그에 대한 제 감정 같아요. 제가 정말…… 아니면 그를 그저 도피처로 생각하는 걸까요?"

"앤지, 당신은 그를 차지하기 위해 모든 노력을 기울여야 해요. 소신 있는 아가씨만이 현실에 맞설 수 있어요. 그걸 해낸다면 스스로에게 확신을 가질 수 있으리라 생각해요. 당신은 그를 그의 가족에게서 구해내야 해요."

"예." 이밴절린이 얼굴을 붉히며 대답했다. "너무 끔찍……"

"당신은 스스로의 권리를 위해 싸우는 데 능숙하지 않아요. 오히려 그의 권리를 지켜내기 위해서라면 더 힘차게 싸울지도 모르죠. 만약 그가 당신에게 아무 의미도 없다면 그래야 할 이유가 있을까요? 저기 시달 씨가 오네요. 이제 일어나지도 도망가지도 말아요. 여기서 그와 이야기를 나눠요. 머지않아 당신의 시아버지가 될지도 모르는데 당신에 대해 아무것도 모르잖아요."

이밴절린은 체념한 듯 주저앉은 채 다가오는 시달 씨를 바라보았다. 그는 씻고 옷을 갈아입고는 투숙객과 어울리기 위해 골방에서 나온 참이었다. 먼저 라운지를 들여다보았지만 침울하게 라디오를 듣는 헨리 경 외에는 아무도 없었다. 테라스로 어슬렁거리며 나오니 페일리 부인과 이밴절린이 반가운 얼굴로 그를 맞았다.

그는 그들 옆에 놓인 접이식 의자에 앉아 대화를 나눌, 정확히 말하자면 강론을 펼칠 준비를 했다. 그들이 어떤 주제를 선택하든 상관없었다. 한번 탄력을 받으면 아무도 그의 말을 끊을 수 없었지만, 화제 선택만은 언제나 자신의 제물에게 양보했다.

"무슨 대화를 나눌까요, 오늘 저녁엔?" 그가 그들에게 말했다.

페일리 부인은 기꺼이 준비해둔 주제가 있었다.

"여쭤보고 싶은 것이 있어요." 그녀가 말했다.

"얼마든지요, 페일리 부인."

"자만심과 자존감의 차이는 뭘까요?"

시달 씨가 생각을 정리하는 데 시간이 조금 걸렸다.

"자만심이란……" 그가 입을 열었다.

그 순간 이밴절린이 외쳤다. "저게 뭐죠?"

그들과 상당히 가까운 곳의 잔디 위에 뭔가가 떨어졌다.

이밴절린은 벌떡 일어나 저물녘 어둠 속에서 그것을 찾았고, 잠시 후 그것을 가져와 두 사람에게 보여주었다.

"이건 작은 조각…… 어디서 떨어졌을까요?"

시달 씨가 웃으며 그녀에게게서 물건을 받아들었다.

"동석 같은데요."

"뭐라고요?" 사연을 아는 두 여자가 동시에 외쳤다. "또요?"

"아마도 폴터가이스트가 돌아다니나보네요."

"어린 소녀인 경우가 많죠." 페일리 부인이 말했다.

"맞아요. 이 호텔에는 어린 소녀가 많지요. 아내에게 가져다줘야겠군요. 그 사람이 알아서 할 겁니다. 코브 부인은 정말 무섭지 않습니까?"

"코브가 아이들이라고 생각하시는 거예요?" 이밴절린이 물었다. "그렇게 숫기 없고 겁이 많아 보이는데."

"셋 다는 아니지요. 내가 보기에는 등이 아프다는 그 아이 같아요. 음…… 자만심……"

"네." 페일리 부인이 말했다. "자만심요. 그리고 자존감."

"그리고 자존감은 아까 말씀하셨듯 자주 혼동할 수 있는 문제죠, 페일리 부인. 어느 선까지는 두 가지가 같은 양상의 행동을 불러오니까요. 자만심이 있는 사람과 자존감이 있는 사람은 거친 바다를 자기 힘으로 항해하려는, 홀로 서려는 경향이 있습니다. 그들은 도움도 연민도 구하지 않아요. 그러나 동기는……" 그가 페일리 부인의 무릎을 살짝 토닥이며 그 단어를 강조했다. "동기는 다릅니다. 자존감은 독립성을 사회적이고 윤리적인 의무로 간주합니다. 자신의 짐을 타인의 어깨에 지워서는 안 된다는 거죠. 우리의 비통한 사정으로 타인에게 부담을 주면 안 된다는 말입니다. 누가 우리를 동정하고 도움을 제안해도 자존감은 반감을 일으키지 않습니다. 거절해야 한다고 느낄 수는 있어도 그런 제안에 감동할 줄 알고 상대의 너그러움을 존중할 줄 알지요."

"맞아요." 페일리 부인이 말했다. "그런데 자만심에 빠진 사람은 도움을 베풀려는 이가 누구든 화를 내죠."

"자만심이 지나친 사람은 자신을 도움이 필요한 사람으로 치부

한다는 것 자체에 모욕감을 느낍니다. 그의 동기는 사회적 의무감이 아니라 우월해지고자 하는 욕망이에요. 그는 매사를 우월과 열등이라는 관점에서 생각합니다. 도움이란 우월한 사람이 열등한 사람에게 베푸는 것이라고 믿죠. 그러니 도움을 제안하는 것이 그에겐 모욕이지요. 관대함을 받아들여야만 하는 경우에는 베푸는 쪽을 증오합니다. 그에게 독립성은 자기만족입니다."

페일리 부인이 한숨을 내쉬었다. 그러고는 시달 씨에게 고맙다고 인사했다. 빅벤의 시계 소리가 테라스로 흘러나왔다. 헨리 경이 창문을 열어둔 채 아홉시 뉴스를 듣고 있었던 것이다.

"저는 인내에 대해 알고 싶어요." 이밴절린이 수줍게 말했다. "누군가의 인내가 지나칠 수도 있다고 생각하시나요?"

시달 씨가 미소를 지었다. 이처럼 경청하는 관객은 흔치 않았다.

"아니죠." 그가 말했다. "인내를 굴종과 혼동해서는 안 돼요. 어떤 사람의 인내가 지나치다고 말할 때, 보통 그건 인내가 아니라 단지 굴종에 불과한 경우가……"

"그렇다면 인내는 정확히 무엇인가요?" 이밴절린이 되물었다.

"인내란 어떤 목적을 위해 필요한 모든 것을 견뎌낼 수 있는 자질이에요. 인내심 있는 사람은 자기 운명의 주인이죠. 반면 굴종적인 사람은 자기 운명을 다른 누군가에게 위탁합니다. 인내는 자유와 자신감을 가져다주지요. 조급함에는 거의 항상 자유의 상실이 뒤따릅니다. 그러면 스스로를 희생하고, 자신의 배를 불태우며, 운명을 바꾸거나 수정할 힘을 빼앗기게 되지요. 인내는 그 길이 아무리 험하다 해도 궁극적인 목적을 결코 저버리지 않습니다.

목적 없는 인내란 있을 수 없어요."

이밴절린 역시 그에게 고마워했다. 시달 씨가 자신도 모르게 두 여성 모두에게 각자가 처한 특수한 문제에 대해 조언을 해준 것이다.

"좀 추워지는 것 같네요." 페일리 부인이 일어서며 말했다. "몸을 좀 움직여야겠어요."

시달 씨가 『리어왕』을 인용하며 인내에 대한 자신의 가설을 뒷받침하는 동안 그들 셋은 함께 테라스를 거닐었다. 그렇게 거닐며 라운지의 창가를 지날 때 시달 씨가 잠시 멈춰 서서 어둠 속으로 흘러드는 성량이 풍부한 목소리에 귀를 기울였다.

"많은 분이 아직 휴가를 즐기는 중이거나 이 아름다운 여름 햇살 속에서 막 휴가를 마치셨을 것입니다. 여러분과 여러분의 가족에게 신의 축복이 함께하기를. 태양과 바다와 신선한 공기에서 행복과 건강과 힘을 한껏 얻으시기를……"

목소리가 들리지 않는 곳에 이르자 시달 씨가 말했다. "주교 같네요. 뉴스가 빨리 끝났나봐요."

"정부 연설 같은데요." 페일리 부인이 말했다. "그나저나, 정말 감사해요. 상황에 대한 이해가 정말 탁월하시네요. 어쩌면 항상 그렇게 명쾌한 사고를 하시는지. 사제가 되지 않으신 게 정말 아쉬워요, 시달 씨."

"제 생각도 그렇습니다." 그가 동의했다. "그랬다면 지금쯤 주임사제가 되었을 텐데. 저는 주임사제가 되고 싶었어요. 사택은 대개 집도 좋고 주방이랑 정원도 아주 훌륭하죠. 과실수도 실하고요."

"저는 일요일에 무고함에 대해 하신 말씀을 결코 잊지 못할 거예요."

"무고함요?"

"죄 없는 사람들이 세상을 구한다는 말씀요."

시달 씨는 미소를 지었으나 일요일의 주제와 관련한 의견을 더 펼치지는 않았다. 차라리 다행한 일이었다. 그는 다른 편을 들어 무고함이 모든 악의 근원이라는 논지 역시 충분히 증명할 수 있었으니까. 그는 어느 쪽을 택하든 매우 좋은 사례를 만들어낼 수 있었다.

세 사람은 테라스를 한 바퀴 더 돈 후 성량이 풍부한 목소리가 연설을 마무리중인 라운지로 들어갔다.

"……그러므로 오래전에 말해진 것처럼 여러분께 말씀드리건대, 강인하고 용감하시기를."

라운지에는 헨리 경뿐이었다. 라디오 옆에 앉아 있는 그의 얼굴이 누렇게 떠 보였다.

"누구였습니까?" 시달 씨가 물었다.

"재무부 장관이었습니다. 아홉시 뉴스가 끝나고 대국민 연설을 했어요."

"그래요? 이번에는 무슨 말을 하던가요?"

"미국 차관. 연료 고갈. 달러가 더는 없답니다."

"음. 그건…… 눈가림이죠! 저는 차라리 신월을 믿겠습니다. 그는 석탄을 확보하지 못했다고 성경을 인용하지는 않으니까요."

"저는 처음부터 정부 연설인 걸 알았어요." 페일리 부인이 담담하게 말했다.

6. 영원한 이별

저녁식사 때 히비의 부재가 눈에 띄기는 했지만, 어느 구석에 틀어박혀 있을 거라고 짐작할 뿐 아무도 애써 그 아이를 찾아 나서지 않았다. 그들은 브루스가 히비를 데리고 돌아오기 전에 모두 식사를 마치고 자리를 떴다. 브루스는 뜰로 차를 몰고 들어와 히비를 차 안에 남겨둔 채 세척실 입구로 갔다. 낸시벨이 다시 늦게까지 남아 그곳에서 설거지를 하고 있었다.

그녀는 브루스가 그렇게 빨리 세인트메릭스에서 돌아온 걸 보고 놀랐으나 내색하지 않고 코끝을 치켜든 채 계속 냄비를 문질러 닦았다.

"낸시벨, 얘기 좀 해요."

"당신과 더는 엮이고 싶지 않다고 몇 번을 더 말해야 되죠?"

"이번엔 우리 문제가 아니에요." 그가 설명했다. "히비 때문이라고요."

"히비요? 그애가 또 무슨 짓을 했나요?"

"아이가 지금 차 안에 있어요. 아무도 모르게 안으로 데리고 들어가 침대에 눕히고 싶어요."

"난 히비한테 신경쓸 시간 없어요. 곤경에 처했다면 스스로 헤쳐나오라고 해요."

"오, 낸시벨, 제발! 그렇게 속단하지 말아요. 이번에는 그애 잘못이 아니에요. 사실을 알면 당신도 나처럼 화가 날 거예요. 와서 그애를 좀 봐요."

"뭘 어쨌길래요?"

"음…… 술에 취했어요. 정신을 잃었죠."

"히비가요? 맙소사! 그런 못된 짓을!"

"아이 잘못이 아니라니까요. 히비도 오늘은 무척 놀랐을 거예요. 이 소굴의 사람들이 어떤지 당신도 알잖아요…… 미스 엘리스…… 코브 부인……"

"알죠." 낸시벨이 약간 누그러져 말했다. "음, 좋아요. 내가 갈게요. 같이 뒷계단으로 눈에 띄지 않게 아이를 데리고 올라가요. 차는 어디 있어요?"

"마구간 앞에요."

뜰로 나가며 브루스는 낸시벨에게 무슨 일이 있었는지 짧게 설명했다. 그녀는 돌처럼 침묵을 지키며 그의 말을 끝까지 들었다. 두 사람이 함께 축 늘어진 히비를 차에서 끌어내 뒷계단을 올라가 방으로 데려갔다. 그리고 나서 낸시벨이 말했다.

"내가 옷을 벗기고 재울게요. 당신은 가봐요. 내일 당신이, 당신과 미시즈 레첸이 무슨 일을 저질렀는지 헨리 경에게 말씀드리겠어요. 히비는 꾸중을 듣지 않을 거예요. 하지만 당신이 지금 당장 나가지 않으면, 한마디라도 더 하면 당장 헨리 경에게 가겠어요."

"나는 그러지 않……"

"내가 지금 당신에게 떠날 시간을 주는 거잖아요, 모르겠어요? 헨리 경에게 잡히지 않으려면 서둘러야 할 거예요."

"내 잘못이 아니에요. 나는 이애가 차에 탄 줄도 몰랐어요."

"전화는 왜 있나요? 히비를 발견했을 때 바로 헨리 경에게 전화를 드렸어야죠. 당신이 전화를 걸겠다고 미시즈 레첸을 위협했다면 그녀는 히비를 당장 돌려보냈을 거예요. 그랬다면 이런 일은 일어나지 않았겠죠. 이제 가요, 그리고 다시 내 눈에 띄지 말아요."

브루스는 자리를 떴다. 마구간의 다락방으로 가서 트렁크를 챙겼다. 펜디잭을 떠나기 전 그는 두 통의 편지를 썼다.

먼저 애나에게. 내용은 이랬다.

당신의 차는 멀쩡해요. 차고에 있습니다. 당신이 히비를 그 집에 데려간 순간 당신과 나의 관계는 끝났습니다. 다시는 당신을 보고 싶지 않아요. ─**브루스**

낸시벨에게 쓰는 편지는 더 고통스러웠다. 그는 편지를 여러 번 고쳐썼고, 다 썼을 즈음에는 이미 늦은 저녁이었다.

사랑하는 낸시벨,

나는 당신의 충고대로 버스 기사 일자리를 찾으려 합니다. 하지만 이 근처는 아니니 길에서 나와 마주칠까 걱정할 필요는 없어요. 어쨌든 오래 걸리지는 않을 겁니다. 나 자신이 좀더 나은 사람이 되었다고 생각될 때 당신도 나를 그렇게 봐주기를 바라지만, 아직은 아닙니다.

당신 말이 아니었다 해도 나는 오늘 이후, 애나가 히비에게 한 짓을 본 이후 분명 그녀를 떠났을 거예요. 구역질이 납니다.

낸시벨, 당신을 사랑해요. 이런 말을 한다고 화내지는 말아줘요. 나에게는 그럴 권리가 충분히 있고, 당신을 만나면 누구라도 당신을 사랑하게 될 테니까. 자격이 있든 없든, 선하든 악하든, 아름다운 음악을 들으면 모두가 좋아하게 되듯 말이죠. 당신은 세상에서 가장 사랑스럽고 진실한 여자이고 당신을 만난 나는 무척 운이 좋은 사람입니다. 당신과의 만남이 내 인생을 바꾸었으니까요. 당신이 나를 다시는 보고 싶어하지 않는다 해도. 당신이 정말 행복해지기를 바라요. 아마 당신은 좋은 사람을 만나 결혼할 테죠. 불량배를 만나기에는 너무 똑똑하니까. 그리고 그를 매우 행복하게 해줄 겁니다. 나에게 해준 것만큼은 아니겠지만.

애나가 나에 대해 한 가지 사실을 알고 있는데 그게 발각될 수도 있어요. 나는 재미삼아 자동차를 훔친 적이 있습니다. 처음부터 돌려놓을 생각이었는데, 자전거 탄 사람을 치어 죽게 했지요. 그녀가 그 사실을 알고 나를 궁지에서 구해주었어요.

하지만 이따금 화가 날 때면 그 일을 신고하겠다고 으름장을 놓기도 했죠. 정말 그럴 거라고는 생각하지 않지만, 혹여 모든 것이 알려질 경우 당신이 먼저 알고 있었으면 합니다.

음, 내 이야기는 이걸로 충분하네요. 사랑하는 낸시벨, 당신에게 신의 축복이 내리기를 그리고 행복한 삶을 주시기를. 당신을 알게 되어 나는 세상에 아주 큰 행복이 존재한다는 확신을 갖게 되었습니다.

당신을 사랑하는

브루스

추신─파티에 보탤 5실링과 나의 간식 배급권을 동봉합니다. 금요일 저녁이지요? 모두 보고 싶을 거예요. 하지만 당신은 나를 생각하지 말아요, 다정한 마음으로 생각할 수 없다면.

7. 구속인가 자유인가?

제리는 더프와 로빈이 절벽에서 자기로 한 사실을 알지 못했다. 그래서 피크닉 바구니를 가져왔을 때 둘을 발견하고 몹시 실망했다. 사흘 내내 그곳에서 밤을 보내도 될지 확신이 들지 않기도 했다. 그는 숙녀들이 밤을 보낼 준비를 마치자마자 마구간으로 돌아가는 편이 낫겠다는 신중한 판단을 내렸다. 그와 이밴절린의 관계가 지나치게 빨리 진전되고 있었다. 누군가에게 집착해선 안 된다는 사실을 사전에 명심해야 했다.

평소에 예쁜 여자를 보면 그런 생각부터 떠올랐다. 버스에서 여자의 뒷좌석에 앉으면 자신이 희생당하고 있다는 격렬한 아픔이 솟구쳤다. 그는 꽃무늬 앞치마를 두르고 스토브 앞에서 분주히 움직이는 여자의 모습을 잠깐 그려보다 한숨을 쉬며 포기했다. 이처럼 그는 항상 아내를 함께 잠자리에 드는 사람이나 함께 즐기는 사람이 아닌 요리하는 사람으로, 그가 좋아하는 저녁식사를 정성껏 준비해 웃는 얼굴로 그의 앞에 차려주고, 먹는 모습을 지켜보고, 자신이 이야기하는 동안 귀 기울여주는 사람으로 상상했다.

젊고 예쁜 여자를 소개받으면 그는 헛된 희망을 불러일으키지 않도록 항상 과도하게 행동거지를 조심했다. 어떤 여자와도 결혼할 수 없었기에 환상 속에서 제약 없이 모든 여자가 그를 위해 요리하는 모습을 만끽했다. 초대를 받거나 가벼운 대화라도 나눠봤다면 좀더 아는 것이 생겼을지 모르지만, 집착하게 될까 두려워그런 상황을 만들 엄두조차 내지 못했다.

이밴절린이 예뻤다면, 버스에서 한숨이 나오게 만들던 여자들처럼 매력적이었다면 그는 미리미리 조심했을 것이다. 그러나 처음에는 그녀를 싫어했고, 별생각 없이 불쌍한 사람을 공정하게 대하려다가 좋아하는 감정이 싹트기 시작했다. 그는 그녀를 단 일초도 잠재적인 아내-요리사로 그려본 적이 없었다. 그녀가 너무도 무심결에 그의 마음을 훔쳐가버려 그녀를 잃을 수도 있다는 가능성에 직면할 때까지 그녀가 자기 마음속에 있다는 사실조차 의식하지 못했다. 저녁식사 때 어머니가 아무렇지도 않게 랙스턴 부녀가 토요일에 떠난다니 다행이라고 하자 갑자기 격심한 고통이 찾아왔고, 그제야 비로소 당면한 위기에 주의를 돌렸다. 이밴절린을 다시 볼 수 없다고 생각하자 견딜 수 없었다. 그녀의 목소리에는 아무리 들어도 질리지 않는 독특한 여운이 있었다. 그는 그녀가 정말로 꽤 똑똑하다고 혼잣속으로 중얼거리며 자기도 모르게 그 여운을 좋아하게 되었다.

그는 울적한 기분으로 언덕을 오르며 생각할 시간을 갖기로 했다. 그녀의 감정을 다치게 하고 싶지 않았다. 함께 차를 마시며 자신의 처지에 관한 암시를 하나둘 주기로 했다. 그런 다음 주말까지 남은 시간 동안 그녀를 피할 작정이었다.

그러나 대피소에 다다르기 전에 노래 후렴구를 듣고 깜짝 놀랐다. 더프의 바리톤과 로빈의 활기찬 테너 화음에 울적했던 기분이 단번에 분노로 변했다. 저 철딱서니들이 목이 터져라 고함을 치는데 무슨 암시를 줄 수 있겠는가? 그에게는 자신만의 내밀함이라는 것이 절대 허용되지 않는단 말인가?

그는 절벽 오솔길에 멈춰 선 채 조용히 온 가족을 저주했다. 저 불청객들을 받아준 페일리 부인과 앤지도 달갑지 않았다. 그들이 마땅히 그래야 하는 만큼 그를 존중했다면 그를, 그만을 위한 이 황혼의 시간을 지켜주었을 것이다. 앤지는 그의 동생들과 노래를 불러서는 안 되었다. 절대. 그는 그녀가 노래할 줄 안다는 사실조차 몰랐다. 로빈과 더프가 그보다 먼저 그 사실을 알아채다니 참을 수 없었다. 그녀는 동생들의 목소리와 잘 어울리는 높고 감미로운 목소리를 가지고 있었다. 제리가 바위를 돌아가자 그녀가 새로운 돌림노래의 첫 소절을 부르기 시작했다. 고요한 여름 어스름 속에 그녀의 노랫소리가 울려퍼졌다.

바람이여, 다정한 늘푸른나무여!
그늘을 드리우네, 소포클레스가 잠든 무덤가에……

로빈과 더프가 노래에 합류했다. 그들은 얄밉게도 바위에 나란히 앉아 있었고, 페일리 부인은 평소처럼 조금 떨어진 곳 끄트머리에 앉아 있었다. 세 사람은 제리를 보고도 노래를 멈추지 않았다. 활짝 웃으며 와서 앉으라고 그에게 손짓을 할 뿐이었다. 그는 바구니를 덜컥 소리나게 내려놓고 페일리 부인 쪽으로 성큼성큼 걸어갔다. 그리고 그의 보기 싫은 형제들이 정말로 그곳에서 밤을 지새우려 한다는 사실을 알았다.

"그렇다면 저는 그냥 가겠습니다." 제리가 퉁명스럽게 알렸다. "마구간으로 돌아가야겠어요."

그러나 그는 돌아가지 않았다. 페일리 부인 곁에 앉아 잠시 분을 삭였다. 그러고는 말했다.

"제 처지는 희망이 없어요."

페일리 부인이 고개를 끄덕였다. 브루스가 어젯밤 같은 자리에 앉아 똑같은 말을 했다. 그는 그녀에게 긴 이야기를 들려주었다. 그렇게 제리도 그녀에게 자신의 긴 사연을 들려주었다. 그들이 들려준 이야기 중에 그녀의 예상을 빗나간 것은 없었다. 브루스가 애나와 함께 해변으로 떠났다는 말을 듣고 자신이 해줄 수 있는 건 아무것도 없다고 생각했다. 제리를 위해서도 마찬가지였다. 희망 없는 처지에 놓인 두 사람 다 자멸하고 싶은 듯 보였다. 그녀는 홀로 앉아 떠오르는 별을 지켜보고 싶었다.

"아무래도 저는 태어날 때부터 그랬던 것 같아요." 제리가 슬픔에 잠겨, 그러나 결심이 선 듯 비장하게 말했다. "저는……"

"오, 맙소사." 페일리 부인이 말했다. "그보다 훨씬 앞서 시작됐겠죠. 당신 아버지가 태어났을 때 이미."

"어쩌면요." 제리가 동의했다. "그러니까 아버지가……"

"물론 그렇겠죠. 하지만 난 밤새도록 여기 앉아 있고 싶지는 않아요. 그러니 바로 본론으로 들어가죠. 앤지와 결혼하고 싶은 건 분명해요?"

"그걸 어떻게 아셨어요……?"

"뻔하죠. 그러니까 그녀와 결혼하고 싶은 마음은 확실한 거예요?"

"아뇨. 문제는 제 마음이 그렇다 해도 그럴 수 없다는 거예요."

"그건 다수의 여자한테 해당하는 거네요. 사실 모두에게."

"예." 제리가 동의했다. "그런 것 같네요."

"그 모든 여자와 결혼할 수는 없잖아요. 그러니 특별한 한 사람과 결혼하기를 원하지 않는 이상 희망이 있든 없든 아무 처지도 아닌 거예요."

"결혼하고 싶어요."

"그렇겠죠. 하지만 그게 앤지와 무슨 상관인가요?"

"제가…… 그녀를 많이 좋아해요."

"으흠?"

"하지만 장난 같은 연애는 별로예요."

"동의할 수 없네요. 나는 가벼운 연애가 두 사람 모두의 기운을 상당히 북돋워주리라 생각해요."

"오, 페일리 부인!"

"그렇게 분개한 표정으로 보지 말아요. 그런다고 크게 달라질 것도 없다는 데 나도 동의해요. 하지만 그러면 조금 더 즐거운 시간을 보낼 수 있고 그거야말로 희망이 없는 처지의 사람이 기대할 수 있는 전부죠."

"하지만 그녀는 이해하지 못할 거예요."

"오, 아마 이해할걸요. 그녀 자신이 전적으로 희망 없는 처지잖아요?"

바위에 앉은 세 사람은 이제 〈셰년도어〉를 부르고 있었다. 희망 없는 처지의 누구에게도 기운을 주지 못할 법한 슬픈 노래였다. 앤지가 솔로 파트를 부르고 더프와 로빈이 입을 모아 외쳤다.

너를 마지막으로 본 뒤 칠 년이라는 긴 세월이 지났네……
아득히 멀리 흐르는 강이여……

제리가 설명했다. "연애가 길어지면 난 그녀에게 키스할 거예요."

머나먼 곳으로! 우리는 가야 하네!
넓고 넓은 미주리를 건너……

"키스를 하면 결혼할 거고요."

"못한다고 하지 않았어요?"

"음…… 할 수 있을 거예요, 케냐로 간다면."

오 셰넌도어, 나는 너의 딸을 사랑하네⋯⋯

"이런, 맙소사." 페일리 부인이 짜증스레 외쳤다. "그럼 뭐가 문제인데요?"

"제 처지는 희망이 없어요."

머나먼 곳으로! 우리는 가야 하네⋯⋯

"정말 못 듣겠네요." 페일리 부인이 항의했다. "저렇게 우울한 노래는 처음 들어요. 어떤 일에든 묶여 있는 사람은 아무도 없어요. 우리는 흑인 노예가 아니라고요. 앤지와 로지그레일을 따라 짧은 산책이라도 해요. 그리고 마음의 확신이 들 때까지 돌아오지 말아요. 토끼굴 조심하고요."

제리는 그녀의 말을 따랐다. 〈셰넌도어〉 마지막 소절의 흐느낌이 멈추자마자 그는 세 사람에게로 갔다. 그러나 너무 흥분한 탓에 의도한 만큼 무심하게 권하지 못했다. 그는 돌연 큰 소리로 이밴절린에게 명령했다.

"산책하게 따라와요."

그녀가 벌떡 일어섰다.

"산책! 이 밤중에? 어디로?" 더프가 물었다.

"로지그레일 절벽으로." 제리가 이밴절린의 팔꿈치를 잡고 끌어당기며 대답했다.

"우리도 갈래." 로빈이 말했다. "왜 뛰고 그래."

그러나 그때 페일리 부인이 다가와 막으며 코브 부인의 동석에 관한 이상한 소식을 전했다. 더프와 로빈은 그 이야기를 듣기 위해 자리에 남고 제리와 앤지는 빠져나갔다.

로빈은 폴터가이스트 이야기에 반색하며 코브가 아이들을 칭찬했다. 또한 파티를 열어주려는 페일리 부인의 계획을 귀담아듣더니 자신도 돕겠다고 약속했다. 그러나 곧 다시 동석 소동극으로 돌아가 페일리 부인이 차를 내리는 동안 앞으로 그 모험에 끼어들 구상을 세웠다.

"아버지에게 조각상을 달라고 해야겠어요. 지금 가지고 계시다면." 그가 말했다. "암요, 제가 코브 부인에게 돌려드리고말고요. 그녀가 주인이라는 걸 아니까. 걱정 마세요, 페일리 부인. 코브 부인은 그걸 되찾을 거예요."

"쉿!" 더프가 말했다. "들어봐! 이게 무슨 소리지?"

멀리서 들려오는 고함소리가 고요한 어둠을 잠시 뒤흔들었다. 숨죽이고 귀를 기울이자, 저 아래 멀리서 바위에 부딪히는 파도 소리가 들려왔다.

"어딘가에 황소가 있나." 로빈이 말했다.

소리가 더 가까이서 다시 들려왔다.

"아니에요." 페일리 부인이 말했다. "참사위원 랙스턴이 딸을 부르고 있어요."

이어 육중한 덩치가 수평선을 가로막더니 눈앞에 참사위원이 나타났다. 페일리 부인이 이밴절린은 제리 시달과 산책을 갔다고 그에게 알려주었다.

"그럼 올 때까지 여기서 기다려야겠군." 참사위원이 바위에 앉으며 말했다. "제리 시달이라면 신물이 나."

"차 한잔 하시겠어요?" 페일리 부인이 권했다.

"됐소. 차 한잔 하지 않겠소."

짧은 침묵이 흐르고 참사위원이 공격을 개시했다.

"내가 매우 궁금한 게 있소." 그가 페일리 부인에게 말했다. "부인이 어째서 이런 행동을 이밴절린에게 부추기는지. 그애를 위해서라고 생각한다면 인생 최대의 실수를 저지르는 거요. 그 아이는 꾸지람이 끝나기도 전에 크게 뉘우칠 거요."

"아닐걸요." 페일리 부인이 말했다. "저는 이밴절린이 제리와 결혼해서 당신을 떠나기를 바라요. 지금 산책길에서 그 문제를 해결했으면 싶네요."

"뭐라고요?" 로빈이 외쳤다.

"음. 난 그럴 줄 알았어." 더프가 말했다.

"하지만 형이 그러면 안 돼." 로빈이 항의했다.

"안 되지. 누구 맘대로." 참사위원이 말했다.

"당신은 막을 수 없어요." 페일리 부인이 말했다. "그들이 그러길 원한다면. 앤지는 성인이에요."

"하지만 그애는 제정신이 아니에요. 그건 부인도 알잖소. 감금은 피하고 싶지만, 아무래도 그래야 할 것 같소."

"그럴 수 없어요, 참사위원님. 당신이 앤지에게 할 수 있는 건 더이상 아무것도 없어요. 그녀는 자유예요."

"그애는 제리와 결혼 안 할 거요."

페일리 부인이 미소를 지으며 피크닉 바구니를 정리하기 시작했다.

"그럼 저는 이만. 가서 자는 게 좋겠어요." 그녀가 말했다.

참사위원이 일어나 앉아 있던 바위를 발로 걷어차며 중얼거렸다.

"자-알한다. 잘해, 잘해, 잘해……"

연이어 다른 돌도 걷어찼다. 그 발길질로 그는 꽤 상처를 입었을 터였다. 그러나 발가락이 짓뭉개지도록 화강암을 계속 차며 페일리 부인과 두 남자가 대피소로 간 후에도 잘해를 반복했다. 마침내 펜디잭으로 돌아갈 때 그는 다리를 절룩였다.

"참사위원은 상처를 주고 싶어하는 사람이에요." 페일리 부인이 놀란 더프와 로빈에게 설명했다. "스스로 상처입는 것조차 즐길 만큼. 자, 이제 말해볼래요, 제리가 앤지와 결혼하면 안 되는 이유를?"

로빈이 설명하기 시작했다. 그러나 그런 이야기가 자기 가족 모두에게 도움이 되지 않는다는 사실을 깨닫고 곧 이야기를 멈췄다. 더프는 개인적으로 더는 제리의 도움 없이도 잘해나갈 수 있다고 생각한다고 퉁명스레 말했다.

"방학 때 일자리를 얻으면 돼요. 장학금도 받았고요. 그리고 아버지의 법학 서적이 있어요. 값어치가 500파운드쯤 되죠. 제리 형은 자기가 없으면 우리가 다 어떻게 되는 줄 아나봐요. 대장 노릇은 결혼해서 아내한테나 하라죠."

"그렇다면 두 사람이 제리와 앤지를 조금 다정하게 대해주면 어떨까요? 돈이 드는 일도 아니고, 그들에게 큰 힘이 될 텐데." 페일리 부인이 말했다.

"다정하게요?" 더프가 말했다.

"앤지에게 입이라도 맞추란 말씀이세요?" 로빈이 물었다.

"제리 형의 등이라도 두드려주라고요?" 더프가 맞장구쳤다.

"그건 두 사람이 알아서 하시죠." 페일리 부인이 하품하며 대꾸했다.

로지그레일 절벽의 갈매기들이 무언가에 불안해했다. 끼룩거리고 푸드덕거리고 동시에 울어대는 소리가 물 위로 메아리치더니 새들이 다시 절벽에 내려앉았다. 제리의 품에서 반쯤 잠들었던 앤지가 일어나 육지 쪽 언덕 위에 뜬 달을 바라보았다.

그녀가 말했다. "그만 돌아가야 해요. 너무 늦었어요."

"나는 돌아가고 싶지 않아요." 제리가 중얼거렸다. "행복해요. 전에는 행복한 적이 없어요. 이후로도 없을 거고. 우리 여기 있어요."

"우린 다시 행복해질 거예요." 앤지가 말했다. "남은 삶 동안 행복할 거예요. 하지만 여기 계속 있다가는 류머티즘에 걸릴 거예요."

"류머티즘에 걸리면 어때요. 걸려도 내일까지는 알지도 못해요. 내일이면 행복이란 불가능하다는 걸 알게 되겠죠. 모두가 우리에게 반기를 들 테니."

그러나 그들은 고사리숲에서 일어나 절벽을 따라 대피소로 돌아갔다. 자주 멈춰서 서로에게 매달려 키스를 나누고 탄성을 내뱉으면서. 그들이 대피소에 도착했을 때는 더 높이 솟은 달이 가시금작화 덤불에 은빛 시트를 드리우고 있었다. 목소리가 속삭였다.

"왔다!"

바위 밑에 웅크리고 있던 두 그림자가 일어나 인사했다.

"미안해." 제리가 말했다. "깨울 생각은 없었는데."

"우리 안 잤어. 축하해주려고 깨어 있었지." 더프가 말했다.

"뭐라고?"

"우리 가족이 항상 원했던 거잖아―멋진 소프라노. 우리야말로 고마워해야지, 형."

"나는⋯⋯" 제리가 말을 더듬었다. "나는⋯⋯ 그런데 어떻게 알았어?"

"둘이 오는 거 봤어."

그사이 로빈은 이밴절린을 다정하게 껴안아주어 그녀를 놀라게 했고, 놀란 그녀가 꽥 소리를 지르는 바람에 대피소 안의 페일리 부인이 잠에서 깼다.

"두 사람 왔어요?" 페일리 부인이 졸린 듯 말했다.

제리가 달려가 새로운 소식을 전하려고 그녀의 매트 옆에 웅크려앉았다.

그가 힘주어 말했다. "앤지는 아름다워요. 그녀는 대단해요. 생각했던 것과 딴판이에요. 그녀는⋯⋯"

그는 목소리를 낮춰 진지하게 속삭이듯 고백했다.

"정말로 굉장히 열정적인 성격이에요."

페일리 부인은 터져나오려는 웃음을 참고 그에게 행복을 빌어주었다. 제리는 자신의 사랑을 에어매트에 눕히기 위해 서둘러 돌아갔다. 이내 이밴절린을 빼고 모두 잠이 들었다. 그녀는 누운 채로 더 높아지는 달을 지켜보았다. 너무나 행복해서 망각을 받아들일 수 없었다. 무엇보다 적대적인 반응 없이 처음으로 그녀에게 다정한 얼굴을 보여준 세계로 귀환함으로써 악몽에서 벗어났다. 모든 두려움과 걱정이 이밴절린을 떠났다. 그녀는 잠들지 못한 채 충실한 경호원에게 둘러싸여 고요히 누워 있었다.

목요일

1. 울기엔 너무 바빠

낸시벨은 주방 식탁에서 브루스의 편지를 발견했고, 이른 아침에 마실 차를 준비하며 그 편지를 읽었다. 그러고는 너무 심란한 나머지 펜디잭의 모든 투숙객에게 찻잎을 띄우지 않고 뜨거운 물만 담은 찻주전자를 가져다주었다. 라운지에서 일하는 내내 눈물이 그녀의 뺨을 타고 흘러내렸다.

심지어 어젯밤 그에 대한 그녀의 분노는 순수한 슬픔으로 희석된 터였다. 그녀는 그를 결코 잊지 못하리라 확신했다. 만난 지 나흘밖에 안 되었지만 그에 대한 감정이 너무도 컸다. 그는 첫사랑인 브라이언보다 더욱 선명하고 강렬한 감정을 그녀에게 불러일으켰다. 브라이언에 대한 그녀의 감정은 예측을 벗어나지 않고 이해할 만한 것이었다. 그는 다정한 청년으로, 안정적이고 합리적이었으며 예의바르게 키스하는 법을 알았다. 반면 브루스는 갑자기 그녀가 인식하지 못했던 마음속의 낯선 지대를 열어젖혀주었다. 미래의 낸시벨이 새롭고 이름 없는 지평으로, 거칠고 험한 영토로 떠날 수 있도록 그곳으로 통하는 창을 열어주었다. 그녀는 삶과 사람이 매우 중요하며 모두가 외롭다는 것을, 누구도 타인에 대해 정말 제대로 알 수는 없다는 것을 느꼈다.

처음의 격렬한 고통은 잦아들었지만, 고통은 그녀와 브루스의 관계에 지속적으로 영향을 미쳐 서로에 대한 끌림, 그들의 환희, 그들의 다툼에서 날카롭고 야릇한 슬픔을 느끼게 했다. 그리고 브루스를 단지 그녀의 내면 풍경 안에 있는 인물이 아닌 진짜 특별한 사람, 그 자체로 입체적으로 존재하는 어떤 사람으로 인식하게 했다. 이제 그는 떠났고 그녀는 그를 다시 볼 수 없을 것이다. 그러나 그가 어딘가에서 자신의 삶을 살고 있음을 언제나 의식할 것이며, 그 현실이 그녀에게만큼 그의 마음속에도 확고히 자리잡으리라 생각했다.

이윽고 벨이 일제히 울리기 시작했다. 페일리 부부, 기퍼드 가족, 참사위원 랙스턴과 미스 엘리스가 찻주전자에 찻잎이 빠진 사실을 알아차린 것이다. 낸시벨은 이십 분 동안 계단을 오르내리며 실수를 바로잡고 사과를 반복해야 했다. 아침식사 시간이 되자 너무 바빠 울 짬도 없었다. 그녀는 라운지의 일을 반쯤 남겨둔 채 서빙실로 달려가 프레드를 도와야 했다. 주방문 사이로 들으니 시달 가족 사이에 한바탕 말다툼이 벌어지고 있었다. 시달 부인이 그 여자는 신경쇠약이라고 했고, 제리는 자신의 삶을 살 작정이라고 했으며, 더프는 그녀가 새처럼 노래를 부른다고, 로빈은 어째서 당장 학교를 그만두면 안 되냐고. 시달 씨는 그가 알기로 자신의 장서는 폭격을 맞았다고 했다.

"아니에요." 제리가 말했다. "그래펌 씨가 편지를 보내왔어요. 그분 말로는 아버지에게 제안이 들어왔대요. 어떤 사람이 그걸 사겠다고요."

"대체 무슨 일이지?" 낸시벨이 프레드에게 소곤거렸다.

프레드는 시달 가족이 장서를 잃었다고 되속삭였다. 그도 낸시벨도 시달 가족이 어떻게 그런 일을 도모할 수 있었는지 상상이 가지 않았다. 두 사람 모두 장서library라는 말에 큰 공공건물이나 책상과 가죽 의자와 책장이 비치된 신사의 멋진 서재를 떠올렸기 때문이다.

제리가 말했다. "편지를 찾을 수 없을까요? 제안이 아직 유효할지도 몰라요."

"장서를 여기로 보내줄 수는 없나요?" 로빈이 물었다. "그럼 실제 분량이 얼마나 되는지 알 수 있잖아요."

프레드는 눈이 휘둥그레져 낸시벨에게 정부가 식량관리국 몫으로 점찍고 장서를 빼앗아간 게 아닐까 물었다. 그의 경험상 그것이 도서관의 일반적인 운명이었다.

"이제 식당으로 가봐." 서빙실 창구를 힐끗 쳐다보며 낸시벨이 훈계조로 말했다. "코브 가족이 내려왔어."

그런 다음 주방으로 가서 프레드가 내갈 수 있도록 코브 가족이 먹을 음식과 커피를 창구로 가져왔다. 주방 문가에서 그녀는 누가 봐도 화난 것이 분명한 태도로 골방으로 걸어가는 시달 씨와 부딪혔다. 그는 창백한 얼굴이 붉게 달아오른 채 구시렁거렸다.

"성가셔…… 정말 성가셔……"

그리고 제리는 주방에서 화를 내고 있었다.

"아버지는 그 빌어먹을 편지를 읽어보지도 않으시겠지. 편지를 내놓기라도 하면 우리가 해결해볼 텐데."

"내 생각에 네 아버지는 그걸 찾아내지도 못할 것 같구나." 시달 부인이 말했다. "골방에 편지가 수천 통이야. 수백만 통인가. 열어보지도 않지……"

"음, 그럼 우리가 해야죠. 더 이상 이렇게는……"

코브 가족의 음식이 담긴 쟁반이 사이드테이블에 준비되어 있었다. 그들은 항상 제일 먼저 내려왔다. 낸시벨은 창구 뒤에 서서 식당 한가운데에 넋을 빼고 서 있는 프레드를 보며 얼굴을 찡그렸다. 사라진 장서의 비밀을 아직도 골똘히 생각하는 모양이었다. 이윽고 그가 정신을 차리고 쟁반을 가져가자 페일리 부부도 모습을 드러냈다. 낸시벨은 음식을 더 가지러 가다가 다시 시달 씨와 마주쳤다. 그는 골방에서 종이 뭉치가 가득 든 서랍을 들고 나온 참이었다. 그녀가 길을 비켜주었으나 그가 향하는 곳은 주방이 아니었다. 그는 복도를 따라 보일러실로 내려갔다.

"버릇없이 굴어서 죄송해요." 제리가 말했다. "하지만 우린 뭔가 해야만 해요. 어쩌면 중요한 편지…… 사무적인 편지가…… 맙소사, 그게 다…… 제가 정리할게요. 하지만 이제 우리가 정말 뭔가 주장할 때가……"

"페일리 씨, 페일리 부인." 낸시벨이 말했다. "그리고 미스 엘리스."

"미스 엘리스!" 페일리 부부의 베이컨을 접시에 담다 말고 시달 부인이 외쳤다. "무슨 말이지…… 미스 엘리스라니?"

"테이블에 자리를 잡고 앉았어요." 낸시벨이 알렸다.

"그녀는 서빙실에 있어야 해. 지금은 그녀의 식사 시간이 아니 라고. 여기 그녀에게 줄 건 아무것도 없어. 뭐가 됐든 아무것도. 우리 찻주전자가 하나 모자라는 것 같은데."

"정말 죄송해요, 시달 부인. 참사위원 랙스턴이 오늘 아침에 깨 뜨렸어요. 음…… 실은 저에게 던진 거예요. 그래서 다른 걸 가 져다드렸어요. 그래서 모자라는 거예요. 제 잘못이에요. 제가 찻 잎 넣는 걸 깜박했거든요."

"오늘 아침엔 다들 왜 이러는 거지." 시달 부인이 외쳤다. "어 쩌다 그런 바보 같은 짓을 한 거야, 낸시벨? 레이디 기퍼드가 불 평하더라."

"정말 죄송해요, 시달 부인. 그리고 찻주전자가 벽에 걸린 그림 에 부딪혀서 유리가 깨졌어요. 아시죠…… 성모와 큐피드 성화 말이에요."

낸시벨은 페일리 부부의 음식이 담긴 쟁반을 든 채 이 호텔에 서 더 버티다간 제정신으로 나가지 못할 거라 생각하며 서빙실로 갔다. 시달 씨가 빈 서랍을 들고 보일러실에서 올라왔다. 그 종이 들을 몽땅 쑤셔넣었다면 보일러가 꽉 막혀 불이 꺼졌을 거야, 낸 시벨은 생각했다. 식당에서 뭔가 끔찍한 일이 일어났다. 코브 부 인이 커피포트를 뒤흔들며 시달 부인을 소리쳐 불렀다. 그리고 이제 막 들어선 기퍼드 가족이 다 같이 킥킥거렸다.

프레드가 창구 너머로 속삭였다. "너희 증조할머니의 조각상을 저 부인이 방금 커피포트에서 발견했어."

미쳤어! 먹먹한 소음에서 벗어나며 낸시벨은 생각했다. 이곳에 비하면 플리머스 대공습은 주일학교 소풍이었다. 그 당시에 우리는 모두 어디로 가는지 뭘 하는지 정도는 알았다. 하지만 이곳에 이성을 가진 사람이 있다면 저 코브가 아이들뿐일 텐데, 그 아이들도 딱히 그런 편은 아니었다. 다른 사람들은 모두 정상이 아니었다. 브루스 같은 미친 남자 때문에 통곡하고 싶은 그녀를 포함해……

그녀는 후다닥 침실을 정돈한 다음 마침내 기퍼드가 아이들의 방으로 가서 당장이라도 토할 것 같은 얼굴인 히비를 발견했다.

"아침 먹고 싶지 않지?" 그녀가 외쳐 물었다. "아침 먹기 싫어하는 애들은 이노를 즐겨 먹지."

"내가 원하는 건 죽음이에요. 그러면 모두가 마음 아파하겠죠." 히비가 말했다.

"네가 생각하는 만큼은 아닐 거야. 시간이 흐르면 사람들은 네가 한 일을 잊을 테지만 넌 이미 죽고 없겠지."

"어제 일에 대해…… 다들 알아요?"

"아무도 몰라, 나와…… 브루스만 빼고. 우린 굳게 입을 다물 거야."

"저 취했어요?"

"그래. 그리고 그건 으스댈 일이 아니야. 볼썽사나웠어. 그러니

되도록 빨리 잊자. 금요일에 근사한 일이 벌어질 거야."

낸시벨은 침대를 정돈하며 파티 계획을 들려주었다. 그러나 히비는 새로운 소식에 시큰둥했다.

"난 안 갈 거예요." 히비가 침울하게 말했다.

"대체 왜? 재미있을 텐데."

"나라면 모두 몸서리를 치는걸요."

"코브가 아이들은 아니야. 엄청나게 실망할걸. 그 누구보다 널 초대하고 싶어해. 그애들이 너를 얼마나 좋아하는데."

"난 재밌게 놀 수 없을 거예요. 내가 왜 코브가 아이들 좋으라고 싫어하는 소풍에 가야 하죠?"

"안 가면 너는 그야말로 심술맞은 두꺼비가 되니까. 누구도 그 불쌍한 아이들을 위해 해줄 수 있는 게 많지 않아. 그런데 너는 그걸 할 수 있는 유일한 사람이야. 비슷한 또래니까, 알겠니? 아마 그애들은 너를 만나기 전까지 그렇게 재미있는 시간을 보내본 적이 없을 거야."

"사람들은 내가 그애들을 죽이려 했다고 믿잖아요."

"아, 바보 같구나. 누구도 그렇게 생각 안 해. 그애들에게 수영을 가르쳐주려 한 건 나쁜 생각이 아니었어. 다만 그렇게 위험한 장소를 고른 게 잘못이었지. 솔직히 난 네가 그애들에게 항상 잘해줬다고 생각해. 하지만 그애들이 여는 파티에 가지 않는다면 넌 그걸 다 망치는 거야. 그러니 이제 이노를 듬뿍 먹으렴, 히비. 그리고 세수를 해. 그러면 기분이 훨씬 나아질 거야."

"이노 없는데요."

"내가 좀 찾아올게."

낸시벨은 달려가 페일리 부인에게 이노 과일소금을 약간 빌려왔다. 돌아와보니 히비의 표정이 한결 밝아져 있었다.

낸시벨이 적정량의 소금을 컵에 넣는 동안 히비가 말했다.

"생각해봤는데, 코브가 아이들을 도울 비밀 동맹을 결성해야겠어요. 그애들은 펜디잭에 조력자가 많으니까요."

"네가 줄 수 있는 최고의 도움은 그애들의 파티에 가서 파티를 성공으로 이끄는 거야, 히비. 자, 쭉 마셔!"

"가장 파티를 해야 할 것 같지 않아요?"

"그애들 생각에 달렸지. 그애들의 파티니까."

"걔네는 한 번도 파티를 열어본 적이 없어요. 어떻게 해야 하는지 모른다고요. 조언을 많이 해주길 바랄 거예요. 내가 근사한 파티복을 생각해냈어요. 브루스는 어디 있어요?"

"떠났어."

"떠나요? 이렇게 갑자기? 영원히?"

"그래. 어젯밤에 떠났어."

"오, 낸시벨! 어떡해요! 너무 친절한 사람이었는데. 정말 큰 손실이에요. 그러니까 비밀 동맹에 말이에요."

낸시벨은 돌아서서 쌍둥이의 침대를 정리하러 갔다. 객실 정리를 마친 그녀는 잠시 틈을 내 마구간으로 향했다. 다락방은 말끔히 치워져 있었다. 시트와 베갯잇도 얌전히 접힌 채 세탁만 하면 되도록 접이식 덮-침대 가로대에 걸려 있었다. 그녀가 와서 치울 것을 예상하고 고생을 덜어주려 한 것이다.

그녀는 침대 옆 바닥에 앉아 시트에 얼굴을 묻었다.

옆방에서 더프가 축음기를 틀어놓아 음악소리가 간간이 얇은 벽을 뚫고 들어왔다. 몹시 슬픈 음악이었다. 빠르고 부드러웠으며, 매 소절이 낸시벨의 혼란스러운 마음속 아우성처럼 탄성이자 조용한 저항이었다. 음악은 그녀가 굴러떨어진 알 수 없는 감정으로 가득한 세계에 대한 충격을 쏟아냈다─연민, 불안, 후회, 그리고 그녀가 노년의 평화로움에 도달하기 전 여행해야 할 길고 긴 모든 경험의 전망. 음악도 시간처럼 빠르게 흘렀다. 울기엔 너무 바쁜 그녀를 홀로 남겨둔 채.

그녀에게 허락된 시간은 잠깐뿐이었다. 그녀는 이내 빨랫감을 거둬 뒤뜰로 갔다. 그리고 허둥지둥 빨랫감을 바구니에 던져넣었다. 그 시트를 다시 객실로 가져갈 때는 다른 마흔 개의 시트와 구별하지 못하리라 생각하면서.

2. 보일러실의 활발한 작업

　수년 동안 시달 씨는 어떤 일에 이처럼 지속적인 노력을 기울인 적이 없었다. 삼십 분 안에 그는 골방에 있는 종이를 모두 가지고 나와 석탄 보일러에 꾸역꾸역 집어넣었다. 그가 하는 짓을 알고 방해하기 전에 가족이 모두 아침식사를 하는 동안 해치웠다. 종이 뭉치를 들고 여러 차례 복도를 오가던 그는 여덟번째로 갔을 때 불이 꺼진 것을 발견했다. 엄청난 양의 종이가 바람길을 막아 불꽃을 꺼버린 것이다.

　그것은 예기치 못한 불운이었다. 종이를 꺼내고 다시 불을 붙이는 일은 엄청난 노역이었다. 그러나 제리의 협박에 비하면 아무것도 아니었다—편지를 정리하고, 결정을 내리고, 답장을 쓰라는…… 시달 씨는 욕설을 내뱉으며 보일러 안을 몇 번 들쑤시다가 침대 밑에 있는 상자에서 불쏘시개가 될 만한 것을 가져오려고 골방으로 갔다.

　방으로 들어가자 비싼 담배 연기가 콧속을 파고들었다. 애나가 하얗게 질린 얼굴로 몹시 불안에 떨며 그를 기다리고 있었다. 그녀의 모습을 보자 그는 어느 정도 정신이 돌아왔다. 그의 작은 창문은 훌륭한 스파이 창구였다. 사람들은 곧잘 그 뒤에 사람이 살 만한 방이 있다는 사실을 잊곤 했다. 브루스와 낸시벨도 전날 밤 히비를 집안으로 데리고 들어갈 때 그 사실을 잊었다.

　"애나! 폴리한테 간 줄 알았는데."

　"그랬지. 지금 막 돌아왔어. 택시를 타고. 맙소사, 딕! 이게 다 무슨 냄새야. 창문 절대 안 열지?"

　"안 열려. 냄새는 상관없지만 침입자를 막아주지. 친애하는 애나, 여기는 무슨 일로?"

　"골치 아프게 됐어." 담배 연기를 뿜으며 애나가 고백했다.

　시달 씨가 일그러진 미소를 짓고는 말했다.

　"여기 골치 안 아픈 사람은 없어. 아주 난장판이야. 애가 하나 없어졌거든."

　"어느 애가?" 애나가 재빨리 물었다.

　"잊었네. 이름을 제대로 못 들었어."

　"히비?"

　"고양이 껴안고 다니는 애? 그 고양이 껴안고 다니는 애가 맞는 것 같은데."

　"무슨 일이래?"

　"나도 잘은 몰라. 나한테 말해주는 사람이 있어야지. 하지만 헨리 경이 경찰서에 간다던가 그런 말은 들은 것 같군."

"오, 맙소사!"

그가 그녀를 빤히 바라보았다.

"당신 참 착하네. 본인 문제도 제쳐놓고 이렇게 남의 일을 걱정
해주다니." 그가 말했다.

애나가 핸드백에서 새 담배를 꺼내 피우던 담배로 불을 붙였다.

그가 물었다. "안티누스는 어디 두고? 왜 그와 함께 돌아오지
않았지? 어쩌다 택시를 타게 된 거야?"

그녀가 다 피운 꽁초를 바닥에 던지고 구두 뒷굽으로 밟았다.
"어쩌면 좋아. 아마 나한테 책임을 묻겠지. 있잖아…… 내가 어
제 히비를 데리고 갔거든……"

"뭐? 폴리 일당한테?"

"그래…… 아이가 안돼 보여서…… 다들 그애를 못마땅해하
잖아."

"연민은 됐어, 애나. 당신 헨리 경과 한동안 불편하겠군. 하지
만 아이를 데려왔다면……"

"아니. 데려오지 않았어." 애나가 우는소리를 했다.

시달 씨는 그녀의 이야기를 들으면서도 별 도움을 주지 않았
다. 짜증날 만큼 답답하게 굴어 애나가 사실을 낱낱이 고해야 했
다. 뭘 좀 물어봐주길 그녀가 애타게 바랄 때도 멍하니 바라보기
만 할 뿐이었다. 그러나 입을 다물어줬으면 할 때는 불편한 질문
을 던졌다. 그렇다 해도 애나는 모든 것을 털어놓을 만큼 그의 도
움이 절실했다.

히비와 브루스, 그리고 차가 수요일 오후 일곱시쯤 사라졌다. 애나는 그제야 자신의 피보호자를 떠올리고 빈트와 에지에게 그 아이의 행방을 물었다. 그때만 해도 그녀는 브루스가 히비를 펜디 잭으로 데려갔으리라 짐작하고 딱히 놀라지 않았다. 아이가 없어진 것이 알려졌을 경우 호텔로 돌아왔을 때 그녀를 기다릴 분노가 달갑지는 않았지만. 그래서 가능하면 호텔 분위기가 어떤지, 차는 세워져 있는지 살펴보려고 진입로 위쪽에서 조심스레 택시에서 내려 우선 차고로 살금살금 잠입했다. 차가 있는 것을 확인하고 방에 들어간 그녀는 화장대 위에서 브루스의 메모를 발견했다.

"아주 짧았어, 딕. 화가 나서 바로 찢어버린 바람에 당신한테 보여줄 수가 없네. 음…… 너무 화가 났어. 그냥 떠나겠다, 돌아오지 않겠다, 나를 다시는 만나지 않겠다는 게 다였어. 그러라지. 그와는 끝났어. 하지만 히비에 대해서는 아무것도…… 아무것도…… 그애가 지금 어디 있는지, 그러니까……"

"폴리의 손님 가운데 누가 당신에게 답을 줄 수 있지 않을까?"

"내가 어떻게 알겠어? 다들 모르는 척하는데. 당연히 난 그애가 브루스와 함께 갔다고 생각했지. 하지만 확실치가…… 음…… 당신도 폴리의 친구들을 알잖아. 믿을 사람이 하나도 없다고."

"그렇기는 하지. 그런데 당신이 무슨 악마의 꾐에 빠져서 히비를 거기로 데려갔는지 아직 말하지 않았어."

"그냥 충동적으로. 애한테 관심을 가져준 거야."

"그 충동적인 면이 당신의 매력이지. 이런 짐작을 해보지 않을 수 없는데, 혹시 브루스를 놀래줄 작정 아니었나?"

애나가 조금 킥킥거리며 대답했다.

"음…… 그런 의도도 없지는 않았을 거야."

"당신은 충격요법을 좋아하지. 도덕적인 충격을 줘서 희생양의 머리를 후려치는 거."

"그런 얘기 할 시간 없어. 이제 내 의무는 다한 거야, 당신에게 모든 걸 말했으니까. 그러니 당신이 대책을 좀 내놔봐."

"나?" 시달 씨는 놀란 듯했다. "이 여자 보게나, 그 일이 나랑 무슨 상관이라고."

"기퍼드 집안 사람들한테 다 말하든가…… 알아서 해. 난 떠나. 부인한테 작별인사 전해줘."

"그 말은 내빼겠다는 거야?"

"헨리 경을 만나기 전에. 그래야 하지 않겠어?"

"민첩한 건 못 따라가겠군. 대단해, 인정해야겠어."

시달 씨가 웃자 그녀는 토라진 듯 말했다.

"그렇게 재미있어해주니 기쁘네."

"'그렇게 몹시 재미있어해주니'가 더 정확한 표현이겠지."

"아주 고소해 죽겠다는 거야?"

"오스트레일리아식으로 말하자면 심하게 정확한 말씀이지. 어디로 갈 건데?"

"당신한테 말할 생각 없는데. 그 아이 일이 잠잠해졌다는 확신이 들 때까지는 서둘러 모습을 드러내고 싶지 않아."

"아주 현명해. 하지만 만약 살해당했다면 폴리의 정원에서 파낼 때까지 몇 년은 걸리겠지. 그래도…… 비난의 소리는 잦아들

거야. 당신이 여기를 벗어나자마자 내가 헨리 경에게 당신이 한 짓을 말해주지."

"하지만 딕…… 난 아무 짓도 안 했어. 아이가 내 짐칸에 몰래 탄 거야. 폴리한테 갈 때까지 난 걔가 거기 있는지도 몰랐어."

"아까는 그런 말 안 했잖아."

"안 했나? 이제야 떠올랐어. 나는 브루스와 그애를 곧장 돌려보냈어. 브루스가 데려오지 않았다면…… 헨리 경은 차라리 그를 찾는 게 나을 거야."

"사태가 아주 복잡하군. 내가 잘못 말하면 어쩌지? 차라리 아무 말도 안 하는 편이 낫겠어. 그리고 당신은 빨리 도망치는 편이…… 당신이 온 걸 본 사람은 없다고 했지?"

"없는 것 같아. 당신이 말하든 안 하든 그건 당신 소관이야. 난 후련해, 당신한테 말하고 나니."

"여기 계산은 다 한 거야?"

"아니. 지금 수표를 써줄게. 날짜는 어제 자로 할 테니까 내가 어제 세인트메릭스로 가기 전에 당신한테 췄다고 해."

그녀가 핸드백에서 수표책과 만년필을 꺼내들고 물었다.

"얼마야?"

"내가 어떻게 알아? 난 호텔 운영에 관여하지 않아."

"당신이 나한테 방을 빌려줬잖아. 아마 6기니일 거야. 일주일 빌렸으니까 일주일 치를 낼게. 브루스 몫은 4기니면 되려나? 그는 말구유에서 자야 했으니까. 합쳐서 10기니. 됐지? 촌구석에서 허가증이 없어 술도 못 마셨으니."

"이른 아침 차는?" 시달이 갑작스레 깨어난 영업 정신으로 무장한 채 중얼거렸다.

"그건 별도야? 얼마인데? 난 두 번 마셨어. 화요일과 수요일에. 2실링으로 치자."

"브루스는 안 마셨나? 낸시벨이 브루스에게 아무것도 안 줬을까?"

"내가 알 게 뭐야. 하지만 난 코브가 아니야. 그러니 만약의 경우를 대비해 4실링을 더 넣을게. 10기니 14실링. 그만하면 장사 잘했어. 우린 월요일에야 왔는데."

"팁은?" 딕 시달이 중얼거렸다.

애나는 머뭇거리며 얼굴을 살짝 붉혔다. 그러고는 다시 핸드백에서 10실링을 꺼내 그에게 건넸다.

"프레드 거야. 그런데 당신이 이걸 전해줄 리 없으니 불쌍한 프레드만 안됐네. 낸시벨의 팁은 내 화장대 위에 올려둘 거야."

"그녀한테는 확실하게 주고 싶다 이건가?"

"물론. 여기 수표 받아. 부인한테 전하는 거 잊지 마. 잘 있어. 다시 만나서 반가웠어, 딕. 사람들이 당신 안부를 자주 묻곤 했는데, 이제 해줄 말이 생겼네."

그녀는 비웃는 눈길로 골방을 휙 둘러본 후 나갔다. 뒷문으로 해서 자기 방에 몰래 숨어들어갈 작정이었다.

그러나 뒷문으로 나갈 수가 없었다. 프레드가 문 앞을 막아선 채 보일러실에서 미스 엘리스의 열변에 귀 기울이고 있었다. 운좋게도 그가 등을 돌리고 있어서 애나는 그의 눈을 피할 수 있었다.

"한 조각도 빠짐없이 다 꺼내서 쓰레기통에 버려야 해. 한 조각도 빠짐없이!" 미스 엘리스가 말했다. "멍청하긴! 이 쓰레기를 죄다 보일러에 쑤셔넣다니. 당연히 불이 꺼지지……"

애나는 까치발로 통로를 지나 녹색 문을 열고 현관홀 쪽으로 들어갔다. 행운은 그녀 편이었고 방에 도착할 때까지 아무도 마주치지 않았다.

짐은 금방 쌌다. 그녀는 낸시벨을 위해 모욕적일 만큼 많은 팁을 화장대에 올려놓은 뒤 타자기와 트렁크를 들고 슬그머니 차고로 갔다. 차고 문을 열고 차에 올라타 시동을 걸었다. 차가 꿈쩍도 하지 않았다. 다시 내려 엔진을 수동으로 돌려보아도 소용없었다.

"도와드릴까요?" 더프가 물었다.

그는 축음기를 틀러 다락방으로 가던 길에 애나가 차고에서 낑낑대는 소리를 들었다.

"글쎄." 그녀가 말했다. "이 망할 것이 말썽이네. 차 좀 알아?"

더프가 재빨리 살펴보더니 연료통에 휘발유가 떨어졌다고 했다. 이 불상사에 대해 애나의 입에서 쏟아져나온 말이 폴리가 히비를 놀라게 한 것 못지않은 충격을 더프에게 주었다. 그것도 상당히 유사한 이유로.

"그래서?" 화려한 욕설을 마치고도 그녀는 여전히 분을 삭이지 못했지만 더프의 놀란 얼굴을 보고 웃기 시작했다. "그렇게 눈 동그랗게 뜨고 가만히 서 있지 말고 어떻게 해야 하는지나 말해봐. 브루스가 나를 두고 내뺐거든. 나는 당장 런던으로 가야 해. 조용히 빠져나가고 싶어."

더프는 재치 있고 세속적인 대답을 찾았다. 처음으로 애나와 단둘이었고, 애나가 그에게 뭔가를 기대한다고 여겼다. 그러나 원예 창고에 휘발유 한 통이 있을 것이고, 그 정도면 마을까지는 충분히 갈 수 있을 거라는 말 외에 달리 떠오르는 말이 없었다. 그는 앞장서서 텃밭으로 갔다.

"나는 휘발유 배급권을 넉넉히 확보해놨어." 그녀가 뒤따라오며 설명했다. "인세를 받아 귀한 달러를 벌어들이려면 전국 곳곳을 돌아다녀야 한다고 편지를 썼더니 당장 배급권을 내주더라고. 가끔은 뻔뻔해질 필요도 있지."

더프는 텃밭에 멈춰 서서 사과나무 가지 사이의 황갈색 머리를 유심히 보았다.

"저기요." 그가 말했다. 그러더니 외쳤다.

"히비!"

"예?"

"거기서 뭐하는 거야? 텃밭에 들어가면 안 돼."

좀 떨어진 곳에서 히비가 새된 소리로 외쳤다. "라벤더를 꺾고 있어요. 시달 부인이 허락했어요."

"쟤 돌아왔잖아." 애나가 헉 소리를 냈다.

"돌아와요? 어디 간 적도 없는데요."

"네 아빠 말이 저애가 없어졌다나 뭐라나."

"아, 아니에요. 잘못 들으신 거예요. 저애 어젯밤에 아팠어요. 그게 다예요. 온 집안이 잠을 설친걸요."

"아, 알 만해."

애나가 잠깐 생각하다가 말했다.

"이런 늙은 멍청이! 음…… 휘발유는 됐어. 사실 꼭 오늘 갈 필요는 없으니까."

그녀는 곁에 있는 나무에서 잘 익은 무화과를 따더니 하얀 치아로 베어물었다. 더프는 어머니가 무화과를 모두 팔려 한다는 걸 알고 있었으나 그런 말을 하면 유치하게 들릴 것 같았다. 그렇게 잠시 망설이다가 자신도 무화과를 따서 손에 쥐고 브루스가 떠난 이유를 물었다.

"그는 부름을 받았어." 애나가 모호하게 말했다. "가보지 않은 들판과 새로운 목초지로."

숲이겠지, 아버지로부터 정확성에 대한 감각을 물려받은 더프는 생각했다. 그러나 그는 브루스가 그렇게 훌쩍 떠난 것에, 애나에게 얽매이지 않고 또다른 경험을 쌓기 위해 다른 곳으로 자유로이 떠난 것에 깊은 인상을 받았다. 갑자기 그는 대담해졌다. 애나는 그가 원하는 타입의 여자가 아니었다. 어떤 면에서는 그녀가 혐오스러웠다. 하지만 그녀는 그가 아직 가져보지 못한 것을, 그에게 엄청난 호기심을 불러일으키는 뭔가를 줄 수 있었다. 그걸 얻자마자 그녀에게서 벗어날 수만 있다면…… 마구간 뜰로 돌아왔을 때 더프는 그녀에게 트렁크를 방안까지 들어다줄지 물었다.

"그런데 어디 가는 길이었어?" 애나가 물었다. "나한테 오기 전에 말이야."

"축음기를 틀러요."

"어디로?"

그녀가 의아한 시선으로 뜰을 둘러보았다.

"마구간 위층요. 난…… 우리 셋이 거기서 자요." 더프가 설명했다.

그는 주저하다가 아무렇지 않은 듯 덧붙였다.

"따라오세요."

그가 다락방으로 이어지는 사다리를 가리킬 때까지 애나는 어리둥절한 표정이었다.

"제리가 허락하지 않을 텐데." 그녀가 거절했다.

"빌어먹을 제리." 더프가 말했다. "사다리를 올라가서 오른쪽 문이에요."

"네가 먼저 가." 애나가 대꾸했다. "늑대 같으니!"

"그렇게 생각해요?" 더프가 싫지 않은 듯 말했다.

"제리라면 절대 여자한테 먼저 사다리를 올라가라고 하지 않을걸."

더프는 그런 관점으로 사다리를 생각해본 적이 한 번도 없었지만, 어떤 여자들은 그런 기회를 주지 않으면 모욕적으로 느낄 수도 있다는 말을 보태 응수하는 데 성공했다.

"모든 여자겠지." 애나가 웃으며 동의했다. "하지만 제리는 그걸 몰라. 너도 네 나이에는 몰라야 하는데."

사다리를 기어올라간 더프는 제리와 로빈과 자신이 지내는 넓고 어지러운 방으로 애나를 안내했다. 그녀는 살짝 미소를 지으며 둘러보았다.

"수도원이 따로 없네." 애나가 말했다.

"극도로 금욕적이죠." 더프가 동의했다. 그리고 아버지의 비아냥거림을 의식해 부사를 사용하지 않으려 애쓰느라 미간을 찌푸렸다.

그의 기억으로 제리는 앤지와 외출하고 로빈은 배를 타고 나갔다. 누군가 올 때까지 이 밀회를 즐길 여유가 몇 시간 있었다.

그녀가 침대 옆 상자에서 책 한 권을 집어들며 물었다. "이건 무슨 책이야?『제단으로 가는 발걸음』이라! 제리 거겠지."

"네." 더프가 대답했다.

"이 침대에 앉아도 되나, 혹시 접히는 건가?"

"아뇨. 브루스 침대만 그래요."

더프는 당황해서 어쩔 줄 몰랐다. 애나가 침대에 앉아『제단으로 가는 발걸음』을 펼쳤던 것이다. 속표지에 적힌 글을 보고 그녀는 시달 부인이 1944년 3월 5일에 그에게 준 책이라는 것을 알았다.

"너 거짓말쟁이구나." 애나가 말했다. "왜 제리 거라고 했어? 1944년에 첫 성찬식을 한 건 너 같은데."

"견진성사를 받았어요." 더프가 얼굴을 붉히며 말했다.

"아, 견진성사? 그건 어떻게 받는데? 좀 알려줘. 출산 후 여성만 받는 건 줄 알았는데."

"아니에요, 그건 순산 감사식이죠. 견진성사는 주교한테 받아요. 주교가 머리에 손을 얹죠. 그리고……"

"아, 생각났다. 주교가 오른손을 올리면 행운, 왼손을 올리면 불운이 오지. 난 왼손을 올려서 얼마나 무서웠다고."

"뭐라고요?" 더프가 외쳤다. "당신도 견진성사를 받았어요?"

"물론 받았지. 왜 아니겠어? 예방접종도 받고 궁중에서 배알도 했어. 부모님이 내 교육에 돈을 아끼지 않으셨지. 하얀 미사포도 썼어. 견진성사에 대해 기억나는 건 이 정도야. 그런데 왜 내가 견진성사를 받지 않았을 거라고 생각했어?"

더프는 대답을 못하고 전체적으로 자신이 초라하게 보인다고 느꼈다. 분명 상남자로서의 위상이 곤두박질쳤으리라. 그는 애나를 미심쩍게 바라보며 진짜 늑대라면 어떻게 할까 자문했다. 뒤통수 저 안쪽에서 물기 없고 낮은 목소리가 그에게 속삭였다. 진짜 늑대라면 애나에게 오 분도 허비하지 않을 거야. 늑대는 늑대를 먹지 않아. 그가 스스로를 양으로 여기길 꺼리며 주저하는 사이, 누군가 사다리를 올라오는 소리가 들렸다.

"레코드를 틀어." 애나가 속삭였다.

더프는 축음기로 달려가 손에 잡히는 대로 레코드판을 올렸다. 그러나 먼저 기계를 돌리고 바늘도 갈아 끼워야 했다. 삐걱거리며 사다리를 오르는 발소리가 들렸다. 발소리는 이내 다른 방으로 향했다. 브루스의 다락방으로.

그는 레코드를 틀었다. 모차르트 교향곡 사단조가 다급히 시작되며 억눌린 애도를 쏟아냈다. 그는 방을 가로질러 다락방 사이의 나무 칸막이에 난 작은 구멍으로 옆방을 들여다보았다.

"누구야?" 애나의 질문이 음악소리에 묻혀 작게 들렸다.

"낸시벨요."

"거기서 뭐하는데?"

더프는 대답하지 않았다. 낸시벨은 침대 앞에 무릎을 꿇고 고개를 파묻은 채 우는 듯했다. 그는 브루스와 낸시벨이 호텔 주방에서 주고받던 농담을 기억했다. 그리고 아마도 브루스가 그렇게 쉽게 떠나지는 못했으리라는 생각이 들었다. 브루스는 어쩌면 뭔가 소중한 것을 두고 떠났으리라. 낸시벨이 방을 나가는 소리가 들렸다. 그러나 음악은 계속되며 거미줄처럼 얇은 망으로 강철처럼 단단한 슬픔을 걸러냈다. 더프는 저항하기 힘들었다. 그는 축음기에 매달려 음악의 흐름에 몸을 맡겼다.

작은 창문으로 흘러들어온 햇살 속에서 작은 먼지들이 춤을 추었다. 애나의 수수께끼 같은 미소가 억지스러운 웃음으로 변했다. 그녀는 하품하며 발로 바닥을 두드렸다. 축음기 옆에서 더프가 그녀를 향해 얼굴을 찌푸렸다. 소음이 귀에 거슬렸기 때문이다.

갑자기 애나가 자리에서 일어나 방을 나갔다. 그도 그녀를 붙잡지 않았다. 급할 건 없었다. 그는 자신이 교향곡 사단조를 즐기는 만큼 그녀와 즐기지는 않으리라 확신했다.

3. 오솔길의 사자

 제리와 이밴절린은 간절하게 사랑에 빠졌다. 애정에 대한 욕구, 두 인생의 모든 좌절이 서로의 행복과 자유의 급류를 타고 하나가 되었다. 실제로 각자가 상대에게 세상의 전부였다. 행복이 그들을 변화시켰다. 제리의 여드름은 빠르게 사라지고 이밴절린은 미인으로 보일 만큼 어여쁘게 피어났다. 뺨이 발그레하고, 눈이 반짝이고, 머리카락은 윤이 났다. 제리는 그녀가 살이 좀 붙었다고 말했다.

 로지그레일 절벽에서 결혼을 약속할 때 그토록 어마어마해 보이던 장애물이 막상 닥쳐보니 점점 줄어들고 사라졌다. 더프와 로빈이 그들을 지원했고, 시달 부인의 반대는 쓰라렸으나 무시해도 좋을 정도로 나지막이 언급되었다. 가장 두려웠던 참사위원은 전투에서 후퇴한 듯했다. 그들은 용기를 모아 아침식사 직후에 그를 찾아갔으나 그는 방에 들어앉은 채 대답하지 않았다. 나중에 그가 사무실에 남기고 간 이밴절린에게 쓴 메모가 그의 태도를 설명해 주었다.

나는 토요일에 여기를 떠난다. 나를 따라오려면 그 녀석과 헤어져야 할 것이다. 그럴 수 없다면 여기 남거라. 너를 부양할 그가 기뻐하길 바라마. 너를 원할 정도로 멍청한 녀석이라면 그와 결혼하거라. 나는 유언장을 고쳐 쓰겠다. 너는 내 곁에 남은 유일한 자식이었으니 전 재산을 물려받았을 것이다. 그러나 이제는 아니다. 네가 받을 돈은 한푼도 없다.

"그런데 어떻게 여기를 떠나겠다는 거죠?" 메모를 읽고 나서 이밴절린이 외쳤다. "자동차는 누가 운전하고요? 아버지는 운전을 못해요. 면허가 취소되었거든요."

"알아서 하겠죠." 제리가 유쾌하게 말했다. "봐요! 일이 쉬워졌어요. 사실 이건 허락이잖아요."

그들은 한층 마음이 후련해져 로지그레일 절벽으로 뛰어갔다. 어젯밤에 일어난 일을 처음부터 다시 반복하기 위해서였다.

그러나 열두 시간 사이에 많은 것이 바뀌었고, 이제 그들은 현재보다 미래에 대해 더 많은 이야기를 나눴다. 이밴절린은 씩씩하고 현실적이었다. 결혼까지 여러 달이 남았고 그때까지는 제리의 도움 없이 살고 싶다고 말했다. 스스로 일자리를 찾겠다고. 그 문제에 대해 이미 페일리 부인과 상의했다. 페일리 부인은 런던의 좋은 직업소개소를 알려주었다.

"토요일 이후에는 여기 머물 수 없어요." 그녀가 단호하게 말했다. "당신 어머니가 화를 내실 거예요. 페일리 부인이 저에게 돈을 빌려주시겠대요. 나는 런던으로 가서 요리사 자리를 구해볼 생각이에요. 요리를 할 줄 알면 누구든 일자리를 얻을 수 있어요. 내 다이아몬드 반지를 팔 거예요. 그걸로 일자리를 구할 때까지 생활할 수 있고 페일리 부인의 돈도 갚을 수 있어요."

"당신이 요리를 할 줄 안다고요?" 제리가 놀라서 물었다.

"그럼요. 난 상당히 괜찮은 요리사예요. 누구보다는 나은……"

당신의 어머니보다 나은, 그녀는 이렇게 말하려다 자제하고 조심스레 말을 이어갔다.

"당신이 생각하는 것보다는 나아요."

"그렇다면 왜 여태 독립하지 않았는지 놀라운걸요. 아, 그렇지…… 어머니와 약속했죠. 깜빡했어요."

제리는 잠시 생각하더니 말했다.

"그럼 어머니와 한 약속은 어떻게 되는 거예요?"

이밴절린은 좀 눈치 없는 질문이라고 생각하며 재빨리 대답했다.

"저는 아버지를 떠나지 않았어요. 나를 더는 곁에 두지 않겠다고 한 건 아버지예요."

"알아요. 하지만 나와 결혼하면 어찌됐든 아버지를 떠날 거였잖아요."

"물론 그랬겠죠."

"그건 좀 일관성이 없지 않아요?"

"아니요!" 이밴절린이 날카롭게 말했다.

이 말을 위험신호로 받아들여야 했으나 제리는 여자에 대해 잘 몰랐다. 그는 계속 말했다.

"어제만 해도 당신은 결혼할 수 없다고 했어요. 오늘은 할 수 있다고 하고요."

"난 결혼할 수 없다고 말한 적 없어요."

"아버지를 떠날 수 없다고 했죠. 그게 나랑 결혼할 수 없다는 뜻이잖아요."

"난 그렇게 보지 않아요. 일관성이 없는 건 당신이에요. 어젯밤에 당신은 나에게 결혼하자고 간청했어요. 그러더니 이제는 내 용기를 꺾는군요."

"내가? 내가 당신의 용기를 꺾어요? 오, 앤지!"

"당신과 결혼하면 내가 일관성이 없는 거라고 말하잖아요. 내가 틀렸다고요. 당신과 내가 결혼하는 게 옳지 않다고 생각한다면, 우리는 차라리……"

"아니! 아니에요! 아니라고요! 과거에 잘못했다는 거죠. 그런 약속을 한 자체가 잘못이었다고 생각해요."

"아, 알았어요. 여하튼 내가 잘못했다는 거네요."

"앤지, 내 사랑, 그렇게 화내지 말아요."

"음, 왜 그렇게 내가 잘못했다고 말하고 싶어하죠? 결혼에 대한 당신의 생각이 바뀌었다고 해서 내가 당신에게 잘못을 인정하라고 우기지는 않잖아요?"

"하지만 난 잘못했어요." 제리가 말했다. "생각을 바꾸었을 때가 아니라 그전에 말이에요. 이제는 그게 보여요. 내 문제의 절반은 나 자신의 과오였어요. 난 순교자인 게 좋았어요. 더프와 로빈이 저렇게 의젓한데…… 그애들에게 기회를 줬다면 벌써 예전에 의젓해졌을 거예요. 내가 기회를 주지 않은 거죠. 나는 자신을 희생하며 우월감을 느끼고 싶었던 거예요."

이밴절린이 뾰로통하게 말했다. "기독교인이라면 희생을 감수해야죠."

"그래요. 하지만 고결한 희생자가 되자고 다른 사람에게 나쁜 행동을 부추겨서는 안 되죠. 그건 악을 선으로 갚는 게 아니에요. 지옥에 떨어지도록 돕는 거지."

"음, 난 당신이 여기 앉아 잘못했다고 말하는 게 무슨 소용인지 모르겠어요. 우리끼리 다투는 것 말고도 힘든 일이 충분히 우리를 기다릴 텐데."

"다투는 게 아니에요. 오, 내 사랑! 우리 싸우지 말아요."

그가 너무 지친 기색으로 그녀를 바라보자 그녀는 화를 풀고 미소를 지었다. 그들은 화제를 바꾸었다. 그러나 그는 행복의 귀퉁이에 약간 금이 간 기분이었다. 그녀가 결코 이해하지 못할 어떤 것이 있음을 깨달았기 때문이다. 이밴절린은 여자야, 그는 생각했다. 그리고 여자들은 이상한 구석이 있지.

그래서 그녀가 펜디잭으로 돌아가는 길에 불쑥 말했을 때 그는 놀랐다.

"물론 과거에 나는 잘못했어요."

그때 그는 케냐 이야기를 하고 있었으므로 잠시 그녀의 말뜻을 이해하지 못했다.

"엄마와 그런 약속을 한 건 정말이지 터무니없는 짓이었어요. 지키지 못할 약속은 하는 게 아니었는데. 내가 아버지 곁에 머문 건…… 비겁하고 병적인…… 질병 같은…… 나는 가장 최악의 상황이 벌어지기를 원했어요…… 나는 사악했어요. 끔찍했어요."

"그럼 왜 그렇게 화를 냈어요, 내가……"

"우리가 왜 그런 이야기를 나눠야 하는지 몰라서요."

"당신 기분이 어떤지 알고 싶었어요." 그가 설명했다. "서로에 대해 모든 것을 아는 건 멋진 일이라고 생각하지 않아요?"

"전혀요. 나에 대해 모든 걸 안다면 당신은 나와 결혼하지 않을 거예요."

제리는 완강히 반대했다. 이 고백이 그의 영혼에서 어두운 그림자를 밀어냈다.

그가 그녀에게 장담했다. "당신에 대해 새롭게 알게 된 모든 것이 당신을 더욱 사랑스럽고 소중하게 만들어요."

이밴절린이 미소를 지었다. 그러나 그녀는 약상자의 유릿가루에 대해서는 입을 다물기로 했다. 당연히 제리가 그것을 사랑스럽거나 소중하다고 느끼지 않으리라 여겼으므로. 과거에 어땠든 지금 그녀는 매우 멋진 여자이자 그에게 꼭 어울리는 아내임을 그녀는 알고 있었다.

"그럼 우리 항상 서로에 대해 모든 걸 이야기하는 거예요." 제리가 행복하게 말했다.

"사랑하는 제리! 당신을 사랑해요."

"어머니만 조금 더 양보해주신다면!"

"가서 어머니를 찾아봐요." 앤지가 제안했다. "그리고 우리가 어머니를 위해 할 수 있는 일이 있는지 보는 거예요."

그들은 즐겁게 호텔로 돌아와 먼저 주방으로 들어갔다. 미스 엘리스와 낸시벨과 프레드가 눈을 감은 채 백지장 같은 얼굴로 마룻바닥에 누워 있는 시달 부인을 둘러싸고 있었다.

"기절했어요." 미스 엘리스가 설명했다.

"석탄자루처럼 쓰러지셨어." 프레드가 말했다. "세척실에 있는데 이상한 소리가 들리더라고. 그래도 가볼 생각은 못했지. 석탄자루 같은 소리였거든."

"들어오니까 이렇게 쓰러져 계셨어." 낸시벨이 시달 부인의 얼굴에 물을 뿌리며 말했다. "얼마나 오래 이러고 계셨는지 모르겠네. 가만히 있는 석탄자루가 왜 쓰러지겠어? 한번 와봤어야지, 프레드."

"아마 심장 문제일 거야." 미스 엘리스가 말했다. "난 놀라지도 않았어. 항상 부인의 안색이 나쁘다고 생각했거든."

시달 부인이 눈을 뜨고 꼴보기 싫다는 듯 모두를 바라보았다.

"내가 의식을 잃었구나." 그녀가 어딘지 의기양양하게 말했다.

의식을 회복하는 동안 그녀는 이 성과를 만족스레 곱씹었다. 제리의 약혼에 최후의 일격을 가했다는 확신 때문이었다. 무너지듯 온몸의 기운이 빠지고, 페이스트리 반죽을 미는데 느닷없이 바닥이 일어나 그녀를 쳤다.

"난 침대에 누워야겠다." 그녀가 그들에게 말했다.

"그럼요, 누우셔야죠." 제리가 맥박을 짚어보며 말했다. "오늘은 푹 쉬셔야 해요."

"그럼 점심도 티타임도 저녁도 없을 텐데." 그녀가 말을 이어갔다. "아무도 식사를 못할 거야. 너희가 어떻게 할지 난 모르겠구나. 네가 이밴젤린 양에게 요리 좀 해달라고 부탁해보든가."

이 말은 경고이자 경악을 불러일으켜야 마땅했다. 그들이 얼마나 그녀에게 전적으로 의지하는지 보여줘야 했다. 그러나 제리는 말귀를 알아듣지 못한 듯했다. 그저 위로하듯 고개를 끄덕일 뿐이었다.

"그럴게요." 그가 말했다. "앤지가 요리할 거예요."

"뭐가 어디에 있는지 제가 모두 그녀에게 알려줄게요." 낸시벨이 덧붙였다.

제리는 아무 걱정도 하지 말라며 어머니의 팔을 부축해 일으켜 드렸다.

"걱정 안 해." 그녀가 차갑게 말했다. "걱정은 지금까지도 충분히 했다. 앞으로 걱정 따윈 집어치우기로 했어. 이제 다른 사람들이 걱정해야 할 테니까."

"잘 생각하셨어요." 제리가 진심으로 말했다. "그게 정말이라면요."

그는 어머니를 2층 침실로 모시고 갔다. 그녀는 침대에 앉아 억눌렀던 화를 터뜨렸다.

"호텔을 그만 접을 생각이다. 나한테 너무 버거운 일이야. 이대로는 계속할 수 없어. 더프와 로빈을 위해 해온 일이지. 하지만 누가 도와주지 않으면 혼자서는 학비를 댈 수 없다. 그러니 네가 결혼한다면 이게 다 무슨 소용이겠니. 그애들은 네가 없어도 된다고 씩씩하게 말하더구나. 내가 계속 자기들을 위해 일할 거라고 턱 믿고…… 나는 계산에서 빼야 할 거다. 누군가 나와 네 아버지를 먹여 살려야지. 나도 너희를 이만큼 키워놨으니까."

"푹 쉬세요." 제리가 장담했다. "그러고 나면 훨씬 나아지실 거예요. 어머니가 쉬시는 동안 앤지가 요리를 맡을 거예요. 페일리 부인도 일손을 보태실 거고, 동생들도 그럴 거라 믿어요. 저희가 근사하게 운영해볼게요."

그녀는 더 말하지 않고 침대에 누워 결심했다. 그들이 교훈을 얻기 전에는 일어나지 않겠다고.

4. 미스 엘리스가 미스 힐에게

……그러니까 거티, 나흘이 지나도록 이 편지를 마치지 못했어―하지만 이제 서둘러 마무리하려고. 나는 가능한 한 빨리 이곳을 떠날 생각이거든. 오늘이라도 당장 떠나고 싶지만 여동생 집을 빼면 갈 곳이 없어. 달리 갈 곳을 찾을 수만 있다면 피하고 싶은 곳이지. 동생은 화해하고 싶은 척 편지를 보내고 또 보내. 프린턴에서 멋진 휴가를 보내지 않겠냐고! 거기서 온종일 설거지를 하고 있을 내 모습이 눈에 선한데.

거티, 내가 편지 한 통을 발견했어. 이 집 식구들이 보일러에 집어던진 건데 타지 않았어. 너무 혼란스러웠어. 정부인지 어딘지에서 이 저택이 안전하지 않다고 보낸 편지였거든. 절벽이 언제라도, 특히 건조한 여름에 무너질 수 있다고. 음, 올여름은 건조해. 나는 당장 짐을 꾸릴 만큼 동요했어. 하지만 다음 순간 정부에서

하는 말은 뭐가 됐든 신뢰할 수 없다는 생각이 들었지. 매사에 참견하지 않는 게 없고 허가 없이는 자전거 보관소 하나 지을 수 없잖아. 게다가 그게 사실이라면 뭔가 조처를 했겠지. 또 이곳 여주인이 사랑하는 아들들을 그렇게 안전하지 않은 곳에 그냥 둘 리가 없어.

하지만 그게 사실이라면 웃을밖에. 어느 날 콘월이 반쯤 뒤집히는 꼴을 보려고 일주일에 6기니를 내는 사람들을 상상해봐! 투숙객 일부가 이 편지를 본다면 방 몇 개는 비겠지. 그 얼굴을 구경하고 싶어서라도 이 사실을 확 불어버리고 싶어. 그런데 어떤 사람들은 좀 웃긴 게, 내가 여기 묵는 한 여자에게 말을 흘렸거든. 아이가 넷인 대가족인데 최고로 좋은 방을 차지하고 있어. 나는 그 여자가 내 말을 들으면 부리나케 방에서 뛰쳐나갈 줄 알았지. 그런데 아니었어! 더는 캐묻지도 않고 남편에게 아무 말도 하지 말라는 부탁만 하더라. 나한테 스타킹까지 한 벌 줬다니까. 남편이 가족을 모두 데리고 여기를 떠날까봐 두려웠던 거지. 그러면 침대에서 일어나 그녀가 하지 않기로 마음먹은 경찰과 연관된 어떤 이상한 일을 해야만 하거든. 그녀는 자신에게 불미스러운 일이 일어날 수 있다는 상상조차 못하는 것 같아! 음, 그건 부인 사정이지 나하고는 상관없지 않냐고 내가 말했지. 나는 떠날 거고, 의무라고 생각해서 말한 것뿐이라고.

난 일자리를 구하려고 편지를 쓰고 또 쓰는데 도무지 구해지지가 않네. 한 육 개월 전인가 감옥의 여자 간수를 구하기가 힘들다는 기사를 신문에서 읽었어. 그래서 편지를 보냈지. 보수는 별로지만 어쩐지 나한테 맞을 것 같았거든. 여하튼 거기라면 내가 다른 사람들을 괴롭히면 괴롭혔지 누가 날 괴롭힐 일은 없을 테니까. 하지만 네가 믿든 아니든, 그들이 내게 지원 양식을 보냈는데 대학입학 자격시험 확인 항목이 있더라. 세상에! 간수한테 고교 졸업장이 무슨 소용이람?

거티, 참 썩어빠진 세상이라는 게 내가 내린 결론이야. 일단 떠나면 나는 이 저택이 얼마나 빨리 무너지든 상관하지 않겠지만, 보나마나 정부에서 헛다리 짚은 걸 거야. 너에게 다음 연락처를 보낼게. 거처가 정해지면……

5. 토론회

파티 계획은 뒤늦게나마 히비의 열렬한 지원을 받아 빠른 속도로 무르익어갔다. 히비가 제안한 파티 의상은 처음에 페일리 부인과 앤지의 반대에 부딪혔으나, 코브가 아이들이 너무 매료된 탓에 어른들이 물러서야 했다. 히비는 코브가 아이들에게 물감상자와 먹물을 빌려주었고, 초대장의 문구와 장식에 대해서도 많은 조언을 해주었다. 모두의 의상을 일일이 고안한 히비는 낸시벨과 프레드가 카르멘과 투우사로 분할 예정임을 알고 크게 화를 냈다. 히비의 계획상 어른은 모두 에드워드 리어의 인물로 가장해야 했으니까. 히비는 프로그램을 작성해 모든 손님에게 초대장과 함께 전달할 예정이었다. 그리고 히비는 새로운 동맹을 결성했다.

저녁식사 동안 히비는 헨리 경에게 '나의 늙은 알리 삼촌'으로 가장해야 한다고 통보했다.

"제가 아빠 코에 붙일 귀뚜라미를 만들어드릴게요." 히비가 말했다. "그리고 모자에 붙일 기차표도요. 아버지는 꽉 끼는 신발을 신어야 해요. 노래가 각 소절마다 이렇게 끝나거든요. 그리고 그는 꽉 끼는 신발을 신었네. 실제로 꽉 끼지는 않아도 돼요. 절벽을 올라가려면 너무 불편할 테니까. 그냥 신발이 꽉 끼는 시늉만 하세요. 절뚝거리면서."

"대체 무슨 말을 하는 거냐?" 헨리 경이 불평했다. "알리 삼촌이 누구야?"

"리어의 책에 나오는 인물이에요. 모두 리어의 인물로 가장해야 해요. 어른은 모두. 페일리 부인은 쾅글왕글이 될 거예요. 앤지가 부인을 위해 수많은 작은 동물이 춤추는 멋진 모자를 만들었어요, 완벽하게 거대한. 책에선 모자만 보이니까 모자 밑의 쾅글왕글이 어떻게 생겼는지는 아무도 몰라요. 빼빼 마른 초록색 몸만 보여요. 그래서 페일리 부인은 더프의 낡은 레인코트를 입을 거예요. 앤지와 제리는 디스코볼로스 부부예요. 더프는 '발가락 없는 포블'이고요. 로빈은 안에 손전등을 넣은 웃긴 코를 직접 만들었어요. 그는 '반짝이는 코를 가진 동'이에요."

헨리 경은 이야기를 들으며 점점 경악했다. 매번 식사 시간마다 아이들이 파티에 대해 논의를 하는 소리를 들었지만 자기 문제에 너무 집중한 나머지 자신도 참석해야 한다는 사실에 주의하지 못했다. 그는 넉넉히 기부하고 그것으로 의무를 다했다고 여겼다.

펜디잭 사람들 대부분이 같은 생각이었고, 이제 자신의 성급한 선행을 후회했다. 처음 이야기가 나왔을 때 그들은 돈이나 간식 배급권을 제공하며 파티는 아이들을 위한 것이라고만 짐작했다.
하층민은 애들 같은 면이 있으니 프레드와 낸시벨은 포함될 수도
있겠지만, 한밤중에 축축한 풀밭에 앉아 레모네이드를 마실 의향
이 있는 어른 파티 후원자는 없었다.

처음으로 생각을 바꾼 사람은 페일리 부인이었다. 그녀는 파티
에 참석해야 한다는 사실을 깨달았다—후원만으로는 충분하지
않다는 사실을. 그녀는 손님으로 참석해야만 했다. 모든 계획이
코브가 아이들을 기쁘게 해주기 위해 시작되었고, 아이들은 간식
보다 손님을 더 원했다. 초대에 응하지 않는 것은 인정머리 없고
무례한 처사였다. 그녀는 파티에서 빠지고 싶어하는 제리와 앤지
에게 자신의 의사를 전했다. 포블로 가장하기를 완강히 거부하는
더프에게도 말했다. 그녀는 기퍼드가 아이들이 지금 헨리 경을 설
득하는 것처럼 다들 파티에 참석해야 한다고 사람들을 설득했다.

"하지만 아빠가 오셔야 해요." 히비가 외쳤다. "모두 와야 한다
고요."

"아빠는 몰라요." 캐럴라인이 말했다.

"내가 뭘 모른다는 거냐?"

캐럴라인은 말없이 식당 저편의 테이블에 앉아 졸인 자두를 먹
고 있는 코브 가족을 눈짓으로 가리켰다. 그리고 아버지에게 몸을
기울여 속삭였다.

"이건 속죄의 파티예요. 어제 일에도 불구하고 우리와 코브가
가 서로 앙심을 품고 있지 않다는 걸 보여주기 위한. 히비가 자기
잘못을 만회하려고 애쓰고 있단 말이에요."

딸의 말소리가 잘 들리지 않고 속삭임이 간지럽기만 했으나, 헨리 경은 대충 알아듣고 고개를 끄덕였다.

"알았다." 그가 말했다. "오래 있겠다는 약속은 못하지만 잠깐이라도 참석하마. 너희가 달고 있는 브로치가 그것과 상관있니?"

기퍼드가 아이들 모두 안전핀과 라벤더 가지와 C.C.라고 적힌 동그란 라벨로 만든 브로치를 달고 있었다. 그는 프레드가 똑같은 의문의 배지를 하얀 웨이터복 옷깃에 달고 있던 것을 기억했다.

잠시 침묵이 흐른 뒤 쌍둥이가 킥킥거렸다.

"동맹이에요." 마이클이 말했다.

"또다른 동맹은 아니겠지?"

스파르타 동맹은 망자의 바위 사건 후 해산해야만 했다.

"아빠도 원하시면 가입할 수 있어요." 히비가 말했다. "프레드와 낸시벨과 로빈은 벌써 가입했거든요. 동맹의 상징은 라벤더 가지예요. 결성 목적이 아버지 마음에도 드실 거예요. 하지만 지금은 말해드릴 수 없어요."

히비는 코브가 사람들이 있는 구석으로 눈길을 돌렸다가 덧붙였다.

"억압받는 이의 해방에 관심이 있다면 누구나 가입할 수 있어요."

캐럴라인이 다시 한번 귓속말을 했다.

"C.C.는 케이브 코브Cave Cove*예요."

---

* 라틴어 'cave canem=개조심'을 연상시킴. 히비가 '코브 조심'이라는 뜻으로

"카아-비이." 헨리 경이 지적했다. "라틴어란다. 두 음절로 된."

"하지만 어감이 안 좋아요." 히비가 지적했다. "두 단어를 모두 길게 발음하지 않으면."

히비가 카아-비이 코오-비이cavee covee라고 중얼거려보더니 질색하며 단호하게 말했다.

"우리는 케이브라고 할래요."

헨리 경은 히비의 독선적인 말투에 헛웃음을 지었으나 곧 거북하게 이맛살을 찌푸렸다. 그는 히비의 성격을 점점 심각하게 고민하기 시작했다. 그런 성격이 히비 자신은 물론 다른 사람에게까지 많은 문제를 일으킬 것 같았다. 히비를 요령 있게 다룰 사람이 필요했다. 누가 할 수 있을까? 정말 이혼한다면 히비를 아내에게 맡겨야만 할까?

그가 같이 살지 못한다고 해서 왜 아이들에게 아내와 살라고 강요해야 한단 말인가? 이 질문은 그가 증발한 달러 빚에 분노하거나 네 가지 신문에 실린 전날 밤 뉴스 기록을 읽지 않을 때면 종일 그를 괴롭혔다. 어느 쪽도 다른 쪽을 완화하지 못했다. 어떤 달러 자원으로도 국내 문제를 해결할 수 없었다. 네번째 담화문을 읽은 뒤에는 아내와 건지섬으로 달아나고 싶은 유혹마저 느꼈다.

지금까지 그는 다른 누군가와 국내 정세에 관한 대화를 나눌 기회가 없었다. 그런데 저녁식사 후 라운지로 가니 심지어 페일리 씨와 코브 부인까지 참여한 열띤 대화가 오가고 있었다. 누워 있

짓궂게 붙인 이름. 라틴어 발음을 영어식으로 잘못 발음하고 있다.

는 것도 지겨워진 그의 아내는 장식이 많은 실내복을 입고 내려와 조국의 운명을 애도했다. 미스 엘리스는 평소에 앉는 소파를 차지하고 있었다. 시달 씨가 골방에서 느릿느릿 건너왔다. 페일리 부인과 이밴절린 양만 없었다. 그들은 주방일로 분주했다.

성토가 이어졌다. 모두 잔뜩 화가 난 듯 보였다. 그들이 하는 말은 헨리 경도 온종일 생각하는 바였지만, 이제 그는 의견을 바꿀 참이었다. 그는 자유주의자였으니까—온통 파란 곳에서는 붉게, 붉은 곳에서는 파랗게 변하는.

펜디잭 호텔 라운지에서 그는 붉은 쪽으로 기울었다.

그는 남모를 뉴스를 혼자만 아는 듯 어느 때보다 더 행복해 보이는 미스 엘리스의 옆자리에 앉았다. 그녀가 고소한 기분을 억누르듯 말했다.

"이제 부족함을 견뎌야 해요!"

"누가 말인가요?" 헨리 경이 물었다.

"모두가요." 미스 엘리스가 대답했다.

"당신을 포함해서겠죠." 코브 부인이 우연히 듣고 딱 잘라 말했다.

"아, 저야 항상 부족하게 지냈는걸요." 미스 엘리스가 말했다.

"지금보다 더 부족해질 거예요." 코브 부인이 예언했다.

"일광욕을 즐기는 그 부분이 특히 근사했죠." 시달 씨가 말했다.

"이제…… 이제는 아마……" 레이디 기퍼드가 숨을 내쉬었다.

"희망이 없어요." 페일리 씨가 우울하게 말했다. "그들은 보궐 선거에서 패한 적이 없으니까."

"왜 아니겠어요?" 코브 부인이 맞장구쳤다. "대부분의 유권자가 그들이 우리 돈을 가져다 나눠주는 소위 노동자계급인데. 정부는 스타킹과 파마와 복숭아와 파인애플에 돈을 다 써버릴 때까지 물러나지 않을 거예요. 돈이 다 떨어지고 나면 어느 정당이 들어서든 상관없겠죠."

"나라에 기근이 올 거요." 참사위원이 고함을 쳤다. "그래도 싸지."

일동이 공감의 한숨을 쉬었다. 헨리 경은 자신이 좌로 기우는 것을 느꼈다.

"어째서죠?" 그가 물었다. "이 나라가 무슨 짓을 했다고 그렇게 비난을 합니까?"

모두가 놀라 잠시 변절자를 빤히 바라보았다.

"이 정부는……" 레이디 기퍼드가 입을 열었다.

"아, 알아요. 우리 대부분이 정부를 좋아하지 않지요. 하지만 어째서 이 나라가 그렇게도 사악하다는 거죠? 굶어죽어도 될 사람은 분명 매우 사악한 이들이 아닙니까. 미시즈 레첸…… 저는 당신이 사회주의자라고 들었어요. 당신이 생각하기에 이 나라에 기근이 올 만한가요?"

"잘못은 정부에 있는 게 아니에요." 애나가 약간 망설이듯 말했다. "어느 정부든 마찬가지겠죠. 계급투쟁이 문제라고요. 온 나라가 증오와 멸시와 조급함과 적개심으로 점철되어…… 일종의 새로운 청교도주의가……"

"단어를 너무 무분별하게 사용하는 거 아닌가?" 시달 씨가 말을 막았다. "청교도주의는 1660년에 분명히 끝났을 텐데?"

"오, 난 우스운 모자를 쓰고 '질그릇 조각에 불과한 호킨스' 같은 이름을 쓰는 남자들 얘기를 하는 게 아니야." 애나가 조금 더 진지하게 말했다. "신성한 가해 집단을 말하는 거지. 삶이 뭔지도 모르고 살게 내버려두지도 않는 사람들, 우리를 억압하면서 위하는 척 위선을 떠는 권력자들 말이야. 그들은 대의를 위해 타인을 짓밟을 수 있다고 생각해. 그리고 그런 사람들이 지금도 세상을 지배하는 듯 보여. 정치가들이 하나같이 자기가 무슨 신의 대변인이라도 되는 것처럼 말하잖아. 성경을 인용하는 꼴 좀 봐! 자기 말에 동의하지 않는 사람을 얼마나 모욕하는지 보라고! 그들은 아무도 대꾸할 수 없는 설교단에서 사람들을 모욕하는 사제 같아. 이 성스러운 가해 집단은 서로 화해하고 분쟁을 해결하길 원치 않는다고. 그들은 사람들을 모욕하고, 분노를 심어주고, 억압하고 싶어해. 개인적으로 나는 우리가 원숭이이기를 포기한 것이 참 안타까워. 원숭이는 그놈의 신성한 이념이 없지. 그저 견과나 짝을 차지하려고 싸울 뿐."

"그럼 당신은 정말로 원숭이가 되기를 포기했단 말씀이오?" 참사위원이 큰 소리로 말했다. "믿어도 좋을지 모르겠군."

"이 나라의 뭐가 그렇게 잘못됐냐고 물으셨나요?" 페일리 씨가 소리쳤다. "제가 말씀드리죠. 이 나라는 물론 문명세계 전체가 평등을 바라는 사악한 외침에 의해 부패하고 파괴되고 있습니다. 평등! 그런 건 없습니다. 그저 증오의 폭발일 뿐입니다. 우월한 자에 대한 열등한 자의……"

"원숭이는 자신의 생각이 신의 생각이라고 주장하지 않……"

"신에게는 한 가지 생각만 있소." 참사위원이 단언했다.

"그게 뭡니까?" 시달 씨가 물었다.

"어머나, 신께서 겸손하기도 하지. 인간은 그토록 많은 생각이 있는데." 애나가 외쳤다.

"……우리는 열등한 다수에게 아첨하고 그들을 애지중지 떠받들었습니다." 페일리 씨가 큰 소리로 말했다. "그들이 더 나은 사람들과 정말로 동등하다고 믿을 때까지 말입니다. 우리가 그들에게 우리와 동등한 권리를 가지고 태어났다고 말헀……"

미스 엘리스가 분노에 얼굴을 붉히며 끼어들었다.

"더 나은 사람들이 누구죠, 페일리 씨? 부자? 그들이 어째서 다른 사람들보다 더 낫다는 거죠? 무엇으로 증명할 수 있나요? 어떻게 다른데요? 큰 차와 밍크코트가 사람을 더 낫게 만드나요……?"

"……이 나라 사람들이 인류를 창조하신 신의 목적을 무시한다면 신은 더이상 그들을 필요로 하지 않으실……"

"……우리는 모든 빈민 출신이 단지 세상에 태어났다는 사실만으로 칭찬받을 만하다는 생각에 감염되도록 허용했습니다. 그들은 아무리 무능하고 무기력하고 게으르고 미욱해도 국가의 부의 평등한 배분, 국가의 위상에 부합하는 정당한 대접, 국가의 운명에 따른 평등한 목소리를 누릴 자격이 있다고 생각합니다. 해로운 망상이죠! 정말 공정한 사회라면 자신이 벌어들인 만큼만 정확히 분배받을 테죠."

"……이 나라는 쓰레기더미가 되어가고 있어요. 그 점을 착각하지 마세요! 우리는 빠른 속도로 원숭이 수준으로 추락……"

"하지만 공정한 사회를 원하는 사람이 있을까요?" 시달 씨가 반발했다. "난 아무도 없다고 확신합니다. 끔찍한 일이죠. 정상급의 개만 정상에 오를 자격이 있음을 인정해야 한다고 생각해봐요! 그들이 얼마나 우쭐댈지! 그리고 나머지 우리는 얼마나 부끄러울지……"

"……코브 부인은 가난한 자들이 스타킹과 파인애플을 원한다고 나무랐습니다. 부자들이야 그런 말을 쉽게 하겠지만, 가난한 사람들은 그렇지 않……"

"……유감스럽게도 무수한 사람들이 당신 말에 동의할 테죠, 미시즈 레첸. 그래서 이 나라가 쓰레기가 된 거요."

"어차피 우리는 모두 쓰레기가 될 거예요, 참사위원님. 민주주의와 공산주의 사이의 성전聖戰으로."

"아니, 아니요, 페일리! 적어도 우리보다 더 나은 자들을 비판할 여지는 줍시다. 나는 딱 한 번 공작이라는 작자를 만난 적이 있는데, 얼마나 멍청하던지 내가 훨씬 나은 공작이 될 수 있겠다는 생각이 들……"

"스타킹과 파인애플이 뭐가 잘못됐다는 거죠, 미스 엘리스?"

"부자들이 그런 걸 가지고 있지 않다면 가난한 사람들도 원하지 않을 거예요, 레이디 기퍼드. 부자들이 모범을 보여야……"

"……신이 없는 세상에서의 공정한 응징이로군. 개인적으로 나는 원숭이를 숭상하는 사람들을 원숭이 취급하겠소만."

"……가난한 인간의 허영에는 한계가 없습니다. 공정한 사회에서는 약자에게 자존심이 허용되지 않아요. 그는 자신이 유능하지 못해서 바닥에 있다는 걸 인정해야 해요."

"시달, 벌써 인정했어요, 수백 년 전부터. 이 모든 터무니없는 일이 시작되기 전에……"

"참사위원님, 저는 신경 안 써요. 우리는 원숭이에게 아주 친절하잖아요. 그들에게 견과를 주고 설교 따위는 절대 하지 않죠. 우리가 서로에게 그 반만큼만 친절하다면……"

"우리는 해로운 동물을 박멸하지."

"박멸이라고요! 신성한 가해 집단의 위대한 단어로군요. 그런 일이 당신네 사제들 사이에서만 일어나던 때에는 상황이 그리 나쁘지 않았어요. 당신들은 화형장 장작더미 위에서 서로를 불태우며 근사한 시간을 보냈죠. 하지만 나머지 우리는 이성을 잃고 의견이 다른 사람을 박멸하는 게 미개한 짓임을 알고……"

"신의 맷돌은 천천히……"

"……아무도 그에게 명령을 내리거나, 그보다 더 잘살거나, 그가 이해하지 못하는 것을 이해한다거나, 그가 더 열심히 일하지 않는다는 생각을……"

"……아주 곱게 분쇄하지! 수준이 떨어졌어. 보편적 도덕의 퇴행이라고. 아이들은 더이상 부모에게 순종하지 않고, 안식일은 더 럽혀지고, 순결은 조롱받지. 교회는 텅 비고……"

"……나라가 최저 수준으로 떨어질 때까지. 어떤 나라도 그런 수준에서 살아남을 수는 없지요."

"교회가 텅 빈 것은 종교인들이 서로를 박멸했기 때문……"

소음으로 귀가 먹먹했다. 헨리 경은 런던 대공습을 떠올렸다. 참사위원이 가장 큰 대포를 사용했다. 애나 레첸의 한 방은 꽤 인상적이었고, 미스 엘리스의 저항은 연쇄 발사 로켓처럼 점점 더 새된 비명이 되어갔다. 페일리 씨의 독백은 집요하고 끊임없이 지속되며 흔들림 없이 공격에 임했다. 시달 씨는 틈틈이 짖어댔다. 레이디 기퍼드의 목소리는 휴전 때만 간간이 들려왔으나 몇 분 정도는 계속해서 격렬하게 말했고, 어느덧 모든 남자가 이야기를 중단하고 그녀를 따라 자리에서 일어나 귀를 기울였다.

그녀가 말했다. "돈은 모든 악의 뿌리예요. 언제나 그래요. 나는 이만 잠자리에 들어야겠어요. 좀 피곤하네요. 취침 시간에 대한 의사의 권고가 워낙 엄하기도 하고요. 정말이지, 그러니까 모두가 돈 생각을 좀 덜 한다면 모든 문제가 상당히 간단해질 거예요. 사람들은 돈을 가지면 더 행복해지리라 생각해요. 하지만 실상은 그렇지 않죠. 가장 행복한 사람은 종종 꽤 가난해요. 왕에 대한 지혜로운 옛이야기를 들어본 적이……"

"있어요!" 모두가 외쳤다. "있어요!"

셔츠가 없는 행복한 사람에 대한 진부한 이야기를 다시 듣게 될까봐 다들 겁이 났기 때문이다.

"먼저 저녁부터 굶으면서 행복해지려고 노력해보시죠!" 미스 엘리스가 새된 소리를 질렀다.

레이디 기퍼드가 눈썹을 치키며 상당히 위엄 있게 대답했다.

"물론 배가 고픈데 행복한 사람은 없겠죠. 하지만 행복한 나라에서는 가난한 사람들도 먹을 것이 충분해요. 반면에 우리 나라처럼 변변치 못한 나라에서는 부자조차 충분히 먹지 못해요. 돈은 물건을 사는 데 필요할 뿐이에요. 돈을 먹을 순 없죠. 그런데도 사람들은 돈이 최고라고 생각하며 점점 더 많은 임금을 요구해요. 그로 인해 모든 게 비싸지고 가질 수 있는 것이 많아지기는커녕 더 적어지는데도. 임금이 높아질수록 살 수 있는 것은 적어져요. 그게 다 돈에 대한 애착 때문이죠. 안녕히들 주무세요! 여보…… 나를 위층까지 부축해줄래요?"

그들이 문을 닫고 사라지자 미스 엘리스가 다시 새로운 로켓을 발사했다.

"그렇지 않아요! 절대 아니라고요! 저 부인은 실업수당으로 살아봐야 해요. 그러면 돈이 뭔지 알게 되겠죠!"

"여하튼 꽤 예리한 이야기였어요." 애나가 말했다. "사람들이 너도나도 돈의 가치보다 돈 자체에 매달리니까."

폭격에 그다지 끼어들지 않던 코브 부인이 뜨개질감에서 눈을 떼고 혐오스러운 듯 콧방귀를 뀌며 말했다.

"오늘날 사람들이 원하는 건 돈이 아니에요. 그랬다면 우리가 이 지경에 이르지는 않았겠죠. 그들이 원하는 건 단지 노동량과 노동시간의 단축이에요. 그들이 응답하는 유일한 부름은 배고픔이에요. 배가 부르면 금방 그들은 게을러져요. 노력하고 싶어하지 않아요. 더 높은 수준의 삶도 원하지 않고. 누가 손에 쥐여주지 않는 한. 두고 봐요…… 우리 돈이 다 떨어지면 무슨 일이 일어날지 두고 보라고요. 제일 먼저 학교가 문을 닫겠죠. 그들은 수년 동안 우리 돈으로 자기 아이들을 교육했으니까. 직접 돈을 내야 한다면 그렇게 교육을 부르짖지 않을걸요. 저 모든 사치와 낭비를 봐요! 내 생각에 이 나라를 망치는 유일한 원인은 게으름이에요. 사람들은 일하기를 싫어해요. 일을 고생으로 생각하죠."

그녀는 다시 코웃음을 치며 회색 양말 한 짝을 다른 짝에 대고 길이를 쟀다.

아무도 그녀의 지적에 대꾸하지 않았다. 페일리 씨가 너무 떠들었나 싶어 약간 부끄러워하며 신문 뒤로 숨었다. 애나와 참사위원은 목이 쉬도록 소리를 질러댔다. 미스 엘리스만 비판을 했는데, 자기 인생에 이토록 모욕을 당하기는 처음이라고 외쳤다.

"누구에게 말인가요?" 시달 씨가 물었다.

"많은 사람에게요. 너는 더 높은 임금을 요구하지 마라, 나쁜 짓이니까. 노동시간 단축을 요구하지 마라, 나쁜 짓이니까. 네가 어떤 권리를 가지고 태어났다고 생각하지 마라, 나쁜 짓이니까. 나 같은 사람이 많아지면 당신 같은 사람은 줄겠죠, 코브 부인."

"그거 안됐군요." 코브 부인이 말했다.

미스 엘리스가 자리에서 일어나 불평하며 휙 나가려는데 벽난로 앞 카펫에 자리를 잡고 서 있던 시달 씨가 헛기침을 했다.

"설마 당신 새로운 연설을 시작하려는 건 아니겠지!" 애나가 외쳤다.

"안 될 것 있나." 시달 씨가 말했다. "나 빼고 여기 계신 모든 분이 세상의 부조리에 대해 이야기했잖아. 나는 왜 안 되지?"

그는 하던 말을 멈추고 라운지를 가로질러 가서 창밖을 내다보왔다.

"뭔가 떨어지는 소리가 난 것 같은데." 그가 설명했다. "잘못 들었나보군. 아무것도 없네요. 나는 또 펜디잭의 폴터가이스트 짓인 줄 알았지."

그는 벽난롯가로 돌아왔다.

"폴터가이스트?" 애나가 물었다.

"소식 못 들었어? 밤이면 맨 위층 창문에서 물건을 던진다고…… 작은 귀중품을……"

코브 부인이 벌떡 일어나 그를 노려보았다.

"오늘밤 우리는 다양한 계급의 사람들이 성토하는 이야기를 들었습니다." 그가 계속했다. "우리의 유감스러운 상황에 대해…… 질투하는 사람, 사치스러운 사람…… 게으른 사람, 참을성 없는 사람, 기타 등등…… 아니! 코브 부인, 자리를 뜨시는 건가요?"

코브 부인이 뜨개질감을 가방에 넣었다. 그러고는 쌀쌀맞은 인사를 던지고 급히 라운지를 나갔다.

"당신 정말 몹쓸 사람이야, 딕!" 애나가 나무랐다. "저 부인의 동석 조각상으로 장난을 친 게 정말 그 아이들이야?"

"난 그렇다는 강한 의심을 품고 있지."

"산 채로 아이들의 껍질을 벗기려 들 거야."

"오, 그러면 쓰나! 만약 그런다면 페일리 부인과 이밴절린 양, 낸시벨은 말할 것도 없고 로빈과 히비가 코브 부인의 껍질을 산 채로 벗길걸. 코브가 아이들은 스스로를 지킬 수 있어. 그 아이들은 대단한 영향력이 있거든! 호텔 전체를 쥐락펴락한다고. 그애들이야말로 땅을 상속받을 온유한 사람들로 우리 무덤 위에서 파티를 벌일 거야. 하지만 나는 스포츠맨 정신에 입각해 죽어가는 검투사에게 조금 마음이 쓰이는군, 불쌍한 코브 부인. 나는 무너져가는 이 세상에서 특정 계급만 비난받아서는 안 된다고 생각해. 우리 모두에게 잘못이 조금도 없다면 우리는 어떤 해로운 집단과도 상대할 수 있겠지. 하지만 그런 사람은 아무도 없어. 충분히 감사할 줄 모르거든. 배은망덕! 이게 우리 모두의 문제야. 그리고 그 이유는 모두가 자신이 정말 어떤 사람인지 전적으로 잘못 생각하고 있기 때문이 아닐까? 사람들은 자신을 독립적이고 자급자족하는 개체, 즉 하나의 주권국으로 여기고 싶어하지. 그리고 나머지 사람들과의 관계에서 다른 주권국과 협상한다고 상상하는 거야. 협상이 결렬되는 것도 놀랍지 않지. 그는 혼자서는 아무것도 아니니까. 아무것도. 그의 모든 것, 그가 소유한 모든 것은 나머지 사람들에게 빚진 것이야. 정말 그 자신의 것은 아무것도 없어."

"불멸의 영혼을 가졌군." 참사위원이 언급했다.

"혼자 힘으로 이룬 게 아니라는 말이죠. 그는 자신의 창조주와 동등한 조건으로 협상하려는 피조물일 뿐입니다. 나머지 사람들에게 빚진 것이 무엇인지 온전히 깨달을 수 있다면, 겸손과 감사함으로 넘쳐나고 압도되어 자기 권리를 주장하지 않고 빚을 갚는 데만 열중할 겁니다. 세상에서 공을 주고받으며 놀기에 가장 쉬운 친구가 되겠지요."

"나는 내가 누구에게든 뭔가 감사해야 한다고 생각하지 않습니다. 내가 어떤 사람이든, 무엇을 소유했든 그건 나 자신의 노력으로 이룬 결과입니다." 페일리 씨가 말했다.

"페일리 씨도 스스로 잉태되거나 혼자 태어난 것은 아니지요. 당신이 사용하는 언어를 스스로 발명하지도 않았고요. 그 언어로 다른 사람들에 의해 다른 세대의 지혜가 당신에게 전달되었어요. 우리의 도움 없이는 고결한 행동조차 하지 못합니다. 당신에게 처음으로 고귀함이라는 개념을 전한 것도 우리이고, 어쨌든 그것을 해줄 누군가가 필요했을 겁니다. 당신은 당신이 입은 옷을 당신 손으로 짜지도, 당신이 먹는 빵의 재료인 밀을 당신 손으로 키우지도 않았다고요."

"난 내가 가진 것에 대가를 지급합니다."

"당신이 지급하는 대가가 과연 충분할까요? 누구나 충분한 대가를 지급할까요? 자기가 받은 것의 백만 분의 일이라도 갚는 사람이 있을까요? 우리가 아니라면 당신은 어디에 있을까요? 헬렌 켈러의 삶에 대해 읽어본 적이 있습니까? 맹인, 농인…… 감옥에 갇힌 영혼…… 외로움에 얼어붙은 지능…… 우리와 소통할 수 없는…… 오로지 혼자! 그리고……"

페일리 씨가 억누른 소리를 지르며 자리에서 일어나자 시달 씨는 말을 멈췄다.

"뭐라고 하셨지요?"

"아무 말도 안 했습니다." 페일리 씨가 몹시 창백해진 얼굴로 거칠게 숨을 몰아쉬며 말했다.

"괜찮으세요?" 애나가 물었다.

"아니…… 난…… 구역질이 나서……" 화가 난 그는 시달 씨에게로 돌아섰다. "당신 말은 엉터리입니다. 당신은 어리석은 말을 하······"

그는 경련을 일으키며 서둘러 라운지를 나갔다.

시달 씨가 말했다. "이런, 내가 무슨 말을 했다고 저러지? 헬렌 켈러를 인용했을 뿐인데 왜 페일리 씨가 경련을 일으켰을까요? 근사한 이야기인데. 헬렌 켈러는 남아 있는 하나의 연결고리를 통해 우리를 발견했죠, 촉각. 사람들은 그녀의 손에 계속 물을 부으며 손가락에 단어의 철자를 적어주었습니다. 마침내 그녀는 이해했죠. 메시지였어요. 목표를 달성했습니다. 그녀는 반쯤 미치광이가 되어 방안을 뛰어다니고, 손에 닿는 대로 낚아채고, 움켜쥐고, 만져보고, 더 많은 이름, 더 많은 단어, 더 많은 메시지를 향해 작고 가냘픈 손가락을 내밀었습니다. 그러고 나서야 뇌가 작동할 수 있었지요. 그리고 영혼이 확장되었어요. 그녀는 우리가 아는 모든 것을 손가락 끝으로 배웠습니다."

애나가 하품하고 참사위원은 의자에 등을 기대고 앉아 초조하게 발을 굴렀다. 그들은 이제 시달 씨의 유일한 청중이었지만 계속 말하라고 부추기지 않았다. 그러나 시달 씨는 벽난로 앞에서 발뒤꿈치를 들었다 내렸다 하며 자신의 요지를 밀고 나갔다.

"나는 인간이 살아남을 거라 생각하지 않아요. 구조에 치명적인 결함이 있거든요. 그것은 바로 우리가 지적으로 인지할 수 있는 진실에 대한 일종의 도덕불감증입니다. 이성은 우리에게 감사해야 한다고 말합니다. 이성은 우리가 그래야만 협력해서 행복을 추구할 수 있을 거라고 말합니다. 그러나 이성은 기계를 작동시키지 못합니다. 청사진을 구상할 수 있을 뿐이지요. 우리가 겸손해질 수 없기에 문명 이후의 문명은 먼지가 되어버렸어요."

"그래서 당신이 종일 골방에만 틀어박혀 있는 거야?" 애나가 물었다.

"그렇지. 그래서 내가 골방에 틀어박혀 있는 거야. '태어났지만 죽어야 하고, 생각하지만 오류를 범할 뿐이다.' 모든 사람이 이 사실을 나만큼 명확히 직시한다면 다들 골방에 틀어박힐 거야. 하지만 다들 아주 바쁘고 행복과 안전을 추구하느라 여념이 없지. 덧없는 노력이야. 당신들은 아무것도 아니고 스스로를 위해 아무것도 할 수 없어. 당신들이 서로의 존재를 진정으로 믿는다면 서로를 위해 뭔가 할 수 있겠지. 하지만 그렇지 않아. 극소수의 사람만이 자신 외에 다른 누군가가 존재한다는 사실을 진심으로 믿어. 아주 소수만이. 그들이 할 수 있는 건 조금 성장하다 죽는, 뭐 그런 일을 시작하는 것뿐이야."

"한줄기 빛 같은 말씀이네." 애나가 일어서며 말했다. "음…… 나는 여전히 원숭이에게 최고점을 주겠어. 좋은 밤 보내세요, 참사위원님."

참사위원 랙스턴은 그녀의 인사에 답하지 않았다. 그는 그녀가 나가기를 기다렸다가 말했다.

"이제 우리 둘뿐이니 당신에게 한마디 하겠소, 시달."

"내 아들과 당신 딸에 관한 거라면……"

"아니오. 나는 당신이 이 집에서 아무것도 아니란 걸 알고 있소. 그건 아니오! 오늘 내가 들은 터무니없는 이야기에 대해서요.

나는 그 뒤에 숨은 뜻을 알아요. 내가 이곳을 떠나도록 누군가 겁을 주려는 것 같소. 이번이 처음도 아니오. 나더러 이 건물이 안전하지 않다고 하더군, 절벽이 무너질 수도 있다고!"

"누가 그러던가요?"

"그건 상관없고. 당신이 모르는 사실이라면 나도 이야기하지 않겠소. 하지만 내 정보원은 의심할 바 없이 누군가로부터 선동을 당하고 있소. 내가 보기에 여기 있는 사람들 다수가 나를 내쫓고 싶어하는 것 같으니 말이오. 그들이 누군지 안다면 전해주시오, 날 뭘로 보는 거냐고. 거짓말을 하려면 제대로 하라고."

"다른 절벽을 말씀하시는 겁니까?'

"무슨 절벽을 말하는지는 당신이 제일 잘 알겠지. 당신이 정부로부터 이곳을 당장 비우라는 편지를 받았다고 들었소만. 그게 사실이오, 아니요?"

"아닙니다." 시달 씨가 말했다. "내가 아는 한 아닙니다."

"나도 아닐 줄 알았소. 내가 솔직히 털어놓으면 당신도 사실을 말하리라 생각했지. 좋아. 이제 생각이 좀 정리되는군. 좋은 밤 보내시오."

시달 씨는 텅 빈 라운지에 한동안 멍하니 앉아 있었다. 그리고 골방으로 돌아가기 전에 갑자기 보일러실에 가보고 싶은 충동을 느꼈다. 석탄 보일러가 윙윙 흥겹게 돌아가고, 보일러실은 매우 깔끔했다. 그의 편지가 다 타버린 건지 아닌지 알 길이 없었다.

6. 폴터가이스트

"열일곱, 열여덟, 열아홉, 스물." 블란치가 초대장을 포개놓으며 수를 셌다.

"하지만 파티에 올 사람은 스물세 명인데." 모드가 말했다.

"셋은 우리잖아. 이제 누구에게 어떤 카드를 줄지 정하자."

그림과 색칠에 재능이 있는 코브가 아이들이 카드를 전부 꾸몄다. 그들은 온종일 바빴다.

비어트릭스가 카드를 침대 위에 모두 펼쳐놓자 세 자매는 무릎을 꿇고 둘러앉아 모드가 디자인한 달팽이 카드를 시달 씨에게 줘도 예의에 어긋나지 않을지 토론했다. 결국 그들은 시달 씨에게 접시꽃 카드를 주고 달팽이 카드는 로빈에게 주기로 했다. 낸시벨을 위해서는 제일 마음에 드는 카드를 남겨두었다. 블란치가 펜과 잉크로 테두리를 정교하게 그린 민들레 홀씨 카드였다. 페일리 부인에게는 그들이 그 못지않게 좋아하는 조개 무늬 카드를 주기로 했다.

"시달 부인은 토끼, 더프는 거미줄, 제리는 전나무 방울, 앤지는 고사리순 카드야. 앤지의 아버지는 어쩌지?"

"내가 만들다 잉크 얼룩이 번진 말미잘 카드를 주자." 모드가 제안했다.

"안 돼." 블란치가 단호하게 말했다. "그건 제일 안 예쁜 거야. 우리가 싫어하는 사람에게 제일 안 예쁜 걸 줄 수는 없어. 부엉이 카드를 주자. 그는 무슨 옷으로 가장하지?"

"프레드와 옷을 바꾸면 되겠네." 모드가 말했다. "그러면 프레드는 성직자가 되고 참사위원은 웨이터가 되잖아. 오, 가엾은 레이디 기퍼드가 파티에 올 만큼 기운을 차려야 할 텐데. 아침식사 쟁반에 그녀의 카드를 놓는 걸 잊어선 안 돼."

전에는 결코 누려본 적 없는 황홀한 기쁨이었지만 이런 도취감이 조금도 낯설지 않았다. 그들은 파티엔 언제나 이런 감정이 자연스레 따라온다고 믿었다. 그래서 조용히 세부 작업에 집중했다. 그들의 가장 의상은 쉽게 정해졌다. 블란치와 비어트릭스는 히비와 캐럴라인이 빌려준 면으로 된 기모노 가운을 이용해 게이샤로 가장할 예정이었다. 모드는 히비의 바지와 커튼 고리, 장식 띠, 붉은 손수건과 권총처럼 보이는 플라스틱 필통을 골랐다. 어떤 해적도 그보다 더 많은 것이 필요하지는 않을 터였다.

"그만 자자." 비어트릭스가 말했다. "어서 자야 빨리 내일이 오지."

그러나 블란치는 오늘도 내일만큼 좋다고 대꾸했다. 파티가 끝나고 나도 언제까지나 기억할 거라고.

블란치가 말했다. "내일 이맘때쯤 우리는 곳에서 신나는 파티를 열 거야. 지금은 여기서 그 생각을 하고 있지. 먼 훗날 우리는 또다른 장소에서 그 파티를 생각할 거야. 그러니까 뭐랄까, 여러 장소에서 오랫동안 반복해서 같은 일이 일어나는 거지."

그들은 창가로 가서 몸을 창밖으로 내밀고 바다로 쭉 뻗은 견고한 펜디잭곶을 바라보았다. 밀물이 높았다. 내일 파티가 시작될 무렵에도 이처럼 수위가 높으리라. 그러면 모래사장을 가로질러 갈 수 없을 것이다. 히비가 짠 프로그램의 첫 순서인 음악 행렬은 절벽 오솔길이 갈라지는 기슭까지 구불구불한 진입로를 따라 올라가야 할 것이다.

어머니가 왔을 때 그들은 여전히 창가에 매달려 있었다. 서둘러 복도를 걸어오는 그녀의 발소리에 담긴 불길한 조짐이 그녀가 방으로 들어오기 전부터 파란을 예고했다. 셋 모두 불길한 예감에 몸을 떨었다. 문이 열리는 소리를 듣고 그들은 천천히 돌아섰다. 어머니는 몹시 화가 나 있었다. 평소 표정과 크게 다르지 않았으므로 다른 사람들은 눈치채지 못했겠지만 아이들은 언제나 식별할 수 있었다.

"이리 와." 어머니가 침대에 앉아 말했다.

아이들은 두려움에 떨며 다가가 일렬로 그녀 앞에 섰다.

그녀가 말했다. "이 방의 누군가는 도둑이다. 내가 욕실에 있을 때 누군가 내 열쇠를 가지고, 흑호박을 훔쳐서, 창밖으로 던졌어.

누가 그랬지?"

그게 누구인지는 누구라도 알아볼 수 있었다. 모드와 비어트릭스의 영문을 알 수 없다는 표정은 거짓이 아니었다. 코브 부인은 억센 손을 내밀어 블란치의 어깨를 붙들었다.

"왜 그랬니?"

"모, 몰라요." 블란치가 소곤거리듯 말했다.

"누가 그러라고 시켰어?"

"아니요."

"거짓말하지 마."

"다른 사람들은 아무도 몰랐어요. 저는…… 우리가 그걸 갖고 있는 게 싫었을 뿐이에요."

"너 거짓말하면 어떻게 되는지 알지?"

셋 모두 숨이 턱 막혔다.

"아니……" 블란치가 울음을 터뜨렸다. "아니요. 저는 거짓말 하는 게 아니에요. 아무도 몰랐어요."

"누군가는 알았겠지. 넌 거짓말을 하고 있어. 방 가운데에 목욕 수건을 깔고 그 위에 의자를 놓거라. 어깨에도 수건을 두르고."

코브 부인은 서랍장으로 걸어가 인중 털을 정기적으로 밀 때 사용하는 작은 안전면도기를 꺼냈다.

비어트릭스와 모드가 울음을 터뜨리며 항의했다.

"아, 여기서는 안 돼요! 사람들이 다 보는 여기서는 안 돼요! 아, 어머니! 제발…… 제발…… 파티에…… 파티에 그런 모습으로 갈 수는 없어요…… 제발 파티가 끝날 때까지는 그러지 말아주세요……"

"너희는 아무도 파티에 갈 수 없어." 코브 부인이 돌아서며 말했다. "블란치가 사실을 말할 때까지."

울음소리가 커지며 비명으로 변했다.

"난 사실을 말했어요! 사실이에요! 사실이에요!" 블란치가 울부짖었다.

코브 부인은 듣는 척도 하지 않았다. 그녀는 객실 세면대에서 세숫대야를 집어들고는 뜨거운 물을 가지러 공용 욕실로 갔다. 코브가 아이들은 절망하며 울었다. 모드가 벌떡 일어나 필사적으로 문을 잠글 때까지. 갑작스러운 정적이 방안에 흘렀다.

"엄마가 하는 대로 따를 수는 없어." 모드가 말했다. "엄마가 들어오지 못하게 문을 잠그자."

"문을 부수고 들어오실 거야." 비어트릭스가 나지막이 말했다.

"못해, 혼자 힘으로는. 문이 얼마나 튼튼한데. 그리고 다른 사람한테는 말하지 못할걸. 못된 짓이야. 잔인해. 사람들이 말릴 거야."

"우리 엄마잖아." 블란치가 말했다.

"우린 여기서 굶어죽을 거야." 비어트릭스가 말했다.

"아니. 사람들이 찾아낼 거야. 우리가 파티에 나타나지 않으면 우리를 찾으러 오겠지. 배가 많이 고프겠지만, 파티에서 먹으면 돼. 그들이 우리를 구해줄 거야."

비어트릭스는 한숨을 내쉬며 찬성했다. 블란치는 더 말할 기운이 없었다. 그들은 여전히 약간 훌쩍이고 두려움에 떨며 어머니가 돌아오기를 기다렸다. 어머니가 문을 두드리며 부르자 모드조차

438

대답할 용기가 나지 않았다. 그들은 잠긴 문이 최후통첩을 대신하도록 가만히 있었다.

코브 부인은 한동안 문을 두드리며 협박했다. 그때 새로운 목소리가 끼어들었다.

"무슨 일이에요, 코브 부인? 아이들이 안에서 문을 잠갔나요? 저런!"

미스 엘리스였다. 코브 부인은 문 두드리던 손을 멈추고 이 집에 드라이버 같은 것이 있냐고 물었다.

"모르겠네요. 아마 없을 거예요. 그런데 여자애들이 이런 장난을 치다니! 기퍼드가 아이들이 시킨 게 틀림없어요."

"아니요, 우리는 시키지 않았어요!"

시끄러운 소리에 놀란 쌍둥이가 문밖으로 빼꼼 고개를 내밀고 말했다.

"코브 부인, 제가 부인 입장이라면 이곳을 떠나겠어요. 아이들 버릇이 더 나빠지기 전에 여기서 데리고 나가세요. 방값을 손해 보더라도……"

"고마워요, 미스 엘리스. 우리 아이들 문제는 내가 알아서 해요."

"그래 보이지 않는걸요. 그리고 부인이 저만큼만 아신다면 굳이 방값을 손해 볼 필요도 없을 거예요. 감히 방값을 요구할 수 없을……"

"그게 무슨 소리죠?"

"여기서는 말씀 못 드려요. 보는 눈이 많아서. 잠깐 제 방으로 들어오세요. 정말 아셔야 하는……"

발소리가 들리고 문이 닫히더니 침묵이 흘렀다.

"둘이 미스 엘리스 방으로 갔어." 모드가 말했다.

바닥에 누워 있던 블란치가 일어나 앉아 말했다.

"소용없어. 엄마를 방에 못 들어오게 할 수는 없어. 제물을 바치는 수밖에 없어."

"오, 안 돼!" 모드와 비어트릭스가 외쳤다.

"그런 다음 그리스도에게 결정을 맡기자."

"그리스도에게 맡겨봤자야." 모드가 말했다. "길 잃은 새끼 고양이를 발견했을 때 그에게 맡겼더니 엄마가 못 기르게 했잖아."

"그리스도가 현명했던 거지." 비어트릭스가 기억을 상기시켜주었다. "결국 잘됐잖아. 우리가 먹이를 줄 수 있었겠어? 옆집 사람들이 불쌍하다고 거둬들였지. 거기가 훨씬 더 좋은 집이기도 했고."

"조금 더 현명했다면 우리가 키우게 하고 먹이도 보내줬겠지."

"여기에 데려오지도 못했을 거야. 어쩌면 우리가 여기에 올 걸 알았나봐. 우리한테 왔다면 새끼 고양이에게 무슨 일이 생겼을지도 모르잖아?"

"모드!" 블란치가 외쳤다. "너 예수님을 믿지 않는 거야?"

"뭔가 원하는 게 있을 때는 아니야. 그리스도는 수백만 년 후에나 올 천국에만 관심이 있어. 나는 정말 많이 원하는 걸 제물로 바치고 싶지 않아."

"우리가 제물을 바친다면 우리에게 나쁜 일은 일어나지 않을 거야. 그리스도가 원하는 것이 나쁜 일일 리 없어. 신부님이 그렇게 말씀하셨어, 성금요일에."

"그럴 수도 있겠지. 하지만 몹시 안 좋은 일이 일어날 수도 있
어." 모드가 중얼거렸다.

그들은 더 말하지 않았다. 모드의 말이 일리가 있었다. 뭔가를
제물로 바치려던 과거의 시도는 그들을 재앙으로부터 구해주지 못
했다. 그럼에도 블란치는 항상 그들이 소원을 충분히 자제하지 못
했기 때문이라고 주장했다. 이번에는 그럴 수 없었다. 머리를 삭
발하지 않아도 천국이 올 거라는 희망을 버릴 수 없었다.

그렇게 이십 분 동안 두려움에 떨며 망설이다보니 모드조차 흔
들리기 시작했다. 시간이 흐를수록 결국 그들의 행동이 부적절하
다는 사실을 모두가 분명히 깨달았다.

마침내 어머니가 돌아오는 소리가 들렸다. 그녀는 문을 열려
했으나 여전히 잠겨 있자 블란치를 불렀다. 목소리가 달라졌다.
걱정스럽고 불안한 목소리였다.

"바보같이 굴지 말고 할말이 있으니 문을 열어라."

블란치가 일어나려 했으나 모드가 제지했다.

"너희가 이 터무니없는 짓을 그만두면 한번은 조용히 넘어가줄
수도 있어."

"안 돼! 안 돼! 이건 함정이야." 모드가 외치며 블란치와 실랑
이했다.

"허튼소리!" 문밖에서 흥분한 목소리가 대답했다. "나도 생각
할 게 있어서 너희를 가만두겠다는 거야. 나는 떠나야 할 것 같은
데…… 런던으로…… 아마 너희를 여기에 두고…… 그럴 경우

에……"

"왜 갑자기 떠나야 한다는 거지?"

"너희가 여기 남고 싶다면 얌전히 굴어야 할 거다. 제정신이 아닌 아이 셋을 시달 부인에게 부탁할 수는 없을……"

블란치가 모드를 밀어내고 자리에서 일어섰다. "모드와 비어트릭스가 파티에 가도 된다고 틀림없이 약속하시는 거예요?" 블란치가 외쳤다. "그렇게 해주신다면 저는 아무래도 상관없어요."

"뭐? 파티? 그래, 그래야지…… 너희가 정신을 차린다면 모두 가게 해주마."

블란치가 동생들에게로 돌아섰다.

"제물을 바쳐! 제물을 바쳐!" 그녀가 간곡히 타일렀다. "다른 방법이 없어. 우리가 피하기를 예수님이 원하신다면 그렇게 될 거야. 아니라면 그렇게 되지 않을 거고. 하지만 나는 문을 열어야 해."

비어트릭스와 모드는 눈을 감고 제물을 바칠 준비를 시작했다.

블란치가 문을 열었다. 코브 부인이 안으로 들어오자 세 아이가 눈을 질끈 감은 채 꼼짝 않고 서 있었다.

7. 아탈란타

낸시벨이 지쳐서 문을 열었을 때, 토머스 집안 부엌의 오래된 벚나무 시계는 아홉시 반을 가리키고 있었다. 쾅쾅 울리는 라디오 소리가 그녀를 반겼고, 어디에 갔었느냐는 어머니의 목소리도 들려왔다. 다른 식구들은 잠자리에 들었지만 토머스 부인은 화가 나고 궁금한 것도 있어 앉아서 딸을 기다렸다.

그녀는 화부터 냈다.

"네가 오늘은 반나절만 일하는 줄 알았다. 파마를 하러 밀리 스티븐스한테 간다고 했잖아."

"취소했어요." 낸시벨이 의자에 주저앉으며 말했다. "펜디잭에서 밀리한테 전화했어요. 시달 부인이 기절해서 오후 일정을 바꾸고 거기 머물렀어요. 지난번에 한 파마도 아직 괜찮고요."

"그럴 줄 알았다. 딱 내가 생각한 대로야. 내가 그랬다, 네가 또 오후 휴가를 반납했을 거라고. 원, 좋은 일도 한두 번이지."

"날짜를 바꾼 것뿐이에요, 엄마. 대신 다음주에는 오후 휴가를 두 번 낼 수 있잖아요. 차 있어요? 목말라 죽겠어요."

"그렇게 이용당하지 말아야지." 토머스 부인이 스토브에서 찻주전자를 들고 오며 말했다. "그들은 고마운 줄을 몰라. 당연하게 여긴다고. 그리고 자기 생각을 너무 안 해도 못써. 젊음도 한때인 걸. 너도 즐기면서 살아야지. 나중에는 네가 굳이 나서지 않아도 희생할 일 천지니까. 결혼이 그거지 뭐 다른 건 줄 아니."

낸시벨은 미소를 지으며 뭉근히 끓인 달콤한 차를 홀짝였다.

"그런데도 엄마는 저만 보면 결혼하라고 성화시네요." 그녀가 말했다.

"남편과 아이, 여자한테는 그게 인생이야." 토머스 부인이 자기 잔에도 차를 따르며 말했다. "별 재미는 없지만, 세상살이가 그런 거 아니겠니. 그러니까 펜디잭 호텔에 뼈를 묻을 필요는 없다는 거야. 시달 부인이 감당 못할 일을 벌인 거지, 불쌍한 사람. 그렇다고 너까지 잠도 못 자고 고생을 사서 할 필요는 없잖니. 그렇게 오지랖을 떨지 말라고. 네가 맡은 일은 제대로 하되, 부인 일은 부인이 알아서 하도록 둬."

"아, 그만요, 엄마."

라디오 볼륨을 최대로 높여둔 탓에 두 사람은 자기도 모르게 상대에게 소리를 질렀다. 귀에 너무 익숙해 라디오를 끌 생각조차 하지 못했다. 라디오는 아침 여섯시 반부터 가족의 삶에 오블리가토*를 제공했다.

불만을 다 토로한 토머스 부인은 좀더 편안한 주제로 화제를 돌렸다.

"아아! 잊고 있었구나. 너에게 편지가 왔는데."

그녀는 벽난로 위에 놓인 편지를 집어들었다. 편지는 녹음이 우거진 정자에서 설교하는 존 웨슬리의 도자기 조각상에 기대어 온종일 세워져 있었다.

낸시벨이 자리에서 일어났다. 눈에서 불꽃이 튀고 뺨이 타올랐다. 편지? 브루스일까?

그러나 그의 글씨체가 아니었고, 우표에 울버햄튼 소인이 찍혀 있었다. 그녀는 편지를 들고 테이블 앞에 쪼그려앉아 천천히 읽었다. 어머니는 너무 빤히 쳐다보지 않으려 노력했고, 라디오에서 제랄도의 밴드가 폭스트롯을 연주했다.

편지가 도착한 시점부터 토머스 가족은 토론을 멈추지 않았다. 브라이언이 울버햄튼에 산다는 것을 알았기 때문이다. 가족은 그가 옛사랑을 되찾고자 편지를 쓴 게 아니냐는 결론에 도달했다. 다른 이유가 있을 리 없었다. 낸시벨에게 온갖 슬픔을 겪게 한 그 형편없는 애송이를 생각하면 토머스 씨는 편지를 불 속에 던져버리고 싶었다. 마이라는 결혼 가능성이 아직 있기를 바랐다. 언니가 남자에게 버림받았다고 비난당하는 것이 마음 아팠고, 신부 들러리가 될 기회를 손꼽아 기다렸기 때문이다. 토머스 부인은 마음을 정할 수 없었다. 브라이언은 전도유망한 젊은이였지만 외모는

---

* 음악 연주에서 생략할 수 없는 성부.

브루스가 훨씬 마음에 들었다. 나머지 식구들은 그저 궁금해서 미칠 지경이었다. 낸시벨이 오후 휴가를 미루지 않았다면 오후에 궁금증이 풀렸을 것이다. 그들은 낸시벨이 귀가할 때까지 기다리겠다고 떼를 썼다. 하지만 토머스 부인은 허락하지 않고 모두 잠자리에 들게 했다. 딸과 둘이서라면 좀더 이성적인 대화를 나눌 수 있으리라 생각한 것이다.

"편지를 보낸 사람이…… 브라이언이니?" 낸시벨이 편지를 다 읽자 그녀가 물었다.

"아뇨. 그의 아버지요. 읽어보세요."

낸시벨이 설핏 웃으며 테이블 너머로 편지를 건네고 다시 찻잔을 들었다. 토머스 부인은 편지를 읽었다.

친애하는 미스 토머스,

내 편지를 받고 틀림없이 많이 놀랐을 거요. 하지만 나는 솔직한 사람으로, 두 젊은이가 마음속에 간직한 말을 털어놓지 못해 일생을 망쳐서는 안 된다고 생각합니다. 그래서 작년 이후로 내 아들에 대한 당신의 감정이 바뀌었는지 알고자 이 편지를 씁니다.

내 아들의 감정은 변하지 않았습니다. 그후로 아들은 불행하게 지냈습니다. 그는 당신을 잊지 못하고 있어요. 무엇에도 관심이 없고, 혼자서든 여자와 함께든 외출도 안 하고 방안에만 틀어박혀서 심지어 먹지도 않으려 합니다. 아들은 당신과 헤어진 이후로 자기 인생의 행복은 끝났다고 합니다. 그런 일이 있고 나서 당신에게 직접 편지를 쓸 엄두가 나지 않는다고 말하더군요. 그러나 나는 두 사람이 같은 마음이라면 화해하지 못할 이유가 없다고 생각합니다. 당신이 젊고 똑똑한 숙녀이며 심성이 고운 사람이라는 걸 나는 압니다. 그러니 묵은 감정으로 밝은 미래를 막으려 하지는 않겠지요.

미스 토머스, 최근 우리 집안에 매우 슬픈 일이 있었음을 알려야겠습니다. 가엾은 내 아내가 지난 6월에 세상을 떠났어요. 그래서 브라이언과 단둘이 지내는데, 우리를 돌봐줄 사람이 아무도 없습니다. 이제 가엾은 어머니의 뜻을 거역하지 않아도 된다는 것이 브라이언에게는 큰 위안입니다. 좋은 아들이 좋은 남편이 된다지요. 이제야 나의 바람이 아내의 바람과 늘 같지는 않았음을 편하게 인정할 수 있겠군요. 나는 개인적으로 당신을 며느리로 맞을 수 있다면 기쁘겠습니다.

당신의 마음이 변했다면 유감입니다. 그러나 여전히 같은 감정이라면 당신의 편지 한 줄이 브라이언을 새로운 사람으로 만들어줄 것입니다. 만약 그것이 불편하다면, 나에게 간단히 한 줄 보내주면 매우 고맙겠습니다. 내가 그것으로 브라이언에게 암시를 줄 수 있겠지요.

사업에 대해 말하자면 잘 굴러가고 있고, 내가 은퇴하면 아들이 물려받을 겁니다. 기운을 차리고 관심을 둔다면 아들에게는 밝은 미래가 있어요.

부모님과 당신에게 최고의 존경을 보내며,

A. 골디

"가엾은 브라이언!" 낸시벨이 다시 웃으며 말했다. "처음에는 말리는 어머니 등뒤로 숨더니, 이번에는 아버지를 앞세워 청혼하네요. 이렇게 한심한 사람을 본 적 있어요?"

"어떻게 할 거니?" 토머스 부인이 물었다.

"아, 노신사에게 편지를 써야죠. 일요일에 쓸래요. 부인이 세상을 떠나신 것과 그 모든 일이 유감이지만 내 감정은 변했습니다, 고맙습니다, 라고요."

"그러니?"

낸시벨이 편지를 찬장 선반의 공용 잉크병 뒤에 올려두었다.

"확실해요, 엄마. 설령 아무것도 변하지 않았다 해도 이 편지가 변하게 했을 거예요."

"브라이언이 직접 편지를 쓰지 않은 게 유감이구나." 토머스 부인이 미심쩍어하며 동의했다.

"그는 투정 부리는 아이에 지나지 않아요. 먼저 설득당해놓고 엎질러진 물을 보며 탄식하잖아요. 나는 잘 견뎌냈고 그를 잊었어요. 하지만 그는 그럴 깜냥이 안 돼요."

"깜냥이라니! 네가 그렇게 품위 없는 표현은 쓰지 않으면 좋겠다. 왜 그러니?"

"제가 품위가 없으니까 그렇죠. 골디 집안에 비하면 너무 품위가 떨어지죠."

"나나 너희 아버지는 그런 식으로 말하라고 가르친 적이 없어."

"알아요. 하지만 군대에는 별의별 사람들이 다 있었는걸요. 아주 악명 높은 여자애들이 있었는데, 내가 그들처럼 말했다면 엄마는 나를 한겨울에 눈 내리는 벌판으로 쫓아냈을 거예요. 저기 엄마, 큰 주전자 안에서 물이 끓는데, 저는 까마귀처럼 시커메진 것 같아요. 오늘 펜디잭 주방에서 일했더니 온몸에서 열도 나고 끈적끈적해요. 잠자리에 들기 전에 시원하게 씻어도 될까요? 불 앞에서 편하게요."

"그러렴." 토머스 부인이 찻잔 등을 씻으며 말했다.

입 밖에 내지 못한 브루스라는 이름이 그들 사이의 허공에 무겁게 떠 있었다. 토머스 부인은 그의 이름이 아직 언급되지 않았다는 사실을 몹시 의식했다. 그녀 자신의 젊었을 적 기억이나 다른 딸들과의 경험으로 알게 된 바에 따르면 여자들은 중요한 남자에 대해서는 말을 아끼는 법이었다. 낸시벨의 감정에 변화가 생긴 이유가 그 때문인지 묻고 싶은 마음이 간절했지만, 잘못 물었다가는 목이 달아날지도 몰랐다.

토머스 부인은 대야와 비누, 수건을 가지러 부엌으로 갔다. 낸시벨은 화제를 바꾸기로 결심했는지 하루 동안 일어난 사건에 대해 신나게 늘어놓기 시작했다. 제리 시달의 약혼, 사라진 장서의 미스터리와 보일러 안의 타버린 편지, 시달 부인의 기절, 미스 랙스턴이 보여준 요리사로서의 재능, 그리고 그곳에서 더 오래 일하다가는 미쳐버릴 것 같은 자신의 두려움에 대해.

그녀가 옷을 벗으며 말했다. "난 지쳐가고 있어요. 정말이에요. 아침마다 발걸음이 떨어지지 않고 저녁이면 빨리 빠져나오고만 싶어요. 그 모든 악의와 다툼과 불쾌함이라니! 못된 사람은 몇 명뿐이지만, 그들이 나머지 사람들을 지옥으로 몰아가고도 남아요. 소수가 다수에게 그토록 해를 끼칠 수 있다니, 믿지 못하실 거예요. 물론 그중에 엘리스가 최악이죠. 요즘 뭐라고 떠들어대는지 아세요?" 고수머리를 정수리에 모아 묶기 위해 그녀는 잠시 말을 멈췄다. "호텔이 무너질 거래요. 정부에서 호텔을 폐쇄해야 한다고 통보했다면서."

"늙은 고양이 같으니!"

토머스 부인이 난로 앞 의자에 대야를 얹고 큰 주전자의 물을 부었다.

"누굴 고자질하는 건 싫지만 나한테 걸리면 당장 시달 부인에게 갈 거예요. 순전히 앙심 때문에 호텔을 망하게 하려는 수작이니 막아야죠."

"그렇게 떠들고 다닌다는 건 어떻게 알았니?"

"프레드가 말해줬어요. 그래서 프레드와도 엮이기 싫어요. 아무것도 제대로 이해를 못하거든요…… 정확히 알지도 못하면서 누군가를 비난해선 안 되잖아요. 내가 직접 들었다면 다른 문제겠지만……"

낸시벨이 대야 앞에 무릎을 꿇고 팔과 가슴과 어깨에 비누칠을 시작했다.

"……프레드가 테라스에서 찻쟁반을 치우면서 엘리스가 라운지에서 페일리 씨에게 하는 말을 들었대요. 듣자마자 세척실로 와서 그러는 거예요. 소식 들었어? 이곳이 문을 닫게 됐대. 베빈 씨가 시달 씨에게 편지를……"

"베빈 씨!" 토머스 부인이 외쳤다. "그럴 리가!"

"베빈 씨는 정부에서 일하잖아요?"

"외무부 장관이지. 바보같이. 러시아 사람들과 논쟁하는 것만으로도 충분히 바쁠 텐데. 그가 아니라 베번을 말하는 것 같은데."

"잘 모르겠어요." 낸시벨이 말했다. "베빈인지 베번인지…… 나도 매번 헷갈리니까 프레드를 탓할 것도 없네요."

낸시벨은 허리와 허벅지를 닦으려고 일어섰다.

"요즘 젊은 여자들은 어쩌면 그렇게 아는 게 없는지 모르겠다." 토머스 부인이 불평했다. "우리보다 교육도 훨씬 많이 받았으면서…… 너희는 학교에서 이것저것 많이 배우잖니. 하지만 신문도 안 읽고 라디오도 안 듣고 나라에 대해 아무것도 몰라. 나는 열세 살에 학교를 마쳤지만 관심을 기울이는데. 여성협회 강연에도 가고, 베빈과 베번의 차이도 알고."

"엄마, 그만하고 제 등이나 밀어주세요."

"아기가 따로 없구나." 토머스 부인이 정답게 꾸짖었다.

"아빠 등도 밀어주시잖아요."

어머니가 고대 의식처럼 여성들이 수백 년 동안 남편의 지친 근육을 풀어주던 방식으로 낸시벨의 아름다운 하얀 등과 뭉친 어깨, 등뼈, 늑골과 엉덩이를 문질러 닦아주는 동안 그녀는 느긋하게 불 앞에 무릎을 꿇고 앉아 있었다.

"너희 아버지는 들에서 일하느라 근육이 뻣뻣하게 군으니까."

"나도 펜디잭에서 일하느라 근육이 뻣뻣하게 군다고요. 너무 좋아요. 계속해주세요!"

"그런데 펜디잭에 무슨 일이 있는 거니?" 토머스 부인이 물었다. "우물 때문인가? 요즘 우물이 비위생적이라고 하던데."

"아니기를 바라요. 시달 가족은 트레고일런에서 상수도를 끌어올 돈이 전혀 없어요. 제가 프레드한테 입 다물고 다시는 그런 소리 말라고 했어요. 이제 제가 왜 악의적인 일이라고 하는지 아시겠죠. 시달 부인을 실망시키긴 싫지만, 저도 오래 버티진 못할 거예요."

"등의 물기를 닦아줄까?"

"네! 거기서 버티기 힘들어하는 사람이 저만은 아니에요. 집에 오기 전에 주방에서 내일 있을 파티에 대해 한참 토론했어요. 아이들은 펜디잭곳에서 파티를 열고 싶어하는데, 제리는 우리가 그 모든 음식과 음료를 거기까지 옮겨갈 수 없대요. 정원 앞 암반 위에서 하면 어때? 그랬더니 이밴절린 양이 제가 그전에 한 말과 똑같은 말을 했어요. 안 돼요, 파티는 가능한 한 호텔로부터 먼 곳에서 열어야 해요. 이 호텔 근처에서는 아무도 즐길 수 없을 거예요. 이렇게 말하더라고요. 페일리 부인도 마찬가지였고. 그녀는 이번 주 내내 이곳에서 벗어나야 한다고 생각했대요. 그리고 사실이 그래요. 호텔에서 벌어지는 모든 불쾌한 일이 머릿속을 떠나지 않을 거예요. 아니면 가엾은 페일리 씨가 마치 말이 문밖을 내다보는 것처럼 음산한 얼굴로 창밖을 보거나, 참사위원 랙스턴이 달려나와 누군가에게 시비를 걸 테죠. 정말이지 엄마, 그곳은 비위생적인 것 말고 더 심한 뭔가가 있어요. 그 안에서는 아무도 행복할 수 없어요."

마사지가 끝난 후 낸시벨은 피로가 풀려 상쾌해진 기분으로 일어났다. 그녀는 하품하며 기지개를 켰다. 그녀의 벗은 몸에서 뿜어져나오는 광채가 작은 부엌을 채웠다.

토머스 부인은 맞장구쳤지만, 관심은 잉크병 뒤의 편지 주변을 맴돌았다. 중요한 결정을 너무 성급하게 내린 것은 아닌지 걱정이었다. 왜냐하면 남자 성격이 좀 무르다 할지라도, 그렇다면 오히려 다루기가 더 쉽지 않겠나 싶었기 때문이다. 남편 바니처럼 괜찮은 남자를 얻지 못한다 해도 더 편한 삶을 살겠지, 나보다는 편한. 저 아이가 나보다 나은 삶을 살았으면 싶은데. 문제는 얼마나 나은가일 테지. 아마 브루스라면……

낸시벨이 낡은 겉옷을 두르고 옷가지를 주섬주섬 챙기는 동안 토머스 부인은 대야를 다시 부엌으로 가지고 갔다.

토머스 부인이 돌아오며 말했다. "그 운전기사는……"

"아, 그는 떠났어요." 낸시벨이 재빨리 대꾸했다.

"떠나? 나는 아직 머무는 줄……"

"일을 그만뒀어요. 더 나은 일자리를 찾아 떠난 거예요."

"음…… 조금 갑작스럽구나. 좋은 일자리를 그렇게 갑자기 그만둬버리다니, 좀 충동적으로 들리네! 낸시벨…… 내 생각에는 브라이언에 대해 진지하게 고민해보는 게……"

"아, 아뇨, 엄마. 그럴 일 없어요. 저는 브라이언보다 성숙한걸요."

"그럼 브루스가…… 언젠가 돌아올 거라 생각하니?"

"어쩌면요." 낸시벨이 얼굴을 붉히며 수긍했다.

"음, 희망을 가져보자꾸나. 그때는 네가 그보다 성숙하지 않기를!"

냄시벨은 곰곰이 생각했다.

그녀가 천천히 말했다. "그렇지 않을 거예요. 그가 돌아온다면."

"언젠가 너는 너와 마주보고 있는 모든 남자보다 더 성숙할 거다." 갑자기 화가 치밀어 토머스 부인이 외쳤다. "너 자신보다 더 성숙해져서 아주 노처녀가 되겠지. 그리고 이십 년 후에는 버들가지 화환을 쓰고 그토록 성급하게 모두를 앞질러 성숙해진 걸 후회할 거다!"

냄시벨이 피식 웃으며 까치발로 좁은 계단을 올라 자매들과 함께 쓰는 침실로 갔다. 토머스 부인은 한숨을 내쉬며 라디오를 끄고 딸의 뒤를 따랐다.

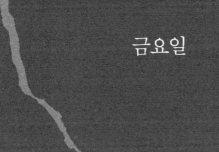

금요일

1. 페일리 씨의 일기

또다시 꿈을 꾸었다. 다시 꿈을 꾸면 여기에 기록하겠다고 했다. 그러나 그 기억은 차마 쓸 수도 없을 만큼 큰 공포로 나를 채운다.

그것은 시달의 실수였다. 그 때문에 생긴 일이었다. 그가 그런 말을 하지 않았다면 나는 이런 꿈을 꾸지 않았을 것이다.

잠에서 깬 후에도 몇 시간 동안 그 잔상을 떨쳐버릴 수 없었다. 나는 혼자였다. 요즘 크리스티나는 매일 밤 나를 홀로 내버려두고 나간다.

라운지에서 대화를 나눈 후 나는 비교적 일찍 잠자리에 들었다. 아마도 너무 흥분해서 그런 꿈을 꾼 것 같다. 크리스티나가 들어와 신발을 갈아신었다. 내게 월말까지 이곳에 머물고 싶다고 말했다, 우리의 예정보다 이 주 더. 이곳에는 문제가 좀 있다. 시달 부인이 아프다. 이밴절린 양이 대신 요리를 맡았고 아내는 그녀를 돕고 싶어한다. 굳이 머물 이유는 없지만 나도 이의는 없다. 객실 책임자라는 그 천박한 여자의 이야기에도 신경쓰지 않는다. 처음에는 그 여자의 말을 전혀 믿지 않았다. 하지만 어제 차를 마신 후 그 여자가 말하는 균열을 조사해보기 위해 절벽으로 올라갔다. 그리고 이제 내 생각은 그 말이 신빙성이 있다는 쪽으로 기울기 시작했다. 물론 전문가의 의견 외에는 받아들이지 않아야 하지만. 내 추측으로는 시달에게 편지를 썼다는 그 거만한 하급 관리가 나보다 나을 것이 없었던 듯하다. 균열은 빠르게 진행되는 듯 보이며 거의 절벽 가장자리까지 이어져 있어 언젠가는 절벽 전면이 무너질 수도 있을 만큼 위험해 보였다. 그런다 해도 전혀 놀라지 않을 것이다. 그리고 그 경우 이 저택은 재앙을 피할 도리가 없어 보인다. 그러나 시달의 생각은 다른 듯하다. 그렇지 않다면 이곳에 머물지 않을 테니.

나는 그런대로 평정을 유지하고 있다. 토끼처럼 깡총거리는 것은 내 스타일이 아니다. 내 삶은 요즘 별 의미가 없다. 꿈에 관해 쓰고 싶지 않다보니 자꾸 딴 이야기를 쓰게 된다.

내 꿈은 이렇다.

나는 보통 꿈에 큰 중요성을 부여하지 않는다. 기억하는 한 살면서 거의 꿈을 꾸지 않았다. 모든 꿈을 지극히 싫어한다. 꿈속에서 사람들은 너무도 바보처럼 행동한다. 꿈은 굴욕적이고 그로테스크하다. 그러나 이 꿈에서 나를 불안하게 하는 것은 공포, 공포다.

꿈은 이런 식이다.

시달은 어떤 편지도 열어보지 않는다고 말한다. 여기 계속 머무는 것으로 보아 아마 그 편지 역시 뜯어보지 않았을 것이다. 나는 그 일에 대해 생각해본 적이 없다. 이곳에 머물기로 했으니 의미 없는 일이다.

이게 내 꿈이다. 항상 똑같다.

잠이 든다. 완벽한 고독 속에서 잠이 깬다. 어둡지도 환하지도 않은 허공을 둥둥 떠다니는 기분이다. 심지어 어둠조차 볼 수 없다. 어둠조차 내게는 보이지 않는다. 아무것도 없다…… 나를 빼면 아무것도. 내가 있다는 사실만이 유일한 사실이다. 다른 사실은 없다. 그러나 처음에는 그렇지 않다. 내 꿈이 시작될 때는 아니다. 뭔가 다른 것이 있다. 나는 담배를 피운다. 나는 볼 수 있고 느낄 수 있고 냄새를 맡을 수 있다. 담배 끝에서 타오르는 불꽃을 볼 수 있다. 나 자신 말고 마지막까지 남은 것이므로 매우 소중하다. 그래서 아주 천천히 담배를 피운다. 불이 꺼지고 더이상 불꽃을 볼 수 없게 될까 두려워 담배를 피우지 않을 수 없다. 그러나 아무리 천천히 피워도 시간은 다가온다, 시간이 다가온다, 끝날 시간이. 담배꽁초에 손가락을 데고서야 그것을 떨어뜨린다. 화상을 감수하는 이유는 나 자신이 아닌 것에서 얻는 화상, 그 고통이 절대적인 고독보다 나을 것 같아서다. 그러나 나는 그것을 떨어뜨린다. 작은 불꽃이 유성처럼 떨어져 사라진다. 그러고 나니 아무것도 없다, 영원히.

나는

무無.

나는

무.

나는

영원한

무.

이런 일이…… 누군가에게…… 뭐라고 말해야 할까? 지적인 사람에게? 일어날 리가 만무하다. 코기토 에르고 숨.* 그러나 꿈에서 나는 생각하지 않는다. 내가 아닌 그것을 나는 감각을 통해 인지한다. 만약 감각이 나보다 앞서 사라진다면…… 나는 어떻게 될까? 그러면 나는 무엇을 생각해야 할까? 코기토 에르고 수무스 에고 엣 논 에고.**

나는 내 꿈을 기술했지만 충분하지 않다. 나는 설명할 수 없다, 이 공허 속에 깨어 있음을, 그리고 바로 이 현재가 내 꿈이라는 것을…… 나는 꿈꾸는 것이 무섭지 않다. 그러나 잠에서 깨어나는 것이 두렵다……

---

* 나는 생각한다, 고로 존재한다.

** 나는 생각한다, 고로 존재하지만 그것은 내가 아니다.

2. 키르케

'브런위 ㄹ의 순수하ㄴ 꺼풀……' 애나가 타이핑했다.

그녀는 손을 멈추고 욕을 했다. e키가 타자기 자판에서 빠져버렸던 것이다. 몇 주 전부터 헐겁더니 이제 아예 사라져버렸다. 다른 타자기를 찾을 때까지 「피 묻은 나뭇가지」의 집필을 중단할 수밖에 없었다.

사무실에 시달 가족이 사용한 적 없는 오래된 레밍턴 타자기가 있었다. 시달 가족 중에는 타자기를 쓸 줄 아는 사람이 없었지만, 혹시라도 다룰 줄 아는 관리인을 고용하게 될 경우에 대비해 갖다둔 것이었다. 애나는 그것을 떠올리고 빌려줄 만한 사람을 찾아나섰다. 시달 부인은 협조해줄 것 같지 않았지만 시달 씨라면 들어줄지도 몰라 그녀는 그의 골방으로 향했다. 그는 방에 없었다. 복도를 어슬렁거리던 프레드가 그녀에게 설명했다. 통에서 뭘 찾는다며 마구간으로 갔다고. 그래서 애나는 마구간으로 부탁하러 갔다.

통이란 금요일마다 포스메린에서 오는 대형 트럭이 싣고 갈 수 있도록 마구간 뜰에 일렬로 세워둔 쓰레기통을 뜻했다. 어떤 통엔 진짜 쓰레기가, 어떤 통엔 재활용할 깨끗한 종이가 들어 있었다. 시달 씨는 조사를 위한 밑작업처럼 그것을 모두 쏟아 마당 한가운데에 쓰레깃더미를 만들어놓았다. 양배추 꼭지, 석탄재, 찻잎, 커피 찌꺼기, 달걀 껍데기, 빈 캔이 편지랑 신문과 뒤섞여 있었다. 그는 낡은 가운을 걸친 채 냄새나는 쓰레기를 헤집으며 이 편지 저 편지를 집어들어 들여다보고 던지기를 반복했다. 다락방에서는 더프가 스트라빈스키를 듣고 있었다.

애나가 말했다. "저기…… 뭐 먹을 거라도 찾아?"

시달 씨는 편지를 찾는다고 말했다. 그는 그 편지가 진짜 있는지 확신할 수 없었다. 어제 타버렸을 수도 있다. 그러나 프레드가 미스 엘리스의 지시대로 타지 않은 종이를 모두 이 쓰레기통에 버렸으니 남아 있는지도 몰랐다.

"당신, 같은 편지를 이 분 동안 세 번이나 봤어." 애나가 외쳤다. "왜 좀더 요령 있게 못하는데? 무슨 편지야?"

그의 설명은 모호했다. 그는 편지가 어떤 모양새인지 모른다며 발치에 있는 갈색 봉투를 살펴봐달라고 그녀에게 부탁했다.

"난 사양하겠어." 애나가 말했다. "찻잎이 덕지덕지 붙어 있잖아. 당신이 직접 해."

그는 투덜대며 손을 뻗었다.

"무슨 내용인데 그래?" 그녀가 끈질기게 물었다.

그는 열병에 걸린 사람처럼 양배추 꼭지 아래쪽을 파헤치며 기뢰, 균열, 험프리 베빈 경의 방문과 참사위원의 암시에 대해 말해주었다.

"나는 전혀 모르는 일이야." 그가 불평했다. "그가 꾸며낸 이야기일 수도 있어. 하지만 사실이라면……"

애나는 중요한 일 같다며 그에게 험프리 경에게 편지를 써보라고 제안했다. 그러나 그것만으로는 안심할 수 없었다. 오늘이 금요일인데, 그는 여러 번 말했다. 아무리 빨라도 화요일 전에는 답장을 받을 수 없었다. 그사이에 일이 터질지도 몰랐다. 그는 심한 공황 상태에 빠진 듯 보였다.

"아직 안 무너졌잖아." 애나가 말했다. "화요일까지는 버텨주겠지. 참사위원이 지어낸 얘기가 아닌 건 확실해?"

"하지만 그사이에 우리가 어디로 갈 수 있겠어?"

"네 부인은 뭐라는데?"

"그녀는 몰라. 아직 말하지 않았어. 먼저 편지를 찾아보자고 생각했지."

"부인이 당신 이야기를 들으면 재밌어지겠네. 편지를 열어봤다면 덜 곤란했을 텐데, 안 그래?"

"약 올리지 마, 애나. 정말 겁난다고. 어젯밤에 한숨도 못 잤어. 화요일까지 못 잘 거야. 당신은 이게 얼마나 무서운 일인지 모르겠어?"

"무섭긴 하지. 안 그래도 난 내일 떠날 거야."

"당신이 내 입장이라면 어떻게 하겠어?"

"아무한테도 말하지 마. 험프리 경에게서 소식이 올 때까지."

시달은 털썩 주저앉았다. 익숙지 않은 노동에 땀이 쏟아졌다.

"음. 아무래도…… 하지만 화요일까지 어떻게 견디나. 샅샅이 찾아봤는데 여긴 없어. 저 절벽을 볼 때마다 소름이 끼쳐." 그가 말했다.

"샅샅이 찾아보기는. 아직 들여다보지 않은 게 저렇게 많은데."

"여기 더 있다가는 일사병에 걸려 죽을 거야." 시달이 쓰레기통 가장자리를 잡고 일어서며 말했다.

그러고는 가운 허리끈을 질질 끌며 집으로 걸어갔다.

"이건 다 어쩌고?" 그녀가 쓰레깃더미를 가리키며 물었다.

"누가 다시 쓰레기통에 넣겠지. 난 내 몫을 했어."

그는 멈춰 서서 목청을 높여 더프에게 소리질렀다. 더프가 다락방 창문으로 고개를 내밀었다.

"여기 좀 치워라." 그렇게 지시하고 다시 집으로 향했다.

스트라빈스키의 선율이 멈추고 더프가 내려왔다.

"영감태기." 더프가 뜰의 꼴을 보고 말했다. "맙소사, 대체 뭘 한 거죠?"

"잃어버린 것을 찾고 있었어." 애나가 말했다.

"난 안 치울 거예요. 포스메린의 카니발숍에 가서 파티에 쓸 대머리 가발을 사야 해요."

"운전할 줄 알아?" 애나가 물었다.

그는 어떤 차든 운전할 수 있다고 큰소리쳤다.

"그럼 내 차로 포스메린까지 나 좀 데려다줄래? 타자기를 빌리러 가야 하는데 운전하기 싫어서."

더프는 차를 운전한다는 자릿한 기쁨을 감추려 애썼다. 그는 운전을 거의 해본 적이 없었다. 애나의 힐맨을 몰고 기어를 바꿀 때부터 삐걱 소리도 내지 않으며 진입로를 돌아 대로에 이를 때까지 그는 늑대의 허세를 모조리 잊을 만큼 신이 났다. 그러다가 긴장이 조금 풀리자 자신의 옆얼굴을 보며 미소 짓는 그녀에게 마주 웃어 보였다.

"그러니까 파티에 가는구나." 그녀가 말했다. "재밌네!"

그는 파티란 늑대가 갈 곳이 아님을 당장 알아차렸다. 그는 귀찮다는 듯 엄청 재미없겠지만 빠져나오기가 쉽지 않다고 말했다. 그런데 애나도 가는 거 아니었나? 그렇다고 들었는데.

"아침식사 때 접시에 초대장이 놓여 있었어." 그녀가 말했다. "아주 예쁘더라고. 그래서 가기로 했지. 참사위원은 초대장을 찢어버리던데. 아이들이 식당을 나간 뒤에. 페일리 씨는 초대장을 테이블 위에 빈 봉투들하고 함께 두고 갔어. 그 두 사람은 정말이지 한 쌍의 못된 영감태기들이야. 일단 초대는 받아들이고 나중에 취소해도 될 텐데."

"그러시려고요?" 더프가 물었다.

"얼마나 재미있을 것 같아?"

"하나도 재미없겠죠. 아이들 게임과 레모네이드. 미치게 지루할 거예요."

"하지만 호텔에 혼자 앉아 있는 것도 재미없기는 마찬가지겠지."

"혼자가 아닐걸요. 심술맞은 영감태기들이 있잖아요. 그리고 너무 아파서 참석할 수 없는 레이디 기퍼드도 있고."

"아, 음…… 네가 우리 둘이 할 만한 더 재미있는 일을 떠올릴 수 없다면 우리도 가는 편이 낫겠지. 조심해! 도랑에 빠질 뻔했잖아."

더프는 입을 다물고 몇 야드를 더 가다 갓길 풀밭에 차를 세웠다. 늑대와 기사 노릇을 동시에 할 수는 없었다. 그는 엔진을 껐다. 작은 들판과 돌담으로 이루어진 절벽 지대는 매우 조용했다. 종달새의 노래가 들려왔다. 애나는 왜 멈췄는지 묻지 않았다. 아마도 그편이 더 안전하다고 생각했을 것이다.

더프가 말했다. "저한테 뭔가 더 좋은 생각이 있는데요."

"나도." 애나가 말했다.

그가 늑대의 전술을 던져버리고 그녀에게 말했다. "난 당신을 좋아하지 않아요. 먼저 말하는 게 공정할 것 같아요."

"아, 하지만 난 이미 알고 있는걸."

"상관없어요?"

"전혀. 더 재미있기만 한데."

"남자가 당신을 싫어하는데 더 재미있다고요?"

"응. 그렇게 놀라서 쳐다보지 마. 너도 그렇잖아."

더프가 흥분해서 웃었다.

"어쩌면요. 제가 얼마나 짐승 같은지 당신이 알아도 상관없어요."

"바로 그거지." 애나가 말했다. "그러니까 소풍은 땡땡이쳐야겠다. 내 방에 머물러야겠어."

"저는 아예 빠질 수는 없어요. 시작할 때 나타나지 않으면 모두 저를 찾으러 올 거예요. 그 음악 행렬이 시작이거든요. 하지만 잠깐 얼굴만 보이고 빠져나올 수 있을 거예요…… 아마도……"

"결정을 내리는 게 좋을걸. 난 내일 떠나거든."

더프는 결정을 내렸다.

3. 때로는 침묵하고, 때로는 소리치며

"옛날 옛적 젊은 시절에 그는 전 재산을 탕진하고," 헨리 경이 나지막이 혼잣말을 했다. "옛날 옛적 젊은 시절에 그는 전 재산을 탕진하고 방랑했⋯⋯"

그는 손에 쥔 쪽지의 도움을 받아야 했다. 캐럴라인이 쪽지를 전해주며 해가 지기 전에 시구를 외우라고 지시했다. 파티의 대단원에서 에드워드 리어의 모든 인물이 각자 시를 암송하기로 했으니까. 아이는 그가 맡은 시구가 조금 슬픈 부분이라고 말했지만 그는 그렇게 생각하지 않았다. 늙은 알리 삼촌이 그리 잘못 산 것처럼 보이지는 않았다.

고대 메디아인과 페르시아인처럼,
그는 언제나 자신의 힘으로

그 언덕에서 근근이 살았네.

아이들에게 철자법을 가르치며,

때로는 고래고래 소리치며―

가끔은 프로프터의

니고데모 알약을 팔면서.

　그는 인생의 반이나마 의미 있게 보냈기를 바라며 자책했다. 그러나 그의 인생은 십이 년 전에 산산조각났다. 지금 같은 여름에, 펜디잭과 비슷한 작은 바닷가 마을에서.

　캐럴라인이 태어났을 때 그들에게 젊은 보모가 왔다―이름은 기억나지 않지만 얼굴이 해맑은 소녀였다. 그녀는 그들 곁에 오래 머물지 않았다. 어제인가 그제인가 갑자기 그녀가 떠올랐다. 여름 휴가 때 그녀와 함께 아이를 데리고 작은 해변의 호텔로 갔기 때문이다. 날씨는 뜨겁고 화창했다. 아내는 해산 후 천천히 몸을 푸는 중이었다. 종일 바위에서 일광욕을 즐기거나 이따금 미지근한 바닷물에 들어가 느리게 수영했다. 즐거웠다. 기질상 가끔 화를 참기 힘든 경우도 있었지만, 그는 결혼한 지 십팔 개월이 지나도록 여전히 아내를 마음 깊이 사랑했다. 그가 보기에도 임신과 출산을 거치는 동안 그녀가 겪은 고통은 수긍할 만했고, 이제 몸이 나아진 만큼 이기주의와 유치한 방종은 사라지리라 믿었다. 그는 여자에 대해 아는 것이 거의 없었다. 그에게는 누이가 없었고, 고되게 일했던 젊은 시절에는 여자를 거의 만나지 못했다. 그는 아내가 온실 속 화초처럼 귀하고 연약한 존재라고 믿었으며, 자연의 횡포에는 그도 그녀만큼이나 간담이 서늘해졌다. 구 개월 동안 지속된 고생 끝에 그녀는 거의 죽을 뻔했다. 의사는 동의하지 않았지만, 장모가 그렇다고 우겼다. 그는 그럴 염려는 없다고 안도하며 자신이 아내에게 짜증을 느낄 수도 있다는 사실에 충격을 받았다.

그들은 매일 바위에 누워 있었다. 그리고 젊은 보모는 매일 풀먹인 유니폼을 입고 해변에서 유아차 옆에 앉아 있었다. 보모가 수영을 전혀 하지 않는 이유를 언제부터 궁금해했는지는 기억나지 않았다. 아마도 같은 호텔에 묵는 다른 보모들이 물놀이하러 바다로 달려가는 모습을 보았는지도 모른다. 그러나 생기 넘치는 소녀가 바다에 들어가지 않고 온종일 바다 옆에 앉아 있는 것에 만족한다는 사실이 이상해 보이기 시작했고, 마침내 아내에게 이유를 물었다. 그녀는 지나치다 싶게 당황하며 보모가 수영에 관심이 없다고 대답했다.

호텔에서 옆 발코니의 대화를 우연히 엿듣지 못했다면 아마도 생이 끝나는 날까지 그 말을 믿었을 것이다. 그는 아내가 착한 보모에게 인정머리 없이 군다는 사실을 알았다. 아내는 소녀에게 다른 보모들과 함께 수영하러 갈 시간을 한 번도 내주지 않았다. 그리고 자신은 단 삼십분도 아이의 유아차 옆에 앉아 있지 않았다. 그것이 기퍼드가의 보모에게 유독 힘들었던 이유는 그녀가 은메달을 딴 수영 챔피언이었기 때문이다. 레이디 기퍼드는 그 사실을 아주 잘 알고 있었다.

헨리 경은 용기를 내어 아내에게 따졌다. 그에게 거짓말을 했다고 비난하며 보모에 대한 비인간적인 처우를 나무랐다. 그것이 그들의 첫번째 싸움이었다. 그리고 어떤 면에서는 마지막 싸움이기도 했다. 그가 자기 생각을 고수한 유일한 때였으므로. 남은 휴가 동안 그는 매일 보모가 수영하러 가면 한 시간씩 캐럴라인 옆에 앉아 있었다. 8월이었다. 크리스마스 즈음 그는 아내가 자신을 용서했다고 짐작했다. 크리스마스가 매우 즐거웠기 때문이다. 그들은 사이좋게 크리스마스 양말 안에 캐럴라인에게 줄 선물을 채워넣었다. 그러나 몇 주 몇 달 동안 시든 꽃과 더불어 먹고 자야 했다. 그녀는 그를 비난하지 않았다. 거의 말이 없었다. 그녀는 다시 기운을 차리지 못했고, 그녀의 어머니는 항상 그럴 수밖에 없는 이유를 찾아냈다.

이후로 그는 애써 자신의 주장을 펼치려 들지 않았다. 이따금 성질을 이기지 못해 그녀에게 소리를 지르긴 했지만, 다시는 그때처럼 조리 있게 자신의 의견을 표명하지 못했다. 그녀는 자기가 원하는 대로 했다. 머지않아 그녀를 더는 사랑하지 않게 되자, 그녀를 내버려두는 것이 편하게 느껴졌다. 그는 사생활과 가정생활에 실패했다고 치부하고 직업에 모든 능력을 쏟아부었다. 아내가 거짓말쟁이라는 사실을 받아들였다.

그는 펜디잭 호텔의 정원을 거닐면서 그에게 할당된 시를 외우다 그 모든 것을 떠올렸다. 그리고 자신이 용감히 맞섰다면 아내에게 그를 사랑하도록 깨우쳐줄 수 있었을까 궁금해했다. 아내를 돕고 아내의 결점을 치유하는 대신 그는 차갑고 완고하게 변해갔다. 그리고 그녀가 명백히 아픈 지금, 그는 그녀를 떠날 생각을 하고 있다. 그녀는 결코 그 이유를 알지 못할 텐데……

    때로는 침묵하고, 때로는 소리치며,

    볼리 멜링에 당도할 때까지,

    그의 선조가 살았던 곳 가까이.

        (그리고 그는 꽉 끼는 신발을 신었네.)

    때로는 침묵하고, 때로는 소리치며, 그는 생각했다. 아내와 나
의 삶을 얼마나 잘 묘사한 시구란 말인가.

    티타임에 찻쟁반을 들고 올라가니, 아내는 기분이 우울한지 긴
병치레가 그의 삶을 망쳤다고 한숨을 쉬며 안타까워했다. 그는
아내의 무릎에 쟁반을 내려놓고 침대 위 그녀 곁에 앉았다.

    "당신의 건강은 아무 의미가 없어요. 그냥 주변적인 불행일 뿐
이지." 그가 말했다. "우리가 서로를 보살핀다면 말이오."

    "내가 아프지 않다면 당신은 날 사랑하겠죠. 아픈 여자 곁에 오
래 붙어 있을 남자는 없어요."

    "하지만 당신은 나를 사랑하지 않잖소."

    "여보! 내가 당신을 얼마나 사랑하는지 잘 알잖아요."

    "그 사랑을 보여주지 않잖소. 당신이 나를 사랑한다는 예를 하
나라도 보여준다면, 난…… 음…… 이 모든 상황을 달리 느낄
것 같소."

    아내가 찻잔에 차를 따랐다. 그는 그녀가 주저한다는 인상을
받았다. 무슨 말을 할지 알 수 없어서가 아니라 다른 이유가 있는

듯했다.

마침내 그녀가 말했다. "그러니까…… 원한다면 나는 당신과 이혼할 수 있었어요. 그런데 하지 않았죠."

"뭐라고요?"

그녀의 말에 헨리 경은 완전히 충격에 빠졌다.

"그렇게 동요하지 말아요. 그러다 쟁반 엎어지겠어요. 내가 당신을 사랑하지 않았다면 미국에서 돌아왔을 때 당신과 이혼했을 거예요. 나는 모든 증거를 가지고 있었죠. 하지만 하지 않았어요. 심지어 당신을 나무라지도 않았죠, 마음이 거의 찢어질 지경이었지만……"

"빌리 블래커를 말하는 거요……?"

"나는 남자들에게 그런 동물적 본성이 있다는 걸 알아요. 당신은 혼자였어요. 그래서 용서했어요. 그러지 않는 여자가 많지만."

"어떻게 알았소?"

"꽤 많은 사람이 알고 있었어요. 내 친구 몇도 알았고. 그들이 저에게 말하지 않았을 것 같아요? 그러니까…… 당신은 그녀와 살림을 차리다시피 했죠, 몇 달 동안 베이스워터의 아파트에서."

"그래. 그랬지…… 나도 사람들이 알고 있었으리라 생각해요. 모든 게 너무…… 대공습 때였으니…… 삶이 곤두박질치는 듯했지. 친구도 없었소. 하루하루를 겨우 살았지…… 그리고 전쟁을 겪었고."

"다들 나더러 이혼하라고 했어요. 하지만 난 안 한다고 했죠. 나는 그를 사랑해. 그를 이해해. 질투는 혐오스러운 거라 생각해.

참고 기다리면 그는 나에게 돌아올 거야."

"하지만…… 우리 문제는 그보다 훨씬 전에 시작됐어요. 그보다 수년 전, 캐럴라인이 태어난 직후에. 그 보모가 있었던 때 기억해요? 당신은 그녀에게 수영을 못하게 했고 나는……"

"맙소사, 그때는 아니죠! 그 보모는 아니에요! 난 결코……"

"오, 아니, 아니, 아니오! 내가 그 보모와 불륜을 저질렀다는 말이 아니오. 하지만 우리는 그녀를 두고 싸웠소. 우리의 첫 싸움."

"기억나지 않아요. 당신이 그런 쓸데없는 것까지 마음에 담고 있었다니! 난 아니에요. 난 우리의 사소한 싸움을 잊으려고 노력했어요. 그 보모 얘기는 좀 충격이네요. 난 민방위 여자가 처음이라고 믿었으니까. 모두에게 말했어요. 당신이 다른 여자한테 눈을 판 건 처음이라고. 그리고 그건 대단한 일이기도 하죠, 내 건강이 이렇게 안 좋은 걸 생각하면……"

"그 모든 얘기를 누구한테 했다는 거요?"

"매사추세츠의 룰루 윌모트에게요. 거기 있는 모든 친구들에게. 그들은 내가 돌아와서 한마디도 꺼내지 않은 걸 대단하다고 생각했어요. 그들은 내가 당신과 이혼하고 거기 머물길 바랐죠. 당신을 사랑하지 않았다면 그랬을 거예요. 난 미국이 좋아요. 거기서 쭉 살고 싶었어요."

"그곳에서 불편한 일이 생기지 않는 한 분명히 그랬겠지."

헨리 경은 빈정거린 것을 부끄러워하며 자신을 돌아보았다. 그러나 아내는 그의 가시 돋친 조롱을 알아차리지 못했다. 그녀는 차를 홀짝이며 조용히 말했다.

"난 그곳에서 크게 불편한 일이 생겼으리라고는 생각하지 않아요. 또다른 전쟁이 일어나더라도 말이에요. 나라가 워낙 크잖아요. 그들은 늘 넉넉할 거예요."

그는 익숙한 분노와 더불어 그녀를 향해 솟구치는 고함을 누르느라 목구멍이 막힐 지경이었다.

"정말이지 나는 당신에게 아이들의 양육권을 위임해야 한다고 생각하지 않소." 그가 외쳤다. "당신은 자질이 없어요."

레이디 기퍼드는 약간 놀라며 날카롭게 말했다.

"그런 터무니없는 소리 말아요! 나는 아이들을 키울 자질이 충분해요. 건강 상태가 나쁘다고 소홀히 한 적 없어요. 평생 단 하루도 아파본 적 없는 다른 많은 엄마보다 아이들을 더 잘 돌보고 있다고요. 저 비리비리한 코브가 아이들을 보세요…… 얼마나 방치되고 있는지!"

"당신은 자질이 안 돼. 나는 그애들이 소신 없이 자라길 원치 않소. 아이들을 쓰레기로 만들고 싶지 않아…… 모든 나라가 토해내는 쓰레기…… 넘치는 여물통을 찾아 이리저리 흘러다니는. 우리 아이들은 한 나라의 시민이 되어야 하오. 좋을 때나 나쁠 때나 충성할 어떤 공동체에 속해야 해. 아이들은 시궁쥐가 아니오. 나는 그애들이 시궁쥐가 되는 건 원치 않소."

의도와 달리 그의 목소리가 높아졌다. 귀에 익숙한 고함이었다. 레이디 기퍼드는 목소리를 낮춰 매우 부드럽게 말했다.

"내가 원하는 건, 호텔에서 나한테 산딸기 잼을 내놓지 않는 거예요. 내가 먹지 못한다는 걸 뻔히 알면서. 당신이 쟁반을 가지고 올라오기 전에 한번 살펴볼 수도 있었을 텐데. 그리고 당신은 내가 아이들을 키우는 걸 금지할 자격이 없잖아요?"

"난 아이들을 당신에게서 떼어놓을 수 있소."

"아뇨, 못할걸요. 엄마가 잘못한 게 없는 한 아이들을 엄마에게서 떼어놓을 수 없어요. 나야말로 당신과 이혼했다면 당신에게서 아이들을 떼어놓을 수 있었겠죠. 하지만 당신은 그럴 수 없어요. 그리고 당신이 정말 떠나기를 원한다 해도 나는 이혼해주지 않을 거예요. 당신이 후회하고 언젠가 돌아오리라는 희망을 가질 거예요. 언제나 당신을 기다릴 거예요. 하지만 그때까지 당신은 아이들을 볼 수 없겠죠."

방문을 두드리는 소리가 났다. 히비가 방안으로 고개를 들이밀었다. 헨리 경은 아이에게 가라는 손짓을 하며 말했다.

"지금은 안 된다, 히비. 저리 가⋯⋯"

"아니⋯⋯ 기다려⋯⋯" 레이디 기퍼드가 잼 그릇을 쥔 채 소리를 질렀다. "이걸 가지고 내려가렴, 애야. 그리고 대신 젤리가 있는지 물어볼래?"

히비가 침대로 다가와 헨리 경에게 털실과 철사로 만든 메뚜기 같은 작은 물건을 건넸다. 그리고 이렇게 쓰인 약상자도. 프로프터의 니고데모 알약.

"오늘 오후에 제가 만들었어요." 히비가 말했다. "그리고 캐럴라인 언니는 기차표를 만드는 중이에요. 맡으신 부분은 외우셨어요?"

"무슨 말이니?" 레이디 기퍼드가 물었다.

"파티 말이에요." 히비가 설명했다. "코브가 아이들의 파티요. 아침식사 때 쟁반에 놓인 초대장 못 받으셨어요?"

"그 카드? 아, 그래. 난 뭔가 했지. 어떤 사람이 내가 그런 데 갈 만큼 건강이 좋다는 생각을 한 거지?"

"모두가 초대를 받았어요." 히비가 설명했다. "아마 엄마에게 초대장을 보내지 않는 건 무례한 짓이라고 생각했을 거예요. 우리 모두 참석하니까요."

"그게 무슨 말이니? 너희 모두 참석한다고? 내가 언제 너희에게 가도 된다고 했지?"

히비가 당황한 듯 헨리 경에게 도움을 요청하는 눈길을 보냈다.

"우린 엄마가 가지 말라고 하실 줄은 생각도 못했어요." 히비가 해명했다.

"절대 안 된다. 내가 코브가 아이들과 놀지 말라고 말했을 텐데. 그 집 식구들과 조금도 엮이고 싶지 않구나. 그애들 엄마는 화요일에 나에게 참을 수 없을 만큼 무례하게 굴었어."

"코브 부인은 이 일과 아무 상관 없어요, 엄마. 소풍에 오지도 않는다고요. 호텔에 남아서 짐을 챙길 거래요. 내일 런던으로 떠나야 해서……"

"그애들은 너 때문에 익사할 뻔했다면서 너를 궁지에 몰아넣었어. 그걸로 충분하다. 얘야, 너희가 재미있게 놀겠다는데 안 된다고 하기는 싫지만 이번에는 정말 어쩔 수가 없구나. 난 그 파티 계획이 마음에 들지 않아."

"하지만 엄마……"

헨리 경이 끼어들었다.

"내 실수요. 내가 허락했소. 당신이 반대할 거라는 생각은 못했어요. 이제 너무 늦었으니, 내 생각에는 아이들을 보내야 할 것 같소. 우리가 이제 와서 코브가를 등진다면 엄청난 재앙이 될 거요."

아내가 그를 차갑게 응시했다. 그는 이 반대가 자신이 아이들을 떼어놓겠다고 협박한 것에 대한 보복임을 깨달았다. 그러나 그녀는 농담처럼 말했다.

"여보! 나는 당신이 내가 아이들 버릇을 망친다고 생각하는 줄 알았는데 정작 그런 사람은 당신이네요. 당신이 틀렸어요. 아이들에게 뭐든 다 허락해주는 건 당신이에요. 난 아이들을 엄하게 가르친다고요."

"하지만 엄마, 우리는 가야 해요! 가야만 해요!" 히비가 진짜로 불안해하며 소리쳤다.

"꼭 가야 한다는 소리 좀 그만하렴, 애야. 나는 절대 허락하지 않겠다."

"하지만 왜요? 왜?"

"말했잖아. 난 코브가를 신경쓰지 않는다고."

"당신이 잘못 생각한 거요. 그애들은 아주 착한 소녀들이야. 그리고 우리 모두 그애들을 가여워하지."

"코브가 아이들 때문만은 아니에요. 쌍둥이에게 너무 늦은 시간이에요. 그리고 우리 아이들은 모두 잘 체해요. 아이들이 병이 날 거라고요. 한밤중에 그런 허접한 음식을 집어삼키면……"

"허접하지 않아요. 맛있는 음식이에요. 바닷가재 샐러드와 치

킨과 아이스크림…… 다 우리가 배급권을 모아……"

"소화가 안 되는 음식일 게 뻔해. 코브가 아이들은 한밤중에 다들 보는 앞에서 음식을 배급받아야 할지 모르지. 하지만 내 아이들은……"

"엄마는 우리가 촌충을 먹었으면 좋겠나보네요." 히비가 분노한 듯 외쳤다.

히비와 레이디 기퍼드가 동시에 숨이 헉 들이쉬며 싸움이 갑자기 중단되었다. 그런 무례한 말을 내뱉은 히비를 나무라기 위해 몸을 돌린 헨리 경은 아이의 얼굴을 보고 오싹해졌다―너무 지나쳤음을 깨달은 아이의 얼굴에 나타난 창백한 공포와 환희. 그는 아내를 보았다.

레이디 기퍼드는 히비에게 그게 무슨 말이냐고 묻지 않았다. 둘 중 더 공포에 질린 사람은 그녀였다. 그녀는 히비를 막으려는 듯 여전히 잼 그릇을 손에 쥐고 있었다. 그녀는 입술을 핥고 뭔가 말하려다 그릇을 내려놓았다. 그리고 베개에 머리를 눕히고 눈을 감았다.

"그만 나가는 게 낫겠다." 헨리 경이 히비에게 엄하게 말했다.

그러나 히비는 떨면서도 꼼짝하지 않고 서 있었다.

"우리 파티에 가도 돼요?" 히비가 그를 완고하게 응시하며 물었다.

"그래." 헨리 경은 이 장면이 끝나기를 갈망하며 대답했다. "그래. 여보, 아이들이 가도 되지요?"

레이디 기퍼드는 눈을 뜨고 증오가 가득한 눈빛으로 잠시 히비를 바라보았다. 그러다 힘없이 말했다.

"가고 싶으면 가렴. 하지만 먼저 여기서 나가거라."

히비는 방을 뛰쳐나갔다.

"차는 그만 마시고 싶네요." 레이디 기퍼드가 속삭이듯 말했다. "이런 일은 내 건강에 너무 나빠요. 흥분하면 안 되는데. 쟁반을 가지고 내려가줘요, 여보. 난 좀 쉬어야겠어요."

그는 그녀의 말을 거의 알아들을 수 없었다. 그는 침대 발치에 서서 마음속에 메아리치는 말을 되새기며 가로대에 새겨진 문양을 손으로 톡톡 두드렸다.

　　작은 보릿더미 위에서
　　늙은 알리 삼촌이 돌아가셨네,

　　　　그리고 어느 날 밤 그들이 그를 묻었네……

"쟁반 가지고 좀 나가줄래요?"

헨리 경은 침착하게 마음을 가다듬었다.

"저 아이…… 저 아이가 무슨 말을 한 거요?" 그가 물었다.

"히비요? 내가 어떻게 알아요? 어디서 주워들었나보죠. 진저리나는 애들이랑 노니까 그런 거예요. 쟁반 가져가요."

그는 쟁반을 가지고 나왔다. 계단 꼭대기에서 웅크린 채 그를 기다리던 히비 위로 하마터면 엎어질 뻔했다. 히비가 지체 없이 말했다.

"저를 보육원으로 돌려보내는 편이 나을 거예요. 저는 친자식도 아니고 잘못 컸어요. 떠나는 게 나아요."

"우리는 너에게 책임이 있어." 헨리 경이 쓸쓸하게 말했다.

"그런 말을 했으니 저를 원하지 않을 거잖아요."

"그건 정말 나쁜 말이었다. 어떻게……"

그는 말을 멈췄다. 차마 입이 떨어지지 않았다.

"에드메한테 들었어요. 윌모트 부인의 하녀인데, 그녀가 다른 하녀랑 하는 말을……"

"아, 매사추세츠에서?"

"네. 에드메가 그러니까…… 사람들이 그것 덕분에 날씬한 몸매를 유지할 수 있다고 했어요. 윌모트 부인이 그것 때문에 엄마가 미쳤다며 몹시 화를 냈다고…… 엄마가 엄청나게 살이 쪘거든요, 미국에서. 아주 뚱뚱했다가 갑자기 끔찍하게 말랐어요. 에드메 말로는……"

"그건 허튼 소문이야." 그가 히비에게 말했다. "그냥 빈말이지. 전혀 사실이 아니란다."

히비가 고개를 끄덕였다.

"너…… 다른 사람들에게도 말했니?"

"아, 아뇨…… 아무에게도 안 했어요. 오늘만…… 너무 화가 나서……"

"그건 잊어라."

"엄마는 못해요. 아버지가 저를 내보내야 할 거예요."

그는 그 말이 사실임을 알았다.

그가 골똘히 생각하다 말했다. "너를 기숙학교에 보내는 편이 나을 수도 있겠구나."

"아마 그럴 거예요." 히비가 조금 기운을 내며 동의했다. "제인 에어처럼."

그는 쟁반을 내려다놓고 모래사장으로 나갔다. 이 그로테스크한 발견이 그의 입장에 거의 아무 변화도 주지 않으리라는 걸 그는 알았다. 더 바보 같은 기분만 들 뿐이었다. 이제 위엄 있는 싸움을 고민할 필요가 없었다.

4. 쾅글왕글의 모자

지구는 파티를 향해 돌았다. 적어도 펜디잭 호텔에 머무는 사람 대부분은 그렇게 느꼈다. 일곱 명의 아이들에게 지구의 회전은 너무 느리고 하루는 끝이 없는 듯 보였다. 어른들은 맡겨진 일이 많아 괴로울 뿐 시간에 대한 원망은 없었다. 여전히 요리를 전담하고 있는 이밴절린은 그처럼 많은 의상을 만들기로 자청한 것을 후회했다. 그녀가 페일리 부인이 쓸 모자를 마지막 순간에야 완성해 계단을 달려올라가자 이미 의상을 차려입은 아이들이 행렬을 시작하려고 복도에 모여 있었다.

페일리 부인은 더프가 빌려준 낡은 초록색 레인코트를 입으려 애쓰는 중이었다. 옷이 너무 끼고 팔은 짧았다. 그러나 누가 봐도 피부처럼 보였다.

"여기요." 이밴절린이 침대에 모자를 놓으며 말했다. "하지만 쓰실 수 있을지 모르겠어요."

"걸작인데요!" 페일리 부인이 말했다.

모자는 지름이 4피트였다. 마분지로 만든 모자 테두리에 리본
과 단추, 작은 종이 달려 있었다. 정수리 부분에서는 카나리아 두
마리, 황새, 오리, 올빼미, 달팽이, 꿀벌, 코르크 마개 뽑는 기구
로 만든 울퉁불퉁이, 금빛 뇌조, 발가락 없는 포블, 위엄 있는 작
은 곰, 반짝이는 코를 가진 동, 동양 송아지, 고슴도치, 찍찍 박쥐
가 다 같이 파란 개코원숭이의 피리 소리에 맞춰 춤을 추었다. 페
일리 부인이 모자를 쓰자마자 한쪽으로 보기 싫게 기울었다.

"제가 이럴 줄 알았어요." 이밴절린이 말했다. "하지만 리본을
좀 가져왔어요. 이걸 박음질해서 달면 턱밑에서 묶어 고정할 수
있을……"

페일리 부인이 발톱처럼 보이도록 손가락 안에 연필을 집어넣
은 검은 장갑을 끼는 동안 이밴절린은 침대에 앉아 바느질을 했다.

"내가 얼마나 놀랐는지 몰라." 페일리 부인이 말했다. "코브 부
인이 나에게 자기가 없는 동안 아이들을 좀 봐달라잖아. 그것도
거의 상냥한 태도로. 내가 아이들에게 정말 잘해준다면서. 파티를
열어줘서 고맙다고 미소까지 지으면서!"

"그럴 리가요." 이밴절린이 말했다. "웃을 줄 모르는 사람인데."

"여하튼 웃는 것처럼 이를 내보였어요. 정말 그랬다니까. 무슨
꿍꿍이인지 알면 좋겠는데!"

"오, 뻔한 거 아니에요? 방을 빌렸잖아요. 방세만 내고 방을 쓰
지 않으려니 아까운 거죠. 그리고 아이들을 여기에 버리지 말라는

법도 없잖아요?"

"그렇게 생각할 수도 있겠군요. 하지만 히비의 좌우명이 머리를 딱 치네요. 나는 그 여자가 무서워요. 그 여자가 아이들을 여기에 두려 한다는 사실을 알자마자 아이들을 여기 둬도 괜찮을지 바로 의심이 들더군요."

"그럼 부인은 그녀가 아이들을 버리려 한다고…… 생각하세요, 영원히?" 이밴절린이 실을 입으로 물어 끊으며 물었다.

"네. 당신은 아니에요? 어쩐지 그런 느낌이 들지 않아요?"

"그렇죠. 하지만 근거가 없잖아요, 그녀의 태도 외에는."

"내가 보기에는 자기도 잘 의식하지 못하는 것 같아요. 하지만 그녀는…… 아이들을 위험 속에 버려두었…… 모르겠네요. 그 아이들은 몇 번이나 죽을 고비를 넘긴 것 같아요. 그 여자가 아이들을 보며 망자의 바위 쪽으로 갈 때 그 얼굴을 나는 잊지 못할 거예요. 망원경으로 그 모습을 봤거든요. 그녀는 아이들을 따라갔어요, 아이들을 말리러. 하지만 정말 마지못해서였죠. 그녀는 아이들을 조금도 사랑하지 않아요. 짐으로만 여길걸요. 나를 보고 그 끔찍한 미소를 지었을 때 곧바로 그런 생각이 들었어요. 아, 아이들이 여기 있으면 위험한가?"

"그럴 리 없잖아요." 이밴절린이 말했다.

"그렇죠. 그럴 리 없죠. 내 생각이 지나쳤나봐요. 잠시라도 그녀가 의식적으로 그런다고 생각하기는…… 난 그냥 그녀가 어떤 이유인지 모르지만 무의식적으로 아이들이 잘못되기를 바란다는 느낌이 들어요. 그녀는 아이들이 사라지기를 원해요. 그녀와 상관

없이 아이들 스스로 뭔가 한대도 굳이 말리지 않을 것 같은……
저애들이 내 아이들이라면, 앤지! 내가 저 아이들을 키울 수 있다
면 좋겠어요."

"자." 앤지가 두번째 끈을 완성하고 말했다. "저도 어서 가서
제 얼간이 모자를 써야겠어요. 끈 꼭 묶으세요……"

이밴절린은 디스코볼로스 부인 의상으로 갈아입기 위해 위층
으로 서둘러 올라갔다. 페일리 부인은 모자 끈을 묶기 위해 발톱
장갑을 다시 벗어야 했다. 끈을 묶어도 모자가 옆으로 약간 기울
었지만 머리핀으로 고정할 수 있었다.

그러는 사이 남편이 방으로 들어오는 소리가 들렸지만 커다란
모자와 테두리에 박힌 레이스와 리본에 가려 그의 모습을 볼 수
없었다. 그는 몹시 조용했지만 그녀는 남편이 자신을 보고 있음을
알았다. 그가 말했다.

"설마 이런 꼴로 사람들 앞에 나설 작정은 아니겠지? 누가 좋
아하겠소? 당신이 아이들을 가엾어한다는 건 알아요. 하지만 이
게 아이들에게 무슨 도움이 되겠소?"

"아이들에게 웃음을 주죠." 페일리 부인이 입에 핀을 가득 문
채 중얼거렸다.

잠시 후 그녀가 덧붙였다.

"당신이 참여하지 않는다니 매우 유감이에요. 파티가 맘에 들
지 않을 테죠. 하지만 거기가 여기보다 더 불쾌하지는 않을걸요.
아이들도 좋아할 거고. 힘든 일도 아닐뿐더러 아이들을 기쁘게 해
줄 수 있잖아요."

그가 바로 대답하지 않자 그녀는 남편이 망설인다고 느꼈다. 그녀는 모자 밑으로 남편의 얼굴을 살피려고 고개를 옆으로 기울였다.

"가요." 그녀가 말했다. "아마 기분전환이 될……"

"무엇으로부터?" 그가 날카롭게 물었다.

"무엇이든…… 당신을 괴롭히는 것으로부터요. 당신이 말해 주지 않으니까 나도 그게 무엇인지는 알 수 없……"

"꿈이오……" 페일리 씨가 낮은 목소리로 말했다.

저 아래 테라스에서 큰 소음이 들려왔다. 프레드의 아코디언 소리에 맞춰 첫 손님들이 행진하는 중이었다

"못 들었어요." 페일리 부인이 말했다.

"나도 말을 못하겠소." 페일리 씨가 외쳤다. "당신이 머리에 그런 우스꽝스러운 모자를 쓰고 있는 한. 그걸 벗어요!"

"안 돼요. 고정하려면 시간이 많이 걸리고 난 지금 나가봐야 해요."

아래에서 노래를 부르기 시작했다.

동물이 두 마리씩 들어갑니다!
야호! 야호!

"당신은 뭐지?" 그가 외쳤다. "당신이 뭐라고 생각하는 거요?"

"콸글왕글이에요." 페일리 부인이 떨리는 목소리로 대답했다.

"뭐라고? 안 들려요."

"쾅글왕글이라고요."

"쾅글왕글이 뭔데?"

"몰라요. 아무도 몰라요."

페일리 부인이 모자 밑으로 코를 풀었다. 슬픔이 덮쳐와 더는 파티에 가고 싶지 않았다.

"음?" 그가 외쳤다. "당신 뭘 기다리는 거요?"

"몰라요. 이만 가볼게요."

그녀는 다시 고개를 기울여 그를 보았다. 그는 돌아서서 이제 두 손으로 머리를 감싸고 창가의 안락의자에 앉아 있었다. 그는 대답하지 않을 터였다.

페일리 부인은 모자를 눌러쓰고 조금 힘겹게 문을 빠져나갔다.

5. 마지막으로 떠난 사람

펜디잭 매너 호텔은 깊은 고요에 휩싸였다. 행렬은 테라스에 모였다가 노래를 부르며 사라졌다. 밀물이 모래사장을 덮은 탓에 먼저 진입로를 따라가다가 절벽 오솔길로 빠져나갔다. 시끌벅적했던 소음과 음악이 사라지고, 짙은 안개 같은 정적이 집을 에워쌌다.

시달 부인은 맥없이 침대에 누워 무엇보다 안도감을 느꼈다. 아이들이 다락방에서 옷을 입으며 내는 소음과 이 방 저 방에서 외치는 소리를 참기 힘들었다. 그들이 우르르 계단을 내려가자 그녀는 기뻤다.

그녀는 옷을 입은 채 누워 있었다. 아픈 게 아니라 피곤할 따름이었고, 언제든 다시 집안의 중책을 맡아달라는 부탁에 대비해야 했으니까. 그들의 무릎을 꿇릴 재앙이 반드시 닥칠 것이다. 그러나 와달라고 사정할 때까지 내려가지 않을 작정이었다. 이밴절린 랙스턴이 호텔에 머무는 동안에는.

식사 때면 로빈이나 더프 혹은 낸시벨이 음식을 쟁반에 담아 그녀에게 가져왔다. 그들은 하나같이 그녀가 나설 필요는 없으며, 모든 것이 그녀 없이도 완벽하게 잘 돌아간다고 힘주어 말했다. 그녀는 그 말을 믿지 않았다. 믿고 싶지 않았다. 그들이 가져온 훌륭한 음식 탓에 그녀의 마음은 더욱 굳게 닫혔다. 제리와 그 여자는 아주 교활했다. 결코 직접 오는 법이 없었고, 그들의 자신감을 뒤흔들 기회를 그녀에게 주지 않았다. 저 아래에서 그들은 행복했다. 그녀의 주방에서 주인 행세를 하며 자기들의 미래를 계획하고, 그녀의 무너진 희망 따윈 전혀 염두에 두지 않았다.

빛이 사위어가고 집은 조용해졌다. 그녀의 방은 바다 전망이 아니라 늘 약간 어두웠다. 저택에서 가장 좋지 않은 방이라 그곳으로 옮긴 거였다. 어떤 손님도 그 방을 원치 않았다. 과거에는 잡동사니를 넣어두는 방에 불과했다. 작은 창문은 개울과 위협하듯 내려다보는 다른 절벽을 향해 나 있었는데, 절벽이 저택과 너무 가까이 붙어 있어 머리를 밖으로 내밀지 않는 한 하늘이 한 뼘도 보이지 않았다. 그녀는 높아진 밀물이 개울로 콸콸 흘러드는 소리는 들었지만, 집 저편 테라스에서 행렬이 출발하는 소리는 듣지 못했다. 그저 조용하다는 것만, 그녀는 외롭고 밤이 오고 있다는 것만 알았다.

그녀가 이곳에서 홀로 보내는 두번째 밤이었다. 빛이 스러지고 절벽에 드리운 그림자가 차츰 몰려오는 어둠에 정복당하는 동안 그녀는 자신의 문제에 갇혀 있었다. 이 방에 비치는 황혼은 은은하게 여운을 남기는 색조가 아니었다. 그것은 그저 좌절이었고, 하루의 죽음이었다. 그리고 이 방의 정적은 평화도 휴식도 아니었다. 메마르고 텅 비어 있었다.

시달 부인은 조금 울다가 깜박 잠이 들었다. 짧고 새된 비명이 그녀를 깨웠다. 창가를 스쳐간 갈매기 소리일 뿐이었지만 심장이 뛰고 불길한 예감이 들었다. 자리에서 일어나 방을 나가서 사람들의 얼굴을 보고 목소리를 듣고 싶어 미칠 것 같았다. 잠시 그런 감정과 싸웠지만, 그녀를 덮친 공포가 너무도 강했다. 그 앞에서 자존심이 무너졌다. 그녀는 벌떡 일어나 서둘러 복도로 갔으나, 복도도 똑같이 쥐죽은듯 고요했다. 방 밖의 정적은 한층 더 깊었다. 그녀는 타는 냄새를 맡고 방에서 나와 숨막히는 연기의 벽과 마주친 가엾은 사람처럼 정적 앞에서 멈칫했다. 계단에서 삐걱 소리가 났다. 문이 열렸다. 공포가 가라앉았다. 난생처음 미스 엘리스가 반가웠다. 문틈으로 고개를 내민 그 두꺼비 같은 얼굴이 그 순간만큼은 일종의 동지처럼 느껴졌다.

"오!" 미스 엘리스가 말했다. "저는 모두 다 간 줄 알았어요."

"나도 그랬어요." 시달 부인이 말했다. "너무 조용하네요. 다들 어디 있죠?"

"파티에 갔어요."

그것으로 모든 것이 설명되었다. 그날 아침 로빈이 초대장을 가져다주었을 때 코브가 아이들에게 안부를 전해달라고, 몸이 좋지 않아 파티에 갈 수 없어 유감이라고 했지만, 그녀는 파티를 잊고 있었다.

"아래층에서 난리도 아니었어요." 미스 엘리스가 그녀에게 말했다. "내려가보시면 화가 나실 거예요. 그게…… 프레드가 채소 접시를 두 개나 깨뜨렸어요. 그리고 이밴절린 양이 설탕을 얼마나 헤프게 쓰는지…… 몸은 좀 괜찮으세요?"

"네. 고마워요. 모두 다 간 거예요? 미스 엘리스는 안 가요?"

"저요? 그 정신없는 소풍에요? 아뇨, 전 안 가요."

"하지만 초대받지 않았어요? 내 생각에는……"

"아, 네. 초대는 받았어요. 낸시벨이랑 프레드랑 같이! 친절하게도 말이죠. 출발할 때 나던 그 시끄러운 소리 들으셨어요?"

"아니요. 내 방에선 아무 소리도 들리지 않아요."

"헨리 경이 몹시 화가 나셨어요. 음…… 그 어린 히비, 그애는 조심하지 않으면 결국 끝이 안 좋을 거예요. 그 아이는 아무튼…… 진짜 불량한 데가 있다니까요. 글쎄 어떤 의상을 입었는지 아세요?"

"나는 모르죠."

"아무것도 안 입었어요."

"뭐라고요?"

"종이로 만든 날개 한 쌍이랑 활과 화살 말고는 아무것도 걸치지 않았어요. 큐피드라면서. 그 많은 사내애들 앞에서. 그래서 모두 그애가 위층으로 올라가 뭔가 걸치고 내려올 때까지 기다려야 했어요. 그애는 그 날개를 잠옷에 달아 입고는 천사가 되었다고 우기면서……"

"시달 부인!"

미스 엘리스와 시달 부인이 돌아보았다. 코브 부인이 방에서 나왔다.

"이렇게 다시 뵈니 기쁘네요." 그녀가 말했다. "내일 아침식사 때 제 테이블에 저의 배급통장을 놓아주시겠어요? 부탁드려요. 내일 런던으로 돌아가야 하거든요. 떠나기 전에 미리 배급통장을 돌려받고 싶어요. 호텔에서 종종 너무 많은 포인트가 누락되는 실수를 저지르곤 하는데, 시간이 없어서 바로잡지 못하기 일쑤라서요."

"런던으로 가신다고요?" 시달 부인이 큰 소리로 물었다. "다 같이 가시는 거예요? 난 몰랐는데……"

"아뇨." 미스 엘리스가 말했다. "아이들은 두고 가신대요. 그렇죠, 코브 부인?"

코브 부인이 미스 엘리스를 보았다. 두 여자가 서로를 뚫어져라 쳐다보며 서 있는 동안, 또다시 복도에 숨막히는 침묵의 파도가 넘실거렸다. 두 사람 사이에 뭔가 오갔지만 그들은 움직이지도 입을 열지도 않았다. 시달 부인은 그들을 내버려두고 아래층 주방으로 갔다. 그들로부터 되도록 멀리 떨어진 곳으로.

그러나 그곳도 나을 게 없었다. 칙칙하고 짓누르는 분위기가 집안 곳곳에 도사리고 있는 것 같았다. 그녀는 깨진 채소 접시를 보고 화를 낼 수도, 엄연한 무질서의 증거를 보고 의기양양할 수도 없었다. 주방이나 세척실이 이토록 어수선한 적은 없었다. 파티 참가자들이 식기를 씻지도 치우지도 않고 떠났기 때문이다. 그녀는 더이상 그 무엇도 중요하게 느낄 수 없었기에, 그 모든 것을 무덤덤한 시선으로 바라보았다. 홀릭스 맥아유를 요구하는 레이디 기퍼드의 벨소리도 무거운 정적을 깨기엔 역부족이었다. 큰 소리였지만 메아리는 없었다.

내가 여기 있어서 다행이야, 시달 부인은 무심히 생각했다. 그들이 잊은 거지.

그녀는 주전자를 올리고 맥아유 분말통을 꺼내려고 찬장으로 갔다. 거기서 또다른 잊힌 뭔가를 발견했다―파티를 위해 준비해두었다가 잊고 간 것이 분명한 포도주 네 병이 든 바구니였다.

어리석은 사치 같으니, 그녀는 조금 전처럼 무덤덤하게 생각했다. 날카로운 뭔가가 머릿속을 스쳐갔다. 방을 나온 이후 처음으로 또렷하게 떠오른 생각이었다. 그들이 잊은 거지. 그녀는 그들이 바구니를 잊고 간 것이 몹시 안타까웠다. 왠지 재앙처럼 생각되었다. 주전자의 물이 끓는 동안 그녀는 모래사장에 아직 누가 있나 보려고 테라스로 갔다. 손을 흔들어 오라고 하면 될 것 같았다.

모래사장에는 아무도 없었다. 밀물이 높아 진입로를 따라 절벽 오솔길로 올라갔을 것이다. 그녀는 잠시 그 자리에 머물렀다. 방 안에 답답하게 갇혀 있다 나온 터라 바깥공기가 달콤했다. 펜디잭 곶 너머로 지는 해도 아름다웠다. 맑은 공기와 강렬한 색조가 그녀의 마음을 사로잡았다. 좀더 자주 밖으로 나와야지, 그녀는 생각했다.

누군가 집 모퉁이를 돌아왔다. 딕 시달이었다. 발을 질질 끌며 급한 일이 있는 사람처럼 걸어왔다. 그녀를 보고 그가 멈춰 섰다.

"아니, 여보." 그가 말했다. "몸은 나은 거요?"

"네."

그녀는 그의 모습에 놀랐다. 멋을 부렸다고 할 만큼 말쑥한 차림이었다. 그러나 매우 아파 보이고 숨소리가 거칠었다.

"어디 가요?" 그녀가 물었다. "어디를 가기에 그렇게 서둘러요?"

"아, 산책…… 산책……"

그는 불안하게 주변을 돌아보더니 덧붙였다.

"모래사장에 좀 가보려고 했는데, 이제 밀물이 너무 높더군."

그녀는 물이 끓는 주전자를 기억하고 집안으로 돌아섰다.

"그래서 진입로 쪽으로 가려는 중이오." 그가 뒤따라오며 헛기침을 했다. "하지만 내가 심장이 부실하잖아요. 첫 모퉁이를 돌고 벌써 기운이 빠졌어요."

"음, 당신이 그 언덕을 올라가본 지가 몇 년은 됐을 테니까요. 저기 딕. 안타까운 일이 있어요. 소풍객들이 포도주를 두고 갔지 뭐예요."

그녀가 바구니를 보여주자 그는 킬킬 웃었다.

"불쌍한 제리!"

"제리가 왜 불쌍해요?"

"그걸 챙겼어야 할 사람이니까. 그와 앤지가. 기퍼드가 포도주를 기증했어요. 그리고 제리와 앤지가 가져갈 거였는데, 내 골방 앞 복도에서 키스하다 다 잊어버린 거지. 그들이 하는 소리를 들었어요. 빌어먹을 소풍에 가지 않으면 좋겠다더군."

"왜요? 나는 그애들이 소풍을 부추긴다고 생각했는데."

"내가 보기에는 단둘이 있기를 더 원하더라고요. 파티 일정이 구체화될수록 고역이라는 걸 알아챘거든. 하지만 결국 어린 스카우트 단원처럼 출발하다가 포도주를 잊은 거예요."

"누군가 뒤쫓아갈 사람이 있으면 좋겠는데…… 하지만 코브 부인과 미스 엘리스와 레이디 기퍼드 말고는 아무도 없어요. 있으나 마나 한 사람들이죠."

"페일리와 랙스턴이 아직 여기 있어요." 그가 말했다. "그들에게 물어보면 되겠네. 랙스턴은 라운지에서 문서를 작성하고 있어요. 유언장을 쓰는 중이지. 딸을 상속인에서 제외한다더군. 그 사람 말이 사실이라면 딸이 돈깨나 잃겠던데. 아마 그에게는 묻지 않는 편이 나을 거예요. 하지만 페일리는 침실 창밖을 쳐다보고 있더군."

"차라리 히비의 고양이한테 도와줄 수 있냐고 물어보겠어요."

레이디 기퍼드의 벨이 다시 울리자 시달 부인은 맥아유를 가지고 올라갔다. 계단을 오르기가 힘들었다. 집이 텅 비지는 않았고 층마다 사람이 있다는 걸 알았지만 그녀의 기분은 나아지지 않았다.

"아…… 부인이시군요." 레이디 기퍼드가 말했다. "어서 오세요! 말동무가 필요한 참이었어요. 앉으세요. 자주 뵙지를 못했네요. 많이 기대했는데…… 아, 내가 좋아하는 홀릭스 맥아유네! 친절도 하셔라."

"아무래도 제가 할일이 너무 많아서……" 시달 부인이 중얼거렸다.

그러나 레이디 기퍼드는 팔을 갈퀴처럼 뻗어 그녀를 붙잡았다.

"일을 너무 많이 하는 거 아시죠? 정말 대단한 분이라고 생각해요. 하지만 마르타가 되면 안 돼요. 제가 자주 생각하는 거죠, 여기 누워서. 저도 일어나서 일하고 싶어요. 너무 안달이 나요. 그러다가 생각해요…… 음…… 어쩌면 이것도 의미가 있는 게 아닐까? 일어나면 많은 일을 할 수 있겠지만 필요한 한 가지를 놓치게 돼요. 그러니 내가 원하든 아니든 여기 누워 마리아가 되는 수밖에……"

갈퀴가 여전히 시달 부인을 잡고 있었다. 레이디 기퍼드가 맥아유를 마시자 시달 부인은 이제 놓아주려니 생각했다. 다른 쪽 손에 든 컵을 쓱 쳐다보는 게 레이디 기퍼드의 생각도 같은 듯했다. 그러나 이야기하고 싶어하는 마음이 더 컸다.

"저는 항상 물질적인 것은 중요하지 않다고 생각해요. 사랑이 제일이잖아요? 사랑하는 사람들…… 그리고 그들에게 최상인 것. 물론 저는 운이 좋았죠. 평생 사랑에 둘러싸여 살았으니까. 저는 외동이라 부모님이 애지중지 키우셨어요. 그리고 결혼했고…… 완벽한 결혼이었죠. 남편은 훌륭해요. 그래서 저는 사랑을 주면 받는 게 당연하다고 여기며 살아왔어요. 그걸 결코 의심해본 적이 없어요. 제가 아이를 입양하려 하니까 사람들이 그러더군요. 위험부담이 크지 않나요? 난 위험부담을 좋아한다고 했죠. 재미있다고. 저는 어린 히비를 사랑해요. 내 사랑을 돌려받지 못할 거라고는 한순간도 생각해본 적이 없어요. 모두가 항상 저를 사랑했어요. 하지만 히비는 그렇지 않아서 저는 큰 충격을 받았답니다."

"오, 아이들은 그럴 때가 있죠⋯⋯ 그런데 맥아유가 식지 않을까요?"

그녀의 암시가 레이디 기퍼드를 초조하게 만드는 게 분명했지만 레이디 기퍼드는 여전히 그녀를 놓아주지 않았다.

"시기의 문제가 아니에요. 그애는 뭔가 비정상적인 면이 있어요. 저를 두렵게 하는 뭔가가. 여기 누워서 그것과 대면해야 해요. 저에 대한 태도만이 아니에요. 다른 아이들에게도 영향을 미치죠. 화요일에 일어난 일은⋯⋯ 그애는 평범하게 성장하고 있지 않아요. 저는 환경을 완전히 바꿔야 한다고 생각⋯⋯ 히비가 당장 떠난다면⋯⋯ 당장 우리 모두를 떠나⋯⋯ 다른 삶을 시작한다면, 새로운 사람들 사이에서 모든 것을 다시⋯⋯ 물론 우리에겐 크나큰 슬픔이겠죠. 특히 저에게. 그애는 제가 낳은 것이나 다름없는 아이였으니까요. 하지만 캐럴라인이라도 저는 똑같이 했을 거예요. 이렇게 말해야겠군요. 사랑만이 유일하게 의미 있는 것이다. 그애를 사랑한다면 그애를 위해 최선을 다해야겠죠. 그애를 포기하는 일일지라도⋯⋯"

이 시점에서 맥아유가 승리했다. 레이디 기퍼드는 인질을 놓아주고 컵을 입술로 가져갔다.

"아, 가지 마세요." 그녀가 한 모금 마신 뒤 울먹였다. "정말 부인과 상의하고 싶어요. 부인도 아이를 키우는 어머니이고⋯⋯ 오늘 제가 너무 외로워서⋯⋯"

"내일⋯⋯ 다른 시간에요⋯⋯" 시달 부인이 자리를 피하며 약속했다. "저는 정말⋯⋯"

두고 간 포도주가 여전히 그녀의 머릿속을 차지하고 있었다. 그녀는 서둘러 주방으로 돌아가 바구니를 보며 안타까워했다. 딕은 더이상 그곳에도 골방에도 없었다. 또다른 심란한 산책길에 나선 모양이었다.

　찬장에서 바구니를 내려 들어보니 예상 외로 무거워 펜디잭곶까지 들고 올라갈 수 있을지 결정을 내리지 못하고 머뭇거렸다. 혼자 이런 짐을 들고 언덕을 올라가 절벽을 타기란 쉬운 일이 아니었다. 그녀는 너무 피곤하고 너무 늙었다. 누가 가지러 돌아오겠지. 그리 멀리 가지는 않았을 거야. 빠뜨린 것을 알면 누군가를 보내겠지. 이십 분만 기다리면 돼. 제리가 올 거야. 틀림없었다. 우선 그의 실수였고, 어떤 경우든 다른 이들을 위한 심부름은 항상 제리 몫이었다. 이제는 언제라도 주방 복도에서 발소리가 들릴 듯했고 제리가 걱정스러운 얼굴로 문으로 들어설 듯했다. 여기 너희 포도주다, 그녀는 그에게 말할 것이다. 그는 이십 분 안에 여기 도착할 것이다. 파티에서 단 이십 분만 자리를 비우는 것이다. 딕의 말에 따르면 가고 싶어하지도 않았다잖은가. 그녀는 제리가 돌아올 때까지 포도주 바구니를 그냥 놔두는 것에 왜 이리 마음이 쓰이는지 이해할 수 없었다.

　시달 부인은 열의 없이 접시를 싱크대 안에 넣기 시작했고, 주방을 정리하려 애썼다. 그러나 다른 어떤 일도 중요하지 않다는 확신이 차오르며 접시 하나를 던져 깨뜨리고 싶은 충동을 겨우 참았다. 찬장 위의 바구니만이 급한 일이라고 완강히 주장하며 그녀를 괴롭혔다. 모든 생기 없는 물건 사이에서 그 바구니만이 빛을 뿜어내며 큰 소리로 외치듯 도드라졌다. 그것이 그녀에게 애원하고, 그녀에게 명령했다. 나가서 언덕을 올라가라고.

결국 다시 바구니를 들어보니 묵직했다. 절충안이 떠올랐다. 소풍 장소까지 갈 필요는 없었다. 절벽 오솔길이 시작되는 진입로까지 조금 들고 가다보면 가엾은 제리가 귀찮은 심부름을 위해 황급히 돌아오고 있을 것이다. 그러면 그는 시간을 절약하고 꾸지람을 면할 수 있다. 집까지 올 필요가 없고, 파티 참석자들이 너무 오래 저녁 식사를 기다리지 않아도 된다.

그러나 당장 제리를 보고 싶지는 않았다. 그녀가 그를 위해 그런 귀찮은 일을 감수한 것을 알면 분명 그도 조금 후회하고 마음이 누그러질 테지만, 그녀는 아직 그에게 화가 나 있었다.

"귀찮아, 너!" 그녀가 포도주 바구니를 보며 말했다.

현관까지 바구니를 들고 나가며 그녀는 멀리는 가지 않겠다고 생각했다. 가능한 한 높은 곳까지 올라가 거기서 제리가 올 때까지 시원한 공기 속에 앉아 쉬리라. 무엇이든 집에 있는 것보다는 나았다. 그녀가 진입로를 향해 걸음을 떼었을 때, 뭔가가 문밖으로 나와 진입로를 가로질러 오르막길의 나무 그늘 속으로 날아가듯 휙 스쳐갔다. 그녀는 억눌린 비명을 질렀다. 딕의 목소리가 들려왔다. 그가 집을 돌아 발을 끌면서 걸어왔다.

"무슨 일이에요?" 그가 불안한 듯 물었다.

"히비의 고양이예요. 하마터면 넘어질 뻔했어요. 뭐에 놀란 게 틀림없어요."

"생쥐 때문이겠지." 시달 씨가 말했다.

"생쥐라니요?"

"당신 아직 못 봤나? 나도 그렇게 많은 건 처음 봤어요. 생쥐들이 우글우글해요. 테라스에. 당신은 어디 가는 길이에요?"

바구니를 전해주러 간다고 설명하자 남편이 함께 가자는 바람에 시달 부인은 놀랐다. 그가 그렇게 활동적인 모습을 보인 것은 몇 년 만이었다.

"하지만 딕! 당신은 절벽 오솔길처럼 높은 곳에는 갈 수도 없잖아요."

"아, 나도 할 수 있어요. 할 수 있을 거예요. 당신이 부축해주기만 한다면."

그는 아내의 팔을 잡고 무거운 몸을 기대왔다. 포도주 바구니에 남편 부축까지 하는 건 그녀에게 무리였다. 그녀가 불평했다. 그러나 그는 달라붙어 숨을 헐떡이며 함께 진입로의 첫 모퉁이를 돌았다. 둘은 그곳에 잠시 앉아 쉬어야 했다. 그가 불안한 듯 조용히 귀 기울이며 절벽을 유심히 바라보았다.

그가 말했다. "내 심장 상태가 좋지 않은 모양이에요. 나는 변화가 필요해요. 내일 자동차를 빌려 언덕으로 가봐야겠어요. 가서 원앤드올에 묵어야지. 여기서는 폐소공포증이 생기겠어요. 거기서 화요일까지 머물고…… 아니, 수요일까지……"

"아, 저런……" 시달 부인이 말했다.

저 아래 나무 사이로 저택이 보일 듯 말 듯 보였다. 정원 방의 창문에서 희미한 빛이 새어나오고 있었다.

"애나가 외출하면서 정원 방의 불을 켜놓은 거예요! 무슨 낭비람! 딕, 돌아가면 당신이 불을 꺼요."

"그녀는 외출하지 않았어요. 저기 있어. 돌아다니다가 방에 있는 걸 봤어요."

"다른 사람들과 같이 간 줄 알았는데."

"아니. 생각을 바꾼 모양이에요."

그럼 저 아래 한 명이 더 있구나. 그녀는 생각했다. 각자 홀로. 각자 홀로 자기 방에 갇혀 있었지만, 그럼에도 그 누구도 평화롭지 않았다. 어느 정도 숨을 돌리고 나자 그녀는 다시 일어나 정말 조금 더 높은 곳까지 가야 한다고 말했다. 여기 계속 앉아 있으면 제리에게 아무 도움도 주지 못한다고. "그애가 곧 올 거예요." 그녀가 덧붙였다.

"곧 올 사람은 제리가 아닐걸." 시달 씨가 말했다. "더프일 거예요."

"더프? 아니, 그럴 리가요! 더프는 심부름 같은 거 안 해요."

"내기할까? 절벽으로 가는 길에 더프를 만난다면 내일 세인트소디까지 가는 교통비를 당신이 내겠소?"

"아, 그러죠. 하지만 원앤드올 숙박비는 내지 않겠어요. 바보 같은 생각이니까."

그녀가 돌아서자 그가 외쳤다.

"잠깐 기다려봐요! 조금만 더 쉬면 나도 갈 수 있을 것 같으니까. 난 아직 충분히 올라가지 않았어요."

"충분히 올라가요? 뭣 때문에요?"

"이곳을 벗어날 만큼 충분히 말이오. 내 예감에…… 내 예감에…… 모든 게 내 위로 무너져내릴 것 같아요! 순전히 신경과민이지!"

그는 불안하게 웃었다.

"딕, 솔직히 난 못 기다려요. 그리고 내 생각에 이 등산이 당신에게 좋을 것도 없어요. 그렇게 몇 년 동안이나 움직이지 않았으니."

"그렇지. 하지만 조금은 더 높이 올라갈 수 있을 거예요. 여기서 쉬고 다시 시도해볼게요. 제시간에 끝까지 갈 수 있을지도 모르지."

"펜디잭곶까지 가겠단 말이에요?"

"아니, 세인트소디까지. 거기까지 간다면 돌아오지 않고 그냥 머물게요."

시달 부인은 그를 내버려두고 가파른 굽이를 돌고 돌아 철쭉 덤불 사이 샛길을 지나 절벽 오솔길로 접어드는 갈림길에 겨우 도착했다. 그곳에서 기다릴 작정이었지만, 오솔길 끝 맞은편이 마지막 석양을 받아 환히 빛나는 것과 달리 나무 밑은 어두컴컴했다. 그래서 탁 트인 절벽까지 몇 야드를 더 기어올라갔다. 그곳에서 평화롭게 쉬며 제리가 오기를 기다리면 될 터였다. 그리고 이제 정말 절벽 오솔길로 오는 제리가 보이는 듯했지만, 희미한 어둠 속에선 아무것도 제대로 구별할 수 없었다. 풍경 속에서 누군가 움직였다.

그녀는 바구니를 내려놓고 건너편 절벽 경사면을 응시했다. 어둠이 내려앉고 있었지만, 거친 가시금작화가 무성하게 피어 있는 그곳에서 전에 없이 많은 움직임을 감지할 수 있었다. 하얀 깜빡거림이 토끼들 사이에 뭔가 범상치 않은 일이 일어나고 있음을 암시했다. 절벽에 토끼가 많이 살았지만, 밤에는 굴에서 잠을 자기 마련이었다. 토끼들은 대탈출을 감행하는 듯 보였다. 하얗고 짧은 꼬리들이 연이어 스쳐가더니 자취를 감추었다.

그리고 정말 한 남자가 절벽 오솔길을 따라 내려왔다. 제리라고 하기엔 키가 너무 컸다. 더프 같았다. 걸음걸이도 그랬고. 그러나 그는 대머리였다. 그런데 어느 정도 가까이서 보니 더프가 맞았다. 그것은 그녀의 삶을 침범하고 그녀를 이곳으로 몰아낸 낯섦의 일부였다.

"오, 더프……" 그녀가 말했다. "네 머리가!"

더프는 몹시 놀랐다.

"어머니! 어머니! 어떻게 여기를 오셨어요?"

"그런데 머리에 무슨 짓을 한 거니. 몰골이 끔찍……"

그는 머리에 손을 올려 대머리 가발을 벗었다. 그러자 원래의 금발이 나타났다.

"이걸 쓰고 있는 걸 깜빡했네요." 그가 말했다. "저는 포블이거든요."

"포도주 때문에 왔니? 내가 가져왔다."

"무슨 포도주요?"

더프는 포도주에 대해 전혀 몰랐다. 그가 파티 장소에서 빠져나올 때는 아무도 그걸 빠뜨린 걸 몰랐다. 아직 저녁식사 전이라고 그가 말했다. 슬리퍼 찾기 놀이를 하고 있는데 지루해서 돌아오는 길이라고. 그녀가 대신 포도주를 가져가달라고 부탁하자 그는 달갑지 않아했다.

"지금 그곳으로 돌아갈 순 없어요." 그가 참지 못하고 말했다. "얼마나 지루한지 몰라요. 다시 가면 빠져나올 수 없을 거예요."

"나는 이 바구니를 더 들고 갈 수가 없구나." 시달 부인이 말했다. "이렇게 무거운 걸 여기까지 가져온 것만도 나로서는 잘한 일이라고 생각한다."

더프가 바구니를 들어보고 동의했다. 무겁긴 하다고 못내 인정하며.

"제리가 금방 가지러 올 거예요." 그가 말했다. "곧 알게 되겠죠. 그때까지 기다려주시면 안 돼요?"

"왜 그애가 와야 하니? 불쌍한 제리! 꼭 올 필요도 없는데. 우리 모두 제리한테 너무 이기적인 것 같구나."

"아무리 그러셔도 저는 돌아가지 않을 거예요." 더프가 단호하게 말했다. "대신 이렇게 하죠. 곶 꼭대기까지 제가 어머니를 위해 바구니를 들어드리고 눈에 띄기 전에 빠져나올게요. 그리고 몇 야드만 더 가시면 투우사로 분장한 프레드를 보실 수 있을 거예요!"

하지만 그건 자신을 억지로 소풍에 참석하도록 강요하는 거라고 시달 부인이 불평했다. 그리고 아들의 제안을 즉시 거절했다. 나도 너 못지않게 지루할 거야, 그녀가 말했다. 그녀는 집으로 돌아가 눕고 싶었다. 두 사람은 바구니를 사이에 두고 서서 옥신각신 다퉜다. 더프는 집으로 돌아가려는 진짜 이유를 들킬까 겁이 났고, 시달 부인은 파티를 피하려는 진짜 이유를 드러내고 싶지 않았다. 이밴절린이 거기 없다면 더프의 제안을 받아들였으리라는 것도.

그들은 점점 더 화가 났다. 그때 수풀 사이에서 비명이 들려와 두 사람은 깜짝 놀랐다.

"오…… 오…… 뱀!"

서둘러 오솔길을 뛰어가던 블란치 코브였다.

"아, 시달 부인. 조심하세요! 거기 뱀이……"

"괜찮아." 더프가 외쳤다. "그냥 풀뱀일 거야. 오늘 저녁엔 유난히 많네. 길을 가로질러 언덕으로 계속 기어오르고 있어. 해는 끼치지 않아."

기모노를 입은 블란치가 숨을 몰아쉬며 놀란 얼굴로 모습을 드러냈다.

"아, 아무도 모르게 호텔로 돌아가려는 중이었어요." 블란치가 말했다. "포도주를 가져오려고요. 두고 와서요. 지금 막 알았는데 손님들도 알게 될까봐…… 제가 다녀오는 동안 프레드가 재미있는 이야기를……"

"그거 잘됐네." 더프가 말했다. "우리가 갖고 있어."

"아, 더프! 당신이 가져온 거예요? 어쩜 이렇게 친절하세요?"

"아니야. 어머니가 가져오셨……"

"아, 시달 부인! 많이 회복하신 거예요? 저희는 부인이 못 오실까봐 걱정했어요. 이제 정말 저녁 시간이 다 되었으니 어서 오세요."

블란치는 와락 들었던 바구니를 더프가 가져가자 좀 난감했다.

506

손님에게 그런 폐를 끼쳐서는 안 된다고 생각했으니까.

"아직 그렇게 많이 놓치신 건 아니에요." 블란치가 한시도 방심하지 않는 작은 양치기 개처럼 두 사람을 곳으로 이끌며 시달 부인에게 말했다. "그냥 몇 가지 게임만 했어요. 최고의 프로그램은 아직 남았어요."

"하지만 난 멋진 의상도 없는데." 시달 부인이 사양하듯 말했다. "오게 될 줄 몰랐거든."

"아, 그건 아무래도 괜찮아요, 시달 부인. 더프의 숙모 조비스카를 하시면 돼요. 아, 더프…… 멋진 머리 어디 갔어요?"

더프는 마지못해 주머니에서 가발을 꺼내 다시 머리에 썼다. 그는 블란치를 실망시키지 않고 파티가 끝날 때까지 자리를 피할 수는 없음을 깨달았다. 다른 모든 사람들이 그렇듯 그도 코브가 아이들의 힘에 굴복했다. 화가 나고 절망스러웠지만, 동시에 위기를 모면했음을 깨달았다. 길에서 어머니와 마주치지 않았다면 자신의 대머리 정수리를 떠올리지 못했을 테니까. 그랬다면 그는 늘 대처럼 펜디잭으로, 그리고 발가락 없는 포블의 모습 그대로 기대에 찬 애나에게 뛰어내려갔을 것이다. 그런 실수는 본격적인 시작에 앞서 남자의 성생활을 망치는 굴욕적인 영향을 미칠 수 있다고 그는 생각했다.

6. 파티

모두 예의상 즐거운 체하긴 했지만, 저녁식사가 너무 오래 지연되자 파티의 들뜬 분위기는 흐지부지 가라앉기 시작했다. 손님들 대부분이 저조한 기분으로 도착했다. 제리와 이밴절린은 지칠대로 지쳐 둘만 있고 싶었다. 헨리 경은 코에 붙인 메뚜기로도 우울감을 떨쳐낼 수 없었다. 페일리 부인은 눈물범벅인 얼굴을 모자 밑에 감추었다. 남편의 경멸은 여전히 그녀에게 상처를 주는 힘이 있었다. 캐럴라인은 저녁 내내 울지 않으려고 애썼다. 의상을 입는 동안 히비가 자신이 뭔가 끔찍한 짓을 저질러서 영원히 쫓겨날 거라고 말했기 때문이다. 히비는 무슨 일인지 말해주지도, 형제자매를 떠나기 싫은 마음을 인정하지도 않았다. 그래서 캐럴라인은 삼베로 만든 유령 의상에 달린 후드로 슬픈 얼굴을 가릴 수 있어 안심이었고, 히비는 몹시 시무룩한 천사가 되어버렸다.

프레드와 로빈, 쌍둥이와 세 명의 주최자만 행복에 넘쳤고, 낸시벨의 슬픔은 너무 깊숙이 묻혀 있어 아무도 알아채지 못했다.

시달 부인과 더프가 동참했을 때 사람들은 모두 둘러앉아 프레드의 반주에 맞춰 〈열 개의 초록색 병〉을 부르는 중이었다. 노래를 제안한 쌍둥이 외에 누구도 이 노래를 썩 좋아하지 않았지만 한 소절도 빼먹을 수 없는 모양이었다. 노래는 흥얼흥얼 잦아들었다가 사회적 양심에 자극받아 억지 외침으로 변했다. 루크와 마이클 둘만 노래를 부르는 때도 있었다.

초록색 병…… 하나가……
실수로 떨어지고,
다섯 개의…… 초록색…… 병이
담벼락 위에 남았네.

뿜빠! 뿜빠! 각 소절 사이에 아코디언 연주가 울려퍼졌다.

"다 같이! 불러요, 다 같이!" 로빈이 외쳤다. "**초록색 병 다섯 개가**……"

페일리 부인 옆에 시달 부인의 자리가 마련되었고 포도주는 제리에게 넘겨졌다. 제리는 놀라서 찌푸린 얼굴로 사과했다.

"끔찍한 소풍이에요." 이밴절린이 더프에게 속삭였다. "술에 취해버리는 게 우리가 할 수 있는 최선이겠어요. 포도주가 있어서 얼마나 다행인지! 하지만 코브가 아이들은 좋아하는 것 같아요."

더프가 말했다. "코브가 아이들은 보통이 아니에요. 하얀 생쥐처럼 생겨서 우리 모두에게 한 짓을 봐요."

뿜빠! 뿜빠!

초록색…… 병…… 세 개가,
담벼락 위에 남았네.

"다 같이!"

초록색 병 세 개가
담벼락 위에 남았네.

"자매는 헤어지면 안 돼." 캐럴라인이 히비에게 말했다. "네가
간다면 나도 갈 거야. 손수건 있어?"
"아니. 언니가 입은 천 쪼가리에다 코를 풀어."
바위에 앉아 있는 낸시벨의 모습은 매우 아름다웠다. 스페인풍
의 숄과 올림머리가 그녀에게 낯선 위엄을 부여했다. 그녀는 잠시
파티를 떠나 깊은 생각에 잠겼다. 나중에 시달 부인이 온 것을 알
고 그녀는 환한 얼굴로 따뜻한 미소를 지어 보였다.

담벼락 위에
초록색 병이 하나도 남지 않았네.

마침내 고행이 끝나고 저녁식사를 할 차례였다. 이미 음식이

모두 흰 테이블보 위에 차려져 있었고, 로빈은 노래의 마지막 소절이 울려퍼지는 동안 코르크 마개를 따느라 분주했다. 비어트릭스가 자신에게 너무 크고 긴 기모노 자락을 움켜쥐고 일어났다.

"신사 숙녀 여러분," 비어트릭스가 알렸다. "이제 여러분께 간단한 야식과 존경하는 헨리 경께서 협찬해주신 맛있는 포도주가 제공될 예정입니다."

모두 테이블보 주변으로 모여들자 이밴절린과 로빈이 잔에 포도주를 따라주었다.

"아이들도 마시나?" 제리가 물었다.

"우리 모두에게 필요해." 더프가 완고한 태도로 대답했다. "여기, 낸시벨!"

그러나 낸시벨은 미성년자 금주단 소속이었으므로 술을 거절했다.

"이건 무알코올이야." 더프가 그녀에게 자신 있게 말했다. "맛보면 알지. 레드가 아니라 화이트라고."

"글쎄요. 샴페인도 화이트잖아요."

한 모금 맛을 보고 낸시벨은 더프가 거짓말을 했다고 확신했다. 그러나 속으로는 브루스 때문에 비할 데 없이 슬픈 마음을 잠시나마 달랠 수 있어 좋았기에 손님들에게 바닷가재 샐러드를 나눠준 후 잔에 남은 포도주를 마저 마셨다. 따뜻한 안도감이 온몸에 퍼졌다. 그녀는 과거에 대한 애도를 그만두었다. 석양에 물든 구름 사이로 밝은 미래가 고갯짓했다.

더프가 나를 놀린 거야, 그녀는 생각했다. 레모네이드 맛은 절대 이렇지 않았어. 그만 마셔야지.

그러나 그녀는 더 마셔야 했다. 코브가의 막내 모드가 건배 제의를 했기 때문이다.

"여러분, 잔을 채워주세요." 모드가 외쳤다. "그리고 이 자리에는 참석하지 못했지만 토마토를 제공해주신 사랑하는 그분을 위해 건배하겠습니다. 브루스…… 브루스…… 오, 친애하는!"

"파트리지." 유일하게 그의 성을 알고 있던 낸시벨이 말했다.

"브루스……" 모두가 외쳤다. "브루스를 위하여!"

경쾌하고 들뜬 분위기가 파티를 휩쓸었다. 백포도주를 마셔본 적이 있는 사람은 드물었다. 헨리 경만 익숙했다. 이밴절린이 잔에 아주 조금씩 따라준 것만으로도 아이들은 충분히 활기를 되찾았다. 캐럴라인과 히비가 키득키득 웃기 시작했다. 그들은 헨리 경의 코에서 메뚜기를 떼어내 프레드의 샐러드에 넣어 그를 놀라게 했다. 제리는 이야기를 하며 큰 소리로 웃었다.

"앤지가 이렇게 말하잖아요, '발등을 삐었어요?' 그랬죠, 앤지?"

"제리는 저 농담이 지겹지도 않은가봐요." 이밴절린이 페일리 부인에게 말했다.

"절대 지겨워하지 않을걸." 페일리 부인이 말했다. "마음 단단히 먹어요, 앤지. 남자들은 단순한 데가 있거든요. 아마 저 농담을 평생 듣게 될걸요. 아마 은혼식 때도 같은 얘기를 할 거예요."

"무슨 농담인데 그래요?" 시달 부인이 페일리 부인의 모자 너머로 이밴절린을 보려고 목을 길게 빼며 물었다.

그녀가 이밴절린에게 말을 붙인 건 이번이 처음이었다. 포도주가 불러온 화기애애한 분위기 속에서 이밴절린은 그것을 화해의 표시로 받아들였다.

그녀가 대답했다. "제리가 저한테 발목뼈와 발등뼈에 대해 말해주었는데요."

피크닉 테이블보 반대편에 앉아 있던 로빈이 더프를 쿡 찔렀다.

"여자분들이 친해 보이는데." 그가 중얼거렸다.

시달 부인과 이밴절린 모두 페일리 부인의 모자 밑으로 고개를 숙이고 있어서 얼굴이 전혀 보이지 않았다. 그러나 리본과 레이스 장식 뒤에서 쿡쿡 웃음소리가 터져나왔다.

"다들 조금 취했네." 더프가 말했다.

캐럴라인이 히비에게 공중에 붕 뜬 기분이라고 말했다.

"우린 취했어." 히비가 설명했다.

"우리가? 어떻게 알아?"

"전에 취해본 적이 있거든. 지금보다 훨씬 심하게."

뿜빠! 뿜빠!

프레드가 페일리 부인이 제일 좋아한다고 했던 〈라구나의 백합〉을 연주하기 시작했다. 사실 그녀는 그 노래가 아니라 〈내가 사랑한 창백한 손〉을 요청하고 싶었는데 헷갈리고 말았다. 분위기가 한껏 달아올랐다.

나는 알아요…… 그녀가 나를 사랑한다는 걸!

그녀가 나를 사랑한다는 걸 알아요,

그녀가 그렇게 말했으니까……

"나는 가사에 연꽃 봉오리라도 나오나 했어요." 페일리 부인이 불평했다.

"아이들이 포도주를 그만 마시게 해야겠어요."

"로빈! 아이들에게 포도주 그만 줘."

"전면적으로 다시 금주 서약을 해야겠어. 엄마가 나한테 무슨 말씀을 하실지 모르니까."

"참 아름다운 소풍이야."

"근사한 소풍이에요."

"내 메뚜기가 어디 갔지? 누가 내 메뚜기를 가져간 거야?"

"알리 삼촌이 메뚜기를 잃어버렸대요."

"나는 알아요, 그녀가 나를 사랑한다는 걸⋯⋯"

"앤지, 제리가 아기였을 때 재밌는 일이 있었어요. 내가 그애를 유아차에 두고⋯⋯"

"나 위시본 찾았어요. 위시본을 찾았어요. 페일리 부인⋯⋯ 제 위시본 들고 소원 빌래요?"

"아니, 히비. 네 소원을 빌렴."

"음⋯⋯ 나는 코브가 아이들이 부인의 아이들이 되도록 해달라고 빌래요. 부인도 같은 소원을 비세요. 그리고 저와 함께 이걸 당기는 거예요. 그럼 이기는 쪽이⋯⋯"

"불가능한 소원을 빌어봤자 무슨 소용⋯⋯"

"그녀는 라…… 구…… 나의 백합……"

코브가 아이들은 행복에 겨워 노래를 부를 수도 음식을 먹을 수도 없었다. 그들은 돌아다니며 정중하게 음식을 권하고 잔에 음료를 따랐다. 눈에 띄지 않게 파티를 주관하고 모든 것이 잘 돌아가도록 살폈다. 북미 인디언 분장을 한 쌍둥이가 옆 사람들에게 도끼를 휘두르려는 기미가 보이자 블란치가 당장 만류하며 진지하게 말했다.

"오, 도끼는 자정까지 기다려야 해. 이제 낸시벨 차례야. 그녀가 늙고 사악한 돌고래에 관한 노래를 불러줄 거야."

갑자기 조용해지자 낸시벨이 놀라서 쳐다보았다.

"너무 구닥다리 노래인데." 그녀가 말했다. "무슨 용기로 이 노래를 부르겠다고 약속했는지 모르겠네요. 증조할머니가 자주 부르시던 노래예요."

"얼마나 아름다운지 몰라요." 비어트릭스가 말했다. "우리가 물에 빠졌던 날 낸시벨이 우리한테 불러줬어요."

"낸시벨! 낸시벨!"

낸시벨이 턱을 약간 들고 달콤하면서도 차분한 목소리로 옛 민요를 불렀다.

소금 바다 근처를 걷고 있을 때
아름다운 인어 아가씨가 내 앞에 나타났네.

그녀가 외쳤다네. "나를 신붓감으로 납치하려는 늙고 사악한 돌
고래에게서,

　　오, 나를 구해줄 젊은이는 어디에 있나요?"

"민요야!" 더프가 들떠서 속삭였다. "구전민요!"

　　나는 고개 숙여 인사하고 그녀의 흰 손을 잡았네,
　　그리고 그녀를 안아 이끌고 육지로 데려왔지.
　　"내가 사는 세인트소디 처치타운까지 걸어간다면,
　　내 어머니가 그대에게 숄과 가운을 주실 거예요."

　　"아아, 저는 발이 없어 걸을 수 없어요.
　　보다시피 저에게는 지느러미뿐이랍니다.
　　당신이 나를 안고 가서 땅 위에 내려주어야 해요,
　　세인트소디 처치타운까지 당신이 나를 안고 가야 해요."

"이 지방 민요야! 우리는 평생 여기 살면서도 들어본 적이 없네."

　　나는 그녀를 어깨 높이 들어올렸네,
　　아, 1마일을 가는 동안 우리는 신나고 즐거웠네.
　　그러나 절벽이 험하고 길은 울퉁불퉁했지,
　　어깨에 멘 아가씨는 점점 무거워졌네.

처음엔 느릿느릿 걸어가다가 다음엔 기어가야 했지,
헨앤드아울 표지가 보일 때까지.

"원앤드올." 더프가 속삭였다. "어넨헨어일…… 콘월 사투리
로……"

아아, 나의 소중한 아가씨여, 나는 당신을 내려놓아야 해요,
세인트소디 처치타운까지는 아직 멀고 머니까.

낸시벨이 갑자기 노래를 멈췄다.

"그게 끝이에요?" 청중이 외쳤다.

"아뇨. 제가 기억하는 건 여기까지예요. 훨씬 더 길지만."

"어떻게 돼요? 그들은 그곳에 도착해요?"

"아뇨. 늙고 사악한 돌고래가 뒤쫓아와 그들을 돌로 만들어버
려요. 실제로 있었던 일 같아요. 우리집 바로 뒤편 들판에 석상이
남아 있어요. '남자와 인어'라고 부르죠."

"나 알아." 로빈이 말했다. "지도에도 있어요."

흥미로워하며 인정한다는 함성이 좌중에 울려퍼지자 낸시벨은
어리둥절했다. 그녀는 〈누구에게나 공짜인 햇살〉을 부르고 싶었
지만, 언제나처럼 코브가 아이들의 선택이 옳았으며 〈늙고 사악
한 돌고래〉가 즐거움을 주었다는 걸 알아차렸다.

블란치 코브가 프로그램을 한번 훑어본 후에 다시 한번 건배하
기 위해 일어났다.

"비어트릭스와 모드와 저에게도 포도주를 좀 주시겠어요?" 블란치가 숨도 쉬지 않고 말했다. "아직 그럴 겨를이 없었는데, 여러분의 건강을 기원하고 여기 와주신 모두에게 경의를 표하는 건배를 하고 싶어요."

그들에게 잔이 전해졌고 블란치가 계속 말했다.

"모두 와주셔서 감사드리고, 이렇게 다 같이 행복한 모습을 보니 얼마나 기쁜지 모르겠습니다. 저희를 기쁘게 해주려고 와주신 것 알아요. 하지만 여러분도 정말 즐거우신 것 같네요. 아마도 이 멋진 포도주 때문이겠죠."

"옳소! 브라보!"

"그러니까 이건 와주신 데 대한 보상이에요, 오지 않으셨으면 받지 못했을 테니까. 여러분을 위해 그리고 모두가 언제나 행복하기를 바라며, 특히 제리와 앤지를 위해 축배를 들겠습니다."

"옳소! 브라보!"

"고마워, 블란치!"

"아름다운 연설이었어!"

"아름다운 파티야!"

"왜냐하면……"

"왜냐하면 그들은 정말 유쾌한 녀석들이거든,
왜냐하면 그들은 정말 유쾌한 녀석들이거든……"

모두가 노래했다. 모두가 외쳤다. 얼마나 시끄러웠는지, 그들은 잠시 다른 소음을 거의 알아차리지 못했다. 모든 소리가 산산이 부서지고, 귀가 먹먹해지고, 거친 포효에 삼켜져 다 같이 어둠과 공포의 바닥으로 던져질 때까지. 어떤 사람들에게는 소음이 아주 오랫동안 지속된 것 같았다. 반면 어떤 사람들은 모든 것이 매우 빠르게 지나갔다고 느꼈다. 또한 그들은 스스로 뛰어내린 건지도 모른다고 생각했다. 어찌됐든 그들은 숨막히는 먼지구름 속에 누워 있었다. 소음이 차츰 가라앉고 돌 떨어지는 소리…… 조약돌이 데굴데굴 구르는 소리…… 파도의 웅성거림이 아르페지오로 잦아드는 동안……

바위틈에서 희미한 신음이 흘러나오기 시작했다―먼지구름 속에서 더듬거리며 기침하는 소리, 흐느끼는 소리, 우는 소리와 뭐라고 묻는 소리가 났다. 큰 소리를 내기에는 아직 모두 혼란스러웠다. 아이 하나가 찢어지듯 날카로운 소리를 내지르기 전까지는.

"오! 원자폭탄이야! 원자폭탄!"

"뭐라고?"

"무슨 일이지?"

"원자폭탄이야!"

"앤지! 어디 있어요? 괜찮아요?"

"여기요, 제리……"

"아, 페일리 부인……"

"난 여기 있어, 모드…… 내가 잡아줄게…… 블란치는 어딨지? 비어트릭스는?"

"원자폭탄……"

"쌍둥이를 찾았어요. 괜찮니, 얘들아? 낸시벨이네…… 그녀가 너희를 구했어……"

"캐럴라인은 어디 있지?"

"아빠……"

"먼지가……"

"원자폭탄……"

"무슨 일이 일어날 줄 알았어! 무슨 일이……"

"소리 그만 질러, 히비! 원자폭탄이 아니야! 섬광이 터지지 않았다."

"절대 폭탄이 아니야. 폭발이 일어난 것도 아니고……"

"지진……"

"다들 괜찮아요? 다들 여기 있어요?"

"조용히, 제발. 내가 이름을 부를 테니……"

"모두 조용히 해요. 헨리 경이 이름을 부르신다니……"

헨리 경이 한 사람씩 이름을 부르는 동안 먼지가 가라앉기 시작했다. 모두가 대답했다. 모두 안전했다.

그러나 그들은 무슨 일이 일어났는지 이해할 수 없었고, 여전히 적이 그들을 공격했다고 반신반의했다. 왜냐하면 그런 폭력적인 사건을 신보다 인간의 행위와 연관짓는 데 익숙했으므로. 그들은 어리둥절한 채 공포에 질려 뿌연 먼지 속에 함께 모여 있었다. 바다 위 어슴푸레한 달빛과 해변에 부서지는 부드러운 파도가 눈에 들어올 때까지. 그들이 처음 보는 해변이었다면 충분히 안심했을 법한 친숙한 광경이었다.

제리와 헨리 경이 제일 먼저 사태를 파악했다. 그러나 그들은 아무 말도 하지 않았다. 그저 침묵 속에서 먼지구름이 가라앉는 모습을 지켜보았다. 진실이 마음에서 마음으로 전해지고 고통스러운 탄식이 흘러나왔다. 그들은 서로에게 더 가까이 다가갔다. 그토록 이상한 관계로 엮여 자신들을 구해준 연약하고 일시적인 공동체에 매달리듯…… 기퍼드가의 쌍둥이 중 한 명이 낸시벨의 품안에서 고개를 들어 아래 펼쳐진 광경을 보고 놀라서 이렇게 물을 때까지 아무도 말이 없었다.

"누가 그랬어?"

언덕 뒤에서 외치는 소리가 들렸다. 지평선에 사람들의 모습이 조그맣게 나타났다. 마을과 농장에서 사람들이 달려왔다. 곳에 있던 무리는 우왕좌왕 흩어졌다. 그들은 서로 소곤거리며 일어난 사건을 정리했다. 그것은 이미 과거가 되었다. 그들은 앞날을 생각했다.

"마을로 가는 편이 낫겠어." 제리가 말했다. "사제관으로 가자. 봇 신부님이 우리를 들여보내주실……"

그리고 그들은 출발했다. 그것은 그 열여섯 명이 각자 삶의 무게를 다시 한번 짊어지고 나아가는 고단한 행렬이었다.

해설

꾸물거릴 시간이 없다

김용언(『미스테리아』 편집장)

모든 것이 무너져내린다. 중심은 버티지 못한다.
　-윌리엄 버틀러 예이츠, 「재림The Second Coming」(1919년)

"내 예감에……내 예감에……모든 게 내 위로 무너져내릴
것 같아요!"-『휴가지에서 생긴 일』(1950년)

『휴가지에서 생긴 일』은 비극적 사고를 전하는 목소리로 시작
한다. 1947년 여름, 콘월 북부의 펜디잭만에서 절벽이 붕괴하는
바람에 그 아래 위치했던 펜디잭 호텔이 무너졌고, 사람이 여럿
죽었다. 새뮤얼 봇 신부는 그 사건에서 살아남은 사람들이 사제관
에 와서 그동안 무슨 일이 있었는지를 두서없이 떠드는 바람에 어
디까지 믿어야 할지 혼란스러워한다. 그리고 이야기는 사건 발생

일주일 전으로 돌아간다. 8월 16일 토요일부터 22일 금요일까지, 그 호텔에서 무슨 일이 벌어졌는가? 그리고 필연적으로 잔인한 질문이 머릿속에 떠오른다. 이들 중 누가 죽고 누가 살아남을 것인가?

우리는 일주일 동안 총 스물네 명의 인물들의 행적을 따라가고 그들의 마음속을 들여다보며 조금씩 깨닫는다. 그들 중에 누가 죽더라도 이상하지 않다. 그런데 그중에서도 단점이 그저 성격적인 결함에만 그치는 게 아니라 스스로와 타인을 지옥으로 몰아넣는 죄를 짓는 촉매 역할을 수행할 때 바로 그 사람이 죽음에 한 발짝 더 가까워진다. 분명 그 사람에게도 돌이킬 수 있는 기회는 있었다. 그러나 귀를 막고 눈을 감았기 때문에, 재앙은 '한밤중의 도둑처럼' 불시에 그 사람을 덮쳤다. 봇 신부의 장례식 설교문 제목처럼 절벽이 무너지는 재앙은 '불가항력'이었지만, 동시에 펜디잭 호텔의 사람들은 이 '도둑'을 충분히 피할 수 있었다. 그들은 자기도 모르게 '도둑'을 초대한 어리석은 집주인이다.

등장인물들은 다음과 같다. 전쟁 이후 저택을 호텔로 개조하여 운영 중인 시달 씨 부부와 세 아들, 그리고 호텔 종업원인 미스 엘리스와 낸시벨과 프레드, 투숙객 페일리 부부, 랙스턴 씨 부녀, 기퍼드 경 부부와 네 자녀, 코브 부인과 세 딸, 소설가 애나와 비서 브루스. 제2차세계대전 이후 2년이 흘렀지만 영국 사회의 불안정과 경제적 위기는 현재진행형이다. 호텔 사람들 사이에서 계급 갈등은 선명하게 도드라진다. 여전히 봉건주의 시대에 살고 있다고 여기고(재산이 아직 남아 있기 때문에 그 착각은 오래 지속된다)

'내 돈'을 국가가 부당하게 징수한다는 믿음을 고수하며 평등의 요구를 무엇보다 불쾌하게 여기는 상류층과, 전쟁의 여파 때문에 어쩔 수 없이 먹고살기 위해 생업 전선에 뛰어든 상류층 '출신'의 허세와 위선이 가장 신랄하게 까발려진다. 노동과 책임을 회피하고 지금의 상황을 사회와 남 탓으로 돌리는 이들도 등장한다. 돈과 기회를 손쉽게 얻기 위해 원치 않는 사람에게 기생하는 청년, 자신은 누구의 도움도 받지 않고 자력으로만 성공했다고 주장하는 완고한 능력주의자도 비판을 피해갈 수 없다. 이들의 가장 큰 문제는 각자의 악덕이 절대적인 이기주의와 자기애에서 비롯되었다는 점이다.

투숙객들 다수가 참석한 일요일 미사에서, 봇 신부는 일곱 가지 대죄를 언급한다. 그의 설교에 따르면 교만은 아무것도 받아들이지 않는 태도, 시기는 아무것도 베풀지 않는 태도, 나태는 행동 대신 생각이 앞서는 태도, 분노는 권력욕, 정욕은 성적 착취, 탐식은 무엇보다 자신의 위장을 섬기는 태도, 탐욕은 재정적 착취를 뜻한다. 봇 신부는 이중에서 탐욕을 가장 치명적이고 우리가 삼가야 하는 죄라고 강조했다. 그리고 이 죄로부터 구원받기 위한 전제 조건은 상호 관대함, 기꺼이 주고받는 마음이라고 역설한다.

『휴가지에서 생긴 일』의 이야기 구조가 다소 영국 중세의 도덕극처럼 여겨질 수 있다. 읽다보면 누가 일곱 가지 대죄를 상징하는 인물인지 쉽게 구분할 수 있다. 하지만 작가 마거릿 케네디는 인물들을 선과 악의 알레고리로 칼날같이 나누지 않았다. 계층간 갈등과 가족 내 불화의 미묘한 양상들을 솜씨 좋게 배치하며, 똑같은 고통을 겪더라도 어떤 이는 왜 다른 선택을 하는지, 어떤 이가 왜 좀더 자신의 마음을 깊이 들여다보고 타인의 목소리에 귀기울일 수 있는지 조명한다. 이를테면 어린 딸의 죽음 이후 페일리 씨는 "나는 영원한 무"라고 여긴다. "나는 생각한다, 고로 존재하지만 그것은 내가 아니다"라는 태도를 고수하며, 오랜 세월 틀어박힌 채 스스로 점점 더 단단하게 만들어온 껍데기로부터 벗어나기를 거부한다. 남편 곁에서 오랜 세월 침묵을 지키며 고독을 영원처럼 받아들였던 페일리 부인은 호텔 주인 시달 씨의 언제나처럼 냉소적인 연설을 듣다가 불현듯 어떤 계시를 발견한다. 시달 씨는 "우리가 행하는 악에 대한 대가를 치르고 존재만으로도 우리를 보호해주는 수백만의 힘없는 사람들" 덕분에 우리까지 보호받는 것인지도 모른다면서, "그들의 어깨가 하늘을 떠받치고 있다. / 그들이 서 있기에 세상의 기반이 유지된다"는 시구를 인용한다. 페일리 부인은 라운지에 모여 앉은 다른 투숙객들을 둘러보다가 "외부 세계의 어떤 것도 그들의 마음을 꿰뚫을 수 없다는 느낌"을 받고, 오로지 자신만의 강박이 중요한 집단으로부터 탈출하고자 하는 강렬한 욕구를 느낀다. 그래서 페일리 부인은 이 호텔에서 가장 연약하고 억압받는 존재들을 바라보기 시작한다. 딸의 죽음 이후 이십 년 넘도록 짓눌렸던 고통이 혼자만의 징벌이 아니었고, 모두에게는 각자의 짐이 있으며, "저 아이들은 나를 위해, 나는 저 아이들을 위해 견디고 있"다는 깨달음에 다다른다.

지속적으로 되풀이되는 '희생양' 모티프는 자꾸만 불길한 징조를 암시하지만—우리는 아브라함이 친아들 이삭을 제물로 바치고자 했고, 예수가 다른 인간들의 죄를 대속하며 죽음을 자처했던 끔찍한 기억을 갖고 있다─, 사실 이들이 구원을 받기 위해선 대단한 희생이 필요한 게 아니다. '이상ideal'과 '사상idea'의 결합 (라이어넬 트릴링은 E.M. 포스터의 『하워즈 엔드』 해설에서 영국 지식인 전통의 흐름을 설명하며 중요한 특징으로 이것을 꼽았다) 대신 궤변에 가까운 자기합리화의 사상만 늘어놓은 채 "이해하고 싶은 것만 이해"하며 '자신'에게만은 절대로 최악의 결과가 기다리지 않으리라는 평온한 낙관주의를 유지하는 자들처럼 감옥에 갇혀 있지 않겠다는 다짐이 필요하다. 어른들의 고통을 대물림받아 끔찍한 미래를 강요당하는 어린이와 젊은이에게 귀 기울이고, 그들이 지금껏 받지 못했던 관심의 눈길을 보내는 것에서부터 관용과 상호이해가 배태된다.

제1차세계대전 발발 직전인 1910년에 발표된 E.M. 포스터의 『하워즈 엔드』(고정아 옮김, 열린책들 펴냄)는 누가 영국의 미래를 이끌어갈 것인가라는 질문을 던지며 "단지 연결하라"라는 명제를 제시했다. 제2차세계대전이 끝난 직후의 영국을 무대로 한 마거릿 케네디의 『휴가지에서 생긴 일』의 등장인물들은 『하워즈 엔드』에서보다 훨씬 참혹하고 심각한 분열과 대립을 경험했다. T.S. 엘리엇의 「텅 빈 사람들The Hollow Men」(1925년)과 윌리엄 버틀러 예이츠의 「재림The Second Coming」(1919년)에서 울려퍼지는 두려움과 상실감에 더 가까운 인물들이다. 그럼에도 불구하고 페일리 부인이 '홀로 온전한 사람'은 존재할 수 없다면서, "우린 누구나 전체에 속하는 일부일 뿐이에요. 떨어져나온 팔에 온전함이란 없어요"라고 지금까지의 공허한 고립을 산산조각내는 선언을 할 때, 펜디잭 호텔의 친숙한 악의와 무기력한 이기주의에 균열이 가기 시작한다. 이 점을 깨닫지 못한(혹은 굳이 깨달으려 하지 않는) 이들은 '희생양'을 바침으로써 빠져나가는 게 아니라, 그 자신이 정확한 벌을 받게 된다.

소설의 원제인 'The Feast'는 코브가의 아이들과 기퍼드가의 아이들이 함께하는 속죄의 파티이자, 모든 사람들을 기꺼이 초대하고 안으로 끌어들이며 얼마 안 되는 포도주를 나눠 마시는 축제를 의미한다. 오병이어의 작은 기적은 인간들 사이의 연민과 상호 신뢰 하에 그렇게 실현되었다. 그리고 파티가 진행되는 가운데, 수백 년에 걸쳐 형성되었을 펜디잭만의 윤곽선이 단 몇 분만에 무너져내리고 새로운 형태를 갖추게 되었다. "시간은 흐른다. 그것이 유일한 자연의 법칙이고, 바뀌지 않는 단단함이다." 살아남은 "연약하고 일시적인 공동체"는 비틀거리며 재앙의 잔재들을 밟고 타인의 도움을 향해 출발한다. "그것은 이미 과거가 되었다. 그들은 앞날을 생각했다." 다시 한번, 불가항력의 신비한 작동.

추천의 말

듀나

마거릿 케네디가 『휴가지에서 생긴 일』에서 그려 보이는 세계는 애거사 크리스티의 독자에겐 익숙한 곳이다. 제2차세계대전이 막 끝났고, 아직 배급제는 계속되고 있으며, 몰락해가는 유산계급은 이제 이전과 다른 삶의 길을 모색해야 한다. 소설의 배경이 되는, 개인 저택을 게스트하우스로 개조한 콘월의 펜디잭 호텔에는 당시 영국 사회와 계급을 대표하는 수많은 사람들이 북적거리고 이전에는 가능하지 않았을 것 같은 수많은 연결지점이 생겨난다.

크리스티 소설이라면 이들의 이야기는 초반에 벌어지는 살인 사건을 통해 전개될 것이다. 케네디의 소설에서는 프롤로그에서 언급된 대참사를 소설의 맨 뒤에 놓는다. 펜디잭 호텔이 절벽 붕괴와 함께 사라지고 그때 그 안에 있었던 사람들이 목숨을 잃었다. 살인사건은 아니지만 서스펜스와 미스터리는 남는다. 누가 죽었는가. 그리고 왜 죽었는가.

얼핏 보면 후자는 별 의미가 없어 보인다. 붕괴되는 저택 안에는 누구든 있을 수 있다. 하지만 이 소설에서 케네디는 구약성서의 신과 같은 권력을 행사하는 작가이며, 이 무작위적인 사고에는 처벌의 의미가 있다. 제2차세계대전 이후의 혼란스러운 상황은 일곱 가지 대죄를 주제로 하는 중세 도덕극의 논리에 의해 정리된다. 그렇다고 종교적 편협함을 걱정할 필요는 없으니, 케네디는 인간군상의 복잡함과 입체성을 잘 이해하는 작가이며 이는 풍성하고 다채로운 멜로드라마의 형태로 완성된다. 그렇다고 결말의 단호함이 바뀌는 건 아니지만 거기까지 이어지는 수십 개의 미로는 결코 단조롭지 않다.

휴가지에서 생긴 일

초판 인쇄 2023년 6월 22일
초판 발행 2023년 7월 10일

지은이 마거릿 케네디
옮긴이 박경희

펴낸곳 복복서가㈜
출판등록 2019년 11월 12일 제2019-000101호
주소 03720 서울특별시 서대문구 연희로 28길 3
홈페이지 www.bokbokseoga.co.kr
전자우편 edit@bokbokseoga.com
문의전화 031) 955-2689(마케팅) 02) 332-7973(편집)

ISBN 979-11-91114-47-8 03840